Contemporánea

Harry Sinclair Lewis, tercer hijo de un médico rural, nació en Saulk Centre, Minnesota, en 1885. Tras graduarse en 1908 por la Universidad de Yale, trabajó como editor y periodista en Nueva York, California y Washington, mientras escribía relatos y novelas populares que se serializaban en revistas. El éxito le llegó con *Calle Mayor* (1920), una novela que cosechó encendidos elogios de la crítica y causó sensación como retrato satírico de las pujantes clases medias. Durante el decenio siguiente, escribió otras cuatro novelas que lo situaron entre los escritores más importantes de su generación: *Babbitt* (1922), *Arrowsmith* (1925, ganadora del Premio Pulitzer, que rechazó), *Elmer Gantry* (1927) y *Dodsworth* (1929). En 1930, se convirtió en el primer estadounidense en recibir el Premio Nobel de Literatura, otorgado «por su vigorosa y plástica facultad descriptiva y por su capacidad para construir, con ingenio y humor, nuevos tipos de personajes». Durante el resto de su vida, Lewis continuó publicando novelas, incluida la mordaz *Eso no puede pasar aquí* (1935), que imaginaba la llegada de un dictador fascista a la Casa Blanca. Con todo, nunca volvió a alcanzar la calidad literaria que había exhibido en la década de 1920. Murió en Roma en 1951, por problemas cardíacos vinculados con el alcoholismo.

PREMIO NOBEL DE LITERATURA

Sinclair Lewis

Babbitt

Traducción de
José Robles Pazos

DEBOLS!LLO

Papel certificado por el Forest Stewardship Council®

Título original: *Babbitt*

Primera edición: julio de 2022

1922, Sinclair Lewis
© 2022, Penguin Random House Grupo Editorial, S. A. U.
Travessera de Gràcia, 47-49. 08021 Barcelona
José Robles Pazos, por la traducción
© 2022, Ismael Belda Sanchis, por la traducción del «Prólogo inédito de *Babbitt*»
Diseño de la cubierta: Penguin Random House Grupo Editorial
basado en el diseño original de Penguin Books UK
Imagen de la cubierta: © Retro AdArchives / Alamy Foto de stock
Fotografía del autor: © Alpha Stock / Alamy Foto de stock

Printed in Spain – Impreso en España

ISBN: 978-84-663-6167-5
Depósito legal: B-9.662-2022

Compuesto en M. I. Maquetación S. L.

Impreso en Novoprint
Sant Andreu de la Barca (Barcelona)

P 3 6 1 6 7 5

Nota sobre esta edición

Publicada en 1922, *Babbitt* fue la segunda novela importante que dio a la imprenta Sinclair Lewis, al comienzo de una década de enorme creatividad que culminó con la obtención del Premio Nobel de Literatura en 1930. *Calle Mayor*, la anterior, ya estaba en boca de todos por su provocador retrato de la vida en el medio oeste, y *Babbitt* siguió abonando la controversia. Para algunos, como el crítico H. L. Mencken, ninguna novela de entonces presentaba mejor «la Norteamérica real», pero otros vieron en su veta satírica un ataque a los valores de la pujante clase media. Nada de esto frenó su popularidad. Como ironizó el autor ante la Academia sueca, sus libros molestaban «tan hondamente la autosuficiencia de los estadounidenses» que miles de sus conciudadanos se sentían «impelidos a leer esos escandalosos documentos, les gustaran o no».

El escándalo puede ser difícil de discernir hoy en día, sobre todo ante la amabilidad de la novela, narrada con humor y cierto afecto hacia su protagonista, George F. Babbitt, un próspero agente inmobiliario que, al menos en las primeras páginas, parece llevar una vida modélica en la mediana ciudad de Zenith. Babbitt tiene esposa y dos hijos, es conservador, va a la iglesia, pertenece a los mejores clubes y se expresa casi sin falla con ideas compartidas por todos. Sin embargo, el retrato de su medianía acaba siendo mucho menos que elogioso, lo que impugna de manera implícita la presunta virtud del modelo. Por añadidura, los episodios de la historia exploran el nacimiento de una insatisfacción personal que refleja la contracara de toda una época obsesionada con el exitismo.

Lewis era muy consciente de que había dado con un arquetipo riquísimo en resonancias sociológicas. Así como Gustave Flaubert declaró que madame Bovary lloraba «en mil aldeas de Francia», nuestro autor entendía que el personaje de Babbitt se correspondía con «el soberano de Estados Unidos», el integrante de la clase que no solo dictaba las costumbres, sino que se sometía y sometía a otros a la tiranía del consenso. Dicho de otro modo, no solo aspiraba a contar una historia, sino a diagnosticar una faceta del carácter nacional. Y lo cierto es que la nación reconoció su diagnóstico al incorporar el nombre de «Babbitt» a su léxico cultural, utilizándolo, según el diccionario Merriam-Webster, para designar a «un hombre de negocios o un profesional que se adhiere sin pensarlo a los estándares imperantes de la clase media». Pese a la neutralidad de la definición, el término tuvo desde un principio connotaciones inequívocamente negativas.

Cabría matizar que Babbitt piensa bastante en los estándares de su clase. Su drama privado consiste en ser un conformista propenso a la rebeldía, un rasgo que también ha dejado su marca en la literatura de Estados Unidos. En este sentido, la influencia de Lewis se ve en novelas como *Cita en Samarra* (1934) de John O'Hara, *El hombre del traje gris* (1954) de Sloan Wilson, *La vía revolucionaria* (1961) de Richard Yates, *Bullet Park* (1967) de John Cheever y sobre todo en la saga de John Updike iniciada en *Corre, Conejo* (1960), cuyo protagonista no solo se apoda Rabbit —una rima inconfundible de Babbitt—, sino que comparte con este la impetuosidad, las ambiciones materiales y una reiterada afición al escapismo. Prototipo de incontables antihéroes de la pequeña y la gran pantalla, Babbitt proyecta su larga sombra hasta personajes de nuestra era como Don Draper.

Debido al arraigo de esta figura en el imaginario social, la presente novela puede parecer a los lectores de hoy extrañamente familiar, como esas ciudades extranjeras que se reconocen por efecto del cine. Pero entre lo familiar se oculta también su originalidad, en la medida en que Lewis conquistó un nuevo territorio narrativo; no por nada Erik Axel Karlfeldt, su sucesor en el palmarés del Nobel, lo llamó «pionero». La lectura revelará también a un maestro en el uso del diálogo, la ambientación y la psicología, con un ojo siempre puesto en el detalle revelador. Para quienes se interesen por el trasfondo de sus ideas, hemos incluido, a manera de apéndice, un prólogo inédito hallado entre sus papeles y nunca antes traducido al castellano, que solo vio la luz de forma póstuma en 1953. Aun inconcluso, el documento ilumina las intenciones de Sinclair Lewis, realzando su creencia de que no es tarea para un escritor avanzar por la senda del conformismo.

LOS EDITORES

Babbitt

A Edith Wharton

I

1

Las torres de Zenith se alzaban sobre la niebla matinal; austeras torres de acero, cemento y piedra caliza, firmes como rocas y delicadas como varillas de plata. No eran iglesias ni ciudadelas, sino pura y simplemente oficinas.

La niebla se apiadó de los caducos edificios de generaciones pasadas: la Casa de Correos con su buhardilla de ripias, viejos alminares de ladrillo, fábricas con mezquinas y hollinientas ventanas, viviendas de madera color barro. La ciudad estaba llena de semejantes visiones grotescas, pero las limpias torres las iban alejando del centro, y en las colinas más lejanas resplandecían casas nuevas, hogares donde, al parecer, se vivía alegre y tranquilamente.

Por un puente de hormigón corría una limusina de largo y silencioso motor. Sus ocupantes, vestidos de etiqueta, volvían de ensayar toda la noche en un teatro de aficionados, artística aventura considerablemente iluminada por el champán. Bajo el puente, la curva de un ferrocarril, un laberinto de luces verdes y rojas. El New York Flyer pasó retumbando, y veinte líneas de pulido acero surgieron a su resplandor.

En uno de los rascacielos, los telegrafistas de la Associated Press se levantaban las viseras de celuloide, cansados de hablar toda la noche con París y Pekín. La comunicación quedaba interrumpida. Por los pasillos se arrastraban, bostezando, las mujeres que fregaban los suelos. La niebla del amanecer se disipó.

Filas de obreros, con su comida en cajas de lata, se dirigían hacia inmensas fábricas nuevas, láminas de cristal y ladrillos huecos, relucientes talleres donde cinco mil hombres trabajaban bajo el mismo tejado en la fabricación de honestos artículos que habían de venderse en el Éufrates y en el Transvaal. Las sirenas vibraron a coro, alegres como el alba de abril. Era el canto del trabajo en una ciudad construida, al parecer, para gigantes.

2

Nada tenía de gigante el hombre que empezó a despertarse en la galería de una casa de estilo colonial holandés, situada en el elegante barrio de Zenith conocido como Floral Heights. Se llamaba George F. Babbitt. Tenía entonces cuarenta y seis años, en abril de 1920, y no hacía nada de particular, ni mantequilla, ni zapatos, ni poesía, pero era un águila para vender casas a un precio mayor del que la gente podía pagar.

Su cabeza era grande y rosácea; su pelo, fino y seco. Tenía cara de niño dormido, a pesar de las arrugas y de los rojos surcos de las gafas a ambos lados de la nariz. No era gordo, pero estaba excesivamente bien alimentado; sus mejillas parecían rellenas de algodón, y la tersa mano que yacía abandonada sobre la manta caqui era un tanto gordezuela. Se veía en él al hombre próspero, casado y nada romántico. Nada romántico, como la galería donde dormía al aire libre, una galería con vistas a un olmo de buen tamaño, a dos respetables cuadrados de césped, a un camino de cemento y a un garaje de metal acanalado. No obstante, Babbitt estaba soñando otra vez con el hada, un sueño más romántico que pagodas escarlatas junto a un mar plateado.

Durante años el hada había venido a visitarlo. Donde los demás no veían más que a Georgie Babbitt, ella descubría al joven galán. Lo esperaba en la oscuridad de misteriosas arboledas. Cuando al fin logró escabullirse de la casa atestada de gente, Babbitt voló a ella como una flecha. Su mujer, sus bulliciosos amigos trataron de seguirlo, pero él se escapó, la muchacha corrió a su lado, se acurrucaron juntos en la umbrosa ladera de una colina. ¡Era tan esbelta, tan blanca, tan apasionada! Lo llamaba valiente; decía que lo esperaría, que se irían juntos en barco...

Fragor y estrépito del camión de la leche. Babbitt gruñó, se dio la vuelta, trató de reanudar su sueño. Ya solo podía ver el rostro del hada, más allá de las aguas brumosas. El conserje cerró de golpe la puerta del sótano. Un perro ladró en el patio contiguo. Cuando Babbitt ya se hundía en una marea turbia y tibia, el repartidor de periódicos pasó silbando y el *Advocate* golpeó contra la puerta de la calle. Babbitt, con el estómago contraído por el susto, se incorporó. Apenas se tranquilizó, fue traspasado por el familiar e irritante chirrido de un Ford que alguien trataba de poner en marcha: crack-ah-ah, crack-ah-ah. Devoto automovilista él mismo, Babbitt daba vueltas a la manivela con el invisible conductor; con él esperaba impaciente el bramido del arranque; con él agonizaba cuando cesaba el bramido y empezaba de nuevo a fallar el motor con aquel infernal crack-ah-ah, sonido seco de mañana fría, sonido irritante del que no era posible escapar. Solo cuando el zumbido acelerado del motor le hizo comprender que el Ford estaba en marcha pudo librarse de la tensión nerviosa que lo angustiaba. Echó una mirada a su árbol favorito, el olmo cuyas ramas se destacaban contra la pátina dorada del cielo, y trató de reanudar el sueño, con el ansia de quien busca una droga. Él, que de muchacho había tenido una gran fe en la vida, no se interesaba ya por las posibles e improbables aventuras de cada nuevo día.

Escapó de la realidad hasta que el despertador sonó, a las siete y veinte.

3

Era el mejor y más anunciado de los despertadores fabricados a gran escala, un despertador con todos los accesorios modernos, incluso carillón, timbre de repetición y esfera fosforescente. Babbitt se enorgullecía de ser despertado por tan complicado mecanismo. En valor social competía con los neumáticos caros.

Reconoció que no había escapatoria, pero siguió acostado, pensando con odio en la compraventa de parcelas y en su familia. Se detestaba a sí mismo por detestarla. La noche anterior había jugado al póquer en casa de Vergil Gunch hasta las doce, y después de fiestas como aquella se irritaba fácilmente antes de desayunar. Quizá fuera la horrible cerveza casera de la era de Prohibición y los puros con los que había que acompañar esa cerveza; quizá fuera el disgusto de regresar de aquel espléndido mundo masculino a una mezquina región de esposas y mecanógrafas que le aconsejaban no fumar tanto.

Desde la alcoba contigua a la galería, la voz detestablemente jovial de su mujer, que gritaba: «Ya es hora de levantarse, Georgie, muchacho», y el inaguantable roce de la mano que limpiaba de pelos un cepillo duro, un sonido rápido y rechinante que atacaba los nervios.

Gruñó; sacó sus macizas piernas de debajo de la manta caqui y se sentó en el borde del catre, pasándose los dedos por la cabeza despeinada, mientras sus pies regordetes buscaban mecánicamente las zapatillas. Miró pesarosamente la manta, que siempre sería para él una sugestión de libertad y de heroísmo. La había comprado para una excursión que nunca llegó a realizar. Aquella manta simbolizaba la hermosa holganza, las hermosas palabrotas, las varoniles camisas de franela.

Se puso en pie. Las oleadas de dolor que sentía detrás de los ojos lo hacían refunfuñar. Con el temor de que se repitiesen, se asomó al patio. Le encantó, como siempre; era el patio aseado de un próspero negociante de Zenith, es decir, era la perfección, y lo hacía perfecto a él también. Se fijó en el garaje de metal acanalado y, como cada uno de los trescientos sesenta y cinco días del año, reflexionó: «Esa casucha de hojalata no tiene clase. Tengo que hacerme un garaje de madera. Pero, qué demonios, es lo único de la casa que no está a la última». Mientras lo miraba, pensó en un garaje público para su nuevo desarrollo urbanístico, Glen Oriole. Dejó de dar bufidos y puso los brazos en jarras. Las facciones de su cara petulante, hinchada de dormir, se endurecieron súbitamente. Reapareció el hombre de iniciativa, capaz de inventar, de dirigir, de hacer cosas.

Entusiasmado con su idea, se dirigió al cuarto de baño por un pasillo tan firme y tan limpio que parecía completamente nuevo.

Aunque la casa no era grande, tenía, como todas las casas de Floral Heights, un baño regio de porcelana, baldosas y metal bruñido. El toallero era una barra de cristal transparente montada en níquel. En la bañera cabía un guardia prusiano, y sobre el lavabo había una sensacional exhibición de cepillos de dientes, brochas, jaboneras, esponjeras y frascos, tan relumbrantes y tan ingeniosamente colocados que aquello parecía la repisa de un laboratorio. Pero Babbitt, cuyo dios era el Aparato Moderno, no estaba satisfecho. El olor de un dentífrico endemoniado hacía irrespirable la atmósfera del cuarto de baño. «¡Verona ha vuelto a las andadas! En vez de seguir con el litidol, como re-pe-ti-da-men-te le he dicho, se habrá agenciado alguna de esas malditas porquerías que lo ponen a uno malo».

La esterilla estaba arrugada, y el suelo, mojado. (Su hija Verona tenía de cuando en cuando la ocurrencia de tomar baños por la mañana). Resbaló en la esterilla y se dio contra la bañera. Soltó una palabrota y hecho una furia cogió el tubo de pasta para afeitarse. Se enjabonó, golpeándose furiosamente con la brocha espumosa, y furiosamente empezó a pasarse la maquinilla por sus gordos carrillos. Se hacía daño. La cuchilla estaba embotada. Y soltó otros dos tacos.

Buscó y rebuscó en la vitrina un paquete de cuchillas nuevas, pensando, como siempre: «Más barato sería comprarse un chisme de esos y afilarse las cuchillas uno mismo». Cuando lo descubrió detrás de la redonda caja de bicarbonato pensó mal de su mujer por haberlo puesto allí, y muy bien de sí mismo por no haber dicho otra palabrota. Pero la dijo inmediatamente después, cuando con los dedos llenos de jabón trató de sacar del horrible sobrecito la cuchilla nueva y quitarle el pegajoso papel que la envolvía.

Luego otro problema, mil veces planteado y nunca resuelto: ¿qué hacer con la cuchilla vieja, que era un peligro para los dedos de su hija menor? Como de costumbre, la puso encima del armarito, haciendo propósito de tirar las otras cincuenta o sesenta cuchillas que estaban, también temporalmente, amontonadas allí arriba. Siguió afeitándose con un humor de todos los diablos, aumentado por la jaqueca y por el vacío de su estómago. Cuando terminó, su cara, redonda y lisa, chorreaba agua de jabón, los ojos le picaban. Buscó una toalla. Las toallas de la familia estaban mojadas, pegajosas y sucias, descubrió mientras, a ciegas, iba tentándolas una por una: la suya, la de su mujer, la de Verona, la de Ted, la de Tinka y el solitario toallón del baño con el enorme verdugón de la inicial. Entonces George F. Babbitt hizo una cosa horrible: ¡se secó la cara con la toalla de los huéspedes! Era una baratija bordada de pensamientos, que siempre estaba allí colgada para indicar que los Babbitt pertenecían a la mejor sociedad de Floral Heights. Nadie la había usado nunca. Ningún huésped se había atrevido. Los huéspedes se secaban a hurtadillas con la punta de una toalla cualquiera, la más próxima.

Se puso furioso. «Caramba, aquí van y usan las toallas, to-das las toallas, y las usan y las mojan y las dejan chorreando, y nunca me dejan una seca para mí... ¡Claro, yo soy el último mono...! Y yo necesito una y... Y soy la única persona en toda la casa que tiene un poquito de consideración para el prójimo y atención, y considero que puede haber otros que quieran usar el cuarto de baño después de mí, y considero...».

Estaba arrojando a la bañera aquellas gélidas abominacio-nes, por el placer de vengarse de algún modo, cuando, en me-dio de la operación, lo sorprendió su mujer, que le preguntó, con toda la calma del mundo:

—Pero, querido, ¿qué estás haciendo? ¿Vas a lavar las toa-llas? No es necesario que las laves, hombre. Oh, George, su-pongo que no habrás usado la toalla de los huéspedes, ¿verdad?

No se sabe lo que acertó a responder.

Por vez primera después de muchas semanas, su mujer lo puso lo bastante nervioso como para mirarla cara a cara.

4

Myra Babbitt —la señora Babbitt— era una mujer definitiva-mente madura. Las arrugas que tenía a ambos lados de la boca terminaban bajo la barbilla, y su cuello regordete se abolsaba. Pero lo que demostraba que había pasado la raya era que ya no tenía reservas con su marido y que ya no le importaba no tener-las. Ahora estaba en enaguas y con un corsé abombado, pero completamente despreocupada de que la vieran así. Se había acostumbrado de un modo tan estúpido a la vida matrimonial que en su opulenta madurez resultaba tan carente de sexo como una monja anémica. Era una mujer buena, una mujer ama-ble, una mujer diligente, pero nadie, exceptuando quizá a su hija Tinka, que solo tenía diez años, mostraba el menor interés por ella. Ni siquiera se daban cuenta de que existía.

Después de una discusión bastante completa sobre todos los aspectos domésticos y sociales de las toallas, disculpó a Babbitt en atención a su alcohólica jaqueca, y él se repuso lo bastante para soportar la busca de una camiseta interior BVD que había sido, dijo, malévolamente escondida entre sus pijamas limpios.

En la conferencia sobre el traje castaño estuvo bastante amable.

—¿Qué te parece, Myra? —Babbitt manoseaba ropas colgadas de una silla mientras ella iba y venía misteriosamente por el dormitorio, ajustándose las enaguas. A su marido le parecía que no acababa nunca de vestirse—. ¿En qué quedamos? ¿Me pongo hoy también el traje castaño?

—Te sienta divinamente.

—Ya lo sé, pero, pardiez, hay que plancharlo.

—Eso sí. Quizá tengas razón.

—Está pidiendo la plancha, no cabe la menor duda.

—Sí; quizá no le viniera mal un planchado.

—El caso es que la chaqueta no hay que plancharla. Es una bobada planchar el condenado traje entero cuando la chaqueta no lo necesita.

—También es verdad.

—Pero los pantalones, vaya si lo necesitan. Míralos..., mira qué arrugas... No, los pantalones hay, indudablemente, que plancharlos.

—Sí, sí. ¡Oh, George! ¿Por qué no te pones la chaqueta castaña con esos pantalones azules que no sabemos qué hacer con ellos?

—¡Santo Dios! ¿Me has visto tú alguna vez en mi vida llevar la americana de un traje con los pantalones de otro? ¿Qué te crees que soy yo? ¿Un pobre contable?

—Bueno, ¿por qué no te pones el traje gris oscuro hoy y dejas en la sastrería los pantalones castaños?

—Sí, indudablemente necesitan... Bueno, ¿dónde demonios está el traje gris? ¡Ah, aquí está!

Por fin pudo vestirse con resolución y calma relativas.

Primero se puso una camiseta interior de cotonía sin mangas, marca BVD, con la cual parecía uno de esos niños que en las cabalgatas municipales salen vestidos con un tabardo de estopilla. Nunca se ponía aquella prenda sin dar gracias al dios del Progreso por no tener que llevar peleles ceñidos, largos y anticuados como su suegro y socio, Henry Thompson. Su segundo embellecimiento fue peinarse y alisarse el pelo hacia atrás. Con esto descubrió cinco centímetros más de frente. Pero la verdadera maravilla se operó al calarse los anteojos.

Dan carácter los anteojos, las presuntuosas gafas de concha, los humildes quevedos del maestro de escuela, los lentes con montura de plata del viejo pueblerino. Los anteojos de Babbitt, enormes, circulares, no tenían montura, y eran del mejor cristal; se los sujetaba a las orejas con dos finas varillas de oro. Con ellas era el hombre de negocios moderno, que daba órdenes a sus empleados, que conducía un automóvil, que jugaba al golf de cuando en cuando y que era casi un sabio en cuestiones comerciales. Su cara infantil tomó repentinamente un aire de importancia, destacándose entonces su nariz roma, su boca recta y gruesa, su barbilla excesivamente carnuda, pero enérgica. Quien lo hubiera visto con su uniforme puesto lo habría tomado respetuosamente por la personificación del Ciudadano Sólido.

El traje gris, bien cortado, bien hecho, carecía de distinción. Era un traje como los hay a millares. Una tirilla blanca en la V del chaleco daba a su dueño aspecto de abogado. Iba calzado con botas de cordones, botas buenas, botas fuertes, botas estándar, botas extraordinariamente desprovistas de interés. Su única frivolidad era la corbata de punto morada. Después de innúmeras observaciones sobre la cuestión dirigidas a su señora (que, haciendo acrobáticos esfuerzos para sujetarse por detrás la falda a la blusa con un imperdible, no oyó palabra de lo que le dijo), se decidió a llevar la corbata morada en vez de la otra, que ostentaba un complicado dibujo de arpas entre palmeras, y clavó en ella un alfiler, una cabeza de serpiente con ojos de ópalo.

Fue un acontecimiento sensacional trasladar del traje castaño al gris el contenido de los bolsillos. Estos objetos los tomaba él muy en serio. Eran de capital importancia, como el béisbol o el Partido Republicano. Entre ellos figuraban una estilográfica y un lapicero de plata (siempre sin minas de repuesto) que pertenecía al bolsillo superior derecho del chaleco. Sin su pluma y su lápiz se habría sentido desnudo. En la cadena de su reloj llevaba siete llaves (dos de las cuales no recordaba de dónde eran), un cortaplumas de oro, un cortacigarros de plata e, incidentalmente, un buen reloj. De la misma cadena pendía un largo y amarillento diente de alce, que lo proclamaba socio de la Benévola y Protectora Orden de los Alces. Lo más significativo de todo era su agenda de bolsillo, una moderna y práctica agenda, que contenía las señas de personas a quienes había olvidado, resguardos de giros postales llegados a su destino hacía meses, sellos que habían perdido la goma, recortes de versos de T. Cholmondeley Frink y de artículos de fondo, de los cuales sacaba Babbitt sus opiniones y sus palabras largas, notas para asegurarse de hacer cosas que no pensaba hacer, y esta curiosa inscripción: D. S. S. D. M. Y. P. D. F.

Pero no tenía pitillera. A nadie se le había ocurrido regalarle una, de modo que no estaba habituado a ella y las personas que gastaban pitillera le parecían afeminadas.

Por último, se puso en la solapa el botón del Boosters' Club. Con él, Babbitt se sentía leal e importante. Lo asociaba con los Hombres de Bien, hombres simpáticos y humanos, e importantes en el círculo de los negocios. Era su Cruz Victoria, su cinta de la Legión de Honor, su llave del Phi Beta Kappa.

Con las complicaciones del vestirse vinieron a sumarse otras inquietudes.

—Me siento un tanto malucho esta mañana —dijo—. Creo que cené demasiado anoche. No deberías haberme dado esas frituras de plátano, que son tan pesadas.

—¡Pero si tú me las pediste!

—Ya sé, pero... te digo que cuando uno pasa de los cuarenta tiene que mirar por su digestión. Hay un montón de individuos que no se cuidan lo que se debieran cuidar. Te digo que a los cuarenta un hombre o es tonto o es su doctor...; quiero decir doctor de sí mismo, su propio médico. La gente no presta la debida atención a esto de la dieta. A mí me parece... Naturalmente, un hombre debe comer bien después de trabajar todo el día, pero no sería malo que, tanto tú como yo, hiciésemos un almuerzo más ligero.

—Pero, Georgie, aquí, en casa, siempre almorzamos ligeramente.

—¿Quieres decir que yo me atraco como un cerdo cuando como en el centro? ¡Sí, claro! ¡Divertida estabas si te tuvieras que comer el bodrio que el nuevo encargado nos sirve en el Athletic Club! Bueno, la verdad es que esta mañana me siento no sé cómo. Tengo un dolor aquí abajo, en el lado izquierdo...; no será apendicitis, ¿verdad? Anoche, cuando iba a casa de Verg Gunch, sentí un dolor en el estómago también. Aquí mismo fue... Un dolor agudo, una punzada. Yo... ¿Dónde habrán ido a parar esos diez centavos? ¿Por qué no sirves más ciruelas en el desayuno? Claro que yo me como una manzana todas las noches (si tomas a diario una manzana, nunca verás al médico en tu casa); sin embargo, deberías servir más ciruelas en vez de todas esas filigranas.

—La última vez que puse ciruelas, ni las probaste.

—Bueno, no me apetecerían, supongo. En realidad, creo que comí algunas. De todos modos... te digo que es de capital importancia el... Precisamente anoche le decía yo a Verg Gunch que la mayoría de las personas no se preocupan lo bastante de su diges...

—¿Invitaremos a los Gunch la semana que viene?

—¡Hombre, claro, no faltaba más!

—Pues mira, George: quiero que te pongas tu esmoquin esa noche.

—¡Demonios! Los demás no se van a poner elegantes.

—Pues claro que sí. Acuérdate de cuando no te vestiste para la cena de los Littlefield y todos los demás fueron de etiqueta. ¡Qué vergüenza pasaste!

—¿Vergüenza yo? ¡Qué va! Yo no pasé vergüenza. Todo el mundo sabe que yo me puedo poner un frac tan caro como cualquiera, y que no tengo que preocuparme de si lo llevo o no lo llevo tal o cual vez. Y, además, es un latazo. Bien está para una mujer que anda siempre por la casa, pero, cuando un hombre ha estado trabajando como una fiera todo el santo día, no le hace gracia embutirse en la camisa planchada, quieras o no quieras, por unos cuantos fulanos que ha visto con sus trajes de diario ese mismo día.

—No digas que no te gusta que te vean de etiqueta. La otra noche confesaste que te alegrabas de que yo hubiera insistido en que te pusieras elegante. Dijiste que te encontrabas mucho más a gusto. Y otra cosa, George: no quiero que digas frac. Es un esmoquin.

—¡Qué más da!

—Es lo que dice la gente bien. Figúrate que Lucile McKelvey te oyera decir frac.

—¡Bueno está eso! Lucile McKelvey no me la da a mí. Su parentela es de lo más ordinario que hay, aunque su marido y su padre sean millonarios. Supongo que estás tratando de refregarme tu alta posición social. Pues mira, permíteme que te diga que tu reverenciado progenitor, Henry T., ni siquiera lo llama frac. ¡Dice «chaqué rabón para monos con rabo», y no lograrás que se ponga uno como no lo cloroformices!

—¡Por favor, George, no te pongas así!

—Yo no quiero ponerme de ninguna manera, pero... ¡te estás volviendo más exigente que Verona! Desde que salió de la universidad está insoportable... No sabe lo que quiere... Bueno, yo sí sé lo que quiere... Quiere casarse con un millonario, y vivir en Europa, y estrechar la mano de algún ilustre predicador y, simultáneamente, al mismo tiempo, quedarse aquí, en Zenith, ser una de esas agitadoras socialistas o presidenta de alguna junta de caridad, ¡o qué sé yo qué demonios! ¡Y Ted, otro que tal baila! Quiere ir a la universidad y no quiere ir a la universidad. La única de los tres que tiene la cabeza en su sitio es Tinka. Sencillamente, no puedo comprender cómo he tenido un par de hijos tan tarambanas como Rona y Ted. Yo no seré ningún Rockefeller ni ningún James J. Shakespeare, pero sé dónde tengo la cabeza, y sigo dale que te dale trabajando en mi oficina, y... ¿no sabes lo último? Por lo que me figuro, a Ted le ha dado ahora la ventolera de ser actor de cine y... Y le he dicho cien veces que, si va a la universidad y estudia Derecho y se porta bien, lo meteré en los negocios y... Verona es tan calamidad como él. No sabe lo que quiere. ¡Bueno, bueno, vamos! ¿No estás lista aún? La muchacha ha tocado la campanilla hace tres minutos.

5

Antes de seguir a su mujer, Babbitt se quedó un momento mirando por la ventana de su cuarto. Aquel barrio residencial, Floral Heights, estaba en un alto, y aunque el centro de la ciudad distaba unos cinco kilómetros —Zenith tenía ahora entre trescientos mil y cuatrocientos mil habitantes—, podía ver desde allí el remate de la Second National Tower, un edificio de piedra caliza con treinta y cinco pisos.

Sus brillantes muros se elevaban contra el cielo abrileño rematados por una simple cornisa, que era una línea de fuego blanco. Había en la torre entereza y decisión. Llevaba su fuerza airosamente, como un soldado alto. Babbitt la contempló, y sus nervios se calmaron, su expresión se suavizó, su fofa barbilla se alzó con reverencia. Apenas articuló: «¡Qué hermosa vista!», pero se sintió inspirado por el ritmo de la ciudad, renació su amor por ella. Aquella torre era el templo de la religión de los negocios, una fe apasionada, exaltada, que estaba por encima del hombre vulgar, y bajó a desayunar silbando la balada «Oh, by gee, by gosh, by jingo» como si fuera un himno melancólico y noble.

II

1

El dormitorio, libre del moscardoneo de Babbitt y de los dulces gruñidos con que su mujer expresaba la compasión que era demasiado experimentada como para sentir y más que demasiado experimentada como para no demostrar, quedó instantáneamente sumido en una completa impersonalidad.

Comunicaba con la galería donde Babbitt dormía a la intemperie. En él se vestían los dos, y en las noches más frías el marido renunciaba al deber de ser valiente y se metía en la cama de dentro, donde, bien calentito, encogía los dedos de los pies y se reía de los temporales de enero.

El cuarto, modesto y alegre, estaba pintado según uno de los mejores diseños del decorador que «hacía los interiores» para la mayoría de los que construían casas en Zenith con fines especulativos. Las paredes eran grises; las molduras, blancas; la alfombra, de un azul sereno, y muy semejante a caoba era el mobiliario: la cómoda, con su grande y claro espejo; el tocador de la señora Babbitt, con objetos de plata casi maciza; las dos camas sencillas e iguales, entre las cuales había una mesilla con una lámpara eléctrica estándar, un vaso para agua y un libro, también estándar, con ilustraciones en color —no puede saberse qué libro era, porque nadie lo había abierto nunca—. Los colchones eran firmes, pero no duros, espléndidos colchones modernos que habían costado una barbaridad de dinero; el radiador tenía exacta y científicamente la superficie que correspondía a la capacidad del cuarto. Las enormes ventanas de guillotina se abrían fácilmente y tenían pestillos, cuerdas de la mejor calidad y cortinillas garantizadas. El dormitorio era una obra maestra recién salida de Casas Modernas y Alegres para Rentas Medianas. Solo que no tenía nada que ver con los Babbitt ni con nadie. Si alguien había vivido y amado alguna vez allí, si había leído novelas espeluznantes a medianoche, si se había quedado indolentemente en la cama un domingo por la mañana, no se veían trazas de ello. Tenía el aspecto de ser una habitación muy buena en un hotel muy bueno. Esperaba uno que la doncella fuera a entrar a arreglarla para personas que pasarían solo una noche, que se irían sin mirar atrás y que no volverían a pensar en ella nunca.

En Floral Heights, una casa sí y otra no tenía un dormitorio igual a aquel.

La casa de los Babbitt se había construido hacía cinco años. Toda ella era tan adecuada y tan lustrosa como aquel dormitorio. Modelo de buen gusto, tenía las mejores alfombras baratas, una arquitectura sencilla y recomendable y los últimos adelantos. Por todas partes, la electricidad sustituía a las velas y a las sucias chimeneas. En el rodapié de la alcoba había tres enchufes para lámparas eléctricas, ocultos por unas chapitas de latón. En los pasillos había enchufes para la aspiradora y en el gabinete enchufes para la lámpara del piano y para el ventilador. El pulcro comedor (con su admirable aparador de roble, su chinero de vidrieras emplomadas, sus paredes de estuco color crema y su conmovedora escena del salmón expirando sobre un montón de ostras) tenía enchufes para la cafetera y para el tostador.

En realidad, la casa de Babbitt tenía un solo defecto: no era un hogar.

Muchas mañanas Babbitt bajaba brincando y bromeando a desayunar. Pero aquel día, por algún misterioso motivo, todo andaba de través. Al pasar por el pasillo del piso superior miró la alcoba de Verona y exclamó en son de protesta:

—¿Para qué tener una casa de primera cuando la familia no la aprecia, para qué atender a los negocios y meterse en camisa de once varas?

Se dirigió hacia ellos: Verona, una muchacha de veintidós años, regordeta y de pelo castaño, recién salida de Bryn Mawr, estaba pendiente de su deber y de su sexo, de Dios y de los rebeldes pliegues del traje deportivo gris que llevaba puesto; Ted —Theodore Roosevelt Babbitt—, un decorativo jovenzuelo de diecisiete años; Katherine, todavía una niña, con pelo rojo brillante y una piel fina que la hacía sospechosa de comer demasiados bombones y demasiados helados. Babbitt no manifestó su vaga irritación cuando entró dando pisotones. Realmente, no le gustaba ser tirano con su familia, y sus arrebatos eran tan absurdos como frecuentes. Le gritó a Tinka:

—¿Qué hay, chipilina?

Era la única palabra afectuosa de su vocabulario, exceptuando los adjetivos «querida» y «vidita» con que distinguía a su mujer, y se la espetaba a Tinka todas las mañanas.

Apuró una taza de café con la esperanza de apaciguar su estómago y su alma. Su estómago se quedó como si no le perteneciera, pero Verona empezó a ponerse pesada y molesta, con lo cual Babbitt se sintió nuevamente asaltado por las dudas acerca de la vida, la familia y los negocios que se habían apoderado de él al desaparecer el hada de sus sueños.

Verona llevaba seis meses trabajando en las oficinas de la compañía de cueros Gruensberg con la perspectiva de llegar a secretaria del señor Gruensberg y, así, como decía Babbitt, sacar algún provecho de su costosa educación hasta que estuviera en disposición de casarse.

Pero ahora Verona decía:

—Papá, he estado hablando con una compañera mía que trabaja en la Junta de Beneficencia... Si vieras qué nenes más monos van allí a que les den leche, papá..., y me parece que yo también debería hacer algo así que valiera la pena.

—¿Que valiera la pena? ¿Qué dices? Si te hacen secretaria de Gruensberg (que no sería imposible si siguieras con la taquigrafía y no anduvieras cada noche de conciertos y tertulias), te encontrarás con treinta y cinco o cuarenta pavos por semana, que bien valen la pena.

—Ya lo sé, pero... ¡Oh, yo quisiera... contribuir...! Me gustaría trabajar en un grupo escolar. Tal vez pueda conseguir que uno de los grandes almacenes me deje instalar un departamento benéfico con una buena sala de espera con tapices y sillones de paja y demás. O podría...

—Bueno, mira. Lo primero que tienes que entender es que todas esas zarandajas de beneficencias y recreos infantiles no son más que la cuña de entrada del socialismo. Cuanto antes aprenda un hombre que no lo van a mimar, y que no puede esperar un montón de manduca gratis, y, eh, todas esas clases gratis y piruetas y zarandajas para sus hijos a no ser que se las gane, pues más pronto se pondrá manos a la obra y a producir..., ¡a producir! Eso es lo que necesita el país y no todas esas fantasías que debilitan la voluntad del obrero y dan a sus hijos un montón de ideas impropias de su clase. Y tú, si te ocuparas del trabajo en vez de andar haciendo la tonta de acá para allá... ¡Siempre igual! Cuando yo era joven me resolví a hacer una cosa y la hice a pesar de los pesares, y por eso estoy ahora donde estoy y... ¡Myra! ¿Por qué dejas a la niña trocear las tostadas de esa manera? No se pueden ni coger. ¡Y además están medio frías!

Ted Babbitt, estudiante de secundaria en el gran Instituto

East Side, que había estado interrumpiendo la conversación con sonidos parecidos a hipidos, rompió a hablar abruptamente:

—Oye, Rona, tú vas a...

Verona se volvió rápidamente.

—¡Ted! ¿Me haces el favor de no interrumpirnos cuando hablamos de cosas serias?

—¡Anda esta! —dijo Ted con tono judicial—. Desde que se cometió la equivocación de sacarte de la facultad, Ammonia, siempre estás soltando tonterías sobre esto, lo otro y lo de más allá. ¿Vas a...? Yo necesito el coche esta noche.

—¿Ah, sí? ¡Pues a lo mejor lo necesito yo! —bufó Babbitt.

Y Verona dijo en son de protesta:

—Conque el señorito quiere el coche, ¿eh?

—¡Oh, papá, nos dijiste que nos ibas a llevar a Rosedale —sollozó Tinka.

—Cuidado, Tinka —dijo la señora Babbitt—; estás metiendo la manga en la mantequilla.

Todos echaban llamas por los ojos. Verona gritó:

—¡Ted, eres un perfecto cochino!

—¡Y tú no! ¡De ningún modo! —dijo Ted con su desesperante suavidad—. Tú quieres llevártelo en cuanto acabemos de cenar y dejarlo parado toda la noche frente a la puerta de alguna de tus amigas, mientras tú gastas saliva hablando de literatura y de los pedantes con los que vas a casarte... ¡Aunque primero tendrán que declararse!

—¡Papá no debería dejártelo nunca! Tú y esos animales de los hermanos Jones corréis como locos. ¡Hay que ver cómo tomáis la curva de Chautauqua Place a sesenta por hora!

—Ay, pero ¿de dónde sacas tú eso? Tú tienes tal canguelo que cuando subes una cuesta metes el freno.

—¡No es verdad! Y tú... siempre hablando de lo mucho que sabes de motores, y Eunice Littlefield me contó que una vez dijiste que la batería alimentaba al generador.

—Pero si tú... tú, querida mía, no distingues un generador de un diferencial.

No sin razón le hablaba Ted con altanería. Era un mecánico nato, un constructor y reparador de máquinas de nacimiento, y si parecía afectar hablar en cianotipos era porque le salía de forma natural.

—¡Bueno, basta ya! —dijo Babbitt maquinalmente, respirando con satisfacción al encender el glorioso primer puro del día mientras echaba un vistazo a los titulares del *Advocate Times*, estimulantes como una droga.

Ted optó por la diplomacia.

—De verdad, Rona, no quiero sacar el cacharro, pero les he prometido a dos chicas de mi clase que las llevaría al ensayo del coro y, qué quieres que te diga, no tengo maldita la gana, pero un caballero debe cumplir sus compromisos sociales.

—¡Con eso sales ahora! ¡Compromisos sociales, tú! ¡En el instituto!

—¡Vaya pisto que nos damos desde que fuimos a esa universidad de gallinitas! Permíteme que te diga que en todo el estado no hay un colegio privado donde se junte una pandilla como la que tenemos en Gamma Digamma este año. Hay dos chicos que tienen padres millonarios. Y yo debería tener un coche propio, como tantos otros de los muchachos.

Babbitt casi se levantó.

—¿Un coche, tú? ¿No quieres también un yate y una casa con jardín? No me hagas reír. ¡Un chico que no puede aprobar el latín, que cualquiera lo aprueba, y espera que yo le regale un coche, con chófer supongo, y hasta puede que un aeroplano, en premio al trabajo que se toma en ir al cine con Eunice Littlefield! Bueno, cuando veas que te compro un...

Poco después, con mucha diplomacia, Ted logró hacer confesar a Verona que aquella noche iba simplemente a ver una exposición de perros y gatos en el Armory. Verona, propuso Ted, dejaría el coche delante de una confitería frente al Armory y él iría allí a buscarlo. Hubo magistrales acuerdos acerca de dejar la llave y llenar el depósito de gasolina, y, como apasionados devotos del Gran Dios Motor, loaron el parche del neumático de repuesto y lamentaron la pérdida del mango del gato.

Terminada la tregua, Ted comentó que las amigas de ella eran «una panda de cotorras estiradas e ineptas». Los amigos de él, apuntó Verona, eran «unos mamarrachos de pacotilla y unas crías horribles, ignorantes y gritonas».

—Es un asco que fumes cigarrillos —añadió—, y ese traje que te has puesto esta mañana es completamente ridículo... Te sienta horrible, de verdad.

Ted se agachó para mirarse en el espejo del aparador y, encontrándose encantador, se sonrió con petulancia. Su traje, lo último de Old Eli Togs, era ceñidísimo, con unos pantalones raquíticos que apenas le llegaban a las botas, un talle de corista y, en la espalda, una trabilla perfectamente inútil. Su bufanda era un enorme retazo de seda negra. Llevaba el pelo, que era rubio y liso, planchado hacia atrás y sin raya. Cuando iba a la escuela se lo cubría con una gorra de visera más grande que una pala. Lo más extraordinario era el chaleco, conseguido a fuerza de ahorros, de ruegos y de maquinaciones: un verdadero chaleco de fantasía color cervatillo, con motas de un rojo marchito y puntas asombrosamente largas. En el borde inferior llevaba el botón del colegio, el botón de su clase y el alfiler de su fraternidad.

Y, sin embargo, nada de esto importaba. Ted era flexible, vivo, robusto; sus ojos (que él creía cínicos) tenían una vehemencia cándida. Pero no pecaba de tierno. Haciendo un ademán hacia Verona le dijo, arrastrando las palabras:

—Sí, creo que somos un tanto ridículos y repugnantículos, y me parece que nuestra nueva corbata es bastante chillona.

—¡Sí, señor! —ladró Babbitt—. Y, mientras te regodeas mirándote, te diré que tu viril belleza ganaría mucho si te limpiaras la boca, que la tienes manchada de huevo.

Verona se echó a reír, momentáneamente victoriosa en la peor de las guerras, que es la guerra familiar. Ted la miró desesperado; luego le gritó a Tinka:

—¡Por amor de Dios, niña, no vuelques todo el azucarero en los cereales!

Cuando Verona y Ted se fueron a la calle y Tinka al piso de arriba, Babbitt se puso a refunfuñar.

—¡Qué encanto de familia! —le dijo a su mujer—. Reconozco que no soy ningún corderito y hasta que me pongo a veces insoportable durante el desayuno, pero, cuando empiezan que si patatín que si patatán, no los puedo resistir. Creo que, cuando un hombre se ha pasado la vida tratando de dar a sus hijos una educación decente, es descorazonador verlos todo el santo día peleándose como hienas y nunca..., y nunca... ¡Tiene gracia! Dice aquí el periódico: «... nunca un momento de silen...». ¿Has leído ya el periódico?

—Todavía no, querido.

En los veintitrés años que llevaba casada, la señora Babbitt había leído el periódico antes que su marido sesenta y siete veces solamente.

—La mar de noticias. Un tornado horroroso en el sur. Mala suerte. ¡Pero esto, oye, esto es descacharrante! El principio del fin para esos sinvergüenzas. La Asamblea de Nueva York ha aprobado un proyecto de ley que proscribirá completamente a los socialistas. Y en Nueva York los estudiantes están manejando los ascensores desde que los empleados se han declarado en huelga. ¡Eso es! Y en Birmingham se pidió en un mitin que Mick, el agitador ese, y De Valera, sean deportados. ¡Bien hecho! A todos esos agitadores les pagan con oro alemán, ya se sabe. Y nosotros no tenemos nada que ver con los irlandeses ni con ningún otro Gobierno extranjero. No queremos meter baza en el asunto. Y corre el rumor, muy probable, de que en Rusia ha muerto Lenin. ¡Magnífico! No alcanzo a comprender por qué no nos plantamos allí y echamos a patadas a esos tunantes de bolcheviques.

—Pues sí.

—Y dice aquí que un sujeto fue nombrado alcalde y tomó posesión vestido con un mono de mecánico..., ¡y además era predicador! ¿Qué te parece?

—¡Muy bonito!

Babbitt buscó una actitud, pero ni como republicano ni como presbiteriano, ni como alce, ni como negociante de casas, pudo encontrar una opinión establecida de antemano sobre los alcaldes predicadores, de modo que gruñó y siguió leyendo. Su mujer parecía interesada, pero en realidad no oía una palabra. Más tarde leería los titulares, las columnas de sociedad y los anuncios de los grandes almacenes.

—¿Qué te parece esto? Charley McKelvey continúa haciendo la pirueta social, tan pelmazo como siempre. Oye lo que dice de anoche la cronista:

Nunca se siente la Sociedad, con S mayúscula, más halagada que cuando, como anoche, es invitada a participar de un festín en la distinguida y hospitalaria residencia de Charles L. Mckelvey y su esposa. Situada en medio de su espacioso parque, una de las vistas más notables de Royal Ridge, la casa, hogareña y alegre a pesar de sus enormes muros de piedra y de sus vastas habitaciones, famosas por la decoración, se abrió anoche de par en par con motivo del baile dado en honor de la ilustre huésped de la señora McKelvey, la señorita J. Sneeth, de Washington. El amplio comedor, gracias a sus holgadas proporciones, pudo convertirse en un espléndido salón de baile, cuyo parquet reflejaba en su pulida superficie la encantadora concurrencia que lo pisaba. Pero incluso los placeres del baile palidecían ante las tentadoras ocasiones de hablar a solas, *tête-à-tête*, junto a la señorial chimenea de la biblioteca, o en alguna de las cómodas poltronas del gabinete, cuyas discretas lámparas invitaban a cuchichear tímidamente dulces naderías *deux-à-deux*. Además, en la sala del billar podía uno coger un taco y lucir sus habilidades en un juego no apadrinado por Cupido ni por Terpsícore.

Había más, muchísimo más, todo en el mismo urbano estilo periodístico de la señorita Elnora Pearl Bates, la popular redactora del *Advocate Times*. Pero Babbitt no podía soportarlo. Refunfuñó. Arrugó el periódico. Protestó.

—¡Es el colmo! No tengo inconveniente en reconocer el mérito de Charley McKelvey. Cuando estábamos en el colegio, estaba tan necesitado como cualquiera de nosotros, pero ha ganado su buen millón de pavos en contratas, y no ha sido menos honrado que otros ni ha comprado más concejales que los necesarios. Y es una buena casa la suya..., aunque no tenga «enormes muros de piedra» ni valga los noventa mil que le ha costado. Pero que se hable como si Charles McKelvey y toda su pandilla de borrachines fueran un racimo de..., de..., de Vanderbilts, bueno, ¡me cansa!

—Con todo —murmuró tímidamente la señora Babbitt—, me gustaría ver el interior de su casa. Debe de ser preciosa. Nunca he estado.

—¡Pues yo sí! Un montón de... Un par de veces. De noche, para hablar de negocios con Chaz. No es lo que dicen. No necesito ir allí a cenar con esa panda de... de corruptos. Y apuesto a que yo hago mucho más dinero que algunos de esos fantasmones que se gastan todo en trajes de etiqueta y no tienen una prenda interior decente que puedan llamar suya. ¡Oye! ¿Qué te parece esto?

La señora Babbitt no se conmovía con las noticias que daba el *Advocate Times* en su columna de Compraventa y Construcción:

Ashtabula Street, 496
J. K. Dawson a Thomas Mullally, April 17, 15.7 X 112.2
hip. $ 4.000 .... Nom.

Y, aquella mañana, Babbitt estaba demasiado inquieto para entretenerla con párrafos de los artículos sobre hipotecas registradas y contratos concedidos. Se levantó. Cuando la miraba, sus cejas parecían más peludas que de ordinario. De repente, dijo:

—Sí, quizá... sea una lástima no mantener relaciones con personas como los McKelvey. Trataremos de invitarlos a cenar alguna noche. ¡Bueno, qué diablos, no perdamos el tiempo en hablar de ellos! Nuestra pandilla pasa ratos mucho más divertidos que todos esos plutócratas. Compara a un ser verdaderamente humano, como tú, con pajarracas neuróticas como Lucile McKelvey..., que habla de forma tan pedante y se viste como un papagayo. ¡Tú sí que eres una buena mujer, cielito!

Disimuló su delatora dulzura con una queja:

—Oye, que no vuelva Tinka a comer más ese veneno de chocolate con nueces. ¡Por amor de Dios, procura que no se estropee el estómago! Te digo que la mayoría de las personas no comprenden lo importante que es hacer una buena digestión y tener hábitos regulares. Volveré a la hora de costumbre, supongo.

Babbitt besó a su mujer. En realidad no la besó: puso sus labios inmóviles sobre la mejilla impasible de ella. Y echó a correr hacia el garaje, murmurando:

«¡Dios mío, qué familia! Y ahora Myra se va a poner patética porque no alternamos con ese equipo de millonarios. ¡Oh, a veces me dan ganas de abandonarlo todo! Y el trabajo de la oficina igual o peor. Y yo me pongo desagradable... No lo hago con intención, pero... ¡estoy tan cansado!».

III

1

Para George F. Babbitt, como para la mayoría de los ciudadanos acomodados de Zenith, su automóvil era poesía y tragedia, amor y heroísmo. La oficina era su barco pirata, pero el automóvil era su peligrosa excursión a tierra.

Entre las tremendas crisis de cada día, ninguna más dramática que poner el motor en marcha. En las mañanas frías, era cosa de nunca acabar; el arranque zumbaba angustiosamente, y a veces tenía que echar unas gotas de éter en las llaves de los cilindros, lo cual era tan interesante que durante el almuerzo tenía que contarlo minuciosamente, calculando en voz alta cuánto le costaba cada gota.

Aquella mañana salió decidido a encontrar algo mal, y se sintió deprimido cuando la mixtura de aire y gasolina explotó con fuerza e instantáneamente, y el coche ni siquiera rozó la jamba de la puerta, rayada y astillada por los tropezones de los guardabarros. Se sentía confuso. Le gritó «¡Buenos días!» a Sam Doppelbrau con más cordialidad de la que se había propuesto.

La casa de Babbitt, verde y blanca, de estilo colonial holandés, era una de las tres que ocupaban aquella manzana de Chatham Road. A la derecha estaba la residencia de Samuel Doppelbrau, secretario de una excelente compañía dedicada a la instalación de accesorios en cuartos de baño. Era una confortable casa la suya, con pretensiones arquitectónicas, una enorme caja de madera con una torre rechoncha y un espacioso porche, todo ello pintado de amarillo yema de huevo. Babbitt calificaba a los señores Doppelbrau de «bohemios». A medianoche solían oírse en su casa música y risotadas; el vecindario murmuraba que tenían whisky de contrabando y que corrían en su coche como locos. A Babbitt le proporcionaban muchas felices noches de discusión, en las cuales proclamaba con firmeza: «Yo no soy mojigato, y no me importa ver a uno echarse una copa de tanto en tanto, pero, cuando se trata deliberadamente de armar la gorda a toda costa, como hacen los Doppelbrau, eso sí que ya no lo aguanto».

Al otro lado de Babbitt vivía Howard Littlefield, doctor en Filosofía, en una casa rigurosamente moderna. La parte baja era de ladrillo rojo oscuro y tenía un mirador emplomado; la parte superior era de estuco pálido, y el tejado, de tejas rojas. Littlefield era el gran erudito de la vecindad: una autoridad en todo, excepto bebés, cocina y automóviles. Se había graduado de bachiller en Blodgett College y había hecho su doctorado en economía política en Yale. Era gerente y consejero de publicidad de la Compañía de Tracción de Zenith. Podía, dándole diez horas de plazo, presentarse ante los concejales o ante la legislatura del Estado y demostrar definitivamente, con filas de guarismos y precedentes de Polonia y Nueva Zelandia, que la Compañía de Tranvías respetaba al público y se desvivía por sus empleados; que todas sus acciones estaban en poder de viudas y huérfanos; y que cualquier cosa que pretendiera hacer beneficiaría a los propietarios aumentando las rentas y ayudaría a los pobres rebajando el precio de los alquileres. Todas sus amistades acudían a él cuando deseaban saber la fecha del sitio de Zaragoza, la definición de la palabra «sabotaje», el porvenir del marco alemán, la traducción de *hinc illae lacrimae* o el número de productos procedentes del alquitrán. Aterrorizaba a Babbitt confesándole que a menudo se quedaba despierto hasta medianoche leyendo cifras y notas de informes del Gobierno, o examinando (divirtiéndose mucho con los errores del autor) los últimos volúmenes sobre química, arqueología e ictiología.

Pero el gran valor de Littlefield consistía en su ejemplaridad espiritual. A despecho de su extraño saber, era un presbiteriano tan estricto y un republicano tan firme como George F. Babbitt. Confirmaba a los hombres de negocios en la fe. Si sabían solamente por instinto que su sistema industrial y sus métodos eran perfectos, Howard Littlefield se lo demostraba con la historia, con la economía política y con confesiones de radicales reformados.

Babbitt se enorgullecía grandemente de ser vecino de tal sabio y también de la intimidad de Ted con Eunice Littlefield. A los dieciséis años, Eunice no mostraba el menor interés por las estadísticas, salvo las referentes a la edad y al sueldo de las estrellas cinematográficas, pero, como Babbitt declaró definitivamente, «era hija de su padre».

La diferencia entre un hombre ligero como Sam Doppelbrau y una persona verdaderamente refinada como Littlefield se reflejaba en su aspecto. Doppelbrau tenía un aspecto inconcebiblemente joven para ser un hombre de cuarenta y ocho años. Llevaba siempre el sombrero hongo en la coronilla, y en su cara roja había siempre una risa sin sentido. Pero Littlefield parecía viejo para sus cuarenta y dos años. Era alto, ancho, fuerte: sus lentes con montura de oro se hundían en los repliegues de su larga cara; su pelo tieso era un revoltijo negro y grasiento; gruñía y resoplaba al hablar; la llave de la Phi Beta Kappa relucía sobre su chaleco lleno de manchas; olía a pipas viejas; era completamente fúnebre y archidiaconal; y añadía a la profesión de agente inmobiliario y al oficio de instalar cuartos de baño un aroma de santidad.

Aquella mañana estaba delante de su casa inspeccionando

la hierba plantada entre el bordillo y la ancha acera de cemento. Babbitt paró su coche y sacó la cabeza para gritar: «¡Buenos días!». Littlefield se acercó pesadamente y apoyó un pie en el estribo.

—Hermosa mañana —dijo Babbitt, encendiendo, indebidamente pronto, el segundo puro del día.

—Sí, hace una mañana espléndida —dijo Littlefield.

—La primavera se nos viene encima.

—Sí, esto es ya la primavera —dijo Littlefield.

—Sin embargo, las noches son frías aún. Tuve que echarme un par de mantas anoche en la galería.

—Sí, no hacía demasiado calor anoche en la galería —dijo Littlefield.

—Pero no creo que vayamos a tener ya frío de verdad.

—No, aunque ayer, sin embargo, nevó en Tiflis, Montana —dijo el erudito—, y recordará usted el temporal que tuvieron en el oeste hace tres días (casi ochenta centímetros de nieve en Greeley, Colorado), y hace dos años cayó una nevada aquí mismo, en Zenith, el veinticinco de abril.

—¡Cierto! Oiga, jefe: ¿qué piensa usted del candidato republicano? ¿A quién nombrarán para presentarse a la presidencia? ¿No cree usted que ya es hora de que tengamos una administración verdaderamente práctica?

—En mi opinión, lo que el país necesita, en primer lugar y principalmente, es una gestión política para los negocios. ¡Lo que necesitamos es una administración enfocada en los negocios! —dijo Littlefield.

—¡Hombre, me alegro de que diga usted eso! ¡Sí, señor, me alegro muchísimo! Yo no sabía qué pensaría usted, con todas sus relaciones universitarias y demás, pero me alegro mucho de que piense usted así. Lo que el país necesita, precisamente en este caso, no es un rector de universidad que se entremeta en asuntos extranjeros, sino una administración buena, sana, económica y práctica, que active los negocios.

—Sí. Por lo general, la gente no se da cuenta de que, hasta en China, los escolásticos están cediendo su puesto a hombres más prácticos, y, naturalmente, usted comprenderá lo que esto implica.

—¡Cierto! ¡Bueno, bueno! —respiró Babbitt, sintiéndose mucho más tranquilo y mucho más contento de cómo marchaban las cosas en el mundo—. Bueno, ha sido un placer parar y hablar con usted un momento. Ahora tendré que irme a la oficina y pinchar a unos cuantos clientes. Bueno, hasta luego, jefe. Esta noche lo veré. Hasta luego.

2

Habían trabajado aquellos sólidos ciudadanos. Veinte años antes, la colina en que se había desarrollado Floral Heights, con sus brillantes tejados, su inmaculado césped y su pasmosa comodidad, era un exuberante bosque de olmos, robles y arces. A lo largo de las calles, trazadas con extraordinaria precisión, se veían aún unos cuantos solares con árboles y un pedazo de antiguo huerto. Era un día luminoso; en las ramas de los manzanos, las hojas nuevas brillaban como antorchas de fuego verde. Las primeras flores de los cerezos blanqueaban en una hondonada y los petirrojos alborotaban.

Babbitt olfateaba la tierra, se reía de los histéricos petirrojos como se habría reído con una película cómica. Era, a simple vista, el perfecto oficinista que va a su oficina: un hombre bien alimentado, con un correcto sombrero de fieltro marrón y anteojos sin montura, que fumaba un largo cigarro y conducía un buen coche por el bulevar de los suburbios. El invierno había concluido; había llegado el tiempo de construir, de la producción visible, que para él era la gloria. Perdió su abatimiento; rojo de júbilo, paró en Smith Street para dejar los pantalones castaños y para llenar el depósito de gasolina.

La familiaridad del rito lo fortificó: la vista de la alta y roja bomba de gasolina, el garaje de ladrillo y terracota, la ventana llena de los más agradables accesorios —flamantes cubiertas, inmaculadas bujías de porcelana, cadenas doradas y plateadas para los neumáticos—. Se sintió halagado por la amabilidad con que Sylvester Moon, el más sucio y hábil de los mecánicos, salió a servirlo.

—Buenos días, señor Babbitt —dijo Moon.

Y Babbitt se sintió como una persona de importancia, alguien de cuyo nombre se acordaban hasta en los garajes, y no uno de esos mamarrachos de poca monta que andan de un lado para otro en un cacharro cualquiera. Admiró la ingenuidad con que la aguja del contador hacía tictac a cada galón que marcaba; admiró la agudeza del cartel: «Más vale llenar a tiempo que quedarse en la carretera. Gasolina: 31 centavos»; admiró el rítmico gorgoteo de la gasolina al caer en el depósito y la mecánica regularidad con que Moon daba vueltas al manubrio.

—¿Cuánta ponemos hoy? —preguntó Moon, en un tono que combinaba la independencia del gran especialista, la familiaridad del chismorreo y el respeto hacia un hombre de peso en la sociedad como George F. Babbitt.

—Llénelo.

—¿Quién cree usted que va a salir como candidato republicano, señor Babbitt?

—Es aún muy temprano para hacer predicciones. Después de todo, queda todavía un mes y dos semanas..., no; tres semanas..., deben de ser casi tres semanas...; bueno, en total faltan más de seis semanas para la convención republicana, y creo que uno debe ser imparcial y dar a cada candidato una oportunidad, estudiarlos a todos, sopesar lo que vale cada uno, y luego decidir con cuidado.

—Cierto, señor Babbitt.

—Pero le digo a usted..., y en esto mi actitud es la misma que hace cuatro años, la misma que hace ocho, y será mi actitud en cuatro años..., sí, y en ocho años, lo que le digo a todo el mundo, y no debe esto entenderse demasiado generalmente: que lo que necesitamos ahora y luego siempre es una administración buena y seria y enfocada en los negocios.

—¡Es verdad!

—¿Qué le parecen a usted los neumáticos delanteros?

—¡Bien, bien! No tendríamos mucho que hacer en los garajes si todo el mundo cuidara su coche como usted lo cuida.

—Bueno, se hace lo que se puede.

Babbitt pagó, dijo adecuadamente: «¡Bah! Quédese con la vuelta», y partió en un éxtasis de honesta satisfacción consigo mismo. Vio a un hombre de aspecto respetable que estaba esperando el tranvía y le gritó con tono de buen samaritano:

—¿Quiere subir?

Cuando subió el desconocido, Babbitt, condescendiente, le preguntó:

—¿Va usted directamente al centro? Siempre que veo a alguien esperando el tranvía, tengo por costumbre ofrecerme a llevarlo... a menos, claro está, que parezca un muerto de hambre.

—Ojalá hubiera más personas tan generosas con sus automóviles —dijo cumplidamente la víctima de la benevolencia.

—Oh, no es cuestión de generosidad; lo que pasa es que creo (la otra noche se lo decía a mi hijo) que el deber de los hombres es compartir las buenas cosas de este mundo con sus vecinos, y me molesta mucho que un presuntuoso cualquiera se dé pisto solo porque hace obras de caridad.

La víctima parecía incapaz de hallar la respuesta adecuada. Babbitt bramó:

—¡Vaya un servicio que nos da la Compañía en esta línea! Es absurdo que los tranvías de Portland Road pasen solo cada siete minutos; las mañanas de invierno se queda uno helado esperando en la esquina con el viento que le muerde a uno las pantorrillas.

—Es verdad. A la Compañía de Tranvías le importa un comino el trato que nos den. Les debería pasar algo.

Babbitt se alarmó.

—Sin embargo, no sería justo descargar todos los golpes contra la Compañía y no darse cuenta de las dificultades que tiene, como esos chalados que quieren que pase a propiedad del municipio. Es simplemente un crimen lo que hacen los obreros con la Compañía: no dejan de pedir aumento de salario, y, ¡claro!, los que perdemos somos usted y yo, que tenemos que pagar siete centavos por viaje. En realidad, el servicio es excelente en todas las líneas, considerando...

—Bueno... —dijo el otro, incómodo.

—Hermosa mañana —comentó Babbitt—. La primavera se nos echa encima.

La víctima no tenía originalidad ni ingenio, y Babbitt cayó en un gran silencio y se dedicó al juego de hacer carreras con los tranvías hasta la siguiente esquina. Correr a todo gas entre el enorme costado amarillo del tranvía y la quebrada fila de coches estacionados junto a la acera y acelerar en el preciso momento en que el tranvía se paraba: un deporte original y temerario.

Y, mientras tanto, era consciente del encanto de Zenith. Había pasado muchas semanas sin fijarse más que en los clientes y en los irritantes «se alquila» de sus rivales. Aquel día, no sabía por qué, pasaba de la rabia a la alegría con la misma nerviosa rapidez; y la luz de la primavera era tan adorable que levantó la cabeza y vio.

Le llenaba de admiración todo cuanto encontraba en la familiar ruta de la oficina: los bungalows, los arbustos, las serpenteantes calzadas de Floral Heights. Las tiendas de un solo piso en Smith Street: un resplandor de vidrios y ladrillos nuevos; tiendas de comestibles, lavanderías y drugstores para atender las necesidades más inmediatas de las amas de casa que vivían en el East Side. Las huertas de Dutch Hollow, sus casuchas remendadas con metal acanalado y puertas robadas. Carteleras con diosas carmesíes de tres metros de alto que anunciaban películas, tabaco de pipa y polvos de talco. Las viejas «mansiones» de la calle Novena, que parecían envejecidos dandis vestidos de lino mugriento; castillos de madera convertidos en casas de huéspedes, con caminos enlodados y vallas mohosas; entre las que se abrían paso garajes rápidamente intrusivos, casas de vecindad baratas y puestos de frutas cuidados por afables y zalameros atenienses. Al otro lado de la vía férrea, fábricas que producían leche condensada, cajas de cartón, aparatos de luz eléctrica, automóviles; luego, el centro comercial, el tráfico compacto y rápido, los tranvías atestados descargando, y los amplios portales de mármol y granito pulido.

Aquello era grande, y Babbitt respetaba el tamaño en cualquier cosa: en las montañas, en las joyas, en los músculos, en la riqueza o en las palabras. Durante un momento de encantamiento primaveral, fue el lírico y casi desinteresado amante de Zenith. Pensó en los suburbios industriales; en el río Challoosa, con sus orillas extrañamente erosionadas; en las colinas de Tonawanda, hacia el norte, salpicada de huertas; y en las opulentas tierras de leche, con sus grandes establos y sus tranquilizadoras vacadas. Cuando se apeó su pasajero, exclamó:

—¡Me siento divinamente esta mañana!

3

Tan épico como poner en marcha el coche era el drama de encontrar un sitio donde aparcar antes de entrar en la oficina. Al doblar la esquina de la avenida Oberlin para meterse en la calle Tercera, buscó con la mirada un espacio libre en la línea de automóviles estacionados. Vio un sitio, pero un rival le tomó la delantera. Delante, otro coche se despegó de la acera, y Babbitt redujo la marcha, sacando la mano a los que venían tras él;

hizo señas a una anciana para que siguiera andando y esquivó un camión que lo embestía por un lado. Abollando con las ruedas delanteras el parachoques de acero del automóvil de delante, frenó, agarró el volante febrilmente, entró marcha atrás en el sitio vacío y, con medio metro de espacio para maniobrar, dejó el coche paralelo a la acera. Fue una hazaña viril magistralmente ejecutada. Puso un candado de seguridad en la rueda delantera y cruzó la calle en dirección a su oficina, instalada en el piso bajo del edificio Reeves.

El edificio Reeves era tan incombustible como una roca y tan práctico como una máquina de escribir; catorce pisos de ladrillo sin adorno ninguno. Estaba ocupado todo él por oficinas de abogados, médicos y agentes de maquinaria, de ruedas esmeriladas, de alambres para vallas y de acciones de minas. Sus letreros dorados brillaban en las ventanas. La entrada era demasiado moderna para estar decorada con flamantes columnas; era tranquila, solapada, pulcra. En el lado de la calle Tercera estaban la confitería Blue Delft, una sucursal de telégrafos de la Western Union, la papelería de Shotwell y la Compañía Inmobiliaria Babbitt-Thompson.

Babbitt podía haber entrado en su oficina por la puerta de la calle, como los clientes, pero lo hacía sentirse de la casa pasar por el corredor y entrar por la puerta trasera. De este modo lo saludaban los aldeanos.

Las personillas desconocidas que vivían en los corredores (los chicos del ascensor, el maquinista, el superintendente y el cojo de dudoso aspecto encargado del puesto de periódicos y puros) no eran en modo alguno ciudadanos. Eran rústicos que vivían en un reducido valle, interesados solamente en ellos mismos y en el edificio. Su calle Mayor era el vestíbulo, con su piso de piedra y su severo techo de mármol, adonde daban los escaparates interiores de las tiendas. El sitio más animado de la calle era la barbería, perpetua causa de remordimiento para Babbitt. Él era parroquiano de la flamante peluquería Pompeian, instalada en el hotel Thornleigh, y cada vez que pasaba ante la otra (diez veces, cien veces al día) se sentía infiel a su propia aldea.

Ahora, como persona de jerarquía, saludado respetuosamente por los aldeanos, entró en su oficina; la paz y la dignidad estaban con él y las disonancias matinales no se oían.

Pero se volvieron a oír inmediatamente.

Stanley Graff, uno de los empleados, hablaba por teléfono sin ese firme tono que aplica disciplina a los clientes.

—Oiga... eh... creo que tengo la casa que le conviene...: la casa Percival, en Linton... Ah, ya la ha visto. Bueno, y qué, ¿le gusta...? ¿Eh...? Ah —vacilante—, ah, ya comprendo.

Cuando Babbitt entró en su despacho privado, una jaula al fondo de la oficina con tabiques de roble y cristales escarchados, reflexionó sobre lo difícil que era encontrar empleados que tuvieran su misma fe en hacer ventas.

Sin contar a Babbitt ni a su suegro, Henry Thompson, que rara vez aparecía por la oficina, eran nueve los miembros de la compañía: Stanley Graff, el agente de calle, un jovenzuelo muy dado a los cigarrillos y al billar; el viejo Mat Penniman, conserje, cobrador de recibos y vendedor de seguros, un hombre agotado, silencioso y gris, un personaje misterioso de quien se decía que había tenido una oficina de su propiedad nada menos que en Brooklyn; Chester Kirby Laylock, destacado en el desarrollo urbanístico de Glen Oriole, persona entusiasta, que tenía un bigote sedoso y mucha familia; la señorita Theresa McGoun, la veloz y bastante guapa estenógrafa; la señorita Wilberta Bannigan, la gruesa, lenta y laboriosa contable; y cuatro comisionistas que trabajaban a tiempo parcial.

Mirando desde su jaula a la sala principal, Babbitt se lamentó: «McGoun es una buena estenógrafa, lista como una ardilla, pero Stan Graff y todos esos vagos...». El entusiasmo de la mañana primaveral se ahogó en el aire enrarecido de la oficina.

Generalmente admiraba su oficina con la agradable sorpresa de haber creado él mismo aquello tan hermoso; generalmente se sentía estimulado por la limpieza y el bullicio que reinaban allí, pero aquel día todo le parecía insulso: el suelo de baldosas de cuarto de baño, el techo de metal color ocre, las paredes de yeso llenas de mapas desteñidos, las barnizadas sillas de roble, los pupitres y los ficheros de acero pintados de un color verde pardusco. Era una cripta, una capilla de acero donde la vagancia y la risa constituían horribles pecados.

¡Ni siquiera le producía satisfacción la nueva nevera! Y era la mejor de las neveras, la última palabra en ciencia. Había costado un dineral (lo cual era ya por sí una virtud). Tenía un depósito de hielo de fibra aislante, un botellón de porcelana (completamente higiénico), un grifo sanitario que no podía gotear ni atascarse y decoraciones pintadas a máquina en dos tonos de oro. Se convenció de que ningún arrendatario del edificio Reeves poseía una nevera más cara, pero no pudo recobrar el sentimiento de superioridad social que le había dado. Y refunfuñó inexplicablemente: «Ganas tengo de largarme ahora mismo al bosque. Y pasarme el día ganduleando. E ir otra vez esta noche a casa de Gunch, y jugar al póquer, y soltar todos los tacos que me dé la gana, y beberme ciento nueve mil botellas de cerveza».

Suspiró; leyó su correspondencia; gritó: «¡Sritagoun!», que significaba «señorita McGoun», y empezó a dictar. He aquí su versión de la primera carta:

Omar Gribble, mándela a su oficina, señorita McGoun, recibí la suya del 20 y en respuesta le diré, mire usted, Gribble, me temo mucho que si nos andamos con vacilaciones vamos a perder la venta. Anteayer hablé con Allen y me fui derecho al grano y creo poder asegurarle... ¡eh, eh!, no cambie eso: mi experiencia me indica que se puede confiar en él, que va al negocio, consulte su récord financiero, que es excelente... esta frase me parece un poco liosa, señorita McGoun; pártala en dos si es necesario, punto y aparte. No tiene inconveniente ninguno en prorratear la tasa especial, y me choca, estoy absolutamente seguro de que no habrá dificultad en hacerle pagar el seguro, conque ahora, por amor de Dios, manos a la obra... no, ponga: conque ahora duro con ello, y vamos... no, basta eso... puede usted arreglar un poco estas frases cuando las copie a máquina, señorita McGoun... de usted, etcétera.

He aquí la versión de la carta que aquella misma tarde envió la señorita McGoun:

BABBITT-THOMPSON REALTY CO
Casas para la gente
Edificio Reeves, avenida Oberlin y calle Tercera, N. E.
Zenith

Señor Omar Gribble
576 Edificio North American
Zenith

Querido señor Gribble:

He recibido su carta del día 20. Mucho me temo que, si andamos con vacilaciones, vamos a perder la venta. Anteayer hablé con Allen y me fui derecho al asunto. Mi experiencia me indica que toma el negocio en serio. He consultado también su récord financiero, que es excelente.

No tiene inconveniente ninguno en prorratear la contribución especial y no creo que haya dificultad en hacerle pagar el seguro.

¡Conque adelante!

Suyo afectísimo.

Después de leerla y firmarla con su correcta y suelta escritura comercial, Babbitt reflexionó: «Muy bien; es una carta fuertecita, clara como el agua. Pero y por qué... ¡Yo no le dije a McGoun que pusiera aquí otro punto y aparte! ¡Ya podía dejarse de corregir lo que le dicto! Pero lo que no logro entender es esto: ¿por qué Stan, Graff o Chet Laylock no pueden escribir una carta así? ¡Con gracia! ¡Con nervio!».

La más importante que dictó aquella mañana fue la circular quincenal, que había que mimeografiar y enviar a un millar de posibles compradores. Era una perfecta imitación de los mejores modelos literarios del día, de los anuncios que «hablan al corazón», de las cartas «sacaventas», de los discursos sobre el «desarrollo de la voluntad» y de los campechanos prospectos tan fecundamente dados a luz por la nueva escuela de los poetas comerciales. Había escrito penosamente el primer borrador y lo leía ahora como un poeta delicado y distraído:

¡Oiga, amigo!

Puedo hacerle a usted un favor de órdago. ¡No es broma! Sé que está usted interesado en comprar una casa, no simplemente un sitio donde pueda colgar su viejo sombrero, sino un nido de amor para su mujer y sus nenes... Y hasta su coche puede tener un rinconcito en la parte de atrás... Diga, ¿se ha parado usted alguna vez a pensar que estamos aquí nosotros para ahorrarle molestias? Así es como nos ganamos la vida... ¡la gente no nos paga por nuestra cara bonita! Y, ahora, fíjese:

Siéntese en su hermoso escritorio de caoba tallada y díganos en cuatro líneas qué es lo que desea, y, si podemos encontrarlo, iremos presurosos a su residencia con la buena nueva, y, en caso contrario, no lo marearemos. Llene usted el impreso adjunto para ahorrarse tiempo. Disponemos también de locales para tiendas en Floral Heights, Silver Grove,

Linton, Bellevue, y en todos los barrios del East Side. Prospectos a petición.

Siempre a su servicio.

P. D. He aquí algunas de las golosinas que podemos proporcionarle, verdaderas gangas descubiertas hoy mismo:

Silver Grove.— precioso bungalow de cuatro habitaciones, t. 1. a. m., garaje, estupendo árbol de sombra, excelente vecindario, tranvía próximo. 3.700 dólares, 780 dólares al contado y el resto a plazos, precios Babbitt-Thompson, más bajos que el alquiler.

Dorchester.— ¡El no va más! Artística casa para dos familias, molduras de roble, suelo de parquet, hermosa chimenea de gas, amplias galerías, estilo colonial, garaje con calefacción, una ganga, 11.250 dólares.

Terminado el dictado, que lo obligaba a estar sentado y a pensar en vez de danzar de un lado para otro armando ruido y haciendo verdaderamente algo, Babbitt se repantigó en su silla giratoria y se quedó mirando a la señorita McGoun. Se daba cuenta de que era una muchacha de melena negra y mejillas pudorosas. Un anhelo que no sabía si procedía de su soledad lo debilitaba. Mientras la chica esperaba, golpeando la mesa con la punta larga y precisa de un lápiz, Babbitt la identificó a medias con el hada de sus sueños. Se imaginó que los ojos de ambos se encontraban con terrorífico reconocimiento; se imaginaba que tocaba sus labios con tímida reverencia y que...

—¿Nada más, *s'ior* Babbitt? —gorjeó ella.

—No, creo que basta —gruñó Babbitt, y le volvió la espalda.

A pesar de todos sus extraviados pensamientos, nunca habían llegado a mayor intimidad. A menudo reflexionaba: «Jamás olvidaré lo que Jake Offutt decía: "Un hombre prudente no se pone a ligar en su propia oficina o en su propia casa. Eso trae problemas. Sí, es verdad. Pero...».

Los veintitrés años que llevaba de casado se los había pasado atisbando con incomodidad cada pantorrilla bien hecha y cada hombro mórbido; en su imaginación los había poseído, pero ni una sola vez había arriesgado su reputación con la aventura. Ahora, mientras calculaba el coste de empapelar de nuevo la casa Styles, se sentía nuevamente inquieto, descontento de nada y de todo, avergonzado de su descontento y suspirando por el hada.

IV

1

Fue una mañana de creación artística. Quince minutos después de dictar Babbitt su poética circular, Chester Kirby Laylock, el residente del desarrollo urbanístico Glen Oriole, entró a dar cuenta de una venta y a proponer un anuncio. A Babbitt no le parecía bien que Laylock cantara en coros ni que se entusiasmara en casa jugando a inocentes juegos de cartas. Tenía voz de tenor, cabello castaño ondulado y un bigote como un cepillo de pelo de camello. Babbitt consideraba disculpable que un hombre de familia dijese rezongando: «¿Ha visto usted la nueva foto del chico...? Un diablillo robusto, ¿eh?», pero las confidencias de Laylock eran tan efervescentes como las de una muchacha.

—Oiga, creo que he encontrado un anuncio que vendría de perlas para Glen Oriole, señor Babbitt. ¿Por qué no probamos con algo en verso? De verdad, tendría un maravilloso efecto de atracción. Escuche:

> Entre placeres y palacios,
> allí donde le guste estar,
> usted ponga a la mujercita
> y nosotros ponemos el hogar.

»¿Comprende? Como en "hogar dulce hogar". ¿Lo pilla usted...?

—Sí, sí, sí. ¡Claro que lo pillo! Pero, caray... Creo que deberíamos encontrar algo más serio, algo que tenga más fuerza, por ejemplo: «Nosotros abrimos la marcha, los demás nos siguen», o «¿Por qué no ahora?». Naturalmente, la poesía y el humor y demás están muy bien cuando vienen a cuento, pero, tratándose de una zona elegante como Glen Oriole, es mejor cultivar el estilo grave, ¿estamos? Bueno, eso es todo por hoy, Chet.

2

Por una tragedia común en el mundo del arte, el entusiasmo primaveral de Chet Laylock sirvió solamente para estimular el talento del astuto George F. Babbitt.

—Esa vocecita de Chet me ataca los nervios —le dijo gruñendo a Stanley Graff.

No obstante, estaba inspirado y escribió de un plumazo:

¿RESPETA USTED A LOS SUYOS?

Terminadas las últimas y tristes ceremonias del duelo, ¿tiene usted la seguridad de haber cumplido con los que se fueron para siempre? Pues no ha cumplido usted si no yacen en el bello cementerio de

LINDEN LANES

el único cementerio moderno de Zenith y sus alrededores con parcelas exquisitamente cultivadas en laderas moteadas de margaritas, desde donde se contemplan los risueños campos de Dorchester.

Agentes exclusivos:
COMPAÑÍA INMOBILIARIA BABBITT-THOMPSON.
Edificio Reeves.

—Esto —murmuró con regocijo— le enseñará a Chan Mott
y a su viejo cementerio de Wildwood lo que es el comercio moderno.

3

Encargó a Mat Penniman que averiguase los nombres de los
otros propietarios que exhibían en sus casas sin alquilar letreros de otros corredores; habló con un señor que quería arren-
dar un local para billares; repasó la lista de los contratos que
estaban a punto de expirar; mandó a Thomas Bywaters, un cobrador de tranvía que en los ratos libres jugaba a ser agente inmobiliario, que fuera a ver a los clientes de poca monta, indignos de las estrategias de Stanley Graff. Pero, pasada ya su
excitación creadora, estos detalles rutinarios lo aburrían. Tuvo
un momento de heroísmo al descubrir un nuevo método para
dejar de fumar.

Dejaba de fumar por lo menos una vez al mes. Sufría la
privación como sólido ciudadano que era: reconocía los daños
producidos por el tabaco, tomaba valientes resoluciones, formaba planes para quitarse el vicio, disminuía el número de puros y exponía los placeres de la virtud a todo el que encontraba. En realidad lo hacía todo menos dejar de fumar.

Dos meses antes, anotando pacientemente en un papel la
hora exacta cada vez que fumaba, y aumentando con éxtasis
los intervalos entre cigarro y cigarro, logró contentarse con
tres al día. Luego perdió la lista.

Hacía una semana había inventado el sistema de dejar su
cigarrera y su paquete de cigarrillos en el local exterior, dentro
de un cajón del fichero que nadie usaba. «Claro que me aver-

gonzaré de entrar y salir a cada minuto, poniéndome en ridículo delante de mis propios empleados», reflexionó. Al cabo de tres días se había acostumbrado a levantarse de su escritorio, ir hasta el cajón, sacar y encender un cigarro sin darse cuenta de lo que hacía.

Aquella mañana comprendió que era demasiado fácil abrir el fichero. Cerrarlo con llave, ¡ese era el remedio! Sus cigarros, sus cigarrillos y hasta su caja de cerillas quedaron en un momento encerrados bajo llave, y esta la escondió en su escritorio. Pero la sagrada cólera con que llevó a cabo su decisión le despertó tales ganas de fumar que inmediatamente recuperó la llave, se dirigió al fichero con imponente dignidad y sacó un puro y una cerilla... «Pero solo una; si el cigarro se apaga, ¡se queda apagado!». Después, cuando el puro se apagó, sacó otra cerilla del fichero, y, cuando un comprador y un vendedor vinieron a conferenciar a las once y treinta, naturalmente tuvo que ofrecerles unos puros. Su conciencia protestó: «Estás fumando como ellos», pero él no hizo caso. «¡Oh, cállate! —le replicó—. Estoy ocupado ahora. Naturalmente, en algún momento...». No había ningún momento; y, sin embargo, la creencia de haber vencido al sucio vicio lo hacía sentirse feliz. Cuando llamó por teléfono a Paul Riesling se encontraba, dentro de su esplendor moral, inusualmente ansioso.

Quería a Paul Riesling más que a nadie en el mundo, excepto a sí mismo y a su hija Tinka. Habían sido compañeros de clase y de habitación en la Universidad del Estado, pero Paul Riesling, con su delgadez morena, su pelo partido por una raya perfecta, sus lentes, su hablar vacilante, su melancolía, su afición a la música, fue siempre para él un hermano menor a quien había que mimar y proteger. Después de graduarse, Paul había entrado en la empresa de su padre y ahora era fabricante en pequeña escala de papel asfáltico para impermeabilizar tejados. Pero Babbitt creía tenazmente y propalaba sin cesar al mundo de los Hombres de Bien que Paul podía haber sido un gran violinista o pintor o literato. «Bueno, las cartas que me mandaba ese muchacho cuando visitó las Montañas Rocosas en Canadá lo hacían a uno ver el sitio como si estuviera delante. Créanme ustedes: podría haberles dado mucho que hacer a cualquiera de esos pimpantes autorcillos».

Sin embargo, por teléfono ninguno de los dos dijo mucho.

—Sur 343. ¡No, no, no! He dicho Sur... Sur 343. Oiga, centralita, ¿qué demonios pasa? ¿No puede darme el 343? Pues claro que contestarán. ¡Oiga! ¿343? Quiero hablar con el señor Riesling... ¿Eres tú, Paul?

—Sí.

—Soy George.

—Ya.

—¿Cómo estás?

—Vamos tirando. ¿Y tú?

—Muy bien, Paulibus. Bueno, ¿qué hay de nuevo?

—Oh, nada de particular.

—¿Dónde te has metido?

—Oh, por ahí. ¿Qué quieres, George?

—¿Comemos juntos?

—Creo que sí. ¿En el club?

—Sí. Quedamos allí a las doce y media.

—Vale, a las doce y media. Hasta luego, Georgie.

4

La mañana estaba rigurosamente dividida en secciones. Entretejidos con la correspondencia y con la redacción de anuncios, había mil detalles nerviosos; llamadas de empleados que incesante y esperanzadamente buscaban cinco cuartos con baño por sesenta dólares mensuales, consejos a Mat Penniman para que les sacase dinero a inquilinas que no tenían dinero.

Las virtudes de Babbitt como servidor de la sociedad en el

negocio de encontrar casas para familias y tiendas para vendedores de comestibles eran la entereza y la diligencia. Convencionalmente honrado, llevaba un registro completo de compradores y vendedores, tenía mucha experiencia en materia de contratos y una excelente memoria para los precios. Sus hombros eran lo bastante anchos, su voz lo bastante profunda y su sentido de la cordialidad lo bastante fuerte para acreditarlo como hombre de casta superior. Sin embargo, su relativa importancia era tal vez rebajada por su grande y satisfecha ignorancia de toda arquitectura, salvo el tipo de casas construidas con fines lucrativos; de toda jardinería, salvo el uso de los caminos curvos, de las parcelitas de hierba y de seis vulgares arbustos; y de los más comunes axiomas de economía. Creía serenamente que el único objeto del negocio de inmuebles era hacer dinero para George P. Babbitt. Realmente era un buen anuncio, en los almuerzos del Boosters' Club y en todas las variedades de banquetes anuales a que asistían los Hombres de Bien, hablar del desinteresado servicio al público, de la obligación que todo agente inmobiliario tenía de mantener inviolada la confianza de sus clientes, y de una cosa un tanto confusa llamada Ética, que daba categoría al que la poseía, y a quien no la poseía lo convertía en un trapisondista, en un gorrón, en un mercachifle. Estas virtudes inspiraban confianza y le permitían a uno manejar asuntos de mayor importancia. Pero no implicaban que tuviera uno que rehusar recibir por una casa el doble de lo que valía si el comprador era tan idiota que no regateaba el precio como un judío.

Babbitt hablaba bien (y a menudo) en esas orgías de la virtud comercial sobre la «función del agente inmobiliario como visionario del futuro desarrollo de la comunidad y como profético ingeniero que desembarazaba el camino de los cambios inevitables», lo cual quería decir que un agente inmobiliario podía hacer dinero adivinando hacia qué lado se ensancharía la ciudad. A esta adivinación él la llamaba visión.

En un discurso pronunciado en el Boosters' Club había dicho: «Es obligación y a la vez privilegio de quien se dedica al negocio de las casas conocer a fondo su propia ciudad y sus alrededores. Si el cirujano ha de ser especialista de cada vena y de cada misteriosa célula del cuerpo humano, si el ingeniero ha de conocer la electricidad en todas sus fases o, uno por uno, todos los tornillos del enorme puente que se enarca majestuosamente sobre el caudaloso río, el agente inmobiliario debe conocer su ciudad palmo a palmo, con todos sus defectos y sus virtudes».

Babbitt, aunque conocía al dedillo los precios corrientes de ciertos distritos de Zenith, ignoraba si el cuerpo de Policía era demasiado grande o demasiado pequeño, y si estaba o no conchabado con el juego y la prostitución. Conocía los medios de hacer incombustibles los edificios y su correlación con los precios de los seguros, pero no sabía cuántos bomberos había en la ciudad, ni cómo se los adiestraba, ni lo que les pagaban, ni hasta qué punto era completo su material. Contaba elocuentemente las ventajas de que las escuelas estuvieran cerca de las casas arrendables, pero no sabía (valía la pena saberlo) si las clases estaban debidamente calentadas, iluminadas, ventiladas y equipadas; no sabía cómo se llamaban los maestros; y, aunque salmodiaba: «Una de las glorias de Zenith es que pagamos debidamente a los maestros», era porque lo había leído en el *Advocate Times*. Él no podía decir cuál era el sueldo corriente de los maestros de Zenith ni de los de ninguna otra parte.

Tras oír que la cárcel del distrito y la prisión de la ciudad no estaban en «condiciones», leyó por encima, indignado de que se criticase a Zenith, un informe en el cual el notario pesimista Seneca Doane, abogado radical, afirmaba que meter a muchachos y muchachas jóvenes en una pocilga atestada de hombres atacados de sífilis, de delirium tremens y de locura no era la mejor manera de reformarlos. Babbitt había rebatido el informe refunfuñando: «Estos tipos que creen que una cárcel debe ser un hotel acomodado como el Thornleigh me dan náuseas. El que no quiera ir a la cárcel que se porte bien y no vaya. Además, que esos chiflados de reformistas exageran siempre». Este fue el principio y el fin de sus investigaciones sobre los correccionales de Zenith. Y, en cuanto a los «distritos pecaminosos», se expresaba sensatamente así: «Esas son cosas con las que ningún hombre decente se entremete. Además, en realidad, se lo digo a ustedes confidencialmente, es una protección para nuestras hijas y para las mujeres honradas tener un barrio donde los malos elementos puedan armarla. Así no vienen a nuestras casas».

Sobre cuestiones industriales, sin embargo, Babbitt había cavilado mucho, y sus opiniones pueden ser coordinadas en la forma siguiente:

«Una buena unión de trabajadores es muy valiosa, porque excluye las uniones radicales, que destruirían la propiedad. Sin embargo, no se debería obligar a nadie a pertenecer a una unión. A todos los agitadores laboristas que tratan de forzar a los obreros a ingresar en una unión habría que ahorcarlos. Realmente, esto entre nosotros, no deberían permitirse uniones de ninguna clase; y, por ser el mejor medio de combatir las uniones, cada hombre de negocios debería pertenecer a una asociación de empleados y a la Cámara de Comercio. La unión hace la fuerza. De modo que a cualquier egoísta que no quiera ingresar en la Cámara de Comercio se lo debería meter a la fuerza».

Babbitt, el hombre experimentado por cuyo consejo multitud de familias se mudaban de barrio, en nada era tan espléndidamente inocente como en la ciencia sanitaria. No sabía distinguir el mosquito de la malaria de un murciélago; no sabía ni jota sobre los análisis del agua para beber; y en materia de fontanería y alcantarillado era tan ignorante como voluble. Se refería con frecuencia a la excelencia de los baños de las casas que vendía. Le encantaba explicar por qué ningún europeo se bañaba nunca. Alguien le había dicho, hacía veinticuatro años, que todos los pozos negros eran insalubres, y él seguía censurándolos. Si algún cliente le encargaba vender una casa que tenía un pozo negro, Babbitt hablaba siempre de la cuestión antes de aceptar la casa y venderla.

Cuando trazó el nuevo desarrollo urbanístico de Glen Oriol, cuando alisó las colinas y los prados dejando el valle convertido en un llano sin árboles y sin oropéndolas, erizado de pequeños letreros que ostentaban nombres de calles imaginarias, Babbitt instaló honradamente un completo sistema de alcantarillas. Esto lo hizo sentirse superior; le permitió mirar con desprecio el desarrollo urbanístico de Martin Lumsen, Avonlea, que tenía un pozo negro, y le proporcionó materia para los anuncios a toda página, donde exageraba la belleza, la conveniencia, la baratura y la supererogatoria salubridad de Glen Oriole. El único pero era que las alcantarillas de Glen Oriole no tenían suficiente desagüe, de modo que las inmundicias se quedaban atascadas, cosa no muy agradable, mientras que el pozo negro de Avonlea era un tanque séptico con sistema Waring.

El nuevo desarrollo urbanístico de Glen Oriole hacía sospechar que Babbitt, aunque realmente odiase a los estafadores reconocidos, no pecaba de excesivamente honrado. Explotadores y compradores no quieren que los agentes intermediarios compitan con ellos metiéndose también a comprar y a explotar por su cuenta; quieren que se limiten a atender los intereses de sus clientes. Babbitt y Thompson pasaban por simples agentes de Glen Oriole al servicio de su verdadero propietario, Jake Offutt, pero el hecho era que Babbitt y Thompson poseían un sesenta y dos por ciento de Glen Oriole, el presidente y el agente comprador de la Compañía de Tracción de Zenith poseían el veintiocho por ciento, y Jake Offutt (político corrupto, fabricante al pormenor, viejo farsante mascador de tabaco y amigo de la política sucia y de las trampas en el póquer) tenía solamente el diez por ciento, que Babbitt y los funcionarios de la Compañía de Tracción le habían dado por «arreglar» a los inspectores de Sanidad y de incendios y a un miembro de la Junta de Transportes.

Pero Babbitt era virtuoso. Abogaba, aunque sin dar ejemplo, por la prohibición del alcohol; elogiaba, aunque no las obedecía, las leyes contra el exceso de velocidad; pagaba sus deudas; contribuía a la Iglesia, a la Cruz Roja y a la Asociación de Jóvenes Cristianos; seguía las costumbres de su grupo y hacía trampas solo cuando estaban santificadas por algún precedente. Jamás descendía al timo, aunque lo bordeaba.

—Naturalmente, yo no pretendo afirmar que cada anuncio que escribo sea literalmente verdad —le explicaba a Paul Riesling—, o que yo crea siempre todo lo que digo cuando le coloco a algún comprador una buena «conferencia». Bueno, sabes..., la cosa es así: en primer lugar, quizá el propietario exageró cuando puso el negocio en mis manos, y no es ciertamente mi obligación demostrar que mi cliente es un embustero. Y, además, la mayoría de los individuos son tan redomadamente pícaros ellos mismos que siempre esperan que uno mienta un poco, de modo que, si yo fuera tonto y no exagerara, me tendrían de todos modos por mentiroso. En propia defensa, tengo que hinchar el perro como el abogado que defiende a un reo... ¿No es su deber indispensable sacar a relucir las buenas cualidades del infeliz? ¡El mismo juez le daría un grito al abogado que no lo hiciese, aun a sabiendas de que el fulano era culpable! Pero, aun así, yo no disimulo la verdad, como Cecil Rountree o Thayer o esos otros agentes inmobiliarios. ¡Y creo de verdad que el sujeto que deliberadamente pretende lucrarse con la mentira debería ser fusilado!

Que Babbitt era un hombre inestimable para sus clientes nunca se demostró tan claramente como aquella mañana, en la conferencia que tuvieron a las once y media Conrad Lyte, Archibald Purdy y él.

5

Conrad Lyte era un especulador. Un especulador nervioso. Antes de apostar, consultaba con banqueros, abogados, arquitectos, contratistas y con todos los empleados y mecanógrafas que, acorralados por él, accedían a darle consejos. Era un audaz empresario y no deseaba nada más que una completa seguridad en sus inversiones, libertad para no atender a los detalles y el treinta o cuarenta por ciento, beneficio que, según todas las autoridades, merece el promotor por su perspicacia y por los riesgos a que se expone. Era un hombre rollizo cuyo pelo gris ensortijado le cubría el cráneo como una gorra; sus trajes, por muy bien cortados que estuvieran, le sentaban siempre mal. Tenía unas ojeras semicirculares muy hundidas, como si se hubiera apretado fuertemente una moneda de un dólar.

Lyte consultaba siempre con Babbitt y confiaba en su lenta cautela.

Seis meses antes, Babbitt había sabido que un tal Archibald Purdy, tendero de comestibles en el ambiguo distrito residencial llamado Linton, hablaba de abrir una carnicería junto a su tienda de comestibles. Babbitt averiguó quiénes eran los dueños de las parcelas contiguas y se enteró de que Purdy era propietario de su tienda pero no de la finca colindante, que estaba disponible. Aconsejó a Conrad Lyte que comprase esa finca por once mil dólares, aunque, tasándola según la renta que producía, su valor no pasaba de nueve mil. Los alquileres, declaró Babbitt, eran demasiado bajos, y, si esperaban, podrían hacer que Purdy conviniese en su precio. (Esto era la Visión). Tuvo que forzar a Lyte para que comprara. Su primer acto como agente de Lyte fue aumentar el alquiler del ruinoso edificio. El inquilino dijo un montón de barbaridades, pero pagó.

Ahora Purdy parecía decidido a comprar, y su demora le iba a costar diez mil dólares extra, la recompensa que la comunidad otorgaba al señor Conrad Lyte por la virtud de servirse de un agente que tenía Visión y que entendía los temas de la conversación, los valores estratégicos y la psicología del arte de vender.

Lyte llegó a la conferencia exultante. Sentía un gran afecto por Babbitt esa mañana, y lo llamaba cariñosamente «viejo perro». Purdy, el tendero, hombre solemne y nariguüdo, parecía menos entusiasta respecto a Babbitt y a la Visión, pero Babbitt salió a recibirlo a la puerta de la calle y lo condujo a su despacho particular diciéndole afectuosamente: «Por aquí, amigo Purdy». Sacó del fichero la caja de los puros, se la ofreció a sus visitantes y los obligó a aceptarlos. Acercó las sillas cinco centímetros y las retiró ocho, lo cual daba una nota de hospitalidad, y se repantigó en su sillón giratorio adoptando un aire rechoncho y jovial. Pero habló al debilucho tendero con firmeza:

—Bueno, amigo Purdy, hemos recibido varias proposiciones tentadoras de algunos carniceros y de muchos individuos que se interesan por la finca contigua a su tienda, pero yo he persuadido al amigo Lyte de que debíamos darle a usted preferencia. «Sería una vergüenza», le dije a Lyte, «que alguien fuera y abriese una expendeduría de carne y comestibles en la misma puerta de al lado para arruinar el negocio de Purdy». Sobre todo... —Babbitt se inclinó hacia delante y su voz se hizo más áspera— tendría mala sombra que una de esas cadenas de supermercados que venden solo al contado se estableciera allí y empezara a rebajar los precios hasta librarse de la competencia y acabara usted contra la pared.

Purdy se sacó las manos de los bolsillos, se subió los pantalones, volvió a meterse las manos en los bolsillos, se ladeó en la pesada silla de roble y trató de tomar un aire despreocupado mientras se defendía.

—Sí, mala competencia son. Pero creo que no se dan ustedes cuenta del poder que tiene la personalidad en un negocio de barrio.

El gran Babbitt sonrió.

—¿Ah, sí? Pues, amigo, usted verá. Nosotros quisimos avisarlo primero. Ahora bien...

—Bueno, miren ustedes —gimió Purdy—. Yo estoy seguro de que una finca de parecido tamaño, ahí al lado, se vendió en menos de ocho mil quinientos no hará dos años, y aquí ustedes me piden veinticuatro mil dólares. Es que voy a tener que hipotecar... No me importaría mucho pagar doce mil, pero... ¡señor Babbitt, es que me pide usted el doble de lo que vale! ¡Y me amenaza con la ruina si no compro!

—¡Purdy, no me gusta que hable usted así! ¡No me gusta ni pizca! ¡Suponer que Lyte y yo somos lo bastante cochinos como para querer arruinar a nadie! ¿No comprende usted que hasta por egoísmo nos conviene que en Zenith todo el mundo prospere? Pero eso es harina de otro costal. Verá usted lo que podemos hacer: lo dejaremos en veintitrés mil, cinco mil al contado y el resto en hipoteca..., y, si usted quiere demoler la casucha y reconstruir, creo que podré convencer aquí a Lyte de que afloje un préstamo para edificar en condiciones ventajosas. ¡Hombre, a nosotros nos agradaría mucho complacerle! No tenemos más simpatía que usted por esas advenedizas cadenas de supermercados. Pero no es razonable que espere usted de nosotros sacrificar once mil solo por amor al vecindario, ¿verdad? ¿Qué dice usted, Lyte? ¿Consiente usted en la rebaja?

Poniéndose calurosamente de parte de Purdy, Babbitt persuadió al benévolo señor Lyte de que dejara el precio en veintiún mil dólares. En el momento oportuno, Babbitt sacó de un cajón el contrato que había hecho mecanografiar a la señorita McGoun hacía una semana y se lo puso a Purdy en las manos. Sacudió gentilmente su estilográfica para cerciorarse de que tenía tinta, se la alargó a Purdy y miró, con gesto de aprobación, cómo este ponía su firma.

El mundo seguía dando vueltas. Lyte había ganado algo más de nueve mil dólares. Babbitt había sacado cuatrocientos cincuenta de comisión. Purdy se encontraba, gracias al delicado mecanismo de la moderna hacienda, con un nuevo edificio para sus negocios, y muy pronto a los felices habitantes de Linton les suministraría la carne a precios solo un poquito más caros que los del centro.

Había sido una batalla dura, pero, una vez terminada, Babbitt se desanimó. Esta era la única contienda divertida que había planeado. No había nada en perspectiva, salvo detalles de contratos, tasaciones, hipotecas.

«Me pone enfermo —murmuró para sí— pensar que Lyte se lleva la mayor parte de la ganancia, ¡ese viejo avaro! Y... ¿qué otra cosa tengo yo que hacer hoy...? Me gustaría tomarme unas pequeñas vacaciones. Hacer un viaje en coche. Algo.

Se levantó de un salto, reanimado por la idea de almorzar con Paul Riesling.

V

1

Los preparativos de Babbitt para dejar la oficina abandonada a sí misma durante la hora y media que tardaba en almorzar fueron un poco menos elaborados que los planes para una guerra europea.

—¿A qué hora va usted a almorzar? —le preguntó con impaciencia a la señorita McGoun—. Bueno, no salga usted antes de que regrese la señorita Bannigan. Explíquele que, si Wiedenfelt llama por teléfono, tiene que decirle que ya he averiguado que la finca no está hipotecada. Y, a propósito, recuérdeme usted mañana que Penniman tiene que averiguar si está hipotecada. Bueno, si viene alguien buscando una casa barata, no olvide que la de Bangor Road tenemos que endilgársela a alguien. Si me necesita usted, estoy en el Athletic Club. Y... eh... estaré de vuelta a las dos.

Se sacudió la ceniza del chaleco. Colocó una carta de difícil contestación sobre un montón de trabajo por despachar, con objeto de darle salida sin falta aquella tarde. (Llevaba tres días haciendo lo mismo con aquella carta). Garrapateó en una hoja de papel amarillo: «Ver pts cts exts». Este memorándum le dio la agradable sensación de haberse enterado ya de todo lo que tenía que enterarse respecto a las puertas de los cuartos exteriores.

Se dio cuenta de que se estaba fumando otro cigarro. Lo tiró, protestando: «Maldita sea, ¿cuándo vas a dejar el maldito tabaco?». Metió otra vez la caja de puros en el fichero, lo cerró, escondió la llave en un sitio más oculto y se dijo con rabia: «Debería cuidarme. Necesito hacer más ejercicio..., ir andando al club todos los días... Eso es lo que haré..., todos los días...; basta ya de automóvil».

La resolución lo hizo sentirse ejemplar. Inmediatamente después decidió que era demasiado tarde para ir andando.

Poner en marcha el motor y meterse en la fila de automóviles le llevó solamente un poco más de tiempo del que le hubiera llevado recorrer a pie las tres manzanas y media que distaba el club.

2

Mientras conducía, iba mirando los edificios con el cariño que da la familiaridad.

Un forastero que cayera de repente en medio del centro de negocios de Zenith no habría podido decir si estaba en una ciudad de Oregón o de Georgia, de Ohio o de Maine, de Oklahoma o de Manitoba. Pero, para Babbitt, cada palmo tenía su individualidad. Notó, como siempre, que el edificio California, en la acera de enfrente, tenía tres pisos menos y era, por tanto, tres pisos menos hermoso que su edificio Reeves. Como de costumbre, cuando pasó ante el Salón de Limpieza de Zapatos Parthenon, una casucha de un solo piso que, junto a la mole de granito y ladrillo rojo del viejo edificio California, parecía una casa de baños bajo un acantilado, comentó: «Tengo que lustrarme los zapatos esta tarde. Siempre me olvido». Al pasar junto a la tienda de mobiliario de oficinas Simplex y ante el local de la Agencia Nacional de Cajas Registradoras, anheló tener un dictáfono, una máquina de escribir que pudiera sumar y multiplicar, como un poeta anhela volúmenes en cuarto o un médico una máquina de rayos X.

Frente a la camisería de Nobby levantó del volante la mano izquierda y, al tocarse la corbata, se quedó muy satisfecho de sí mismo al pensar que gastaba corbatas caras y que «podía pagarlas al contado, además»; y, frente al estanco llamativamente pintado de oro y carmín, reflexionó: «Puede que necesite algunos cigarros... Qué idiota..., me he olvidado de que voy a dejar de fumar». Vio su banco, el Banco Nacional de Mineros y Ganaderos, y consideró lo cuerdo y seguro que era guardar su dinero en tan marmóreo edificio. El momento culminante llegó cuando se interrumpió la circulación y se vio obligado a hacer un alto en la esquina, al pie de la Segunda Torre Nacional. Su coche se detuvo con otros cuatro en una línea de acero inquieta como un escuadrón de Caballería, mientras de las calles transversales fluían limusinas, enormes camiones de mudanza e insistentes motocicletas; en la esquina de enfrente, un remachador automático repiqueteaba en el soleado esqueleto de un edificio en construcción; y en medio de aquel torbellino surgió una cara familiar y un miembro del Boosters' Club gritó: «¿Qué hay, George?». Babbitt hizo un ademán afectuoso y continuó su camino cuando do el policía levantó la mano. Notó lo deprisa que arrancó su coche. Se sintió superior y fuerte como una lanzadera de acero que se mueve rápidamente en una inmensa máquina.

Las dos manzanas siguientes no existían para él, eran casas ruinosas aún no conquistadas al Zenith mugriento y destartalado de 1885. Cuando pasó por la tienda donde todo se vendía a cinco o diez centavos, la casa de huéspedes Dakota, el Concordia Hall con sus habitaciones de alquiler y sus locales de adivinos y quiroprácticos, pensó en cuánto dinero había ganado y se jactó un poco y se preocupó otro poco y empezó a hacer cuentas de memoria:

«Cuatrocientos cincuenta pavos esta mañana con el negocio de Lyte. Pero debo la contribución. Vamos a ver: este año debería sacar ocho mil dólares limpios y ahorrarme mil quinientos..., no, imposible si construyo el garaje... Vamos a ver: seiscientos cuarenta el mes pasado, y doce veces seiscientos cuarenta hacen... hacen...; vamos a ver: seis veces doce suman dos mil setecientos y..., ¡oh, qué demonios!, de todos modos, los ocho mil nadie me los quita...; caramba, carama, no está mal; muy poca gente hay que saque ocho mil al año..., ocho mil contantes y sonantes...; apuesto a que ni el cinco por ciento de la gente en todo Estados Unidos hacen más que un servidor. ¡Estoy en la cumbre del éxito! Pero... con los gastos que uno tiene... La familia desperdiciando la gasolina y vistiéndose como si fuéramos millonarios..., y los ochenta mensuales que le mando a mi madre... Y, luego, esos empleados y esas mecanógrafas que me chupan todo lo que pueden...».

El efecto de este científico presupuesto fue que se sintió a la vez triunfalmente rico y peligrosamente pobre, y en medio de sus cálculos paró el coche, corrió a un puestecillo de periódicos y chucherías y compró el encendedor eléctrico por el que había estado suspirando una semana. Engañó a su conciencia poniéndose alegre y bullicioso, y gritando al dependiente: «Supongo que me ahorraré en cerillas casi lo que vale, ¿no?».

Era una verdadera monería, un cilindro niquelado con un enchufe casi plateado para fijarlo en el interior del automóvil. No era solo, como advertía el cartel del mostrador, «una filigrana primorosa que daba el último toque de distinción a un coche elegante», sino un objeto inapreciable para ahorrar tiempo. Dispensándole de parar el auto para encender una cerilla le ahorraría fácilmente diez minutos en un mes o dos.

Mientras conducía, iba echando ojeadas al encendedor.

«Es muy bonito. Ya hace tiempo que quería tener uno», se dijo, pensativo.

Entonces recordó que había dejado de fumar.

«En fin, supongo que de cuando en cuando me echaré un puro. Y... Será una gran comodidad para los demás. Puede ser el pretexto para tratar de camarada a algún fulano que proponga una venta. Y... la verdad es que queda bonito. La verdad es que es un chisme muy ingenioso. Da el último toque de distinción y de postín. Yo... ¡Qué diantre, creo que bien puedo permitirme el lujo! ¡No voy a ser el único de la familia que nunca tenga un capricho!».

Así, cargado con su tesoro, después de tres calles de romántica aventura, paró ante la puerta del club.

3

El Athletic Club de Zenith no es nada atlético, ni siquiera es exactamente un club, pero es verdaderamente un cénit de perfección. Tiene un animado billar lleno de humo, cuenta con equipos de béisbol y de rugby, y en la piscina y en el gimnasio una décima parte de los socios tratan a veces de perder peso. La mayoría de sus miembros lo usan como café donde almorzar, jugar a las cartas, contar historias, reunirse con clientes y entretener a tíos venidos de fuera de la ciudad. Es el club más grande de la ciudad, y su principal odio es el Union Club, del que todos los socios del Athletic dicen que es «un agujero indecente, caro, esnob y estúpido, donde no se encuentra ni una sola persona sociable». Juraban todos que no ingresarían en él aunque les pagasen. Las estadísticas demuestran que ninguno de los socios del Athletic ha rehusado nunca entrar en el Union Club cuando lo han invitado, y que el sesenta por ciento de los que son elegidos socios se dan de baja en el Athletic y luego se les oye decir, en la soñolienta santidad del vestíbulo del Union: «El Athletic sería un buen hotel si fuera más exclusivo».

El Athletic Club tiene nueve pisos y es de ladrillo amarillo. Tiene una azotea de cristal arriba y un pórtico con columnas de piedra caliza abajo. El salón de entrada, con sus gruesos pilares de piedra porosa, su puntiaguda bóveda y su suelo de baldosas morenas como corteza de pan, es una combinación de cripta y de cantina. Los socios acuden al salón como si fueran de compras con el tiempo justo. Así entró Babbitt, y gritó al grupo que estaba de pie junto al puesto de cigarros:

—¿Qué hay, muchachos, qué hay? Buen día, ¿eh?

Le devolvieron jovialmente el saludo: Vergil Gunch, el tratante de carbón; Sidney Finkelstein, comprador de vestidos de señora para los almacenes Parcher & Stein; y el profesor Joseph K. Pumphrey, propietario de la Escuela de Negocios de Riteway, donde daba clases de hablar en público, de inglés financiero, de escritura de guiones de cine y de derecho mercantil. Aunque Babbitt admiraba a este sabio y consideraba a Sidney Finkelstein un «listísimo comprador y gastador generoso», fue a Vergil Gunch a quien se dirigió con entusiasmo. El señor Gunch era presidente del Boosters' Club, un club que se reunía semanalmente, sucursal de una organización nacional que fomentaba los negocios honrados y la amistad entre los Tipos Normales. Era también nada menos que Estimado Caballero Dirigente de la Benevolente y Protectora Orden de los Alces, y se rumoreaba que en las próximas elecciones sería candidato a presidente. Era un hombre jovial dado a la oratoria y a codearse con las artes. Iba a visitar a los actores famosos y a los artistas de vodevil cuando estos venían a la ciudad, les regalaba cigarros, llamaba a todos por los nombres de pila y —a veces— lograba llevarlos a los almuerzos del Boosters' Club para que dieran a los socios una fiesta gratis. Era un hombre grandullón con una cabeza que parecía un cepillo. Conocía los últimos chistes, pero jugaba al póquer teniendo cuidado de no enseñar las cartas. Fue en su casa donde Babbitt había absorbido el virus de la inquietud que sentía aquel día.

—¿Cómo está el bolchevique? —vociferó Gunch—. ¿Cómo te sientes la mañana siguiente a la noche anterior?

—¡Huy, chico! ¡Qué cabeza! Aquello sí que fue una reunión, Verg. No habrás olvidado, supongo, que me llevé la última puesta —voceó Babbitt (a tres pasos de Gunch).

—¡Está bien! ¡La que te voy a dar la próxima, George! Oye, ¿has visto en el periódico cómo resiste la asamblea de Nueva York a los rojos?

—¡Que si lo he visto! Bien hecho, ¿eh? ¡Vaya día que hace!

—Sí, es un hermoso día de primavera, pero las noches siguen frías.

—¡Sí, en eso tienes razón! Tuve que echarme un par de mantas anoche en la galería. Oye, Sid —dijo Babbitt volviéndose a Finkelstein—: tengo que preguntarte una cosa. Me he comprado un encendedor eléctrico para el coche este mediodía, y...

—¡Repámpano!—exclamó Finkelstein.

Y hasta el sabio profesor Pumphrey, un individuo bulboso con un chaqué ala de mosca y una voz de órgano, comentó:

—Es un accesorio de postín. El encendedor da distinción al salpicadero.

—Sí, por fin me decidí a comprar uno. El mejor de los mejores, me dijo el dependiente que era. Pagué cinco dólares. No sé si me la habrán pegado. ¿Cuánto cuestan en la tienda, Sid?

Finkelstein aseguró que cinco dólares no era demasiado por un encendedor de primera bien niquelado y provisto de conexiones de la mejor calidad.

—Yo siempre digo (y, creedme, me baso en mi experiencia comercial): lo mejor es lo más barato a la larga. Claro que, si uno quiere ser judío, puede comprar pacotilla, pero, a la larga, lo más barato es lo que más cuesta. El otro día, sin ir más lejos, pagué yo por una capota nueva y por tapizar los asientos ciento veintiséis cincuenta y, naturalmente, más de uno dirá que es una atrocidad... Señor, si todos esos viejos... Viven en uno de esos pueblos sórdidos del norte del estado y simplemente no les cabe en la cabeza nuestra manera de pensar, y, además, claro está, son judíos y se morirían si supieran que Sid ha apoquinado ciento veintiséis papiros. Pero yo no creo que me hayan timado ni esto, George. El coche parece nuevecito ahora..., no es que se caiga de viejo, no; tiene menos de tres años, ¡pero le doy cada tute! Nunca hago menos de ciento setenta kilómetros los domingos, y... No, no creo que te la hayan pegado, George. A la larga, lo mejor es, sin duda alguna, lo más barato.

—¡Cierto! —dijo Vergil Gunch—. Eso mismo creo yo. Cuando un hombre está acostumbrado a una vida intensa, por decirlo así, como ocurre aquí en Zenith... hay que ver la actividad mental de alto voltaje del Boosters' Club, y aquí en el A. C.; bueno, más vale que no se ande con bobadas y se compre lo mejor.

Babbitt hacía una seña afirmativa a cada cinco palabras. El final de la parrafada, en el que Gunch lució su famosa vena humorística, le encantó.

—Sin embargo, George, no sé yo cómo puedes permitirte esos lujos. He oído que el Gobierno no te quita ojo desde que robaste la cola del parque Eathorne para venderla.

—¿Guasitas, Verg? ¡Pues siga la broma! Se dice por ahí que tú robaste el mármol negro de las escaleras de Correos y lo has vendido como carbón de primera. ¿Qué hay de eso?

Babbitt, en el colmo del regocijo, le daba palmaditas en la espalda, le sacudía el brazo.

—Muy bien, pero lo que yo quisiera saber es esto: ¿quién fue el pillastre que compró ese carbón para las casas que administra?

—¡Chúpate esa, George! —exclamó Finkelstein—. Y os diré lo que he oído: la señora de George entró en Parcher a comprarle unos cuellos, y, antes de que pudiera dar el número de talla, la dependienta saca unos del trece. «¿Cómo sabe usted el tamaño?», pregunta la señora Babbitt. Y la otra le contesta: «Los hombres que dejan a sus mujeres comprarles los cuellos siempre gastan el trece, señora». ¿Qué os parece? No está mal, ¿eh? ¿Qué os parece, eh? ¡Vuelve por otra, George!

—Yo... Yo...

Babbitt buscaba un amable insulto para contestar. Se quedó callado, miró a la puerta. Paul Riesling entraba.

—Luego os veo —dijo, y atravesó el salón a toda prisa.

Ya no era ni el niño malhumorado que dormía en la galería, ni el tirano doméstico del comedor, ni el taimado negociante de la conferencia Lyte-Purdy, ni el tonante Hombre de Bien, ni el simpático guasón del Athletic Club. Era el hermano mayor de Paul Riesling, pronto a defenderlo. Lo quería con un amor orgulloso, crédulo, con un amor que no podía sentir ni por las mujeres. Paul y él se dieron la mano solemnemente como si hubieran estado separados tres años, no tres días.

—¿Cómo va, tunante?

—Muy bien. ¿Y tú, langostino?

—Yo, de primera. ¡Vaya pájaro que estás hecho, so sinvergüenza!

De este modo se cercioraban del gran afecto que se tenían.

—¡Pues mira que tú!—rezongó Babbitt—. ¡Diez minutos de retraso!

—¡Quéjate! —replicó Riesling—. Encima que vas a tener el honor de almorzar con un caballero.

Riendo entraron en el lavabo. Sobre las jofainas encajadas en una prodigiosa plancha de mármol, una fila de hombres se inclinaba en actitud de religiosa postración ante sus propias imágenes reflejadas en el enorme espejo. Voces fuertes, satisfechas, autoritarias, chocaban contra las paredes de mármol, rebotaban contra el techo de azulejos. Los amos de la ciudad, los potentados de la ley, de los abonos, de los seguros y de los neumáticos dictaban las opiniones de Zenith; anunciaban que el día era templado, indiscutiblemente primaveral; que los salarios eran demasiado altos y el interés en hipotecas demasiado bajo; que Babe Ruth, el eminente jugador de béisbol, era un hombre noble, y que esta semana trabajaban en el teatro de vodevil dos cómicos de primera. Babbitt, aunque su voz era de ordinario la más campanuda y la más episcopal de todas, no decía nada. En presencia de la sombría reserva de Paul Riesling, se sentía violento, y tenía la necesidad de estar callado, de ser firme y diestro.

El vestíbulo del Athletic Club era de estilo gótico; el lavabo, de estilo romano; el salón, de estilo colonial español, y la biblioteca, de estilo chino, pero la joya del club era el comedor, obra maestra de Ferdinand Reitman, el arquitecto que tenía más contratas en Zenith. Era altísimo y estaba decorado con molduras de madera. Tenía puertas con vidrieras emplomadas, un mirador, una galería de música donde casi nunca había música, tapices que se suponía representaban la concesión de la Carta Magna. Las vigas habían sido azoladas en el taller de carrocería de Jake Offutt; las bisagras eran de hierro forjado; el revestimiento de madera de las paredes tenía colgadores tallados a mano, y en un extremo de la estancia se veía una chimenea de piedra, toda decorada con escudos de armas. El folleto anunciador del club aseguraba de esta no solo que era mayor que cualquier chimenea de los castillos europeos, sino que tenía un tiro incomparablemente más científico. Estaba también mucho más limpia, puesto que nunca se había encendido en ella ningún fuego.

La mitad de las mesas eran monstruosos tableros donde cabían de veinte a treinta personas. Babbitt se sentaba generalmente a la que estaba cerca de la puerta, en compañía de Gunch, Finkelstein, el profesor Pumphrey, Howard Littlefield, su vecino T. Cholmondeley Frink, poeta y agente publicitario, y Orville Jones, cuya lavandería fue, durante muchos años, la mejor de Zenith. Formaban un club dentro del club, y se llamaban jovialmente a sí mismos «los Camorristas». Aquel día, al pasar junto a su mesa, los Camorristas lo llamaron.

—Vamos, siéntate. ¿Tan orgullosos sois tú y Paul que no queréis yantar con estos pobretes? ¿Tienes miedo de que alguno te sablee una botella de cerveza, George? Me choca a mí lo esnobs que os estáis volviendo.

—Naturalmente —tronó Babbitt—. ¡No vamos a perder nuestra reputación exhibiéndonos con semejantes roñas!

Y guio a Paul hasta una de las mesas que estaban bajo la galería de música. Se sentía culpable. En el Athletic Club el aislamiento estaba muy mal considerado. Pero Babbitt quería a Paul para él solo.

Aquella mañana había abogado por los almuerzos ligeros y ahora no pidió más que una chuleta de carnero a la inglesa, rábanos, guisantes, un buen pedazo de tarta de manzana, un poco de queso y un café con crema, añadiendo, como de costumbre: «¡Ah, y tráigame una ración de patatas fritas!». Cuando llegó la chuleta, la salpimentó vigorosamente. Siempre echaba sal y pimienta a la carne, vigorosamente, antes de probarla.

Paul y él hablaron de la primaveral calidad de la primavera, de las virtudes del encendedor eléctrico y de la actuación de la asamblea de Nueva York. Solo cuando Babbitt estuvo harto y desconsolado de grasa de carnero soltó:

—Esta mañana he redondeado un pequeño negocio con Conrad Lyte y me he echado al bolsillo mis buenos quinientos dólares. ¡No está mal, no! Y, sin embargo... No sé lo que me pasa hoy. Será la primavera o que anoche me quedé hasta muy tarde en casa de Gunch, o quizá cansancio de trabajar todo el invierno. Yo, naturalmente, no voy a quejarme en la mesa de los Camorristas, pero contigo... ¿Nunca te has sentido tú así, Paul? Pues yo sí. Hasta aquí he hecho lo que debía hacer: sostengo a mi familia, tengo una buena casa y un buen coche de seis cilindros, y he montado un negocio decentito, y no tengo vicio ninguno, excepto el tabaco...; y, a propósito, estoy dejando de fumar. Voy a la iglesia, juego al golf lo bastante para conservar la línea y no trato más que con personas decentes. Pero, aun así, no sé si estoy completamente satisfecho.

Su diálogo era interrumpido por los gritos de las mesas cercanas, por los mecánicos galanteos con la camarera, por los estertóreos gruñidos que emitía Babbitt mientras el café lo llenaba de mareo e indigestión. Hablaba de forma apologética y dudosa, y fue Paul quien con su voz delgada perforó la niebla.

—Hombre, George, no creerás que es para mí ninguna novedad saber que nosotros, buscavidas que somos, no sacamos gran cosa del éxito que creemos tener. ¡No temas que te vaya a denunciar por sedicioso! Tú sabes lo que ha sido mi propia vida.

—Lo sé, amigo.

—¡Yo debería haber sido violinista y soy un mercachifle de papel asfáltico! Y Zilla... Bueno, no quiero quejarme, pero tú sabes tan bien como yo lo inspiradora que es mi mujer... Ejemplo típico anoche: fuimos al cine. Había una multitud esperando en la antesala; nosotros, a la cola. Ella empezó a abrirse paso con su procedimiento de «¡Caballero, cómo se atreve usted...!». De verdad, hay veces, cuando la veo tan recompuesta y apestando a perfume, con ganas de armar jaleo y gritar: «¿Qué se ha creído usted? ¡Yo soy una señora...!», ¡te digo que la mataría! Bueno, sigue abriéndose paso a codazos, yo tras ella muerto de vergüenza hasta que se planta delante de todos y se dispone a coger el primer asiento. Pero había allí un hombrecito pequeñajo, que probablemente llevaría media hora esperando (yo casi lo admiré) y se vuelve y dice con mucha cortesía: «Señora, ¿por qué trata usted de quitarme el sitio?». Y ella, pues nada, va y le suelta: «¡Usted no es un caballero!». ¡Dios, qué vergüenza! Y luego me mete a mí en la danza. «¡Paul, este señor me ha insultado!», dice, y el hombrecillo se dispone a defenderse. Yo pretendí no oírlos (era como no oír el estrépito de una fábrica de calderas) y traté de mirar para otro lado...

Podría describirte cada azulejo del vestíbulo ese; hay uno con manchas grises que es la misma cara del diablo..., y, mientras tanto, la gente (estábamos como sardinas en lata) no dejaba de hacer comentarios, y Zilla charla que charla, chillando como una lechuza que «hombres así no deberían admitirlos en un lugar adonde iban personas decentes», y «Paul, ¿haces el favor de llamar al gerente para darle queja de este sinvergüenza?», y... ¡uf! ¡No sabes lo contento que me puse cuando pude escabullirme adentro y esconderme en la oscuridad...! Después de veinticuatro horas diarias de historias por el estilo, no pienses que voy a desplomarme echando espuma por la boca cuando tú me insinúas que esta vida tan dulce, tan limpia, tan respetable, tan moral no es todo lo deliciosa que dicen, ¿verdad? Ni siquiera puedo hablar de esto con nadie, excepto contigo, porque otro cualquiera creería que soy un cobarde. Puede que lo sea. Me da igual ya... ¡Y te estoy dando la tabarra con tantas lamentaciones, George!

—No son lamentaciones, Paul; en realidad, bien poco te quejas. A veces... Yo estoy siempre jactándome delante de Myra y los chicos de que soy un gran hombre de negocios, y, sin embargo, tengo a veces la oculta sospecha de que no soy el Pierpont Morgan que quiero aparentar ser. Pero, oye, si al menos ayudo a alegrarte la vida, viejo Paulski, puede que a pesar de los pesares san Pedro me abra la puerta.

—¡Ja, ja! Buen pez estás hecho, George, sinvergonzón, pero la verdad es que sin los ánimos que tú me das...

—¿Por qué no te divorcias?

—¡Que por qué no me divorcio! ¡Ojalá pudiera! ¡Con que ella me diese la oportunidad! Jamás consentirá en divorciarse o en separarse de mí. No quiere perder sus tres opíparas comidas y las barras de chocolate con almendras que se zampa entre horas. ¡Si al menos me fuera infiel! George, no quisiera parecer un cochino; cuando estábamos en la universidad yo pensaba que a un hombre que dijera algo así había que fusilarlo antes de que saliera el sol. Pero ahora, de verdad, me encantaría que se echara un amante. ¡No caerá esa breva! Naturalmente, flirteará con cualquiera..., ya sabes cómo da la mano, cómo se ríe... con esa risa suya... tan desvergonzada... Y de qué manera grazna: «¡No sea usted pícaro, y ándese con ojo si no quiere entendérselas con mi marido!». Y el otro me mira pensando: «¡Vete de aquí, precioso, o te zurro la badana!». Y después ella le permite ciertas libertades, las suficientes para darle un poco de emoción, y después empieza a hacerse la inocente injuriada y se divierte de lo lindo gimiendo: «No me esperaba yo eso de usted». Y luego en las novelas hablan de esas *demivierges*...

—¿Esas qué?

—... pero las mujeres casadas, discretas, inflexibles, encorsetadas, como Zilla, son mil veces peores que cualquier chica de pelo corto que se lanza descaradamente a la tormenta de la vida... Y lleva escondido el paraguas en la manga. Pero ¡caray!, ya sabes lo que es Zilla, cómo se sulfura. Se encapricha por todas las cosas que puedo comprarle, y por otras muchas que no puedo. No atiende a razones, y, cuando me enfado y trato de entrar en explicaciones, comienza a hacer el papel de señora distinguida tan bien que hasta a mí me la da, y me embrolla en un montón de «Por qué dijiste eso» y «No quería decir eso». Mira, George: ya sabes tú que mis gustos son sencillísimos..., en materia de comidas al menos. Naturalmente, como dices tú, me gustan los cigarros decentes..., no esos Flor de Cabagos que fumas tú.

—¡Pero bueno, hombre! Por veinticinco centavos no se puede pedir más. A propósito, Paul, ¿te he dicho que estoy decidido a dejar casi por completo el tab...?

—Sí... Al mismo tiempo, si no puedo comer lo que me gusta, pues me paso sin ello y ya está. No me importa sentarme ante un bistec achicharrado y tomar de postre melocotones de lata, pero tener que compadecer a Zilla cuando la cocinera, harta de su mal humor, la deja plantada, y verla sentada toda la tarde con una bata sucia, leyendo las hazañas de algún héroe de cine, tan interesada que no tiene tiempo de preparar algo de cena, eso sí que no lo puedo soportar, chico. Tú estás hablando siempre de moral..., refiriéndote, supongo, a la monogamia. Para mí has sido la salvación, pero tú eres esencialmente un memo. Tú...

—Muchachito, ¿de dónde te sacas eso de memo? Permíteme que te diga que...

—... quieres parecer formal y propalar a los cuatro vientos que el deber de todo comerciante serio es ser estrictamente moral, para dar ejemplo a la sociedad. En realidad, eres tan extremista en cuanto a moral, George, que no quiero pensar lo esencialmente inmoral que debes de ser por dentro. Está bien, puedes...

—¡Un momento, un momento! ¿Qué...?

—... hablar de moral todo lo que te dé la gana, pero créeme, si no hubiera sido por ti, por alguna noche que he tocado el violín acompañando a Terril O'Tarrell al violonchelo, y por tres o cuatro chicas encantadoras que me han hecho olvidar la pesada broma que llaman «vida respetable», me hubiera pegado un tiro hace años. ¡Y el negocio! ¡El negocio de los tejados! ¡Tejados para establos! No quiero decir que no me haya divertido bastante engañando a las uniones de trabajadores, metiendo en caja un cheque grande y viendo crecer el negocio. Pero ¿de qué sirve? Mi negocio, sabes, no consiste en distribuir materiales para techar...; consiste, principalmente, en impedir que mis competidores los distribuyan. Lo mismo te pasa a ti. Todo lo que hacemos es tirarnos los trastos a la cabeza, ¡y el público que pague!

—¡Escucha, Paul! Estás hablando casi como un socialista.

—Sí, pero claro, no quiero decir exactamente eso..., supongo. Naturalmente..., con la competencia triunfa lo mejor..., supervivencia del más apto, que se dice en biología...

Pero... pero yo digo: toma por ejemplo nuestros conocidos, estos mismos tipos del Club que parecen tan satisfechos de su vida conyugal y de sus negocios, y que quieren poner por las nubes a Zenith y a la Cámara de Comercio. Apuesto a que si pudieras abrirles la cabeza encontrarías con que una tercera parte de ellos están a buen seguro satisfechos con sus mujeres, sus chicos, sus amigos y sus oficinas; otra tercera parte se sienten un tanto desasosegados, pero no lo confiesan; y los demás son desgraciados y lo saben. Detestan la farsa de los negocios, están aburridos de sus mujeres y creen que en su familia todos son idiotas... Sí, a los cuarenta o cuarenta y cinco años están ya aburridos... ¿Por qué crees que se fueron a la guerra tantos respetables ciudadanos? ¿Piensas que fue todo patriotismo?

—¿Qué te figuras? —bufó Babbitt—. ¿Que hemos venido a este mundo para divertirnos, y..., cómo es..., para «dormir en un lecho de rosas»? ¿Piensas que el hombre ha sido hecho para ser feliz?

—¿Por qué no? Aunque yo no he conocido a nadie que supiera para qué diantre ha sido hecho el hombre.

—En fin, sabemos (no solo por la Biblia, sino por la luz de la razón) que el hombre que no dobla la cabeza y cumple con su deber, aunque a veces lo aburra, no es más que un..., bueno, simplemente un enclenque. ¡Un marica! Y tú, ¿por qué abogas? Pongamos un caso. Si un individuo está aburrido de su mujer, ¿crees en serio que tiene derecho a escurrir el bulto y dejarla abandonada, o a suicidarse?

—¡Dios mío, yo no sé qué derechos tiene un hombre! Y no conozco la solución del aburrimiento. Si la conociera habría descubierto la panacea de la vida. Pero yo sé que de las personas que llevan una vida insulsa, innecesariamente insulsa, ni la décima parte lo confiesan, y creo que si reventáramos y lo confesáramos alguna vez, en lugar de ser amables, pacientes y leales durante sesenta años, y después amables, pacientes y difuntos por toda la eternidad, bueno, puede ser que nuestra vida fuera más divertida.

Derivaron hacia un laberinto de especulaciones. Babbitt estaba inquieto como un elefante. Paul se sentía osado, pero no sabía exactamente acerca de qué se sentía osado. De cuando en cuando Babbitt concordaba con Paul, dándole la razón en algo que contradecía su defensa del deber y de la resignación cristiana, y entonces sentía una inexplicable alegría atolondrada.

—Mira, Paul —dijo, por último—, siempre estás hablando de hacer esto y lo de más allá y nunca haces nada. ¿Por qué no te lanzas?

—Nadie puede. El hábito es demasiado fuerte. Pero... George, he estado pensando una picardía..., oh, no te asustes, pilar de la monogamia; la cosa es perfectamente formal. Parece ya decidido, ¿sabes...? Aunque, naturalmente, Zilla sigue suspirando por irse a gastar dinero a Nueva York o a Atlantic City, donde podría tomar cócteles de contrabando y tendría una pandilla de gomosos con quienes bailar... Pero los Babbitt y los Riesling irán con toda seguridad al lago Sunasquam, ¿no es eso? ¿Por qué no podríamos tú y yo poner un pretexto (negocios en Nueva York, por ejemplo) y marcharnos a Maine cuatro o cinco días y allí gandulear por nuestra cuenta, fumar, soltar tacos y estar a nuestro aire?

—¡Gran idea! ¡Estupendo!—exclamó Babbitt, entusiasmado.

En catorce años no había hecho un viaje de recreo sin su mujer, y ninguno de los dos estaba muy seguro de poder cometer tal audacia. Muchos de los socios del Athletic Club se iban de excursión sin sus mujeres, pero estaban oficialmente dedicados a la pesca y a la caza, mientras que los sagrados e inmutables deportes de Babbitt y de Paul Riesling eran el golf, el automovilismo y el bridge. Ni los pescadores ni los jugadores de golf podían cambiar sus costumbres. Esto sería faltar a la disciplina que ellos mismos se habían impuesto, cosa que hubiera escandalizado a todos los ciudadanos regularizados y circunspectos.

—¿Por qué no decir sin rodeos ni contemplaciones: «Vamos antes que vosotras, y sanseacabó»? No es ningún delito. Dile sencillamente a Zilla...

—A Zilla no se le puede decir nada sencillamente. ¡Si es tan moralista como tú, George! Si le dijera la verdad creería que estábamos citados con un par de tías en Nueva York. Y hasta Myra, que no es tan cargante como Zilla, se intranquilizaría. Te diría: «¿Es que no quieres que vaya a Maine contigo? Yo de ningún modo iría a menos que tú me lo pidieras». Y tú cederías por no darle un disgusto. ¡Qué demonio! ¡Vamos a jugar un rato al boliche!

Durante la partida de boliche, una forma infantil del juego de bolos, Paul permaneció silencioso. Cuando bajaban la escalera del club, solamente treinta minutos después de la hora en que Babbitt le había asegurado a la señorita McGoun que estaría de vuelta, Paul suspiró:

—La verdad, chico, no debería hablar de Zilla como he hablado.

—Qué puñeta, hay que desahogarse.

—¡Ya lo sé! Después de pasarme una hora burlándome de los convencionalismos, soy lo bastante convencional como para tener vergüenza de desahogarme contando mis estúpidas cuitas.

—Paul, muchacho, tienes los nervios un tanto alterados. Te voy a llevar de viaje. Yo arreglaré la cosa. Me inventaré un negocio importante en Nueva York, y..., claro..., ¡naturalmente...!, necesitaré consultar contigo sobre el tejado del edificio. Y el negocio fracasará, por lo que no tendremos más remedio que marcharnos a Maine directamente. Yo... Paul, a mí en el fondo no me importa que te desfogues. Me gusta tener la reputación de ser uno de la pandilla, pero, si tú me necesitas, la dejo plantada. Me tendrás a tu lado siempre. No es que vayas a... Naturalmente, no quiero decir que vayas a hacer nunca nada que... que ponga en peligro una posición decente... ¿Comprendes lo que digo? Yo soy un tipo torpe y vulgar y necesito tu fina mano de artista. Nosotros... ¡Demonios, no puedo pasarme el día aquí charla que te charla! ¡A trabajar! ¡Hasta luego! ¡Que no te cuelen ninguna moneda de plomo, Paulibus! ¡Nos vemos pronto! ¡Hasta luego!

VI

1

Se olvidó de Paul Fiesling en una tarde de pormenores no desagradables. Después de volver a la oficina, que parecía haberse tambaleado mientras él no estaba, llevó en su coche a un posible comprador para enseñarle una casa de cuatro pisos en el distrito de Linton. Lo halagó la admiración que el nuevo encendedor despertó en el cliente. La novedad lo obligó a usarlo tres veces, y tres veces tiró por la ventanilla cigarrillos a medio fumar, protestando: «Nada, tengo que quitarme el vicio del tabaco».

Su larga discusión sobre cada detalle del encendedor los llevó a hablar de las planchas eléctricas y de los calentadores de cama. Babbitt se disculpó por estar tan atrasado que todavía usaba una botella de agua caliente, y anunció que iba a instalar inmediatamente un enchufe en la galería. Sentía una enorme y poética admiración por todos los artefactos mecánicos, aunque apenas los entendía. Eran para él símbolos de belleza y verdad. Sobre cada intrincado mecanismo —tornos de metal, carburadores de doble chorro, ametralladoras, soldadoras de oxiacetileno— aprendía una frase que sonaba bien y la usaba sin cesar con la deliciosa sensación de ser un técnico, un iniciado.

El cliente se unió a él en el culto a la maquinaria, y los dos llegaron radiantes a la casa. Después de examinar el tejado de pizarra, las puertas chapadas y el parquet de veintidós milímetros con clavos ciegos, empezaron las acostumbradas diplomacias: sorpresa fingida y buena voluntad para dejarse persuadir a hacer lo que ya estaban decididos a hacer, todo lo cual se resolvería en una próxima venta.

A la vuelta, Babbitt recogió a su suegro y socio, Henry T. Thompson, en su taller de muebles de cocina, y dieron un paseo en coche por el sur de Zenith, la parte más ruidosa, más pintoresca y más interesante de la ciudad: fábricas nuevas de ladrillo hueco con gigantescas ventanas alambradas, viejas y hoscas fábricas de ladrillo rojo manchadas de alquitrán, depósitos de agua encaramados en altos soportes, camiones rojos grandes como locomotoras y, en unos atareados apartaderos, trenes venidos de lejos: de la New York Central, cargados de manzanas; de la Great Northern, cargados de trigo; de la Southern Pacific, cargados de naranjas.

Hablaron con el secretario de la Compañía de Fundición sobre un interesante proyecto artístico: una verja de hierro colado para el cementerio de Linden Lane. Después fueron al concesionario de automóviles Zeeco a ver al gerente, Noel Ryland, para que les hiciera una rebaja en un coche Zeeco que Thompson quería comprar. Babbitt y Ryland se consideraban compañeros por pertenecer ambos al Boosters' Club, y ninguno de los socios se quedaba satisfecho si compraba algo de otro *booster* sin recibir un descuento. Pero Henry Thompson gruñó:

—¡Que se vaya al cuerno! No voy a humillarme mendigando descuentos a nadie.

Esta era una de las diferencias entre Thompson, un típico yanqui flaco, rudo y tradicionalista, y Babbitt, un moderno gordo, zalamero, eficiente y al día. Cada vez que Thompson decía, nasalizando mucho: «Écheme una rúbrica en esa línea»,

Babbitt se divertía con su anticuado provincialismo como cualquier purista inglés cuando oye hablar a un norteamericano. Se creía de una casta superior, en estética y sensibilidad, a la de Thompson. Se había licenciado en la universidad, jugaba al golf, fumaba a menudo cigarrillos en lugar de puros, y cuando estuvo en Chicago tomó una habitación con cuarto de baño. «La cuestión es —le había explicado a Paul Riesling— que todos estos tipos carecen de la sutileza indispensable hoy día».

Babbitt comprendía que aquel avance de la civilización podía llevarse demasiado lejos. Noel Ryland, gerente de Zeeco, era un frívolo graduado de Princeton, mientras que Babbitt era un excelente producto de marca de aquellos grandes almacenes conocidos como Universidad del Estado. Ryland llevaba polainas, escribía largas cartas sobre urbanismo y sobre los coros municipales y, aunque era un *booster*, se sabía que llevaba dentro del bolsillo pequeños volúmenes de versos en una lengua extranjera. Todo esto era pasarse de la raya. Henry Thompson era el colmo de la estrechez mental, y Noel Ryland, el colmo de la frivolidad. Entre ellos, sosteniendo el estado, defendiendo las iglesias evangélicas, la felicidad doméstica y los negocios honrados, estaban Babbitt y sus amigos.

Con esta justa opinión de sí mismo (y con la promesa de un descuento en el coche de Thompson) volvió triunfalmente a su oficina.

Sin embargo, al pasar por el corredor del edificio Reeves, suspiró:

—¡Pobre Paul! Tengo que... ¡Oh, al demonio con Noel Ryland! ¡Al demonio con McKelvey! Solo porque ganan más dinero que yo, se las dan de superiores. ¡No me encontrarán muerto en su cochino Union Club, no! No sé por qué, no me siento hoy con granas de volver al trabajo. En fin...

Contestó a las llamadas de teléfono, leyó la correspondencia de las cuatro, firmó las cartas de la mañana, habló de ciertas reparaciones con otro arrendatario, tuvo una bronca con Stanley Graff.

El joven Graff estaba siempre insinuando que merecía un aumento de sueldo, y aquel día se quejó claramente.

—Creo que me deberían dar una bonificación si saco adelante la venta de Heiler. Ando de un lado para otro trabajando en ello casi todas las noches.

Babbitt le decía con frecuencia a su mujer que era mejor «bromear con los empleados y tenerlos contentos en vez de estar siempre regañándolos y pinchándolos; se saca más de ellos», pero aquella inconcebible falta de consideración lo hirió, y volviéndose hacia Graff le dijo:

—Mira, Stan, hablemos claro. Tú te figuras que eres quien hace todas las ventas. ¿De dónde sacas semejante idea? ¿Dónde estarías si no fuera por nuestro capital y nuestras listas de propiedades y todos los nombres de probables compradores que nosotros te facilitamos? Todo lo que tienes que hacer es seguir nuestras indicaciones y cerrar los contratos. ¡El conserje podría vender las fincas que tenemos en lista! Dices que estás en relaciones con una muchacha y que tienes que pasarte las noches persiguiendo a los compradores. ¿Y por qué no? ¿Qué diablos quieres hacer? ¿Pasarte el santo día cogiéndola de la mano? Que sepas, Stan, que si tu novia vale tanto así, se pondrá contentísima al saber que andas atareado, ganando dinero para amueblar el nido, en lugar de perder el tiempo arrullándola como un palomo. El tipo que se queja de tener trabajo extra, el tipo que quiere pasarse las noches leyendo novelas estúpidas o besuqueando y diciéndole majaderías a una muchacha, no es el hombre mágico, prometedor, con porvenir, ¡y con visión!, que necesitamos aquí. ¿Qué me dices? ¿Cuál es tu ideal a fin de cuentas? ¿Quieres ganar dinero y ser un miembro responsable de la sociedad, o quieres ser un gandul sin inspiración ni espíritu de ningún género?

Graff no se mostró tan dócil a la Visión y a los Ideales como de costumbre.

—¡Pues claro que quiero ganar dinero! ¡Por eso pido esa bonificación! De verdad, señor Babbitt, no quiero ser insolente, pero esta casa Heiler es un horror. Nadie pica. Los suelos están podridos y las paredes llenas de grietas.

—¡A eso precisamente me refiero! Los problemas duros son los que inspiran al vendedor que ama su profesión. Además, Stan... El hecho es que Thompson y yo estamos por principio opuestos a las bonificaciones. Nos caes bien y queremos ayudarte para que puedas casarse cuanto antes, pero no podemos ser injustos con los demás empleados. Si empezamos a darte a ti bonificaciones, Penniman y Laylock se ofenderán, y con razón. Lo justo es justo, y la parcialidad no es justa, y en esta oficina no se admite. No te pienses, Stan, que porque durante la guerra era difícil contratar empleados no hay ahora un montón de jóvenes brillantes que estarían encantados de verse en tus circunstancias que no obrarían como si Thompson y yo fuésemos sus enemigos, y que trabajarían sin pedir gratificaciones. ¿Qué dices a eso? ¿Eh? ¿Qué dices a eso?

—Oh... bueno... vaya... por supuesto... —suspiró Graff mientras salía caminando hacia atrás.

Babbitt no solía reñir con sus empleados. Le gustaba que le gustasen las personas que lo rodeaban, y cuando estas no simpatizaban con él se sentía consternado. Solamente cuando atacaban el sagrado bolsillo se ponía hecho una furia, pero entonces, siendo hombre dado a la oratoria y a los altos principios, gozaba con la música de su propio vocabulario y con el calor de su propia virtud. Aquel día se había entregado de tal modo a la aprobación de sí mismo que dudaba de haber sido completamente justo.

«Después de todo, Stan ya no es un muchacho. No debía haber sido tan duro con él. Pero ¡cuernos!, de cuando en cuando hay que echarles una bronca a estos sujetos por su propio bien. Deber desagradable, pero... ¿Se habrá disgustado Stan? ¿Qué le estará diciendo ahí fuera a McGoun?».

De la oficina exterior soplaba un viento de odio tan helado que le estropeó aquella tarde el placer de volver a casa. Se sentía acongojado al perder esa aprobación de sus empleados que esclaviza siempre a todo ejecutivo. Por lo general, salía de la oficina dando mil placenteras y detalladas instrucciones sobre tareas importantísimas para el día siguiente, y las señoritas McGoun y Bannigan harían bien en estar allí temprano y por amor de Dios recordarle que telefonease a Conrad Lyte en cuanto llegara. Esta vez partió con fingida animación. Le daban miedo las caras serias de sus empleados, las pupilas enfocadas en él: la señorita McGoun levantando la cabeza de la máquina para mirarlo fijamente; la señorita Bannigan clavándole los ojos por encima de su libro de cuentas; Mat Penniman alargando el cuello en su pupitre; Stanley Graff, con malhumorada inexpresión, como un nuevo rico ante la fría corrección de su mayordomo. No quería exponer la espalda a sus risas, y, al esforzarse en aparecer alegre, tartamudeó, se mostró amistoso y se escabulló por la puerta todo avergonzado.

Pero olvidó sus cuitas al ver desde la calle Smith la hermosura de Floral Heights: los tejados de teja roja y pizarra verde, los radiantes miradores y los muros inmaculados.

3

Se detuvo para decirle a Howard Littlefield, su erudito vecino, que, aunque el día había sido primaveral, la noche podía ser fría. Y entró en su casa para gritarle a su mujer: «¿Dónde estás?», sin gran deseo de saber dónde estaba. Examinó el césped para cerciorarse de si el conserje lo había rastrillado como debía. Con cierta satisfacción, y después de mucho discutirlo con su señora, con Ted y con Howard Littlefield, concluyó que el conserje no lo había rastrillado bien. Cortó dos manojos de hierba con las tijeras más grandes de su cónyuge: le dijo a Ted que era una tontería tener conserje —«un mocetón como tú debería hacer todo el trabajo de la casa»—; aunque en su interior se regocijaba de que se supiese en el barrio que, gracias a su fortuna, su hijo no hacía ningún trabajo en la casa.

Hizo en la galería sus ejercicios diarios: dos minutos los brazos en cruz, dos minutos en alto, mientras murmuraba: «Tengo que hacer más gimnasia; hay que conservar la línea». Luego entró a ver si necesitaba cambiarse el cuello para cenar. Como de costumbre, no creyó que fuera necesario.

La doncella croata, una mujerona fuerte, tocó el gong.

El rosbif, las patatas asadas y las judías verdes estaban excelentes aquella noche, y después de una cumplida relación de las variaciones del tiempo durante el día, de los cuatrocientos cincuenta dólares que había ganado, de su almuerzo con Paul Riesling y de los probados méritos del nuevo encendedor, añadió en tono benigno:

—Habría que ir pensando en comprar un coche nuevo. No creo que podamos hasta el año que viene, pero quizá sí.

—¡Oh, papá! —exclamó Verona, la hija mayor—, si te decides, ¿por qué no compras un sedán? ¡Sería estupendo! Un coche cerrado es mucho más cómodo que uno abierto.

—No sé, no sé. A mí no dejan de gustarme los abiertos. Se toma mejor el aire.

—Toma, eso es porque nunca has ido en un sedán. Compremos uno. Es mucho más chic —dijo Ted.

La señora Babbitt dijo:

—Los vestidos se conservan mejor en un coche cerrado.

—Y no se alborota el pelo con el viento —dijo Verona.

—Y es un rato más deportivo —dijo Ted.

—¡Sí, compremos un sedán! —dijo Tinka, la menor—. El padre de Mary Ellen tiene uno.

—¡Oh, todo el mundo tiene ahora un coche cerrado menos nosotros! —remató Ted.

Babbitt se encaró con ellos.

—No creo que podáis quejaros de nada. Además, que yo no tengo coche solo para que vosotros parezcáis millonarios. Y a mí me gustan los coches abiertos, para poder bajar la capota en las noches de verano y salir de paseo y respirar el aire fresco. Además... un coche cerrado cuesta más dinero.

—Ah, pero, si los Doppelbrau pueden permitirse el lujo de tener un coche cerrado, supongo que nosotros podremos también —pinchó Ted.

—¡Pues claro! ¡Yo gano ocho mil al año y él solo siete! Pero yo no despilfarro como él ni tiro la casa por la ventana. No creáis que esto de gastar una burrada de dinero para lucirse y luego...

Discutieron con ardor y minuciosidad las carrocerías aerodinámicas, la potencia de los motores, las ruedas de alambres, el acero cromado, los sistemas de ignición y los colores de la carrocería. Era mucho más que un estudio del vehículo. Era una aspiración al rango de nobleza. En la ciudad de Zenith, en el bárbaro siglo XX, el automóvil de una familia indicaba su categoría social con la misma precisión que los títulos de grandeza determinaban el rango de una familia inglesa (en realidad, con mayor precisión, considerando la opinión que las viejas familias tenían de los recién creados barones cerveceros y vizcondes fabricantes de lanas). Los pormenores de precedencia nunca se habían determinado oficialmente. No había tribunal que decidiese si el hijo segundo de una limusina Pierce Arrow debería sentarse a la mesa antes que el primer hijo de un turismo Buick, pero sobre su respectiva importancia social no había lugar a dudas; y así como Babbitt de muchacho aspiraba a ser presidente de Estados Unidos, su hijo

Ted aspiraba a un Packard y a una posición relevante entre los automovilistas de la clase media.

La admiración que Babbitt había despertado en los miembros de su familia al hablar de un nuevo coche se evaporó cuando comprendieron que no pensaba comprarlo este año.

—¡Qué absurdo! —lamentó Ted—. Pero si el viejo cacharro parece que tiene pulgas y que se ha quitado el barniz de rascarse.

—Esa no es manera de hablar a tu padre —dijo la señora Babbitt distraídamente.

—Si eres tan refinado —rugió Babbitt— perteneces al *bon ton* y demás, entonces no necesitas llevarte el coche hoy.

—Lo que quería decir es que... —intentó explicar Ted.

Y la cena continuó con la hogareña alegría de costumbre hasta el inevitable momento en que Babbitt dijo:

—Vamos, vamos, no podemos quedarnos aquí sentados toda la noche, la chica tiene que quitar la mesa.

Muy irritado, pensaba: «¡Qué familia! No sé por qué nos estamos siempre peleando. Me gustaría marcharme a algún sitio y poder meditar a solas... Paul... Maine... Ponerme unos pantalones viejos, campar a mis anchas, soltar tacos».

—Estoy en correspondencia —le dijo a su mujer cautelosamente— con un individuo de Nueva York... quiere que vaya a verlo para un negocio de casas... quizá no se arregle la cosa hasta el verano. A lo mejor cae unos días antes de ir a Maine con los Riesling. Sería mala pata que no pudiéramos hacer el viaje juntos. En fin, no hay que preocuparse por ahora.

Verona se escapó inmediatamente después de la comida, sin más protesta que un automático «¿Por qué no te quedas nunca en casa?» de su padre.

En el gabinete, en un extremo del diván, Ted se instaló a estudiar: geometría plana, Cicerón y las atormentadoras metáforas del «Comus».

—No sé por qué nos dan esta hojarasca de Milton, Shakespeare, Wordsworth y otros fiambres por el estilo —protestó—. Creo que hasta podría ver una obra de Shakespeare, si ponen buenos decorados y demás, pero sentarme a sangre fría y leer las comedias... Esos profesores... ¿Por qué se volverán así?

—Sí —comentó la señora Babbitt, zurciendo calcetines—, no sé por qué será. Naturalmente no quiero oponerme a los profesores ni a nadie, pero creo que hay cosas en Shakespeare... No es que lo haya leído mucho, pero cuando yo era joven las compañeras solían enseñarme pasajes que verdaderamente no eran muy delicados.

Babbitt, irritado, levantó la vista de la tira cómica del *Evening Advocate*. Aquellas crónicas ilustradas en las que el señor Mutt le tira un huevo podrido al señor Jeff y mamá corrige las ordinarieces de papá con un rodillo pastelero constituían su literatura y su arte favoritos. Con la solemne faz de un devoto, respirando fuertemente por la boca, estudiaba todas las noches cada caricatura y detestaba que lo interrumpieran. Además, comprendía que en cuanto a Shakespeare no era realmente una autoridad. Ni el *Advocate Times*, ni el *Evening Advocate*, ni el *Boletín de la Cámara de Comercio* habían publicado nunca un artículo de fondo sobre la cuestión, y, hasta que uno de ellos no se pronunciase, encontraba difícil formarse una opinión original. Pero, aun a riesgo de caer en extraños fangales, no podía por menos de tomar parte en toda discusión comenzada.

—Yo te diré por qué tienes que estudiar a Shakespeare y a esos. Es porque lo piden en el examen de ingreso, y no por otra cosa. Personalmente, yo no sé por qué los meten en un sistema moderno de secundaria como el que tenemos en este estado. Mucho mejor sería que estudiaras inglés financiero, y que aprendieras a escribir un anuncio, o cartas eficaces. ¡Pero es así y no valen palabras, disputas ni discusiones! Lo que te pasa a ti, Ted, es que siempre quieres hacer algo diferente. Si entras en la facultad de Derecho..., ¡y entrarás...!, yo nunca he tenido ocasión de entrar, pero procuraré que tú lo hagas..., pues tendrás que empollar todo el inglés y todo el latín que puedas.

—¡Qué absurdo! Yo no veo para qué sirve el Derecho... ni siquiera veo la necesidad de terminar el bachillerato. No tengo grandes ganas de entrar en la universidad. Te digo que hay un montón de chicos con título universitario que no empiezan ganando tanto dinero como otros que se pusieron a trabajar enseguida. El viejo Shimmy Peters, que enseña latín en el instituto, es no sé qué por la Universidad de Columbia y se pasa las noches leyendo un montón de librajos y siempre está ponderando el «valor de los idiomas», y el pobre infeliz no gana más que mil ochocientos al año, y ningún viajante de comercio trabajaría por tan poco. Lo que a mí me gustaría es ser aviador, o tener un garaje colosal o, si no (ayer me lo aconsejaba un amigo), me gustaría ser uno de esos que la Standard Oil manda a China; allí vive uno en una colonia y no tiene que trabajar, y ve uno el mundo, las pagodas, el océano, todo. Y entonces podría estudiar cursos por correspondencia. ¡Eso es lo bueno! No hay que decirle la lección a una tía de esas que tratan de darse pisto con el director, y uno puede estudiar lo que le dé la gana. ¡Oíd esto! He recortado los anuncios de unos cursos estupendos.

Sacó de su libro de geometría medio centenar de anuncios de esos cursos caseros con los que la energía y la previsión del comercio americano han contribuido a la ciencia de la educación. El primero ostentaba el retrato de un joven con una frente pura, una mandíbula férrea, calcetines de seda y pelo como el charol. En pie, con una mano en el bolsillo del pantalón y la otra extendida, con el índice increpante, hechizaba a un auditorio de señores con barbas grises, barrigas, calvas y demás signos de sabiduría y prosperidad. Sobre el dibujo había un símbolo pedagógico inspirador, no la anticuada lámpara o antorcha, no el búho de Minerva, sino una fila de signos de dólar. El texto rezaba:

$ $ $ $ $ $ $ $

EL PODER DE LA ELOCUENCIA
Una historia oída en el club

¿Con quién creéis que tropecé anoche en el restaurante De Luxe? Pues con Freddy Durkee, un chico que era dependiente en la misma casa donde yo trabajaba... El señor Ratón, como lo solíamos llamar en broma. Antes era tan tímido que se asustaba del superintendente y nunca se le reconocía el mérito de su trabajo. ¡Él en el De Luxe! Y, no te creas, ¡pidiendo una comida opípara con todos los «aditamentos», desde apio hasta nueces! ¡Y en vez de sentirse desconcertado por los camareros como cuando almorzábamos en el fonducho de Old Lang Syne, les daba órdenes como si fuera un millonario!

Yo le pregunté precavidamente qué hacía. Freddy se echó a reír y dijo: «Ya veo que te sorprende verme aquí. Pues has de saber, amigo mío, que soy ahora el ayudante del superintendente y que me encuentro en el camino de la Prosperidad y del Éxito; tengo ya en perspectiva un coche de doce cilindros, mi mujer causa sensación en la alta sociedad y nuestros pequeños reciben la mejor educación».

LO QUE NOSOTROS LE ENSEÑAMOS

A dirigir la palabra a su logia.

A pronunciar brindis.

A contar chascarrillos en dialecto.

A declararse a una señora.

A obsequiar a sus invitados.

A hablar de forma convincente para hacer ventas.

A formarse un gran vocabulario.

A crearse una fuerte personalidad.

A convertirse en un pensador racional, profundo y original.

A hacerse un HOMBRE SUPERIOR.

EL PROF. W. P. PEET, autor del *Curso Breve de Elocuencia*, es, seguramente, la primera figura en literatura práctica, psicología y oratoria. Graduado en varias de nuestras principales universidades, conferenciante, viajero, autor de libros, versos, etc., un hombre que posee la singular personalidad de los CEREBROS PRIVILEGIADOS, está dispuesto a descubrirle a usted todos los secretos de su cultura y de su fuerza avasalladora en unas cuantas lecciones que no serán estorbo para otras ocupaciones.

«La cosa fue así. Vi por casualidad el anuncio de una escuela donde se podía aprender a hablar con soltura y sin preparación, a contestar reclamaciones, a hacer una proposición al jefe, a sacarle un préstamo a un banco, a hechizar a un numeroso auditorio con humor, ingenio, anécdotas, inspiración, etc. Era una recopilación del gran orador profesor Waldo F. Peet. Yo me sentía escéptico, pero escribí al editor (una postal con mi nombre y señas simplemente) pidiéndole las lecciones que envían de muestra con la condición de reembolsarme el dinero si no quedaba absolutamente satisfecho. Recibí ocho lecciones sencillísimas, en un lenguaje corriente que cualquiera podía comprender, y les dediqué unas cuantas horas cada noche. Luego empecé a practicar con mi mujer. Pronto me convencí de que podía hablar cara a cara con el superintendente y pedir que se me reconociera el mérito de mi trabajo. Empezaron a considerarme y a ascenderme rápidamente. ¿Cuánto crees que me pagan ahora? ¡6.500 dólares al año! Y, oye, puedo tener fascinado a un auditorio hablando de cualquier tópico.

»Como amigo tuyo que soy, te aconsejo que pidas una circular (sin compromiso de ningún género) y un valioso grabado artístico, gratis, a: LA EDUCACIÓN ABREVIADA, Editores.

Despacho W. A. (Sandpit. Iowa)

¿SE CONTENTA USTED CON UN MEDIANO ÉXITO?».

Babbitt se encontró otra vez sin un canon que lo capacitase para hablar con autoridad. Ni en su negocio ni en el automovilismo había nada que indicase lo que un hombre normal, un ciudadano íntegro, debía pensar de la cultura por correo.

—Sí —comenzó vacilante—, parece que abarca todo lo necesario. Indudablemente es una gran cosa poder hablar en público. Yo mismo he creído a veces tener cierta disposición para ello, y sé demasiado bien que si un farsante como Chan Mott puede salir del paso negociando casas es porque habla bien hasta cuando no tiene maldita la cosa que decir. Y realmente es maravilloso lo bien que presentan estos cursos de diversas materias hoy día. Te diré, sin embargo, que no es necesario meter una porrada de dinero en esto cuando tienes un excelente curso de elocuencia y de inglés en tu propio colegio... ¡y que es uno de los más grandes del país!

—Es verdad —dijo cómodamente la señora Babbitt.

Mientras, Ted se lamentaba:

—Pero, papá, si le enseñan a uno un montón de cosas que no sirven para nada... excepto trabajos manuales, dactilografía, baloncesto y baile..., y con estos cursos por correspondencia puede uno aprender un montón de cosas que son muy útiles. Escuchad este otro:

¿ES USTED CAPAZ DE SER UN HOMBRE?

Si va usted de paseo con su madre, su hermana o su novia y alguien se permite una observación insultante o usa un lenguaje incorrecto, ¿no le dará a usted vergüenza no poder defender a la ofendida? ¿Puede usted hacerlo?

Enseñamos boxeo y autodefensa por correspondencia. Muchos alumnos nos han escrito diciendo que después de unas cuantas lecciones han puesto fuera de combate a enemigos mayores y más fuertes. Las lecciones empiezan con sencillos movimientos ejecutados ante el espejo —alargar la mano

para recibir una moneda, bracear como cuando se nada, etc.—.
Antes de darse cuenta, estará usted golpeando científicamente, esquivando los puñetazos, amagando, poniéndose en guardia, como si tuviera un enemigo real delante.

»¡Sí, señor!, ¡anda que no me gustaría a mí eso! Si cogiera a un fulano del colegio que siempre está siendo un bocazas, y lo pescara solo...

—¡Tonterías! ¡Qué idea! ¡Es la idiotez más grande que he oído en mi vida! —fulminó Babbitt.

—Bueno, suponte que fuera yo de paseo con mamá o con Rona y alguien se permitiese una observación indiscreta o usase un lenguaje incorrecto. ¿Qué haría?

—¡Probablemente batirías el récord de la carrera de cien metros!

—¡Ni loco! Plantaría cara a cualquiera que se permitiera una observación indiscreta acerca de mi hermana y le enseñaría...

—¡Escucha bien, joven Dempsey! Si te cojo alguna vez peleándote, te doy una paliza que te enciendo el pelo... ¡y además lo haré sin necesidad de alargar la mano delante del espejo para que me den una moneda!

—Querido Ted —dijo plácidamente la señora Babbitt—, no es muy agradable que hables así de peleas.

—Vaya una manera de agradecer... Y suponte que yo saliera de paseo contigo, mamá, y alguien se permitiera una observación insultante...

—Nadie va a permitirse observaciones insultantes sobre nadie —interrumpió Babbitt—. Al menos quien se queda en casa estudiando su geometría y se mete en lo que le importa, en vez de andar de aquí para allá por billares, tiendas de refrescos y otros sitios donde nadie debe entrar.

—Pero, por Diooos, papá, ¿y si alguno se atreviese?

—Bueno —gorjeó la señora Babbitt—, pues si se atreviese no le haría el honor de prestarle atención. Además, no es posible. Siempre está una oyendo que si a fulana o a mengana la siguieron o la insultaron, pero yo no creo una palabra de todo eso, o si no es que tienen ellas la culpa, porque hay mujeres que miran de un modo... Yo al menos nunca he sido ofendida por...

—¡Y dale! ¡Suponte que lo fueras algún día! ¡Supóntelo! ¿Puedes suponer algo? ¿Puedes imaginar las cosas?

—Pues claro que sí. ¡Vaya una ocurrencia!

—Naturalmente que tu madre puede imaginar cosas... ¡Y suponérselas! ¿Crees que eres tú la única persona en esta casa que tiene imaginación? —preguntó Babbitt—. Pero ¿para qué sirve suponer? Suponiendo no se va a ninguna parte. Es una tontería suponer cuando hay tantos hechos reales que se pueden conside...

—Mira, papá. Suponte... quiero decir... suponte tú que estuvieras en tu oficina y un rival tuyo que odiases...

—Yo no odio a ningún rival.

—¡Suponte que sí!

—¡No quiero suponerme semejante cosa! Hay un montón de individuos en mi profesión que se rebajan y odian a sus competidores, pero si fueras un poco mayor y comprendieras los negocios, en vez de perder el tiempo en el cine o andando de acá para allá con una pandilla de chicas con la falda por la rodilla y empolvadas y pintadas y qué sé yo qué más, entonces sabrías (y supondrías) que, si hay alguna cosa que yo defienda en los círculos comerciales de Zenith, es que deberíamos hablar siempre de los demás en términos de la mayor cordialidad e instituir un espíritu de fraternidad y cooperación, y sencillamente por eso no puedo suponerme ni imaginarme odiando a un rival, ni siquiera a ese marrano, papanatas y culebrón de Cecil Rountree.

—Pero...

—¡No hay pero que valga! Pero... si yo «tuviera» que vapulear a alguno, no necesitaría hacer ejercicios de natación ante un espejo, ni tonterías de ninguna clase. Suponte tú que estuvieras en algún sitio y un individuo empezara a insultarte. ¿Saldrías a boxear con él dando saltitos como un maestro de baile? ¡No! Lo tumbarías de un porrazo, ¡al menos eso es lo que espero de cualquier hijo mío!, y después no volverías a ocuparte del asunto y sanseacabó. ¡Y no vas a aprender boxeo por correspondencia, además!

—¡Bueno!, pero... Sí... Yo solo quería enseñaros la variedad de cursos por correspondencia que hay, en vez de todas esas camelancias que nos enseñan en el instituto.

—Yo creía que os enseñaban boxeo en el gimnasio.

—Eso es diferente. Lo meten a uno allí y un fulano se divierte majándonos a golpes y uno se queda sin aprender ni jota. Bueno... Oíd lo que dicen estos otros.

Los anuncios eran realmente filantrópicos. Uno de ellos ostentaba el entusiasta título: ¡DINERO! ¡¡DINERO!! ¡¡¡DINERO!!! El segundo anunciaba: «Mr. P. R., que antes ganaba solamente dieciocho dólares a la semana en una barbería, nos escribe que gracias a nuestro curso está ganando ahora cinco mil dólares como especialista osteovital». Y el tercero: «La señorita J. L., hasta hace poco modesta empleada de un establecimiento, gana hoy diez dólares diarios enseñando nuestro sistema hindú de respiración vibratorial y control mental».

Ted había coleccionado cincuenta o sesenta anuncios, recortados de anuarios comerciales, de periódicos de escuelas dominicales, de revistas literarias y de publicaciones misceláneas. Un bienhechor imploraba:

No pierda el tiempo. —Gane popularidad y dinero—. Usted puede tocar el ukelele y cantar y de esa forma encontrar un lugar en la sociedad. Con las reglas de un recién descubierto método de instrucción musical, cualquier persona —hombre, mujer o niño— puede, sin ejercicios cansados, entrenamiento especial o largos estudios, y sin perder tiempo, dinero ni energía, aprender a tocar, nota por nota, el piano, el banjo, el cornetín, el saxófono, el violín o el tambor, y aprender a leer partituras a primera vista.

El otro, bajo el título SE NECESITAN DETECTIVES ESPECIA-LIZADOS EN IMPRESIONES DIGITALES. ¡GRANDES INGRESOS!, decía:

Vosotros, los que tenéis sangre en las venas: esta es la profesión que habéis estado buscando. Aquí hay dinero, y esos rápidos cambios de escena, ese interés arrebatador, esa fascinación que vuestro espíritu aventurero ansiaba. Imaginaos ser la figura capital en el arte de aclarar misterios, de frustrar crímenes. Esta maravillosa profesión os pone en contacto con personas de influencia, que os tratan de igual a igual, y os da a menudo ocasión de viajar, tal vez a lejanos países. Todos los gastos pagados, no se requiere educación especial.

—¡Oh, muchacho! Este se lleva el primer premio. ¡Sería formidable viajar por todo el mundo y echar mano a un ladrón famoso! —dijo Ted a gritos.

—No me entusiasma la idea. Lo más probable es que salgas con algún hueso roto. Sin embargo, eso de la música puede que no esté mal. No hay razón, si peritos competentes se ponen a ello, para que no se descubra un sistema de estudiar música sin necesidad de perder la paciencia haciendo ejercicios.

Babbitt estaba conmovido y su amor paternal le hacía sentir que ellos dos, los hombres de la familia, se comprendían mutuamente. Escuchó los anuncios de las universidades postales que enseñaban a escribir novelas cortas, a perfeccionar la memoria, a actuar en películas, a desarrollar el poder espiritual, contabilidad, español, quiropedia y fotografía, ingeniería eléctrica y decoración de interiores, avicultura y química.

—Bueno, bueno... —murmuró Babbitt buscando una expresión adecuada a su admiración—. ¡La madre que me parió! Ya sabía yo que esto de las escuelas por correspondencia se había convertido en un negocio provechoso. Hace que el negocio inmobiliario parezca un asunto de dos centavos. Pero no podía figurarme que hubiera llegado a tanto. ¡Es una industria como otra cualquiera! Debe de estar al nivel de los ultramarinos y del cine. Siempre pensé que más tarde o más temprano llegaría alguien con bastante seso para suplantar a los teorizantes nulos, a los ratones de biblioteca, y hacer de la educación algo positivo. Sí, comprendo que un montón de esos cursos pueden interesarte. Tengo que preguntar a los compañeros del Athletic Club si se han dado cuenta de que... Pero al mismo tiempo, Ted, ya sabes que los anunciantes, quiero decir algunos anunciantes, exageran mucho. No sé yo si podrás empollarte esos cursos tan deprisa como dicen.

—Desde luego, papá; no cabe duda.

Ted tenía el inmenso aplomo del muchacho que es respetuosamente escuchado por sus mayores. Babbitt se dirigía a él con cariñosa atención.

—Comprendo la influencia que esos cursos pueden tener en la educación. Claro que yo nunca lo digo en público. Graduado en la universidad estatal, no puedo por menos, aunque solo sea por patriotismo y por decencia, de dar bombo a la institución donde me he educado. Pero, en realidad, en la universidad se pierde una barbaridad de tiempo estudiando poesía y francés y otras cosas que nunca le han hecho ganar a nadie un centavo. No sé, quizá esos cursos por correspondencia resulten uno de los más importantes inventos estadounidenses.

»¡Lo malo es que hay tantos materialistas! No ven el lado espiritual y mental de la supremacía norteamericana; creen que inventos como el teléfono, el aeroplano, el teléfono... no, ese fue un invento italiano, pero da igual... creen que tales progresos mecánicos son lo único que nos importa; mientras que un verdadero pensador ve que los movimientos espirituales dominantes, como la Eficiencia, el Rotarianismo, la Prohibición y la Democracia son nuestra mayor y más auténtica riqueza. Y quizá este nuevo principio de educación en casa sea otro... quizá sea otro factor... Lo primero, Ted, es tener Visión.

—¡Yo creo que esos cursos por correspondencia son horribles!

Los filósofos se quedaron boquiabiertos. Era la señora Babbitt quien había dado aquella nota discordante en su armonía espiritual, y una de las virtudes de la señora Babbitt era que, excepto cuando tenía invitados, que se transformaba en una furiosa anfitriona, se ocupaba del hogar y no molestaba a los hombres aventurándose a pensar.

—Es absurdo —prosiguió con firmeza— que les hagan creer a esos pobres chicos que aprenden algo sin tener nadie que los ayude, y... Vosotros dos aprendéis pronto, pero yo he sido siempre tan lenta. Bueno, es igual...

—¡Tonterías! —exclamó Babbitt dirigiéndose a ella—. Lo mismo sacas estudiando en casa. No creerás, supongo, que un muchacho aprende más gastándose el dinero que su padre ha ganado a duras penas en ir a Harvard para vivir en un dormitorio lujosamente amueblado, con butacas, cuadros, escudos, tapetes y demás cachivaches, ¿verdad? Mira, yo he pasado por la universidad... ¡y sé lo que ocurre! Sin embargo, se puede poner un reparo. Me opongo a que sigan carrera los barberos y los trabajadores. Ya somos demasiados los hombres de carrera, y, además, ¿de dónde vamos a sacar obreros si a todos les da por educarse?

Ted estaba recostado, fumándose un pitillo sin que nadie se lo reprochase. Por un momento le era dado compartir las altas especulaciones de Babbitt, como si fuera Paul Riesling o hasta el mismo Howard Littlefield.

—¿Qué piensas entonces, papá? —insinuó tímidamente—.

¿No sería estupendo que me fuera a China o a otro país por el estilo y estudiara por correo para ingeniero o algo por el estilo?

—No; y te diré por qué, hijo mío. Me he convencido de que es una gran cosa poder decir que uno es licenciado universitario. Si algún cliente que no sabe lo que eres y te cree un simple hombre de negocios empieza a discursear sobre economía política o literatura o la situación del comercio exterior, pues tú te dejas caer con algo como: «Sí, cuando yo estaba en la universidad..., porque yo me licencié en sociología...». ¡Bueno, pues le tapas la boca! Pero figúrate que dijeras: «Me he licenciado como pegador de sellos por la Universidad Postal de Bezuzus». Mi padre, sabes, era un buen sujeto, pero nunca le dio por la educación, y yo tuve que trabajar duro para pagarme las matrículas. Pero al fin me ha valido poder codearme, en clubes y en otros sitios por el estilo, con lo más distinguido de Zenith; y no quisiera que tú te apartaras de ese círculo de gente bien que tiene la sangre tan roja como la clase baja y, además, poder y personalidad. ¡Me causaría un gran disgusto que lo hicieras, muchacho!

—¡Ya lo sé, papá! ¡Naturalmente! Muy bien. No me apartaré de tu círculo. ¡Atiza! Me olvidé de esas chicas que iba a llevar al ensayo. ¡Me tengo que largar!

—Pero aún no has terminado los deberes.

—Mañana, en cuanto me levante, los haré.

—Bueno...

Seis veces durante los últimos sesenta días, Babbitt había rugido: «¡No lo harás mañana cuando te levantes! ¡Lo vas a hacer ahora mismo!». Pero aquella noche dijo:

—Bueno, date prisa.

Y le sonrió con la misma sonrisa tímida y radiante que guardaba para Paul Riesling.

—Ted es un buen muchacho —le dijo a su mujer.

—¡Buenísimo!

—¿Quién son esas chicas que va a buscar? ¿Son chicas decentes?

—No sé. Ted no me cuenta nunca nada. No sé qué pasa con esta nueva generación. Yo tenía que contárselo todo a mis padres, pero hoy parece que los muchachos se desentienden de la autoridad paterna.

—Espero que sean chicas decentes. Ted ya no es un niño, y no me haría gracia que se metiera en un lío.

—George, ¿no crees tú que deberías hablarle a solas algún día de ciertas... cosas?

Se puso colorada y bajó los ojos.

—No sé, no sé. En mi opinión, Myra, está de más sugerir esas cosas a un chico. Ya pensará él por su cuenta bastantes diabluras. Pero digo yo si... Realmente es una cuestión peliaguda. Tendré que consultar con Littlefield.

—Papá, naturalmente, coincide contigo. Dice que toda esa instrucción... es... Vamos, que no es decente.

—¡Ah!, conque sí, ¿eh? Pues permíteme que te diga que cualquier cosa que Henry T. Thompson piense... de moral, digo, porque lo que es de...

—¡Pero qué manera de hablar de papá!

—Sí, me gana siempre que se trata de meter la cabeza en un negocio, pero mira, en cuanto se pone a filosofar sobre educación, te juro que entonces estoy seguro de pensar lo contrario. Puede que tú no me consideres una gran lumbrera, pero, créeme, comparado con tu padre, soy todo un rector de universidad. Sí, señor, qué diantre; voy a coger a Ted y le voy a decir por qué llevo una vida rigurosamente moral.

—¿Ah, sí? ¿Cuándo?

—¿Cuándo? ¿Cuándo? ¿Por qué tratas de acosarme con

tanto cuándo y por qué y dónde y cómo y cuándo? Esto es lo malo de las mujeres: por eso no llegan nunca a desempeñar bien un cargo; no tienen ningún sentido de la diplomacia. Cuando se presente la ocasión oportuna y la cosa venga a pelo le hablaré en tono amistoso, y..., y... ¿Esa era Tinka gritando arriba? Debería estar durmiendo hace rato.

Babbitt salió del gabinete y se asomó al mirador, habitación con paredes de cristal, sillas de mimbre y sillón mecedora, donde la familia solía matar las tardes de domingo. Fuera, solamente las luces de la casa de los Doppelbrau y el olmo favorito de Babbitt rompían la suavidad de la noche de abril.

«¡Lo que he hablado con el chico! Se me está pasando el mal humor de esta mañana. Estoy nervioso. ¡Tengo que pasar unos días solo con Paul en Maine...! ¡Ese demonio de Zilla...! Pero... Ted es un muchacho que está bien. Toda la familia está bien. Y el negocio marcha. No hay mucha gente que gane cuatrocientos cincuenta, casi medio millar de dólares, tan fácilmente como yo los he ganado hoy. Quizá tenga tanta culpa como los otros de las broncas que armamos. No debería gruñir tanto como gruño. Pero... Ojalá hubiera sido pionero como mi abuelo. Aunque entonces no tendría una casa como esta. Yo... ¡Oh, Dios, qué sé yo!».

Pensó tristemente en Paul Riesling, en su juventud, en las mujeres que había conocido.

Cuando, veinticuatro años atrás, Babbitt se licenció en la Universidad del Estado, quiso hacerse abogado. Había sido un formidable polemista en la facultad; se creía un tribuno; se vio gobernador. Mientras estudiaba Derecho, trabajaba como agente inmobiliario. Ahorraba dinero, vivía en una pensión, cenaba un huevo escalfado y un poco de picadillo. El bullicioso Paul Riesling (que sin duda iría a Europa a estudiar violín al mes siguiente o al año siguiente) fue su refugio hasta que lo hechizó Zilla Colbeck, que reía y bailaba y se llevaba a los hombres tras ella haciéndoles señas.

Babbitt pasaba entonces las noches desolado, y solo encontraba consuelo en la prima segunda de Paul, Myra Thompson, una muchacha elegante y dulce que demostraba su talento conviniendo con el vehemente joven Babbitt en que desde luego llegaría más tarde o más temprano a gobernador. Mientras que Zilla se burlaba de él y lo llamaba pueblerino, Myra decía muy indignada que era más hombre que los dandis nacidos en la gran ciudad de Zenith, que en 1897 cumplía los ciento cinco años de su fundación. Reina y maravilla del estado, tenía doscientos mil habitantes y era para George Babbitt, nacido en Catawba, tan enorme, rugiente y lujosa que se sentía orgullosísimo de su amistad con una muchacha que había visto la luz en Zenith.

De amor no hablaban nunca. Él no ignoraba que si estudiaba Derecho le sería imposible casarse en mucho tiempo, y Myra era francamente una buena chica. No se dejaba besar y uno no podía pensar en «hacer aquello» con ella a menos que se casaran. Pero era una excelente compañera. Siempre estaba dispuesta a ir a patinar o a pasear; siempre estaba encantada de oír sus discursos sobre las grandes cosas que iba a hacer, defender a los pobres contra las injusticias de los ricos, pronunciar brindis en los banquetes, corregir las inexactitudes de las creencias populares.

Una noche que estaba cansado y sentimental, notó que ella había llorado: Zilla no la había invitado a una reunión que daba. Como quien no quiere la cosa, Myra apoyó la cabeza en su hombro y él la besó para consolarla. Entonces ella levantó la cabeza y dijo confiadamente: «Ya que estamos comprometidos, ¿nos casaremos pronto o sería mejor esperar?».

¿Comprometidos? Era la primera noticia que Babbitt tenía de semejante cosa. Su afecto por aquella mujer tierna y morena se enfrió de pronto, pero no podía herirla, ni ultrajar su confianza. Murmuró algo sobre esperar y escapó. Se paseó una hora entera tratando de hallar el modo de decirle que se trataba de una equivocación. Varias veces, durante el mes siguiente, estuvo a punto de decírselo, pero era muy agradable tener a una muchacha en los brazos, y cada vez resultaba más difícil ofenderla confesándole que no la quería. Desde luego, él no tenía duda de eso. La víspera de su matrimonio sentía una congoja horrible, y a la mañana siguiente, un deseo irrefrenable de huir.

Myra fue para él lo que se llama una buena mujer: leal, hacendosa y alguna que otra vez alegre. Al estrecharse sus relaciones, pasó de una ligera repugnancia a lo que prometía ser un apasionado cariño, aunque resultó en una rutina aburrida. Sin embargo, ella vivía solamente para sus hijos y para su marido, y sintió tanto como él que abandonase el Derecho para hundirse en la monotonía de la compraventa de casas.

«La pobre no lo pasaba mucho mejor que yo —reflexionó Babbitt en la oscuridad del mirador—. Pero... bien me hubiera gustado meterme en la abogacía y en la política. ¡Quién sabe a lo que hubiera llegado! Bueno... quizá haya hecho más dinero así».

Volvió al gabinete, pero, antes de sentarse, le acarició el pelo a su mujer, y ella levantó la vista, feliz y en cierto modo sorprendida.

VII

1

Terminó de leer el último número del *American Magazine* mientras su mujer, suspirando, dejaba su zurcido y se ponía a mirar con envidia los diseños de lencería de una revista de moda. La habitación estaba en silencio.

Era una habitación fiel a las normas de Floral Heights. Las paredes grises estaban divididas en paneles artificiales por listones de pino esmaltados de blanco. De la casa anterior de los Babbitt procedían dos mecedoras talladas, pero las otras sillas eran nuevas, muy cómodas y forradas de terciopelo azul con listas de oro. Frente a la chimenea había un sofá de terciopelo azul, y tras este una mesa de cerezo y una alta lámpara portátil con pantalla de seda dorada. (En Floral Heights, dos casas de cada tres tenían delante de la chimenea un sofá, una mesa de caoba, auténtica o no, y una lámpara portátil con una pantalla de seda rosa o amarilla).

Sobre la mesa había un tapete chino tejido con hilillos de oro, cuatro revistas, una caja de plata para cigarrillos y tres libros de regalo, ediciones grandes y lujosas de cuentos de hadas ilustrados por artistas ingleses y aún no leídos por ningún Babbitt, excepto Tinka.

En un rincón, cerca de la ventana, había un gramófono.

(En Floral Heights, ocho casas de cada nueve tenían un fonógrafo de consola).

Entre los cuadros, colgados exactamente en el centro de cada panel gris, había una imitación en negro y rojo de un grabado inglés de cacerías; una imitación anémica de un grabado de tocador, con una inscripción en francés cuya moralidad siempre le había parecido a Babbitt un poco sospechosa; y una fotografía «coloreada a mano» de una habitación colonial: alfombra, doncella hilando, gato y chimenea blanca. (En Floral Heights, diecinueve casas de cada veinte tenían un grabado de caza, o un dibujo de *Madame fait la toilette*, o una fotografía de las Montañas Rocosas, o una fotografía de alguna casa de Nueva Inglaterra, si no las cuatro cosas).

Era un cuarto tan superior en comodidad a la «salita de estar» de la infancia de Babbitt, como su auto era superior a la calesa de su padre. Si bien no había allí nada que fuera interesante, tampoco había nada que ofendiera. Era tan nítido y tan negativo como un bloque de hielo artificial. En la chimenea no había cenizas ni ladrillos llenos de hollín: las tenazas de bronce estaban inmaculadas; y los morillos eran como muestras de tiendas, objetos de comercio, desolados, inútiles, sin vida.

Contra la pared había un piano, con otra lámpara portátil encima, pero nadie lo tocaba excepto Tinka. El alegre chirrido del fonógrafo les bastaba; su colección de discos de jazz les hacía sentirse ricos y cultos, y todo lo que sabían sobre el arte musical era ajustar una aguja de bambú. Los libros de la mesa no tenían ni una mancha y estaban colocados en rígidas paralelas. Ni una punta de la alfombra estaba levantada, y por ninguna parte se veía un palo de hockey, un libro de dibujos roto, una gorra vieja o un perro desastrado.

2

En casa, Babbitt nunca se concentraba en la lectura. En la oficina sí podía concentrarse, pero en casa cruzaba y descruzaba las piernas y no podía estarse quieto. Cuando la historia era interesante, le leía a su mujer los mejores párrafos, es decir, los más graciosos; cuando no, tosía, se rascaba las pantorrillas y la oreja derecha, se metía el pulgar izquierdo en el bolsillo del chaleco, voltejeaba el cortacigarros y las llaves enganchadas en la cadena de su reloj, bostezaba, se rascaba la nariz y encontraba recados que hacer. Fue al piso de arriba a ponerse las zapatillas, sus elegantes zapatillas de foca, de estilo medieval. Bajó al sótano, donde, junto al cuarto de los baúles, había un barril de manzanas, y subió una.

—Si tomas a diario una manzana, nunca verás al médico en tu casa —le recordó a su cónyuge por vez primera en catorce horas.

—Es verdad.

—No hay como una manzana para regular la naturaleza.

—Sí...

—Lo malo es que las mujeres no son nunca lo bastante sensatas para formarse hábitos regulares.

—Pues yo...

—Siempre andan pellizcando aquí y allí y comiendo entre horas.

—¡George! —exclamó ella, levantando los ojos de su lectura—. ¿Has tomado hoy un almuerzo ligero como te proponías? ¡Porque yo sí!

Aquel ataque imprevisto y malicioso lo dejó aturdido.

—Bueno, quizá no fuese tan ligero como... Fui a almorzar con Paul y, claro, no pude por menos de excederme un poco. No hace falta que sonrías como un gato de Cheshire. Si no fuera porque yo me ocupo de nuestra dieta... Soy el único miembro de esta familia que comprende la importancia de la avena para desayunar. Yo...

La señora Babbitt volvió a su lectura mientras él cortaba santurronamente la manzana y se la tragaba.

—Una cosa he hecho: dejar de fumar...

»Tuve una buena bronca con Graff en la oficina. Se está volviendo demasiado insolente. Yo aguanto mucho, pero de cuando en cuando tengo que hacer valer mi autoridad, así que le salté. "Stan", le dije... En fin, le paré los pies.

»Hace un día raro. Lo pone a uno nervioso...

»Buuueeeno... ».

El sonido más soñoliento del mundo, el bostezo final. La señora Babbitt le hizo coro y sonrió, agradecida, cuando él preguntó en un murmullo:

—¿Nos vamos a la cama? Rona y Ted no vendrán hasta las tantas. ¡Qué día tan absurdo! El calor no es sofocante, y sin embargo... ¡Dios, quisiera...! Tendré que hacer un día de estos una larga excursión en coche.

—Sí, puede ser divertido —dijo ella bostezando.

Babbitt apartó la vista de su mujer al darse cuenta de que no quería que ella lo acompañase. Mientras cerraba las puertas, comprobaba que las ventanas estuvieran sujetas y fijaba el regulador de la calefacción para que las calderas funcionasen automáticamente por la mañana, suspiró un poco, oprimido por un sentimiento de soledad que lo desconcertaba y le daba miedo. Tan distraído estaba que no podía recordar qué pestillos había asegurado, y a oscuras, andando a tientas para no tropezar con las sillas, volvió a inspeccionar todas las ventanas. Sus pies sonaron reciamente en las escaleras cuando se encaminó al piso de arriba al final de aquel traicionero día de veladas rebeliones.

3

Antes del desayuno evocaba siempre su infancia en uno de los pueblecillos del norte del estado y olvidaba las exigencias urbanas de afeitarse, bañarse, decidir si la camisa estaba lo bastante limpia como para ponérsela un día más. Siempre que se quedaba en casa, por la noche se acostaba temprano y, con gran parsimonia, cumplía de antemano aquellos funestos deberes. Tenía por costumbre afeitarse cómodamente sentado en una bañera llena de agua. Se lo puede visualizar aquella noche como un señor rechoncho, blando, rosáceo, con poco pelo y despojado de la importancia que le daban las gafas, acurrucado en la bañera con el agua por las axilas, raspándose las mejillas enjabonadas con una maquinilla que parecía una diminuta segadora. De cuando en cuando chapoteaba con melancólica dignidad, tratando de recuperar el jabón resbaladizo y vivaracho.

El calor del agua lo adormecía, le hacía soñar. La luz chocaba contra la superficie interior de la bañera formando un dibujo de delicadas líneas verdes que, al temblar el agua clara, centelleaban en la curva porcelana. Babbitt miraba perezosamente, notando que, a lo largo de la silueta proyectada por sus piernas en el fondo de la bañera, las sombras de las burbujas de aire adheridas a sus pelos tomaban un extraño aspecto de musgo. Dio una palmada en el agua y la luz reflejada se quebró, saltó, se pulverizó. Babbitt estaba contento. Jugaba como un niño. Se afeitó unos cuantos pelos de una de las pantorrillas.

El tubo de desagüe gorgoteaba: glu, glu, glu; glu, glu, glu. Era un dulce y alegre cantar. Babbitt, arrobado, se quedó contemplando la sólida bañera, los preciosos grifos de níquel, los azulejos de las paredes, y se sintió virtuoso de poseer aquel esplendor.

Volvió en sí y empezó a hablar ásperamente a los objetos del baño: «¡Ven aquí! ¡Ya has jugueteado bastante!», le dijo en tono de reproche al travieso jabón; y luego al cepillo de uñas que le arañaba los dedos: «¡Ah!, conque sí, ¿eh?». Se enjabonó, se enjuagó, se frotó el cuerpo austeramente; notó un agujero en la toalla turca, y meditativamente metió el índice por él; acto seguido volvió al dormitorio, grave e inflexible ciudadano.

Tuvo un momento de magnífico abandono, un relámpago de melodrama, como cuando conducía su automóvil, cuando sacó un cuello limpio y, al descubrir que estaba desgastado por delante, lo rasgó con un espléndido chirrido.

Lo más importante de todo era preparar la cama en la galería.

No se sabe si le gustaba dormir en la galería a causa del aire fresco o a causa de que tener una galería era lo más indicado.

Del mismo modo que era Alce, *booster* y miembro de la Cámara de Comercio; del mismo modo que los pastores de la Iglesia presbiteriana determinaban cada una de sus creencias religiosas, y los senadores que controlaban el Partido Republicano decidían en pequeñas habitaciones llenas de humo en Washington lo que había de pensar acerca del desarme, de los impuestos y de Alemania, las grandes agencias publicitarias establecían las normas de su vida fijando lo que él creía ser su individualidad. Esos artículos tan anunciados —dentífricos, calcetines, neumáticos, cámaras fotográficas, calentadores de agua— eran para él símbolos y pruebas de excelencia; primero, los signos; luego, los sustitutos de la alegría, de la pasión, de la sabiduría.

Pero ninguna de estas pruebas de éxito social y económico era tan significativa como una galería-dormitorio con mirador debajo.

Los preparativos para acostarse eran complicados y siempre los mismos. Tuvo que meter las mantas bajo el colchón de su catre. (Por qué razón la doncella no lo había hecho era cosa que habría de discutir con su cónyuge). Acercó la alfombra de modo que sus pies cayeran en ella al levantarse. Dio cuerda al despertador. Llenó la botella de agua caliente y la colocó exactamente a sesenta centímetros del fondo del catre.

Estas tremendas empresas se rindieron a su determinación; las fue anunciando una por una a su mujer y llevándolas a cabo decididamente. Por fin, desarrugó el entrecejo.

—¡Buenas noches! —gritó, con voz potente y varonil.

Pero todavía necesitaba paciencia. En el preciso momento de coger el sueño, llegó el auto de los Doppelbrau. Se desveló de pronto, lamentándose: «¿Por qué demonios no podrán algunas personas acostarse a una hora razonable?». Tan familiar le era el proceso de aparcar su propio coche que esperó cada movimiento como un hábil verdugo condenado a sufrir tormento en su propio potro.

El automóvil se encontraba insultantemente alegre en la calzada. La portezuela se abrió y se cerró de golpe, después la puerta del garaje rechinó en el umbral al deslizarse. Se oyó de nuevo la portezuela del coche. El motor bramó al subir la cuesta del garaje y volvió a bramar, explosivamente, antes de pararse. Portazo final del coche. Luego, el silencio, un silencio lleno de ansiedad, hasta que el pelmazo de Doppelbrau hubo examinado sus neumáticos y cerrado, por fin, la puerta del garaje. Instantáneamente, Babbitt cayó en un bendito estado de inconsciencia.

4

En aquel momento, en la ciudad de Zenith, Horace Updike estaba cortejando a Lucile McKelvey en el gabinete malva de esta después de haber asistido a la conferencia de un eminente novelista inglés. Updike era el solterón profesional de Zenith, un hombre de cuarenta y seis años, delgado de cintura, con voz afeminada y que entendía mucho de flores, cretonas y mujeres. La señora McKelvey era pelirroja, pálida, descontentadiza, exquisita, ruda y honesta. Updike probó su primera e invariable maniobra: darle un golpecito en la muñeca.

—¡No sea usted idiota! —dijo ella.

—¿Le molesta a usted de verdad?

—¡No! ¡Eso es lo que me molesta!

Cambió de estrategia y empezó a hablar. Tenía fama de gran conversador. Hablaba aceptablemente sobre psicoanálisis, sobre polo, y sobre la bandeja Ming que había encontrado en Vancouver. Ella le prometió que se verían en Deauville el próximo verano.

—Aunque —suspiró— aquello se está poniendo atroz; no hay más que americanos y ridículas aristócratas inglesas.

Y en aquel momento, en Zenith, un traficante de cocaína y una prostituta bebían cócteles en el bar de Healey Hanson, en Front Street. Como la Prohibición estaba ahora en todo su vigor y como Zenith era un lugar notoriamente respetuoso con la ley, se veían forzados a beberse los cócteles en inocentes tazas de té. La mujer le tiró su taza a la cabeza al traficante de cocaína. Él sacó su revólver del bolsillo de la manga y, despreocupadamente, la asesinó.

En aquel momento, en Zenith, dos hombres permanecían sentados en un laboratorio. Llevaban cuarenta y siete horas trabajando en un informe de sus investigaciones sobre caucho sintético.

En aquel momento, en Zenith, cuatro miembros de la unión de trabajadores celebraban una conferencia para decidir si los doce mil mineros que había en cien millas a la redonda de Zenith se declararían o no en huelga. Uno de estos hombres parecía un tendero próspero y quisquilloso; otro, un carpintero yanqui; otro, un dependiente de refrescos, y otro, un judío ruso de profesión actor. El judío ruso citaba a Kautsky, a Gene Debs y a Abraham Lincoln.

En aquel momento un veterano del Gran Ejército de la República se estaba muriendo. Inmediatamente después de la guerra civil se había instalado en una hacienda que, aunque estaba oficialmente dentro de los límites de Zenith, era tan primitiva como una selva. Nunca había montado en un automóvil, nunca había visto una bañera, nunca había leído un libro, salvo la Biblia, los libros de primaria de McGuffey y opúsculos religiosos; y creía que la tierra era plana, que los ingleses eran las Diez Tribus Perdidas de Israel y que Estados Unidos es una democracia.

En aquel momento, la ciudad de cemento y acero que formaba la fábrica de la Compañía de Tractores de Zenith trabajaba en el turno de noche para completar un pedido de tractores para el ejército polaco. Zumbaba como un millón de abejas, resplandecía a través de sus ventanales como un volcán. A lo largo de las altas alambradas, los reflectores iluminaban los patios cercados de hormigón, las agujas de las vías y los guardas armados que hacían la ronda.

En aquel momento, Mike Monday daba fin a un mitin. Monday, distinguido evangelista, el más conocido pontífice protestante de Estados Unidos, había sido antes boxeador. Satanás no se había portado bien con él. Del boxeo no había sacado más que la nariz rota, su celebrado vocabulario y su presencia teatral El servicio al Señor le había resultado más provechoso. Estaba a punto de retirarse con una fortuna. Bien se la había ganado, porque, según su último informe, «el reverendo Monday, el Profeta con Pegada, ha demostrado que no existe en el mundo nadie que conozca mejor el negocio de la salvación, y que por medio de una organización eficaz los gastos fijos de la regeneración espiritual pueden reducirse a un mínimo sin precedentes. Ha convertido a más de doscientas mil almas perdidas e inapreciables por un coste de menos de diez dólares por cabeza».

De las ciudades grandes del país, solo Zenith había vacilado en someter sus vicios a Mike Monday y a su experto equipo de regeneración. Las sociedades más emprendedoras habían votado por invitarlo. (George F. Babbitt lo había elogiado en un discurso que pronunció en el Boosters' Club). Pero había oposición por parte de ciertos ministros episcopales y congregacionistas, esos renegados a los que Monday llamó finamente «pandilla de evangelizantes, que en vez de sangre tienen en las venas agua de fregar, un hatajo de llorones que deberían tener más polvo en las rodillas de los pantalones y más pelo en el pecho». Esta oposición fue anulada cuando el secretario de la Cámara de Comercio informó a un comité de fabricantes que, en todas las ciudades donde se había presentado, el reverendo Monday había desviado el interés de los obreros hacia cosas más elevadas que los salarios y las horas de trabajo, evitando de esta forma las huelgas. Lo invitaron inmediatamente.

Se suscribió un fondo de cuarenta mil dólares para gastos. En los terrenos donde solía celebrarse la feria del condado, se erigió un Tabernáculo Mike Monday con capacidad para quince mil personas. Allí, el profeta estaba terminando en aquel momento su discurso:

—Hay en este burgo una panda de profesores listillos y de haraganes bebedores de té que dicen que soy un matón, un mangante, y que de historia no sé ni esto. Sí; hay una pandilla de sabihondos con patillas que creen saber más que el Todopoderoso y prefieren la ciencia teutónica y la obscena crítica germánica a la simple y recta palabra de Dios. Sí; hay un grupito de niños peras, de lechuguinos, de infieles y escritorzuelos borrachines que no abren la boca sino para gritar que Mike Monday es un cochino y un majadero. Esos ciudadanos están diciendo ahora que hago la comedia de la evangelización y que vengo aquí por el peculio. ¡Pues bien: oídme! Voy a darles a esos pájaros una oportunidad. ¡Que suban aquí y me digan cara a cara que soy un bobo, y un mentiroso y un patán! Pero si no lo hacen, ¡que no lo harán!, no os sorprenda que uno de esos canallas mentirosos se gane un buen puñetazo de Mike, con toda la fuerza de la ira de Dios. ¡Vamos, señores míos! ¿Quién se atreve? ¿Quién osa decir que Mike Monday es un farsante y un charlatán? ¿Eh? ¿No se levanta nadie? ¡Ya veis! Supongo que de ahora en adelante no volveréis a prestar oídos a todos esos cobardes que me calumnian, a todos esos tíos que murmuran y critican, y chismorrean y vomitan su cochino ateísmo; y que todos vosotros vendréis, con todo el entusiasmo y todo el fervor de que seáis capaces, para glorificar juntos a Jesucristo, cuya piedad y dulzura son infinitas».

En aquel momento, Seneca Doane, el abogado radical, y el doctor Kurt Yavicht (histólogo cuyos estudios sobre la destrucción de las células epiteliales bajo la radiación habían dado a conocer el nombre de Zenith en Múnich, Praga y Roma) estaban conversando en la biblioteca de Doane.

—Zenith es una ciudad gigantesca... Edificios gigantescos, máquinas gigantescas, transportes gigantescos —meditaba Doane.

—Yo detesto su ciudad. Ha estandarizado la belleza de la vida. Es una gran estación de ferrocarril... donde todo el mundo toma billetes para los mejores cementerios —decía el doctor Yavicht plácidamente.

—¡Que me ahorquen si eso es verdad! —saltó Doane—. Me desespera usted, Kurt, con sus eternas lamentaciones sobre la «estandarización». ¿Cree usted que las otras naciones no están también estandarizadas? ¿Hay algo más estandarizado que Inglaterra, donde en cada casa se toman las mismas magdalenas con el té a la misma hora, donde cada general retirado va a oír las mismas vísperas a la misma iglesia de torre cuadrada, y donde cada jugador de golf vestido de tweed le dice con pedantería «¡razón tiene usted!» a cualquier asno con dinero? Pues a pesar de eso a mí me gusta Inglaterra. Y para «estandarización»... recuerde usted las terrazas de los cafés en Francia y los galanteos de Italia.

»La estandarización es excelente en sí misma. Cuando yo me compro un reloj marca Ingersoll o un Ford, adquiero un instrumento mejor por menos dinero, y sé exactamente lo que me llevo, y eso me ahorra dinero y energía para cultivar mi individualidad. Y... recuerdo que una vez vi en Londres, en la portada del *Saturday Evening Post*, un anuncio de un dentífrico con una fotografía de un suburbio americano... una calle nevada con olmos y con casas, unas georgianas y otras bajas y con anchos tejados inclinados, y... El mismo tipo de calle que se encuentra aquí en Zenith, por ejemplo en Floral Heights. Espacio, árboles, hierba. ¡Y sentí nostalgia! No hay país en el mundo que tenga casas tan bonitas. Y no me importa que estén estandarizadas. ¡Es un estándar estupendo!

»No; lo que yo combato en Zenith es la estandarización del pensamiento y, naturalmente, las tradiciones de competencia. Los verdaderos malvados son esos honrados e industriosos cabezas de familia, que emplean todas las artimañas conocidas para asegurar el bienestar de sus cachorros. Lo peor de esos sujetos es que sean tan buenos y, al menos en su trabajo, tan inteligentes. Uno no puede odiarlos del todo, y, sin embargo, sus mentes estandarizadas son el enemigo.

»Toda esa promoción... Sospecho que en Zenith se vive mejor que en Manchester, Glasgow, Lyon, Berlín o Turín.

—No, señor. Y yo he vivido en casi todos esos sitios —murmuró el doctor Yavicht.

—Bueno, cuestión de gusto. Personalmente, prefiero una ciudad donde el futuro es tan desconocido que excita la imaginación. Pero lo que yo especialmente quiero...

—Usted —dijo el doctor Yavicht— es un liberal vacilante, y no tiene la menor idea de lo que quiere. Yo, por ser revolucionario, sé exactamente lo que quiero..., y lo que quiero es una copita.

5

En aquel momento, en Zenith, Jake Offutt, el político, y Henry T. Thompson celebraban una conferencia. Offutt opinaba:

—Lo que hay que hacer es convencer al tonto de su yerno para que lo haga. Babbitt es un patriotero, como usted sabe. En cuanto echa mano de cualquier propiedad para la pandilla, finge que nos morimos de amor por el pueblo, y a mí me gusta comprar de forma honesta... Y razonable. No sé hasta cuándo podremos seguir así, Hank. Estamos a salvo mientras los buenos chicos como George Babbitt y los respetabilísimos jefes laboristas crean que usted y yo somos unos duros patriotas. Aquí hay buenos negocios para un político honrado, Hank: una ciudad entera que trabaja para suministrarnos cigarros, pollo frito y dry martinis, y que se acoge a nuestra bandera con indignación, sí, con feroz indignación, cuando aparece algún llorón como ese tipo, Seneca Doane. De verdad, Hank, un zorro astuto como yo debería avergonzarse de sí mismo si no les sacase los cuartos cuando se presenta la ocasión. Pero la pandilla esa de la Compañía de Tracción no se saldrá de rositas como antes. Me pregunto cuándo... ¡Si pudiéramos encontrar la manera de echar de aquí al tal Seneca Doane! ¡Es él o nosotros!

En aquel momento, en Zenith, trescientas cuarenta mil o trescientas cincuenta mil Personas Ordinarias dormían, una vasta sombra impenetrable. En los barrios bajos, más allá de la vía férrea, un joven que llevaba seis meses buscando trabajo abrió las llaves del gas y se mató a sí mismo y a su mujer.

En aquel momento, el poeta Lloyd Mallam, propietario de la librería Hafiz, terminaba un rondó donde comparaba la alegre vida en los feudos de la medieval Florencia y la insulsez de la existencia en una población tan prosaica como Zenith.

Y, en aquel momento, George F. Babbitt se dio la vuelta en la cama, la última vuelta, decidido ya a dejarse de cavilaciones y a dormirse.

Instantáneamente empezó a soñar. Estaba en algún lugar entre personas desconocidas que se reían de él. Se escabulló, echó a correr por los senderos de un jardín nocturno, y en la verja esperaba el hada. Su querida y tranquila mano le acarició la mejilla. Él era galante y sabio y bien amado; ella tenía brazos de cálido marfil; y allende peligrosos páramos rutilaba el mar bravío.

VIII

1

Los grandes acontecimientos de la primavera fueron para Babbitt la compra secreta de unos solares en Linton para ciertos funcionarios de la Compañía de Tranvías —antes del anuncio público de que la línea de autobuses de la avenida Linton se iba a extender—, y una cena que fue, como dijo su mujer: «No solo un verdadero banquete, sino también una velada de todo postín, donde se habían reunido los más ilustres intelectuales y las mujeres más distinguidas de la localidad». Fue una ocasión tan absorbente que casi se olvidó de su proyectada escapada a Maine con Paul Riesling.

Aunque nacido en la aldea de Catawba, Babbitt se había elevado hasta ese nivel social en que, sin necesidad de preparativos, se pueden tener hasta cuatro invitados más de una o dos noches. Pero ante una cena para doce, con flores de la floristería y con toda la vajilla de cristal tallado, hasta los Babbitt trepidaban.

Durante dos semanas enteras estudiaron, discutieron y decidieron la lista de invitados.

—Claro que nosotros estamos al día —dijo Babbitt, maravillado—, pero, no obstante, ¡imagínate recibir en nuestra casa a un poeta famoso como Chum Frink, un individuo que, con un poema o dos diarios y con escribir unos cuantos anuncios, gana quince mil dolaritos al año!

—Sí, y Howard Littlefield. El otro día, ¿sabes?, Eunice me dijo que su padre habla tres idiomas.

—¡Bah! ¡Eso no es nada! Yo también..., americano, béisbol y póquer.

—No sé por qué te tomas a broma estas cosas. Debe de ser maravilloso hablar tres idiomas, y muy útil, y... Y con personas así no veo por qué invitamos a Orville Jones y a su mujer.

—¡Vamos, mujer! ¡Orville es un hombre de gran porvenir!

—Sí, ya sé, pero... ¡Una lavandería!

—Desde luego, lavar ropa no tiene la clase que tiene escribir poesía o vender inmuebles, pero, no obstante, Orvy es sumamente listo. ¿Lo has oído alguna vez hablar de jardinería? Chica, ese ciudadano te puede decir el nombre de cada árbol, y algunos en griego y en latín también. Y, además, les debemos a los Jones una comida. Y además, ¡qué diantre!, tiene que haber algún bobo entre la concurrencia para cuando artistas como Frink y Littlefield se pongan a perorar.

—Mira, querido... Quería decírtelo... Creo que tu deber es limitarte a escuchar y dejar que los demás invitados metan baza de cuando en cuando.

—Ah, sí, ¿eh? ¿Conque sí? ¡Claro! ¡Yo no paro de hablar! Y no soy más que un comerciante, ¡naturalmente!, no soy doctor en Filosofía como Littlefield, ni poeta, y no tengo nada que decir. Bueno, pues mira: el otro día precisamente, tu maldito Chum Frink se acerca a mí en el club y me pide que le dé mi opinión sobre la emisión de bonos para la escuela de Springfield. Y ¿quién se lo dijo? ¡Yo! ¡Yo se lo dije! ¡Pobre de mí! ¡Sí, yo mismito! Vino y me lo preguntó, y yo se lo dije todo. ¡Puedes estar segura! Y bien contento que estaba él de oírme y... ¡Mi deber! Ya sé yo cuál es mi deber para con los convidados, y has de saber...

Finalmente, Orville Jones y su esposa fueron invitados.

2

La mañana del día de la cena, la señora Babbitt estaba muy inquieta.

—Escucha, George: haz el favor de volver temprano esta noche. No olvides que tienes que vestirte.

—Ajá...Veo aquí en el *Advocate* que la Asamblea General Presbiteriana ha votado salir del Movimiento Ecuménico Mundial. Eso...

—¡George! ¿Has oído lo que te he dicho? Tienes que volver a tiempo para vestirte.

—¿Vestirme? ¡Un cuerno! ¡Ya estoy vestido ahora! ¿Crees que voy a ir a la oficina en calzoncillos?

—¡No te consiento que digas indecencias delante de los chicos! ¡Y tienes que ponerte de etiqueta!

—Mira, de todas las malditas y absurdas molestias que se han inventado...

Tres minutos más tarde, después de que Babbitt dijera: «Bueno, no sé si me vestiré o no» en un tono que demostraba que se vestiría, la discusión cambió de tema.

—Y no te olvides, George, de parar a la vuelta en Vecchia para comprar el helado. Tienen la camioneta de repartos averiada y no me fío si lo mandan a...

—¡Muy bien! Ya me lo has dicho antes del desayuno.

—Es que no quiero que te olvides. Yo tendré que pasarme el día entero dando instrucciones a la chica que va a servir la mesa...

—¡Qué tontería! No había necesidad de tomar otra chica. Matilda hubiera podido perfectamente...

—...y tendré que salir a comprar las flores, y colocarlas, y poner la mesa, y encargar las almendras tostadas, y vigilar cómo se hacen los pollos, y ponerles la cena a los chicos en el piso de arriba y... Y sencillamente dependo de ti para el helado.

—¡Muy bieeeen! ¡Lo traeré!

—No tienes más que entrar y decir que te den el helado que encargué ayer por teléfono, y lo tendrán preparado ya.

A las diez y media, la señora Babbitt telefoneó a su marido para decirle que no se olvidara de traer el helado.

Babbitt se quedó sorprendido y abrumado. ¿Merecerían los banquetes de Floral Heights las molestias y complicaciones que acarreaban? Pero se arrepintió de sus sacrílegos pensamientos con la excitación de comprar los ingredientes para los cócteles.

He aquí la manera de conseguir alcohol durante el reinado de la virtud y de la Prohibición:

Condujo su automóvil desde las modernas y rectas avenidas del centro hasta las enmarañadas callejuelas de la Ciudad Vieja, ruinosas manzanas de ennegrecidos almacenes y áticos; siguió hasta el Arbor, hacía años una hermosa huerta y ahora un cenagal de pensiones, bloques de viviendas y burdeles. Exquisitos escalofríos le corrían por la espalda y el estómago, y miraba a los policías con mucha inocencia, como quien respeta la ley y admira la Fuerza, y le hubiera gustado pararse y bromear con ellos. Detuvo su automóvil a cierta distancia del bar de Healey Hanson, diciendo para sus adentros: «Bueno, ¡qué demonios! Si alguien me ve aquí, pensará que vengo por negocios».

Entró en el local, que tenía el mismo aspecto que las antiguas tabernas anteriores a la Prohibición. Frente a la puerta había un largo y mugriento mostrador con un espejo churretoso detrás. En una mesa de pino, un viejo andrajoso soñaba ante un vaso de algo que parecía whisky. En el mostrador, dos hombres bebían algo que parecía cerveza, dando la impresión de gran multitud que siempre dan dos hombres en una taberna. El tabernero, un sueco alto y pálido, que lucía un diamante en su corbata lila, miró fijamente a Babbitt cuando este se acercó al mostrador:

—Yo, eh... Un amigo de Hanson me envía. Quisiera una botella de ginebra.

El tabernero le clavó la mirada como lo haría un obispo ultrajado.

—Me parece que se ha equivocado usted de sitio, amigo. Aquí no vendemos más que refrescos.

Se puso a limpiar el mostrador con un paño nada limpio, mirando por encima de su brazo, que se movía mecánicamente.

—Oye, Oscar —suplicó el viejo soñador desde su mesa.

Oscar no oyó.

—Eh, tú. Oscar, haz el favor. ¡Oye!

La soñolienta voz de aquel gandul, el agradable olorcillo de la cerveza dejaron a Babbitt como inmovilizado. El barman se acercó con rostro serio a la multitud que formaban los dos hombres. Babbitt le siguió con paso de gato, y dijo con tono lisonjero:

—Oiga, Oscar, quiero ver al señor Hanson.

—¿Para qué le quiere usted ver?

—Tengo que hablar con él. Aquí está mi tarjeta.

Era una tarjeta preciosa, grabada en negro muy negro y en rojo muy rojo, según la cual Babbitt era Fincas, Seguros y Alquileres. El barman la cogió como si pesara diez libras y la leyó como si tuviera cien palabras. No se apeó de su dignidad episcopal, pero gruñó:

—Voy a ver si está.

De la trastienda salió un joven inmensamente viejo, un hombre silencioso, de mirada penetrante, con una camisa de seda canela, chaleco de cuadros desabrochado y unos pantalones de color chillón: Healey Hanson.

—¿Sí? —dijo a secas míster Hanson.

Pero sus implacables y despectivos ojos escudriñaban las intenciones de Babbitt, y no pareció impresionarle mucho el nuevo traje gris por el cual Babbitt (como les había dicho en el Athletic a todos sus conocidos) había pagado ciento veinticinco dólares.

—Mucho gusto, señor Hanson. Pues... yo soy George Babbitt, de la Compañía Babbitt-Thompson, ¿sabe usted? Soy muy amigo de Jake Offutt.

—Bueno, ¿y qué?

—Pues sabe usted, eh, voy a dar una cena, y Jake me ha dicho que usted podría proporcionarme un poco de ginebra... Si quiere, puede telefonear a Jake —añadió servilmente, alarmado al notar en los ojos de Hanson señales de aburrimiento.

Hanson contestó haciendo un movimiento de cabeza para indicarle la entrada de la trastienda y desapareció. Babbitt entró melodramáticamente en un aposento que contenía cuatro mesas redondas, once sillas, un calendario de una cervecería y un olor. Esperó. Tres veces vio a Healey Hanson que, tarareando y sin prestarle la menor atención, vagaba de acá para allá con las manos en los bolsillos.

Babbitt había modificado ya su decisión matinal de no pagar «ni un centavo más de siete dólares litro», y ahora se avenía a pagar diez. Cuando Hanson entró de nuevo le preguntó:

—Qué, ¿puede usted arreglar eso?

—Un momento, por Dios, un momento —gruñó Hanson, con malos modos.

Con ejemplar mansedumbre Babbitt siguió esperando hasta que Hanson reapareció con el litro de ginebra (lo que eufemísticamente se llama un litro).

—Doce pavos —dijo, alargándole la botella con ademán desdeñoso.

—Eh, oiga, amigo, oiga, Jake me aseguró que no me pediría usted más de ocho o nueve.

—No. Doce. Esto es ginebra auténtica de Canadá, y no uno de esos potingues asquerosos con unas gotas de extracto de enebro —dijo virtuosamente el honrado comerciante—.

Doce papiros... si lo quieres. Comprenderás, además, que yo hago esto solo por ser amigo de Jake.

—¡Claro, claro! ¡Comprendido! —exclamó Babbitt, alargando con agradecimiento los doce dólares.

Se sintió orgulloso de codearse con la grandeza mientras Hanson, bostezando, se embolsaba los billetes sin contarlos en su flamante chaleco y se alejaba con andares chulescos.

La operación de ocultar la botella de gin, primero bajo su chaqueta y después en su escritorio, le produjo verdadera emoción. Toda la tarde se la pasó regocijado por la idea de darles a los amigos una sorpresa. Tan alborozado estaba que hasta poco antes de llegar a su casa no recordó cierto detalle, mencionado por su mujer, sobre comprar helado en Vecchia.

—¡Maldita sea...! —exclamó, y dio la vuelta.

Vecchia no era un proveedor cualquiera, era El Proveedor de Zenith. La mayoría de las reuniones sociales se celebraban en el salón blanco y negro de la Maison Vecchia; en todos los tés elegantes, los invitados veían las cinco clases de sándwiches Vecchia y las siete clases de pastas Vecchia; y todos los convites de buen tono terminaban, como en un acorde final, con helado napolitano de Vecchia en uno de los tres consabidos moldes: el molde amelonado, el molde redondo como una tarta y el molde en forma de ladrillo.

La tienda de Vecchia tenía molduras de color azul pálido, tracerías con rosas de yeso, sirvientas con delantales escarolados, y anaqueles de cristal llenos de merengues con todo el refinamiento que suponen las claras de huevo. Babbitt se sentía pesado y basto en medio de aquella exquisitez profesional, y mientras esperaba el helado se convenció de que una muchacha se estaba riendo de él. Volvió a casa con un humor susceptible. La primera cosa que oyó fue:

—¡George! ¿Te has acordado de ir a Vecchia y traer el helado?

—Vamos a ver, ¿me olvido yo alguna vez de algo?

—¡Sí, a menudo!

—De cuando en cuando, nada más. Y te digo que después de ir a un sitio tan cursi como esa Maison Vecchia y tener que esperar viendo a esas chicas medio desnudas, todas pintadas como si tuvieran sesenta años y comiendo una cantidad de golosinas que les estropean el estómago...

—¡Oh, cuánto lo siento! ¡Ya he notado que no te gusta mirar a las mujeres bonitas!

De pronto, Babbitt comprendió que su mujer estaba demasiado ocupada para conmoverse por aquella indignación moral con que los hombres rigen el mundo, y subió humildemente a vestirse. Vislumbró un suntuoso comedor de cristal tallado, velas, madera pulida, encajes, plata, rosas. Con el corazón henchido de temor ante la perspectiva de un asunto tan grave como dar una cena, rechazó la tentación de ponerse por cuarta vez su camisa almidonada. Sacó otra completamente limpia, se apretó la pajarita negra y se frotó los zapatos de charol con un pañuelo. Miró con agrado sus gemelos de plata y granates. Se pasó la mano por los tobillos, que, transformados por los calcetines de seda, ya no eran las bastas canillas de George Babbitt, sino las elegantes extremidades de lo que se llama un *clubman*. En pie, junto al espejo, contempló su bien cortado esmoquin, su pantalón con triple trencilla, y murmuró con lírica lentitud:

—¡Caramba, no estoy tan mal! Nadie diría que soy de Catawba. Si los de mi pueblo me vieran con este equipamiento, ¡les daba un patatús!

Bajó majestuosamente a preparar los cócteles. Partió el hielo, exprimió las naranjas y sacó de la despensa botellas, vasos y cucharillas, sintiéndose tan autoritario como el sueco del bar de Healey Hanson. Es verdad que su señora dijo que estaba estorbando y Matilda y la doncella suplente tropezaban con él, le daban codazos, gritaban: «Abra la puerta, haga el favor», al pasar con las bandejas en vilo, pero él, en aquel solemne momento, las ignoraba.

Además de la nueva botella de ginebra, tenía media botella de bourbon, la cuarta parte de una botella de vermut italiano y aproximadamente cien gotas de cierto licor de naranja. No tenía coctelera. Una coctelera era prueba de disipación, el símbolo del bebedor, y a Babbitt le disgustaba tener fama de bebedor tanto como le gustaba beber. Hizo la mezcla en una salsera vieja y una jarra sin asa, sosteniendo en alto ambas cosas bajo la poderosa luz de una bombilla Mazda. Estaba sofocado, la pechera de su camisa relucía, el fregadero de cobre era de oro rojo. Probó el sagrado líquido.

—¡Bueno, esto es lo que se llama un cóctel! Algo entre un Bronx y un Manhattan. ¡Hummm! Myra: ¿quieres un sorbito antes de que lleguen los invitados?

La señora Babbitt, con su vestido de encaje protegido por una toalla, no paraba un momento. Entraba en el comedor, movía cada copa medio centímetro, volvía a salir con cara de implacable resolución.

—¿Yo? ¡Qué disparate! —exclamó, echando fuego por los ojos.

—Bueno —repuso Babbitt en tono jocoso y desenvuelto—, pues yo creo que un servidor va a tomarse una copita.

El cóctel le produjo un tremendo alborozo, tras el cual sentía locos deseos de embalar en el auto, de besar a las mujeres, de cantar, de contar chistes. Trató de recuperar su dignidad perdida anunciándole a Matilda:

—Voy a meter esta jarra en la nevera. Cuidado, no la vaya usted a volcar.

—Sí, señor.

—Bueno, tenga usted cuidado. Y no ponga nada encima de este estante.

—Sí, señor.

—Y no... ¡Uf!

Empezaba a sentir vahídos. Oía su propia voz como de lejos.

—¡Bueno, mucho cuidado! —ordenó en tono imponente, y corrió a refugiarse en el gabinete.

Se preguntaba si podría convencer a «una gente tan sosa como Myra y los Littlefield para que fueran a algún sitio después de cenar y armar allí la gorda y soplarse otras copitas». Descubrió que tenía ciertas dotes para la disipación, no cultivadas por descuido.

Cuando todos los invitados hubieron llegado, incluso la inevitable pareja que se hizo esperar poniendo a prueba la paciencia de los demás, un gran vacío gris había reemplazado el rojo torbellino que giraba en la cabeza de Babbitt, y tuvo que forzar los tumultuosos saludos obligatorios para todo anfitrión residente en Floral Heights.

Los invitados eran Howard Littlefield, el doctor en Filosofía que suministraba la publicidad a la Compañía de Tracción; Vergil Gunch, el tratante en carbones, igualmente poderoso en el Boosters' Club y en el de los Alces; Eddie Swanson, agente de la Javelin Motor Car, que vivía en la acera de enfrente; y Orville Jones, propietario de la Lavandería del Lirio Blanco, que acababa de anunciarse como «el mayor de los mayores y el mejor de los mejores trenes de lavado en Zenith». Pero, naturalmente, el más distinguido de todos era T. Cholmondeley Frink, no solo autor de las «Poemulaciones», que, sindicadas diariamente en sesenta y siete periódicos importantes, le daban más lectores que a cualquier otro poeta en el mundo, sino también ameno conferenciante y creador de «anuncios que suman». A pesar de la penetrante filosofía y alta moralidad de sus versos, eran humorísticos y fácilmente inteligibles para un niño de doce años, y se imprimían no como verso, sino como prosa, lo que les daba un tono aún más humorístico. Frink era conocido desde el Atlántico hasta el Pacífico como «Chum».

Con ellos había seis mujeres... más o menos. Era difícil decir exactamente cuántas, porque a primera vista todas parecían iguales, y todas decían: «¡Oh, qué preciosidad!» con el mismo tono de animación. Los hombres resultaban menos semejantes: el sabihondo Littlefield, alto y con cara de caballo; Chum Frink, una insignificancia de hombre, con pelo de ratón y cuyos lentes sujetos por un cordoncillo de seda denunciaban su profesión de vate; Vergil Gunch, anchote y con pelo negro tieso como un cepillo; Eddie Swanson, un joven calvo y vivaracho, cuyo chaleco, de seda negra floreada con botones de cristal, mostraba su gusto por la elegancia; Orville Jones, persona de aspecto juicioso, regordete y nada memorable, con un bigotillo color cáñamo. Estaban todos muy bien alimentados y muy limpios, y todos gritaron: «¡Hola, Georgie!» con tal vigor que parecían primos carnales; y lo más extraño es que cuanto mejor conocía uno a las mujeres, más diferentes parecían, mientras que cuanto mejor conocía uno a los hombres, más semejantes resultaban.

Los cócteles fueron un rito tan canónico como su preparación. Los invitados aguardaban inquietos, esperanzados, conviniendo en que el tiempo estaba un tanto caluroso y ligeramente frío, pero Babbitt no decía nada aún de las bebidas.

Cundió el desaliento. Pero cuando llegó la última pareja (los Swanson), Babbitt insinuó:

—Bueno, amigos: ¿os atrevéis a quebrantar un poco la ley?

Miraron a Chum Frink, el reconocido maestro del lenguaje. Frink tiró del cordón de sus lentes como de la cuerda de una campanilla, carraspeó y dijo lo que era costumbre decir:

—Mira, George: yo respeto la ley, pero dicen que Gunch es un perfecto pícaro, y, como es más grande que yo, pues, la verdad, no sé lo que haría si tratara de forzarme a hacer algo criminal.

Gunch rugió:

—Bueno, yo no pierdo la ocasión...

Y Frink, levantando la mano, continuó:

—Conque si Verg y tú, George, insistís, dejaré el coche en el lado izquierdo de la calle, porque no dudo de que ese es el crimen al que os estáis refiriendo.

Todo el mundo se echó a reír.

—¡Este Frink es matador! ¡Y cualquiera lo creería tan inocente! —exclamó la señora Jones.

Babbitt voceó:

—¿Cómo lo has adivinado, Chum? Bueno, esperad un momento mientras yo salgo y cojo... las llaves de sus respectivos autos.

Entre el regocijo general, trajo lo prometido, la gran bandeja con vasos y la jarra llena en medio. Los hombres exclamaron: «¡Fijaos en esto!». «¡Lo que a mí me hacía falta!» y «¡Ahí voy yo!». Pero a Chum Frink, hombre experimentado y no ajeno a las calamidades, se le ocurrió de pronto que la poción podría ser un mero jugo de frutas con un poco de alcohol malo. Mirando con cierta timidez a Babbitt, como un húmedo y extático pordiosero, alargó su copa, pero, al probar un sorbo, gritó:

—¡Oh, dejadme que sueñe! ¡No es verdad, pero no me despertéis! ¡Dejadme dormir!

Dos horas antes, Frink había terminado para un periódico una poesía que empezaba:

Hay gente, sí, tan idiota que, aunque pasa por moderna, todavía se alborota porque cierran la taberna, ese cubil de blasfemos, esa madriguera inmunda que a los sabios hace memos, ¡la tasca, que Dios confunda! Pero a mí me importa un pito la Prohibición, siempre y cuando pueda dar un paseíto de mañana, respirando la brisa de primavera, que a quien como yo madruga deja al punto la mollera más fresca que una lechuga.

Babbitt bebió con los demás; su abatimiento había desaparecido; se daba cuenta de que sus amigos eran las mejores personas del mundo; quería obsequiarlos con mil cócteles.

—¿Podéis con otro? —preguntó.

Las señoras rehusaron con risitas, pero los hombres prorrumpieron en tono jovial y entusiasta:

—Bueno, cuanto más pronto te enfades conmigo, George...

—Te corresponde un pequeño dividendo —les dijo Babbitt a cada uno.

Y cada cual respondió:

—Exprímelo, George, exprímelo.

Cuando la jarra estuvo completamente vacía, se pusieron a hablar de la Prohibición. Los hombres se echaron hacia atrás, sosteniéndose en equilibrio sobre los tacones, se metieron las manos en los bolsillos del pantalón y expusieron sus puntos de vista con la profunda rotundidad del ricachón que repite una opinión manoseada sobre un asunto del que, sin embargo, no sabe nada.

—Os voy a decir —apuntó Vergil Gunch— lo que yo pienso de esto, y puedo opinar con conocimiento de causa, porque he hablado con doctores e individuos que deben de saberlo, y pienso que eso de cerrar las tabernas está bien, pero que le debían dejar a uno beber cerveza y vinos ligeros.

Howard Littlefield observó:

—Lo que generalmente no se comprende es que el hecho de atentar contra la libertad personal constituye un grave peligro. Pongamos por ejemplo esto: el rey de... ¿Baviera? Creo que fue Baviera...; sí, Baviera fue... en 1862, marzo de 1862, proclamó un decreto prohibiendo que el ganado pastase en las dehesas públicas. Los campesinos habían aguantado impuestos excesivos sin la menor queja, pero cuando salió este decreto se rebelaron. O quizá fuera en Sajonia. Pero el caso es que esto demuestra el peligro de atentar contra la libertad personal.

—Claro. Nadie tiene derecho a atentar contra la libertad personal —dijo Oville Jones.

—Sea lo que fuere, no hay que olvidar que la Prohibición es una cosa excelente para las clases trabajadoras. Les impide malgastar el dinero y menguar la producción —dijo Vergil Gunch.

—Sí, es verdad. Pero el mal está en la manera de hacer cumplir la ley —insistió Howard Littlefield—. El Congreso no entendió el procedimiento. Yo hubiera arreglado la cosa de modo que el bebedor de oficio pudiera sacar una licencia, y luego podríamos entendérnoslas con el obrero sin trabajo... impedirle beber... respetando al mismo tiempo los derechos... la libertad personal... de gente como nosotros.

Todos movieron la cabeza en señal de asentimiento, se miraron pasmados los unos a los otros y declararon:

—¡Ahí, ahí está el truco!

—Lo que a mí me preocupa es que muchos de esos fulanos se dedicarán a la cocaína —suspiró Eddie Swanson.

Sacudieron con mayor violencia sus respectivas cabezas y rezongaron:

—Sí, existe ese peligro.

—¡Oh! —intercaló Chum Frink—, el otro día me dieron una receta magnífica para hacer cerveza. Se echan...

—¡Un momento! —interrumpió Gunch—. ¡Os digo la mía!

—¡Cerveza! ¡Déjate de cerveza! Lo que hay que hacer es fermentar sidra.

—Yo tengo la receta ideal —insistió Jones.

Swanson suplicó:

—¡Escuchadme! Voy a contaros la historia de...

Pero Frink continuó resueltamente:

—Se echan seis galones de agua en una olla de vainas de guisantes y se hierve todo hasta que...

La señora Babbitt se acercaba a ellos con empalagosa amabilidad; Frink se apresuró a terminar su receta para hacer cerveza, y ella dijo alegremente:

—La cena está servida.

Los hombres discutieron interminable y amistosamente sobre quién debía salir el último, y, cuando ya iban por el pasillo, Vergil Gunch los hizo reír desde la sala del comedor diciendo con voz atronadora:

—Si no me puedo sentar junto a Myra Babbitt y cogerle la mano por debajo de la mesa, no juego... Me voy a casa.

En el comedor aguardaron de pie un poco turbados, mientras la señora Babbitt decía nerviosamente:

—Bueno, vamos a ver... ¡Oh, quería poner en cada sitio unas bonitas tarjetas escritas a mano con el nombre de cada uno, pero...! Señor Frink, usted se sienta ahí.

La comida fue presentada según los preceptos de las revistas femeninas, por lo cual la ensalada se sirvió en manzanas huecas, y cada plato (excepto el invencible pollo frito) parecía algo que no era.

Por regla general, a los hombres les costaba mucho trabajo hablar con las mujeres; el coqueteo era un arte desconocido en Floral Heights, y entre los reinos oficinescos y los culinarios no existía alianza alguna. Pero, bajo la inspiración de los cócteles, la conversación se puso animada. Todos los comensales tenían aún un montón de cosas importantes que decir sobre la Prohibición y ahora cada uno contaba con un leal oyente en su compañero de mesa.

—Yo he encontrado un sitio donde me dan todo el whisky que quiero a ocho el litro...

—¿Has leído sobre ese fulano que fue y pagó mil dólares por diez cajas de lo bueno y luego resultó que era agua? Según parece, el tal fulano estaba parado en una esquina y un hombre se acercó...

—Dicen que en Detroit han pasado de contrabando una barbaridad de alcohol.

—No, si es que hay un montón de individuos que no comprenden que la Prohibición...

—Y luego le dan a uno esa horrible pócima..., alcohol de madera y qué sé yo...

—Naturalmente, yo lo admito como principio, pero no

voy a tolerar que me digan lo que tengo que decir y hacer. ¡Ningún americano aguantará semejante cosa!

Pero todos consideraron de mal gusto que Orville Jones (no reconocido además como ningún talento) dijera:

—En realidad, lo que pasa con la Prohibición es esto: no es el coste inicial, sino la humedad.

Hasta que el inevitable tema se hubo agotado, la conversación no se hizo general.

Se decía a menudo, y con admiración, de Vergil Gunch: «¡Este individuo no hay quien pueda con él! Es capaz de soltar una burrada en una reunión y todas las señoras se morirán de risa, pero yo, en cuanto hago un chiste un poco subidito de tono, me la cargo». En aquella reunión, Gunch los deleitó gritándole a la señora Swanson, la más joven de las mujeres:

—¡Louetta! Me las he arreglado para escamotearle a Eddie la llave de la puerta. ¿Qué le parece a usted si nos marchamos juntos cuando no nos miren? Tengo que decirle —añadió, guiñándole un ojo— ¡una cosa muy importante!

Las mujeres se retorcían. Babbitt, en el colmo de la animación, se sentía pícaro.

—¡Amigos, no sé si atreverme a enseñaros un libro que me ha prestado Doc Patten!

—¡Vamos, George! ¡Qué ocurrencia! —exclamó la señora Babbitt en tono de reconvención.

—El libro es... atrevido no es la palabra. Es una especie de informe antropológico sobre... sobre las costumbres en las islas de la Polinesia. ¡Y qué cosas dice! Es un libro que no se vende. Te lo prestaré, Verg.

—¡Yo primero! —insistió Eddie Swanson—. ¡Suena picante!

—El otro día —anunció Orville Jones— oí un cuento graciosísimo de dos suecos y sus mujeres.

Y, en el mejor acento judío, le dio resueltamente al cuento graciosísimo un final ligeramente desinfectado. Gunch le puso el remate. Pero los cócteles se desvanecieron y los alegres comensales cayeron de nuevo en la cauta realidad.

Chum Frink había hecho recientemente una *tournée* de conferencias por las poblaciones de tercer orden y exclamó riendo:

—¡Es una gran cosa volver a la civilización! ¡Qué pueblos tan indecentes he visto! Quiero decir... La gente es de lo mejor, eso, sí, pero, caramba, esos villorrios están muy atrasados, y no podéis apreciar lo que vale encontrarse aquí entre personas interesantes y modernas.

—¡Y que lo digas! —aprobó Orville Jones—. Son la mejor gente del mundo esos pueblerinos, pero ¡mamaíta, qué conversación! ¡Si no saben hablar más que del tiempo y del nuevo Ford, retruécanos!

—Es verdad. Todos hablan siempre de lo mismo —dijo Eddie Swanson.

—¡Exacto! Repiten siempre las mismas cosas —corroboró Vergil Gunch.

—Sí, realmente es extraordinario. Parecen carecer de visión impersonal, pues no hacen más que hablar sobre los Fords y el tiempo y cosas por el estilo —dijo Howard Littlefield.

—Sin embargo, no podemos echarles la culpa. No tienen ningún estímulo intelectual, como tenemos los que vivimos en una gran ciudad —añadió Chum Frink.

—¡Sí, es verdad! —dijo Babbitt—. No lo digo para que se os suban los humos a vosotros los intelectuales, pero es indudable que lo despabila a uno sentarse en compañía de un poeta y de Howard, un hombre que sabe de economía. Pero esos bobos de pueblerinos, que no pueden hablar más que entre sí, no es raro que se muestren tan incultos y tan chapuceros en una conversación y que se hagan un lío cuando tratan de pensar.

Orville Jones comentó:

—Y luego no olviden ustedes las otras ventajas de que nosotros disfrutamos: el cine, por ejemplo. Esos señoritos de Villapaleto creen que son algo porque cambian de programa cada semana, cuando aquí en la ciudad puede uno escoger entre doce películas diferentes cualquier noche que se le ocurra.

—Claro, y además las ideas que uno saca de codearse todos los días con hombres de caletre —dijo Eddie Swanson.

—Por otra parte —dijo Babbitt—, no hay por qué excusar a esos villorrios así como así. La culpa es de ellos si no tienen bastante iniciativa para coger y venirse a la ciudad, como todos nosotros hemos hacido... hecho. Y aquí, entre amigos, diré que tienen unos celos endiablados de los que vivimos en la ciudad. Cada vez que voy a Catawba tengo que dar mil explicaciones a mis compañeros de la infancia porque he tenido éxito y ellos no. Y si uno les habla naturalmente, como hacemos nosotros, y se pone uno fino y adopta lo que podríamos llamar un punto de vista amplio, pues piensan que se está uno dando tono. Por ejemplo: Martin, mi medio hermano..., que está al frente de la tienda que tenía mi padre. Apuesto a que no sabe lo que es un frac... digo un esmoquin... Si entrara aquí ahora, creería que somos una pandilla de... de... Bueno, juro que no sabría qué pensar. ¡Sí, señor, nos tienen envidia!

—¡Desde luego! —aprobó Chum Frink—. Pero, para mí, lo peor es su falta de cultura y apreciación de la belleza..., si me perdonan ustedes la pedantería. Porque a mí me gustaría dar una conferencia seria, y leer algunos de mis mejores versos..., no lo que publico en los periódicos, sino las cosas que hago para las revistas. Pero cuando salgo por los pueblos no llevo más que historias viejas en jerga, que si alguno se permitiera contarlas aquí, no le íbamos a señalar poco pronto la puerta.

Vergil Gunch resumió:

—La verdad es que no es poca suerte vivir en una ciudad donde la gente reconoce por igual las cosas artísticas y la actividad de los negocios. Buena nos habría caído si tuviéramos que meternos en un poblacho y amoldar a aquellos tipos a la clase de vida que llevamos aquí. Pero ¡qué diantre!, lo que hay que decirles siempre es esto: toda ciudad americana, por pequeña que sea, trata de aumentar su población y adquirir ideales modernos. ¡Y algunas vaya si lo hacen! Empieza un sujeto cualquiera a criticar tal o cual aldea, diciendo que cuando él llegó allí en mil novecientos aquello no era más que una calle enlodada con unas cuantas casuchas y doscientas almas de Dios. Pues bien, vuelve uno allí en mil novecientos veinte, y encuentra hermosas aceras, un hotelito de primera y una tienda de vestidos para señora... ¡Una verdadera perfección! No hay que mirar lo que esos pueblos son; hay que mirar lo que aspiran a ser, y todos tienen la convicción de que, a la larga, podrán parangonarse con las ciudades más atractivas del globo... ¡Todos quieren ser como Zenith!

3

Por mucha intimidad que tuvieran con T. Cholmondeley Frink como vecino que les pedía prestadas la cortadora de césped o una llave inglesa, sabían que era además un Famoso Poeta y un distinguido agente publicitario; que tras su amabilidad había oscuros misterios literarios que ellos no podían penetrar. Pero aquella noche, con la confianza producida por la ginebra, los admitió en su arcano:

—Tengo un problema literario que me preocupa. Estoy escribiendo una serie de anuncios para el coche Zeeco y quiero hacer de cada uno de ellos una verdadera joya... Voy a esmerarme en el estilo. Tengo la teoría de la perfección, la perfección lo es todo, y esto es lo más difícil que me he echado a la cara. Quizá creerán ustedes que me es más difícil escribir poemas (todos esos tópicos sentimentales: el hogar, la chimenea, la felicidad), pero eso es coser y cantar. No puede uno equivocarse. Conoce los sentimientos que las personas decentes deben tener; si juegan limpio, se ajusta uno a ellos y asunto concluido. Pero la poesía del industrialismo es un ramo literario donde hay que abrirse un camino nuevo. ¿Saben ustedes quién es el «verdadero» genio americano? ¿El genio cuyo nombre desconocen ustedes, como yo, pero cuya obra debería conservarse para que las futuras generaciones puedan juzgar del pensamiento y de la originalidad de los Estados Unidos actuales? ¡Pues es el individuo que escribe los anuncios del tabaco Prince Albert! Escuchen ustedes esto:

> P. A. es el tabaco que da alegría a la cachimba. Sí, señor, por ahí se habla (y usted sin duda lo ha oído) de pisar el acelerador y de saltar de ocho a ochenta por hora. Eso ya es embalarse, ya —PERO— aquí entre nosotros será mejor que se invente un ultrarrápido sistema para llevar la cuenta de lo rápido que pasa zumbando del más profundo abatimiento a las más altas cúspides del optimismo una vez se ponga a chupar una pipa llena de Prince Albert.

> Aromatiquísimo, siempre fresco, siempre delicioso, Prince Albert no tiene rival. Quien no conoce este tabaco no sabe lo que es fumar. ¡Así como suena! Cómprese una pipa... ¡Hala, no lo piense más! Si la llena usted con Prince Albert puede apostar sin miedo. ¡Y YA SABE LO QUE ESO SIGNIFICA!

—¡Bueno, eso es lo que yo llamo literatura, macho! —canturreó el agente de automóviles Eddie Swanson—. Ese individuo..., aunque, demonio, no es posible que esos anuncios los escriba uno solo; debe de haber toda una mesa llena de plumíferos de primera en conferencia, pero, sea como sea, ese no escribe para bohemios melenudos, escribe para Tipos Corrientes, escribe para «mí», y yo me descubro ante él. Ahora, una cosa: ¿será eficaz ese anuncio? Naturalmente, habrá muchas personas que, al leer un anuncio así, se dejen arrastrar por su idea. Redacta en estilo elegante, pero no dice nada. Yo no saldría nunca a comprar Prince Albert después de leer eso, porque no me dice nada de cómo es el tabaco. ¡Puro camelo y nada más!

Frink le hizo frente:

—¡No sabes lo que dices! ¿Tendré que convencerte de la utilidad del estilo? Precisamente, esa es la clase de anuncios que yo quisiera hacer para el Zeeco. ¿Qué te parece esto?:

> Desde las cumbres de los lejanos montes, la larga carretera os llama, os llama... A vosotros, hombres o mujeres que tenéis sangre en las venas y en los labios la antigua canción de los filibusteros. Se acabó el trabajo rutinario, un higo para las preocupaciones. La velocidad, la gloriosa velocidad es más que un momento de alborozo, es la Vida. Esta gran verdad la han tenido en cuenta los fabricantes del Zeeco, sin olvidar el precio ni el estilo. Es rápido como un antílope, suave como el planeo de una golondrina y, sin embargo, poderoso como la carga de un elefante. Un modelo de distinción en sus líneas. ¡Escucha, hermano! Nunca sabrás lo que es el arte de viajar hasta que PRUEBES EL GUSTO MÁS GUSTOSO DE LA VIDA: EL ZEECO.

—Sí —meditó Frink—, esto tiene color, por decirlo así, pero le falta la originalidad del otro.

Todos asintieron suspirando con admiración.

IX

1

Babbitt sentía afecto por sus amigos, amaba la importancia de ser anfitrión y de gritar: «¡Pues no faltaba más! ¡Claro que te vas a comer otro poco de pollo!», y reconocía el genio de T. Cholmondeley Frink, pero el efecto de los cócteles había pasado, y cuanto más comía, menos alegre se sentía. Luego, la armonía del convite fue destruida por las quejas de los Swanson.

En Floral Heights y en los otros barrios elegantes de Zenith, especialmente entre los «matrimonios jóvenes», había muchas mujeres que no tenían nada que hacer. Aunque dispusieran de pocos sirvientes, con las cocinas de gas, los aparatos eléctricos, las lavadoras , las aspiradoras y paredes de baldosas, sus casas eran tan cómodas que apenas les daban trabajo, y gran parte de lo que comían venía de las pastelerías y de los *delicatessen*. Tenían solamente un hijo o dos, o ninguno; y, a pesar del mito de que la guerra había ennoblecido el trabajo, sus maridos se quejaban de que sus mujeres «perdían el tiempo y se llenaban la cabeza de chifladuras» con trabajos sociales por los que no cobraban, y todavía más de que, al ganar dinero, suscitaban el rumor de que sus maridos no les daban lo necesario para vivir decentemente. Trabajaban quizá dos horas, y durante el resto del día comían chocolate, iban al cine, miraban escaparates, jugaban a las cartas mientras cotilleaban, leían revistas pensando tímidamente en los amantes que nunca aparecían y acumulaban un espléndido nerviosismo, del que se desahogaban incordiando a sus maridos. Los maridos, por su parte, las incordiaban a ellas.

Los Swanson eran perfectos especímenes de este tipo de incordiantes.

Durante la comida, Eddie se estuvo quejando públicamente del nuevo vestido de su mujer. Era, en su opinión, demasiado corto, demasiado escotado, demasiado transparente y, sobre todo, demasiado caro.

—En serio, George —dijo, apelando a Babbitt—, ¿qué piensas tú de este vestido que Louetta se ha comprado? ¿No crees que es el colmo?

—¿Qué tiene? A mí, chico, me parece un vestido precioso.

—Sí que lo es, señor Swanson. Es una monería —protestó la señora Babbitt.

—Nada, ¿lo ves? ¡Si tú eres una autoridad en vestidos! —rabió Louetta, mientras los convidados reflexionaban clavándole los ojos en los hombros.

—Está bien —dijo Swanson—. Yo soy autoridad lo bastante competente para saber que fue un despilfarro, y me cansa ver que no te pones nunca el armario de vestidos que te has comprado. He expuesto mi opinión sobre el asunto antes, y demasiado sabes tú que no le has prestado la menor atención. Tengo que andar siempre tras de ti para que hagas la menor cosa...

Hubo mucho más, y todos ayudaron, todos menos Babbitt. Cuanto le rodeaba le resultaba confuso, excepto su estómago, que le causaba una viva molestia. «Estoy lleno; no debería comer más», gruñó. Pero siguió comiendo. Se zampó una porción fría y glutinosa del ladrillo de helado y otra de tarta de coco tan blanda como espuma de afeitar. Se sentía como si lo hubieran rellenado con arcilla. Su cuerpo iba a reventar, su garganta iba a reventar, su cerebro era barro caliente, y solo con agonía seguía sonriendo y gritando, como era la obligación de todo anfitrión de Floral Heights.

Si no fuese por sus invitados, habría salido a digerir la comida paseando, pero, en la neblina que llenaba el cuarto, los demás hablaban, hablaban, sentados para siempre, mientras él, angustiado, decía para sí: «No, ni un bocado más», sin notar que seguía comiendo el nauseabundo helado, ya medio derretido en el plato. Los amigos habían perdido su magia. No se extasió cuando Howard Littlefield sacó de su tesoro de sapiencia la noticia de que la fórmula química del caucho es $C_{10} H_{16}$, que se convierte en isoprena, o sea $2C_5 H_8$. De pronto, sin ningún precedente, Babbitt no solo estaba aburrido, sino que admitía que estaba aburrido. Habría sido delicioso escaparse de la mesa, de la tortura de la incómoda silla, y tenderse en el diván de la sala.

Los otros, a juzgar por su conversación vacilante, por su angustiosa expresión de lenta asfixia, parecían igualmente atormentados por el esfuerzo de la vida social y por el horror de la buena comida. Todos aceptaron con alivio cuando se propuso una partida de bridge.

Babbitt se repuso de la sensación de ser asado vivo. Ganó al bridge. Se encontró otra vez en disposición de aguantar la inexorable cordialidad de Vergil Gunch. Pero se imaginó ganduleando con Paul Riesling a orillas de un lago, en Maine. Tal fue el poder de su fantasía que sintió nostalgia. Nunca había estado en Maine y, sin embargo, veía las montañas con su mortaja de nieve, el lago crepuscular. «Ese Paul vale más que todos estos pedantes charlatanes juntos», murmuró entre dientes, y luego: «Quisiera huir de... de todo».

Ni siquiera Louetta Swanson pudo despabilarlo.

La señora Swanson era bonita y flexible. Babbitt no analizaba a las mujeres, salvo cuando tenía una casa amueblada para alquilar. Las dividía en señoras distinguidas, mujeres proletarias, viejas chifladas y palomas volanderas. Suspiraba por sus encantos, pero tenía la opinión de que todas ellas (excepto las de su familia) eran «diferentes» y «misteriosas». Sin embargo, sabía por instinto que Louetta Swanson era abordable. Tenía la frente amplia, los ojos y los labios húmedos. Su cara terminaba en una barbilla puntiaguda, su boca era delgada, pero bien dibujada y ávida. En su entrecejo se notaban dos surcos divergentes y apasionados. Tenía treinta años, quizá menos. No se murmuraba de ella, pero todos los hombres, natural e instantáneamente, comenzaban a flirtear en cuanto hablaban con ella, y todas las mujeres la miraban dominando su inquietud.

Entre juego y juego, sentados en el diván, Babbitt le hablaba con la indispensable galantería, con aquella galantería de Floral Heights, que no era sino una cobarde huida del flirteo.

—Estás usted esta noche más flamante que un escaparate nuevo, Louetta.

—¿Ah, sí?

—El bueno de Eddie parece desbocado.

—Sí. ¡Estoy ya más harta!

—Pues, cuando te canses de tu marido, puedes escaparte con un servidor.

—Si me escapase... En fin.

—¿Te han dicho alguna vez que tienes unas manos preciosas?

Ella se las miró, se las tapó con sus mangas de encaje; por lo demás, no parecía prestar atención a Babbitt. Estaba absorta en calladas imaginaciones.

Babbitt se hallaba demasiado lánguido aquella noche para seguir cumpliendo su deber de hombre seductor (en el más estricto sentido moral). Volvió a las mesas de bridge. No se conmovió mucho cuando la señora Frink, una mujer pequeña y vivaracha, propuso «una sesioncita de espiritismo»...

—¿No saben ustedes que Chum puede invocar a los espíritus? De verdad; a mí me aterroriza.

Las señoras de la reunión no habían hecho notar su presencia en toda la noche, pero ahora, como sexo dado a cosas del espíritu (los hombres se ocupan solamente de bajas cuestiones materiales), se alzaron con el mando y gritaron: «¡Sí, sí, vamos!». En la oscuridad, los hombres se pusieron tan solemnes que parecían medio bobos, pero las buenas esposas palpitaban de emoción al acercarse a la mesa. «¡Pórtese usted bien, o si no grito!», dijeron, riendo, cuando los hombres las cogieron de las manos en el corro.

Babbitt volvió a interesarse ligeramente por las cosas de la vida cuando Louetta le apretó la mano fuertemente sin decir nada.

Todos estaban inclinados sobre la mesa, atentos. Se sobresaltaron cuando alguien dio un suspiro entrecortado. A la turbia luz del salón parecían seres quiméricos, incorpóreos. Cuando la señora Gunch chilló, a todos los atacó una jocosidad fingida, pero a un siseo de Frink se hundieron en un terror disimulado. Súbitamente, increíblemente, oyeron un golpe. Las miradas se dirigieron a las manos de Frink. Estaban quietas. Todos rebullían fingiendo no estar impresionados. Frink habló con gravedad:

—¿Hay alguien ahí?

Un golpe.

—¿Un golpe quiere decir «sí»?

Otro golpe.

—¿Y dos quiere decir «no»?

Otro golpe.

—Ahora, señoras y señores, ¿quieren ustedes que el guía me ponga en comunicación con algún ilustre difunto? —masculló Frink.

—¡Oh, vamos a hablar con Dante! —suplicó la señora Jones—. Lo estudiamos en el círculo de lectura. Tú sabes quién era, Orvy.

—¡Pues claro que lo sé! Un poeta italiano. ¿Dónde crees que me he educado? —dijo el esposo, ofendido.

—Sí, hombre...; el fulano ese que hizo una *tournée* por el infierno. Yo nunca he leído sus poesías, pero lo estudiamos en la universidad —dijo Babbitt.

—¡Llamando al señor Dannnnnty! —entonó Eddie Swanson.

—A usted le será fácil traerle, señor Frink, siendo colegas —dijo Louetta.

—¡Qué colegas ni qué nada! ¿De dónde saca usted eso? —protestó Vergil Gunch—. Supongo que Dante sería un águila para su tiempo (eso, naturalmente, no quiere decir que yo lo haya leído), pero lo que es ahora no daría una si tuviera que dedicarse a la literatura práctica y a fabricar un poema diario para el Sindicato de Prensa, como hace Chum.

—Es verdad —respondió Eddie Swanson—. Aquellos tíos de antes disponían de todo el tiempo que quisieran. Voto a Judas, yo mismo podría escribir versos si me dieran un año para hacerlo y escribiera porquería anticuada que escribía Dante.

—¡Chitón! —dijo Frink—. Voy a llamarlo... ¡Oh vosotros, Ojos Rientes, surgid de... de las profundidades y traed aquí el espíritu de Dante, para que nosotros, mortales, podamos escuchar la sabiduría de su palabra!

—Te olvidas de darle las señas: 1658 Avenida del Azufre, Lomas Ardientes, Infierno —farfulló Gunch, riendo.

Pero a los otros les pareció que aquello había sido irreverente. Y, además, «aunque probablemente era el mismo Chum quien daba aquellos golpes, si había algo de verdad en todo aquello, sería interesante hablar con un hombre perteneciente a... una época muy lejana».

Un golpe. El espíritu de Dante había entrado en el salón de George Babbitt.

Parecía dispuesto a contestar a sus preguntas. Estaba «encantado de hallarse entre ellos aquella noche».

Frink deletreaba los mensajes recitando el alfabeto hasta que el espíritu intérprete daba un golpe en la letra correcta.

Littlefield preguntó con voz docta:

—¿Le gusta a usted el *Paradiso, messire*?

—Somos muy felices en el plano más alto, *signor*. Nos complace que estudien ustedes esta gran verdad del espiritismo —replicó Dante.

El corro rebulló medrosamente. Los corsés y las pecheras almidonadas crujieron. «Supongamos... supongamos que hubiera algo de verdad en esto».

A Babbitt le atormentaba una preocupación diferente. ¿Y si Chum Frink fuera realmente uno de esos espiritistas? Chum le había parecido siempre un hombre normal para ser literato. Pertenecía a la iglesia presbiteriana de Chatham Road, iba a los almuerzos del Boosters' Club, le gustaban los cigarros, los coches y las historias picantes. «Pero supongamos que en secreto... Después de todo, esos malditos petulantes... ¡Cualquiera sabe! Y ser un espiritista acérrimo es casi como ser socialista».

Nadie podía permanecer serio mucho tiempo en presencia de Vergil Gunch.

—Preguntadle a Dante qué tal le va a Jack Shakespeare y a Virgilio, ese fulano al que le pusieron mi nombre, ¡y si no les gustaría meterse en el mundo del cine! —trompeteó, y desde ese momento aquello fue una juerga.

La señora Jones gritó, y Eddie Swanson se empeñó en saber si Dante no se resfriaba no llevando nada más que la corona de laurel.

El complaciente Dante respondía en tono humilde.

Pero Babbitt, a quien el maldito descontento torturaba de nuevo, meditaba pesadamente en la impersonal oscuridad. «Yo no... Somos todos tan bobos y nos creemos tan listos. Deberían... Un tipo como Dante... Ojalá hubiera leído alguna de sus obras. Supongo que ya no las leeré nunca».

Tenía, sin saber por qué, la impresión de ver una roca, y sobre ella, destacándose contra amenazadoras nubes, la silueta de una figura solitaria y austera. Se sentía descorazonado por un súbito menosprecio hacia sus mejores amigos. Le apretó la mano a Louetta y encontró en ella el consuelo del calor humano. Volvió el hábito, guerrero veterano, y Babbitt se despabiló. «¿Qué demonios me pasa a mí esta noche?».

Le dio a Louetta un golpecito en la mano, como para indicarle que no había tenido ninguna intención con su apretón y le preguntó a Frink:

—Oiga, a ver si puede convencer a Dante que nos diga algún verso suyo. Hable con él. Dígale: *Buena giorna, señor, com sa va, wie geht's? Quesquesequesá uno pícolo poema, signor?*

2

Encendieron las luces. Las mujeres estaban sentadas en los bordes de las sillas, con esa determinada impaciencia que indica que en cuanto concluya el que está hablando van a advertir amablemente a su marido: «Bueno, querido, creo que ya va siendo hora de dar las buenas noches». Por primera vez, Babbitt no hizo esfuerzo ninguno por que la tertulia continuase. Tenía algo que..., sí, quería recordar algo... Pero los experimentos psíquicos volvían a dar cuerda a los invitados. («¿Por qué no se irán a casa? ¿Por qué no se irán a casa?»). Aunque le impresionó la profundidad de la declaración, solo se entusiasmó a medias cuando Howard Littlefield aseguró que «Estados Unidos es el único país donde el Gobierno es un ideal moral y no simplemente una organización social». («Cierto... cierto... Pero ¿no se irán nunca?»). Por lo general, le encantaba descubrir los secretos del trascendental mundo de los automóviles, pero aquella noche apenas atendió a la revelación que hizo Eddie Swanson: «Si quieren pasar de la categoría del Javelin, les recomiendo un Zeeco. Hace dos semanas, y les juro que no hubo trampas en la prueba, un turismo Zeeco subió la cuesta de Tonowanda en tercera, y me dijo un amigo que...». («Sí, los Zeeco son buenos coches, pero... ¿se van a quedar toda la noche?»).

Por fin se iban de verdad, con una cantinela de: «¡Lo hemos pasado muy bien! ¡Nos hemos divertido muchísimo!».

El más agresivamente efusivo de todos fue Babbitt. No obstante, sin dejar de hablar, reflexionaba: «He aguantado, pero hubo un momento en que creí que de esta no pasaba». Se preparó a saborear el más exquisito placer de un anfitrión: burlarse de sus invitados en la tranquilidad de la medianoche. Cuando se cerró la puerta, bostezó voluptuosamente, sacando el pecho, encogiendo los hombros y se volvió cínicamente hacia su mujer. Myra estaba radiante.

—Qué bien ha salido esto, ¿verdad? Estoy segura de que se han divertido muchísimo. ¿No te parece?

Babbitt no podía mofarse. No, no podía. Hubiera sido como burlarse de un niño feliz. Mintió pomposamente:

—¡Qué duda cabe! La mejor reunión del año, y con mucho.

—¿No estaba buena la comida? Y, honestamente, ¡me pareció que el pollo estaba delicioso!

—¡Y a mí! Estaba para chuparse los dedos. El pollo mejor frito que he comido en una eternidad.

—Matilda lo frio a la perfección, ¿verdad? ¿Y no crees que la sopa estaba exquisita?

—¡Ya lo creo! ¡Estupenda! La mejor sopa que he probado en años.

Pero su voz se debilitaba. Estaban en el salón, a la luz de una bombilla eléctrica protegida por una pantalla rectangular de cristal rojo rematada en níquel. Ella lo miraba fijamente.

—¿Qué te pasa, George? Parece como..., como si no te hubieras divertido mucho.

—¡Sí me he divertido! ¡Qué ocurrencia!

—¡George! ¿Qué te pasa?

—¡Oh, no sé! Cansancio, supongo. He trabajado duro en la oficina. Tengo que tomarme unas vacaciones.

—Bueno. Dentro de unas semanas vamos a Maine.

—Sí.

Comenzó a expresar su plan claramente, sin reticencias.

—Myra, creo que me convendría marcharme un poco antes.

—Pero ¿no tenías que ver a un señor en Nueva York por negocios?

—¿Qué señor? ¡Ah, sí! Ese... Eso se ha cancelado. Pero quiero marcharme pronto a Maine..., salir de pesca, coger buenas truchas, ¡qué diantre!

Risa nerviosa y artificial.

—Bueno, ¿y por qué no lo hacemos? Verona y Matilda pueden encargarse de la casa entre las dos, y tú y yo nos marchamos cuando quieras, si crees que nos lo podemos permitir.

—Pero es que... Me siento desde algún tiempo tan nervioso que he pensado si no sería bueno que me marchase yo solo para echar fuera los malos humores.

—¡George! ¿Es que no quieres que vaya contigo?

Se sentía demasiado desgraciada de verdad para ponerse trágica o para ofenderse teatralmente. Se quedó como abrumada, como indefensa, y no hizo más que enrojecer hasta el rojo vivo de una remolacha cocida.

—¡Pues claro que sí, mujer! Lo que yo quería decir...

Al recordar que Paul Riesling había profetizado esto, se desesperó tanto como ella.

—Un viejo gruñón como yo necesita a veces hacer una escapada para quitarse el mal humor —explicó en tono paternal—. Luego, cuando tú y los chicos lleguéis... había pensado largarme a Maine unos días antes que vosotros... estaré dispuesto a pasármelo bien, ¿comprendes?

La engatusó con palabras cariñosas, con sonrisas afables, como el predicador popular que bendice a una congregación, como el conferenciante humorista que remata elocuentemente su charla, como todos los hombres que saben perpetrar engaños.

Ella lo miraba fijamente. De su cara había desaparecido la alegría del festival.

—¿Te aburro cuando nos vamos de vacaciones? ¿No te diviertes más conmigo?

Babbitt estalló. Le dio de pronto un ataque de histeria y se puso a chillar como un bebé.

—¡Sí, sí! ¡Pues claro, demonios! Pero ¿no comprendes que estoy hecho polvo? ¡Sí, completamente agotado! ¡Tengo que cuidarme! De veras tengo que... ¡Estoy cansado de todo y de todos! Tengo que...

Ahora fue ella la que habló en tono juicioso y protector:

—¡Pues claro que sí! ¡Escápate tú solo! ¿Por qué no te llevas a Paul y pescáis juntos y os lo pasáis bien?

Le dio unas palmaditas en el hombro (para lo cual tuvo que ponerse de puntillas) mientras él temblaba, sintiéndose impotente como un paralítico. En aquel momento, su ternura por ella no era solo un hábito. Se sentía débil y necesitaba buscar apoyo en su mujer.

—Ahora mismo subes arriba —dijo ella animosamente— y te metes en la cama. Todo se arreglará. Yo me ocupo de las puertas. ¡Hala, vamos!

Durante muchos minutos, durante muchas horas, durante toda una eternidad, Babbitt permaneció despierto, tiritando, aterrorizado, comprendiendo que había conquistado la libertad y preguntándose qué podía hacer con algo tan desconocido y tan desconcertante como la libertad.

X

1

Ningún bloque de apartamentos en Zenith había experimentado con la condensación del espacio de forma tan resuelta como el edificio Revelstoke Arms, en el que Paul y Zilla Riesling tenían un piso. Al deslizar las camas en unos armarios bajos, los dormitorios se transformaban en salas de estar. Las cocinas eran alacenas que contenían un fogón eléctrico, un fregadero de cobre, una nevera de cristal, y, muy de tarde en tarde, una doncella balcánica. En aquel edificio todo era definitivamente moderno y todo estaba comprimido, excepto los garajes.

Los Babbitt fueron a visitar a los Riesling. Era una enigmática aventura visitar a los Riesling; interesante y a veces desconcertante. Zilla era una rubia muy activa, estridente, exuberante que andaba sacando pecho. Cuando condescendía en estar de buen humor era graciosísima. Sus comentarios sobre la gente tenían mucha picardía y no respetaban las hipocresías aceptadas. «¿Ah, sí?», decía uno más tímido que un borrego. Bailaba atrevidamente, y exigía al mundo que se alegrase con ella, pero en mitad de todo ello podía indignarse. Siempre se estaba indignando. La vida era una conjuración en su contra y ella lo ponía furiosamente al descubierto.

Aquella noche estaba afable. Insinuó solamente que Orville Jones usaba peluquín; que la señora Frink, cuando cantaba, parecía un Ford al cambiar de velocidad; y que el excelentísimo señor Deeble, alcalde de Zenith y candidato a diputado, era un majadero flatulento (lo cual era la pura verdad). Los Babbitt y los Riesling, sentados con precaución en unas sillas de brocado duras como piedras, permanecieron en el pequeño salón con su chimenea de imitación y su tira de pesado paño dorado sobre una deslumbrante pianola nueva, hasta que la señora Riesling dijo a gritos:

—¡Vamos! ¡Un poquito de animación! Coge el violín, Paul. Yo trataré de hacer bailar a George decentemente.

Los Babbitt estaban muy serios. Estaban tramando cómo sacar a colación la escapada a Maine. Pero, cuando la señora Babbitt insinuó con una sonrisa abierta: «¿Se siente Paul tan cansado como George, después de trabajar todo el invierno?», Zilla recordó una ofensa, y cuando Zilla Riesling recordaba una ofensa, el mundo se detenía hasta que se ponía algún remedio.

—¿Que si se cansa? No se cansa, no; ¡se vuelve loco y nada más! Tú crees a Paul tan razonable, sí, mucho, y le gusta mucho hacerse el corderito, pero es más testarudo que una mula. ¡Oh, si tuvieras que vivir con él...! ¡Ya verías qué encanto de hombre! Se finge muy dócil para hacer lo que le da la gana. Y soy yo quien se lleva la fama de loca, pero, si no inventara algo de cuando en cuando, nos moriríamos los dos de aburrimiento. Paul no quiere ir nunca a ninguna parte y... La otra noche, sin ir más lejos, solo porque el coche estaba estropeado... Y que fue culpa suya, porque debía haberlo llevado al garaje para que revisaran la batería..., no quería ir al cine en el tranvía. Pero al final fuimos, y nos tocó uno de esos cobradores descarados, y Paul ni se movió. Yo estaba en pie en la plataforma esperando a que la gente me dejara pasar dentro, y el bestia del cobrador va y me grita: «¡Eh, usted, quítese de en medio!». Nadie me había hablado de ese modo en toda mi vida. Fue tal mi sorpresa que me volví y le dije..., creí que se trataba de una equivocación, así que, con toda la amabilidad posible, le dije: «¿Es a mí?», y él siguió vociferando: «¡Sí, señora, a usted: que no me deja arrancar el tranvía!». Entonces vi que era uno de esos hombres mal educados con quienes no sirven las finuras, de modo que me paré y, mirándole cara a cara, le dije: «Perdone usted, yo no estoy estorbando», le dije, «son los que están delante de mí, que no me dejan pasar», le dije. «¡Y, además, amigo mío, usted es un grosero y un cochino y un impertinente y no tiene usted educación! Voy a dar queja de usted», le dije, «y ya veremos si un borracho cualquiera, por llevar un uniforme andrajoso, puede insultar a una señora; y le agradecería», le dije, «que se guardase las groserías para usted». Y luego esperé a que Paul demostrara que era medio hombre y saliera en mi defensa, y él se quedó allí sin moverse, fingiendo que no había oído ni una palabra, y entonces yo le dije: «Mira...».

—¡Oh, cállate ya, Zilla! —gruñó Paul—. Ya sabemos que yo soy un mariquita y tú un tierno capullo. Muy bien, dejémoslo así.

—¿Que lo dejemos?

Zilla contrajo la cara como la Medusa. Su voz era un puñal de bronce corroído. Se sentía embargada por la alegría de la virtud y del mal genio. Se regocijaba, como si fuera un cruzado, por tener ocasión de ser mala en nombre de la virtud.

—¿Que lo dejemos? Si supiera la gente las cosas que he dejado yo...

—¡No armes tanto jaleo!

—¡Sí, bonita figura harías tú si yo no te pinchara! Te quedarías en la cama hasta mediodía y tocarías el violín hasta medianoche. Has nacido holgazán, y has nacido inútil, y has nacido cobarde, Paul...

—Vamos, no hables así, Zilla; no crees ni una palabra de lo que dices —protestó la señora Babbitt.

—¡Lo digo y lo creo!

—¡Vamos, Zilla, hablarle así al pobre Paul!

La señora Babbitt se sentía maternal. No era mayor que Zilla, pero lo parecía... A primera vista. Era plácida, regordeta y madura, mientras que Zilla, a los cuarenta y cinco, iba tan pintada y tan encorsetada que uno se figuraba enseguida que era mayor de lo que parecía.

—¡Eso es, el pobre Paul! Los dos seríamos pobres y estaríamos ya en el asilo si yo no le pinchara.

—No te pongas así, Zilla. Precisamente veníamos hablando George y yo de lo mucho que ha trabajado tu marido todo este año, y pensábamos lo bueno que sería si los dos pudieran hacer una escapada. Yo he estado animando a George para que se vaya a Maine antes que nosotros y así esté bien descansado a nuestra llegada, y creo que a Paul le convendría marcharse con él, si lo puede arreglar.

Ante esta revelación de su complot para escapar, Paul salió de su impasibilidad. Se frotó los dedos. Sus manos se crisparon.

—¡Sí! ¡Tú eres una mujer de suerte! —ladró Zilla—. Puedes dejar a George que se vaya y no tienes que vigilarlo. ¡Este buenazo de George! ¡Jamás mira a otra mujer! ¡Les tiene miedo!

—¿Miedo yo?

Babbitt empezó a defender con ardor su inestimable inmoralidad, pero Paul lo interrumpió... Y Paul tenía un aspecto peligroso.

Levantándose de un salto, le preguntó suavemente a Zilla:

—¿Quieres decir con eso, supongo, que tengo un montón de amantes?

—¡Sí, señor!

—Entonces, querida, puesto que lo preguntas... En los últimos diez años, nunca he dejado de tener alguna chica amable para consolarme, y, mientras continúes tratándome con esta amabilidad, probablemente continuaré engañándote. No resulta difícil. Porque eres estúpida.

Zilla rugió, farfulló palabras ininteligibles en medio de una ristra de insultos.

Entonces, el soso de George F. Babbitt se transformó. Paul podía estar agresivo, Zilla podía estar hecha una furia, las puras emociones de Revelstoke Arms podían haberse convertido en brutales odios, pero allí fue Babbitt el más formidable. Se levantó de un salto. Parecía muy grande. Cogió a Zilla por un hombro. La cautela del agente inmobiliario se había borrado de su rostro y su voz era cruel.

—¡Ya estoy harto de tanta necedad! Hace veinticinco años que te conozco, Zilla, y nunca te he visto perder ocasión de echarle la culpa de todas tus contrariedades a Paul. No eres mala, sino algo peor; eres estúpida. Y has de saber que como Paul no hay otro hombre en el mundo. Toda persona decente está ya harta de ver que te aprovechas de ser mujer para soltar las indirectas más viles que se te ocurren. ¿Quién diablos eres tú para que una persona como Paul tenga que pedirte «permiso» para venir conmigo? Por tu conducta tienes algo de Cleopatra y de reina Victoria. ¿No ves, imbécil, que la gente se ríe de ti y te desprecia?

Zilla sollozaba.

—Nunca..., nunca... me ha hablado nadie así en toda mi vida.

—¡No, pero así es como hablan a tus espaldas! ¡Siempre! Dicen que eres una vieja regañona. ¡Vieja, eso es lo que dicen!

Aquel cobarde ataque la amansó. Sus ojos se quedaron vacíos. Lloraba. Pero Babbitt continuaba impasible. Se sentía omnipotente, pensaba que su mujer y Paul lo miraban con terror, que él solo podía solucionar la cuestión.

Zilla se contorcía.

—¡Oh, no dicen eso! —gimió, suplicante.

—¡Sí que lo dicen!

—¡He sido una mala mujer! ¡Lo lamento mucho! ¡Me mataré! Haré lo que sea... ¿Qué quieres de mí?

—Quiero que dejes a Paul venirse conmigo a Maine —dijo Babbitt.

—¿Cómo puedo impedírselo? Acabas de decir que soy una idiota y que nadie se preocupa de mí.

—¡Oh, vaya si puedes evitarlo! Lo que deberías hacer de aquí en adelante es no pensar más, en cuanto tu marido se separa de ti un minuto, que se va tras unas faldas. En realidad, así lo que haces es tentarle. Debías tener más juicio...

—Lo tendré, de veras, George, lo tendré. Comprendo que he sido mala. ¡Oh, perdonadme todos, perdonadme...!

Estaba disfrutando.

Y Babbitt también. Condenó rotundamente y perdonó caritativamente. Cuando salió desfilando con su mujer, se mostraba grandiosamente explicativo:

—Siento haber sido tan duro con Zilla, pero, naturalmente, era el único modo de manejarla. ¡La verdad es que la he hecho arrastrarse!

—Sí —respondió tranquilamente su esposa—. Has estado horrible. Estabas alardeando. Estabas pasándotelo en grande pensando en que eres una excelente persona.

—¡Pero por Dios! ¿Puedes parar? ¡Claro, tenía que haberme imaginado que no te pondrías de mi parte! ¡Tenía que haberme imaginado que defenderías a las mujeres!

—Sí. La pobre Zilla es muy desgraciada. Y lo paga con Paul. No tiene nada que hacer en ese piso tan pequeño. Y cavila demasiado. Y antes era tan guapa y tan alegre, y le duele haber perdido eso. Y tú has estado con ella lo más desagradable que has podido. No estoy orgullosa de ti..., ni de Paul, ¡jactándose de sus horribles amoríos!

Babbitt se quedó callado. Mantuvo su mal humor a un alto nivel de ultrajada nobleza durante las cuatro calles que faltaban para llegar a su casa. En la puerta se separó de su mujer, muy arrogante y satisfecho de sí mismo, y se puso a pasear a pisotones por el césped.

De pronto lo sobresaltó una revelación: «Dios, me preguntó si no tendrá razón..., al menos en parte». Quizá el exceso de trabajo le había dado una sensibilidad anormal; fue una de las pocas veces en su vida que dudó de su eterna excelencia; y percibió la noche de verano, olió la hierba húmeda. Luego se dijo: «¡No me importa! Está hecho. Nos largamos. Y por Paul haría cualquier cosa».

2

Estaban comprando su equipo de pesca en el Sporting Goods Mart, de los hermanos Ijams, con ayuda de Willis Ijams, compañero del Boosters' Club. Babbitt estaba completamente loco. Cantaba y bailaba.

—Esto va en serio, ¿eh? —le murmuró a Paul—. Comprando ya las cosas, ¿eh? ¡Y el bueno de Willis Ijams en persona que baja a despacharnos! Oye, si esos tipos que están comprando equipo de pesca para ir a los lagos del norte supieran que nosotros vamos hasta Maine, les daba un patatús, ¿eh...? Vamos a ver, amigo Ijams..., digo Willis. ¡Aquí tienes la gran ocasión! Nos dejamos engañar fácilmente. ¡Hala! ¡Dejadme solo! ¡Voy a comprar la tienda entera!

Se deleitaba mirando las cañas de pescar, las botas de goma, las tiendas con ventanas de celuloide, las sillas plegables, las neveras. Quería ingenuamente comprarlo todo. Fue Paul, a quien siempre estaba protegiendo vagamente, el que esta vez frenó sus vehementes deseos.

Pero hasta Paul se animó cuando Willis Ijams, un vendedor lleno de poesía y diplomacia, comenzó a hablar sobre cebos.

—Ahora bien, naturalmente, como ya sabéis, muchachos —dijo—, la gran cuestión es si usar cebos flotantes o no. Yo, personalmente, soy partidario de los cebos flotantes. Son más deportivos.

—Sí, señor, mucho más deportivos —fulminó Babbitt, que sabía muy poco de moscas flotantes o no.

—Conque, si quieres seguir mi consejo, George, compra una buena provisión de estas moscas artificiales: atardeceres pálidos, juncos plateados y hormigas rojas. ¡Esa hormiga roja sí que es una mosca!

—¡Ya lo creo! Eso es lo que es... ¡una mosca! —exclamó Babbitt todo alborozado.

—Sí, señor; la hormiga roja —dijo Ijams— es realmente una mosca como no hay otra.

—¡Y me imagino que doña Trucha se dará prisa en venir cuando deje caer una de esas hormigas rojas en el agua! —asintió Babbitt, y con sus gruesas muñecas hizo ademán de lanzar el sedal.

—Sí, y el salmón de río picará también —dijo Ijams, que nunca había visto un salmón de río.

—¡Salmón! ¡Trucha! Oye, Paul: ¿te imaginas tú al amigo George con sus pantalones caqui sacando peces del agua a las siete de la mañana? ¡Sí señor...!

3

Viajaban en el expreso de Nueva York, increíblemente hacia Maine, increíblemente sin sus familias. Eran libres, en un mundo de hombres, en el compartimento para fumadores del coche cama.

Por la ventanilla se veían de trecho en trecho, en la oscuridad, misteriosas lucecillas doradas. Babbitt, en medio del bamboleo y del fragor del tren, se sentía totalmente consciente de estar avanzando, avanzando. Inclinándose hacia Paul, gruñó:

—Caramba, es bonito viajar, ¿eh?

El pequeño compartimento, con sus paredes de acero pintadas de ocre, iba en su mayor parte lleno de esa clase de individuos que Babbitt clasificaba entre los tipos más simpáticos del mundo..., personas sociables de verdad. En el asiento largo había cuatro: un hombre gordo con cara de astuto; otro delgado como un cuchillo, que llevaba un sombrero flexible de terciopelo verde; un joven muy joven con una boquilla imitación de ámbar, y Babbitt. Frente a ellos, en dos sillas de cuero, iban Paul y un hombrecillo larguirucho, chapado a la antigua, muy socarrón, con la boca entre paréntesis. Todos leían periódicos o revistas comerciales, publicados por zapaterías, por fábricas de loza, y esperaban las delicias de la conversación. Fue el jovenzuelo, que hacía su primer viaje en coche cama, quien empezó:

—¡Buf, me lo he pasado a lo bestia en Zenith! —proclamó en tono jactancioso—. En fin, si uno conoce a la gente adecuada, ¡se lo puede pasar allí tan bien como en Nueva York!

—Ya, seguro que la has armado bien gorda. ¡En cuanto te he visto entrar me he figurado que eras un tipo peligroso! —dijo el gordo, socarrón.

Los otros bajaron encantados sus periódicos.

—¡Bueno, no se burle! Apuesto que he visto cosas en el Arbor que ustedes no han visto nunca —se quejó el muchacho.

—Sí, seguro que te has bebido toda la leche como un verdadero diablillo.

Después de que el muchacho les sirviera de introducción, se olvidaron de él por completo y se enzarzaron en una conversación de verdad. Paul, que, sentado aparte, leía un relato por entregas en el periódico, fue el único que no metió baza, por lo cual los demás, excepto Babbitt, lo tomaron por un esnob, por un excéntrico, por una persona sin espíritu.

Lo que dijo cada cual nunca se ha podido saber y no importa, pues todos tenían las mismas ideas y las expresaban siempre con la misma plúmbea y descarada seguridad. Si no era Babbitt quien exponía tal o cual opinión, al menos sonreía al magistrado que la exponía.

—Sin embargo —anunció el primero—, están vendiendo

bastante alcohol en Zenith. En todas partes, supongo. No sé lo que pensarán ustedes de la Prohibición, pero a mí me parece que es una buena cosa para el pobre curda que no tiene voluntad, pero, para personas como nosotros, es una infracción de la libertad personal.

—Desde luego. El Congreso no tiene derecho a coartar la libertad personal —afirmó el segundo.

Un hombre entró en el compartimento, pero, como todos los asientos estaban ocupados, se quedó de pie mientras se fumaba su cigarrillo. Era un intruso que no pertenecía a una de las viejas familias del fumadero. Lo recibieron fríamente, y él, después de mirarse la barbilla en el espejo aparentando desenvoltura, se batió silenciosamente en retirada.

—Yo acabo de hacer un viaje por el sur. Los negocios no marchan bien por allí —dijo uno del consejo.

—¡No me diga! Conque no marchan bien, ¿eh?

—No; a mi parecer, ni siquiera normalmente.

—Ni siquiera normalmente, ¿eh?

—No; en mi opinión al menos, no.

Todos los del consejo movieron la cabeza cuerdamente y decidieron:

—Sí, no marchan como debieran marchar.

—Bueno, tampoco la situación de los negocios es en el oeste lo que debía ser, ni con mucho.

—Desde luego. Y supongo que el negocio de los hoteles lo habrá sentido. Pero eso está bien: esos hoteles que nos han estado cobrando cinco dólares diarios (sí, señores, y seis, y siete) por una cochina habitación, ahora se darán por contentos con cuatro, y tal vez nos darán un mejor servicio.

—Desde luego. A propósito, hablando de hoteles, el otro día estuve por primera vez en el Saint Francis, de San Francisco, y, bueno, es un sitio de primera.

—¡Tiene usted razón, amigo! El Saint Francis es un hotel estupendo..., sin ningún género de duda.

—Desde luego. Estoy con usted. Es un hotel de primera.

—Sí, pero díganme: ¿han parado ustedes alguna vez en el Rippleton, de Chicago? No es por hablar mal, que nunca me gusta, pero, la verdad, de todos los basureros que se hacen pasar por hoteles de primera, ese es el peor. Voy a coger a esos tipos un día de estos y se lo voy a decir en su misma cara. Ya saben ustedes cómo soy...; bueno, quizá no lo sepan..., pero yo estoy acostumbrado a tener comodidades, y no me importa pagar un precio razonable. La otra noche llegué a Chicago, y el Rippleton está cerca de la estación...; nunca había estado allí antes. Pero le dije al chófer..., ¿saben ustedes?, yo tomo siempre un taxi cuando llego tarde; cuesta un poco más, pero ¡qué diantre!, vale la pena cuando hay que levantarse temprano a la mañana siguiente y salir a vender...; bueno, pues le dije al chófer: «Lléveme al Rippleton».

»Bueno, llegamos allí, y le dije al tipo de la recepción: "Qué, ¿tiene usted disponible una buena habitación con baño?". ¡Bueno! ¡Cualquiera creería que le había intentado timar o que le había mandado trabajar en Yom Kippur! Me echa una mirada y me dice: "No sé, voy a ver", y se agacha detrás del artefacto ese donde apuntan las habitaciones. Bueno, por el tiempo que tardó supongo que telefonearía a la Sociedad de Crédito y a la Liga Americana de Defensa para ver si me podía admitir, o quizá se durmió simplemente; por fin sale, me mira como si le hiciera daño la vista, y gruñe: "Creo que le puedo dejar una habitación con baño...". "Es usted muy amable..., siento molestarle... ¿Cuánto me costará?", le dije yo muy finamente. "Amigo, le costará siete dólares diarios", me responde...

»Bueno, era tarde y, además, iba a cargarlo a cuenta de la empresa...; si hubiera tenido que pagarlo yo, créanme ustedes, me hubiera quedado toda la noche en la calle antes de dejar que cualquier maldita posada me timase siete pavos. Así que lo dejé pasar. Bueno; el tipo despierta al botones... Buen chico, jovencito él... no tenía más que setenta y nueve años justos... luchó en la batalla de Gettysburg y no sabe si ha terminado ya... por la manera de mirarme supongo que me tomó por un confederado... Y el Matusalén este me llevó a un sitio que luego supe que llamaban habitación, aunque al principio pensé que se trataba de un error..., ¡creía que me metían en un bote de colectas del Ejército de Salvación! ¡Siete por cada *diem*!

—Sí, he oído decir que el Rippleton era un tanto despreciable. Yo cuando voy a Chicago me alojo siempre en el Blackston o en el La Salle..., dos hoteles de primera.

—Oigan, ¿ha estado alguno de ustedes en el Birchdale de Terre Haute? ¿Cómo es?

(Doce minutos de conferencia sobre el estado de los hoteles en South Bend, Flint, Dayton, Tulsa, Wichita, Fort Worth, Winona, Erie, Fargo y Moose Jaw).

—A propósito de precios —observó el señor del sombrero flexible de terciopelo, manoseando el diente de alce de su gruesa leontina—, quisiera yo saber de dónde sacan eso de que el precio de la ropa está bajando. Miren ustedes este traje que llevo puesto. —Se pellizcó las perneras del pantalón—. Hace cuatro años pagué por él cuarenta y dos cincuenta, que ya está bien. Bueno, pues el otro día entré en una tienda de mi pueblo y pedí que me enseñaran un traje, y el tío me saca unas prendas usadas que, de verdad, no se las pondría yo a un peón de la hacienda. Solo por curiosidad voy y le pregunto: «¿Qué pide usted por esta porquería?». «¿Porquería, dice? ¿Qué quiere usted decir? Este es un traje excelente, todo lana...». ¡Un cuerno! Era lana vegetal a lo sumo. «Es todo lana», dice, «y lo vendemos a sesenta y siete noventa». «¿Ah, sí? Conque sí, ¿eh?», le digo, «no seré yo quien lo compre», y le dejo con la palabra en la boca. ¡Eso es...! Y voy y le digo a mi mujer: «Oye, mira», le digo, «mientras puedas seguir poniendo remiendos en los pantalones de tu maridito, pues nos pasamos sin comprar más trajes».

—¡Bien hecho! Y fíjense ustedes en los cuellos, por ejemplo.

—¡Eh! ¡Despacito! —protestó el gordo—. ¿Qué pasa con los cuellos? ¡Yo vendo cuellos! ¿Se dan ustedes cuenta de que el coste de la fabricación está a doscientos siete por ciento sobre...?

Decidieron todos que, pues su buen amigo el señor gordo vendía cuellos, el precio de los cuellos era exactamente el que debía ser, pero las demás prendas de vestir estaban trágicamente caras. Ahora sentían unos por otros admiración y afecto. Entraron a fondo en la ciencia de los negocios, y comentaron que el objeto de manufacturar un arado o un ladrillo era venderlo. Para ellos el héroe romántico no era ya el caballero, el poeta vagabundo, el vaquero, el aviador o el joven fiscal del distrito, sino el gran gerente que tenía en su escritorio de vidrio un ejemplar de *Análisis de problemas mercantiles*, el gran gerente que dedicaba su vida y la de sus jóvenes samuráis al metódico objeto de vender, no de vender nada en particular, ni a nadie en particular, sino de vender por vender.

La charla de los negocios despabiló a Paul Riesling. Si bien era un pasable violinista y un interesante marido desgraciado, era también un hábil vendedor de material para techar. Escuchó las observaciones del gordo sobre «el valor de las publicaciones corporativas y los boletines como método para animar a los muchachos a vender», y él mismo dio una o dos ideas excelentes sobre el uso de los sellos en las circulares. Después, cometió una ofensa contra la santa ley de los Hombres de Bien. Se puso petulante.

Estaban entrando en una ciudad. Pasaron junto a una fundición de los suburbios. Llamas rojas o anaranjadas lamían las cadavéricas chimeneas, los muros recubiertos de hierro, los sombríos convertidores.

—¡Dios mío! Miren ustedes eso... ¡Precioso! —exclamó Paul.

—¡Y tanto! Eso es la fábrica de acero Shelling-Horton, y se rumorea que el tal Shelling hizo sus buenos tres millones de dólares fabricando municiones durante la guerra —dijo reverentemente el señor del sombrero flexible de terciopelo.

—No, yo..., decía que ese patio lleno de chatarra, destacado en la obscuridad por la luz, resulta muy pintoresco —explicó Paul.

Todos se quedaron mirándolo estupefactos, mientras Babbitt croaba:

—Este Paul tiene buen ojo para los sitios pintorescos y raros. No se le escapa nada. Habría sido escritor o algo así si no se hubiera dedicado al ramo de los tejados.

Paul daba señales de aburrimiento. (Babbitt dudaba a veces si Paul apreciaría su lealtad). El del sombrero flexible de terciopelo gruñó:

—En mi opinión, la fábrica de Shelling-Horton está siempre hecha una porquería. Llena de escombros. Pero no creo que esté prohibido llamarla «pintoresca» si le da a usted por ahí.

Paul volvió malhumorado a su lectura y la conversación recayó lógicamente sobre los trenes.

—¿A qué hora llegamos a Pittsburg? —preguntó Babbitt.

—¿A Pittsburg? Me parece que entramos a las..., no, eso era el año pasado..., espere un momento..., vamos a ver... aquí mismo tengo el horario.

—No sé si llegaremos en punto.

—Sí, hombre, llegaremos a la hora exacta.

—No... Llevábamos siete minutos de retraso en la última estación.

—¿Ah, sí? ¿De verdad? Hombre, pues yo creía que llegaríamos puntualmente.

—No, llevamos unos siete minutos de retraso.

—Eso es; siete minutos.

Entró el mozo de servicio, un negro con chaqueta blanca y botones dorados.

—¿Cuánto retraso llevamos? —gruñó el señor gordo.

—No lo sé, señor. Creo que llegamos poco más o menos a tiempo —dijo el mozo, doblando toallas y colocándolas rápidamente en la rejilla que había sobre los lavabos.

Los viajeros lo miraron lúgubremente, y cuando salió dijeron lamentándose:

—No sé qué demonios les pasa ahora a estos negritos. Nunca le dan a uno una respuesta cortés.

—Cierto. Se están poniendo de tal modo que no le guardan a uno el menor respeto. Los negritos de antes eran unos pillos simpáticos... sabían dónde estaba su lugar... pero estos morenos de ahora no quieren ser mozos ni recoger algodón. ¡No! Quieren ser abogados y profesores y Dios sabe qué. Les digo a ustedes que el problema se está poniendo serio. Deberíamos unirnos todos, sí, señor, para enseñarle al negro, y al amarillo también, cuál es su lugar. Ahora bien: yo no tengo prejuicios de raza, eso no. Soy el primero en alegrarme cuando un negrito triunfa... siempre y cuando sepa cuál es su sitio y no trate de usurpar la legítima autoridad y la capacidad comercial del hombre blanco.

—¡Eso es! Y otra cosa que debemos hacer —dijo el señor del sombrero flexible de terciopelo, que se llamaba Koplinsky— es impedir que entren extranjeros en el país. Gracias a Dios hemos puesto un límite a la inmigración. Esos italianillos y esos polacos tienen que aprender que este es un país de blancos y que no los queremos aquí para nada. Cuando hayamos asimilado a los extranjeros que ya tenemos y les hayamos enseñado los principios del americanismo, convirtiéndolos en ciudadanos corrientes, entonces quizá podremos admitir a unos pocos más.

—Nada más cierto, desde luego —observaron los demás.

Desviaron la conversación hacia temas más ligeros. Pasaron lista rápidamente a los precios de los automóviles, discutieron la duración de los neumáticos, hablaron de valores petroleros, de pesca, de la próxima cosecha de trigo en Dakota.

Pero el gordo se impacientaba con aquella pérdida de tiempo. Era un viajante veterano que había perdido las ilusiones. Ya había dicho que estaba de vuelta. Se inclinó hacia delante, les llamó la atención con su expresión de socarronería, y rezongó:

—Bueno, señores; dejémonos de etiquetas y a contar chistes verdes.

Se pusieron a charlar animadamente y con gran intimidad Paul y el jovenzuelo desaparecieron. Los otros se repantigaron en el asiento, se desabrocharon los chalecos, apoyaron los pies en las sillas, acercaron las solemnes escupideras de latón y bajaron las cortinillas verdes para aislarse de la desagradable extrañeza de la noche. Después de cada carcajada alguno gritaba: «¿Y conocen este otro...?». Babbitt estaba muy expansivo. Cuando el tren paró en una estación importante, se pusieron los cuatro a pasear por el andén, bajo la bóveda de cristales, que con el humo parecía un cielo tormentoso. Pasearon muy contentos. A la voz de «¡Viajeeeeros al trrrren!», volvieron apresuradamente al compartimento para fumadores, y hasta las dos de la mañana siguieron contando cuentos verdes, con los ojos húmedos por la risa y por el humo de los puros. Cuando se separaron se estrecharon las manos.

—Sí, señor; una sesión inolvidable. Siento que no pueda continuar. Tanto gusto en conocerle.

Babbitt, tumbado en su litera, se convulsionaba de risa al recordar el *limerick* del gordo sobre la señora que quería hacer una locura. Levantó la cortinilla. Dobló un brazo entre la cabeza y la raquítica almohada, y se quedó contemplando cómo se deslizaban las siluetas de los árboles y las farolas de los pueblos, que eran como el punto de un signo de exclamación. Era muy feliz.

XI

1

Disponían de cuatro horas en Nueva York entre tren y tren. Lo único que Babbitt quería ver era el hotel Pensilvania, que había sido construido después de su última visita. Levantó la cabeza para mirarlo y murmuró:

—¡Dos mil doscientas habitaciones y dos mil doscientos cuartos de baños! No hay en todo el mundo nada como esto. Dios mío, las ganancias deben de ser... bueno, suponte que el precio de las habitaciones está entre cuatro y ocho dólares diarios, y me figuro que las habrá de diez, y... cuatro veces dos mil doscientos... pongamos seis veces dos mil doscientos...; bueno, sea lo que sea, contando restaurantes y demás, puede calcularse entre ocho y quince mil al día. ¡Cada día! Claro que cualquier individuo de Zenith tiene más iniciativa personal que estos mequetrefes de aquí, pero ante esto tengo que inclinar la cabeza. Sí, Nueva York, sí, no estás mal... para ciertas cosas. Bueno, Paulski, creo que hemos visto ya todo lo que vale la pena. ¿Cómo matamos el tiempo que nos queda? ¿Vamos al cine?

Pero Paul deseaba ver un transatlántico.

—Siempre he querido ir a Europa... y, ¡canastos!, iré antes de que me muera —suspiró.

Desde un muelle del río Hudson contemplaron la popa del Aquitania, sus chimeneas y sus antenas de radio que se alzaban sobre la dársena donde había atracado.

—¡Caramba! —zumbó Babbitt—, no estaría mal irse a Europa y echar un vistazo a todas esas ruinas, y al pueblo donde nació Shakespeare. ¡Y mira que poder pedir una copita donde a uno se le antoje! Nada más que apoyarse en el bar y gritar: «¡Un cóctel!, ¡y al cuerno la policía! No estaría mal, ¿no? ¿Qué te gustaría a ti ver allá, Paulibus?

Paul no respondió nada. Babbitt se volvió. Su amigo, con los puños cerrados y la cabeza caída, miraba el transatlántico como si le produjera terror. Su cuerpo delgado, visto contra las reverberantes planchas del muelle, parecía enjuto como el de un niño

—¿Qué te gustaría a ti ver en el viejo mundo, Paul? —preguntó Babbitt por segunda vez.

Paul miraba ceñudamente al vapor, el pecho palpitante.

—¡Dios mío! —murmuró, y mientras Babbitt lo contemplaba con ansiedad, exclamó—: ¡Vámonos, salgamos de aquí!

Y echó a andar muelle abajo sin volver la vista atrás.

«Tiene gracia —consideró Babbitt—. Parece que no le importa mucho ver los vapores. Yo creí que le interesaría».

2

Aunque, todo alborozado, hizo discretos cálculos acerca de la potencia de las locomotoras mientras el tren subía la cordillera de Maine y él contemplaba desde lo alto la brillante vía allá abajo entre los pinos; aunque exclamó: «¡Pardiez!» al descubrir que la estación de Katadumcook, final de la línea, no era más que un viejo vagón de mercancías; el momento de verdadera emoción para Babbitt fue cuando se sentaron en un diminuto muelle del lago Sunasquam para esperar la lancha del hotel. Había pasado flotando una balsa; entre los troncos y la orilla, el agua era transparente y parecía fina, y en ella centelleaban los alevines. Un guía, con un sombrero de fieltro negro con moscas para trucha en la banda y una camisa de franela de un azul peculiarmente llamativo, estaba sentado en un tronco, tallaba un palo con una navaja y guardaba silencio. Un perro, un buen perro de campo, negro y lanudo, un perro que podía holgar y meditar a sus anchas, se rascaba, gruñía y dormitaba. El sol brillaba profusamente en el agua, en el verdidorado reborde de las ramas de abeto balsámico, en los plateados abedules y en los helechos tropicales, y al otro lado del lago ardía en los robustos hombros de las montañas. Todo estaba envuelto en una santa paz.

Sentados en el borde del muelle, balanceaban las piernas sobre el agua, sin hablar, sin hacer nada. Babbitt se sentía penetrado por la inmensa ternura del paraje, y murmuró:

—Me gustaría quedarme aquí sentado... toda mi vida... Y tallar palos y no hacer nada. Y no oír nunca una máquina de escribir. Ni a Stan Graff cacareando por teléfono. Ni a Rona y Ted riñendo. Estar sentado aquí y nada más. ¡Dios! —Dio a Paul una palmadita en el hombro—. ¿Qué dices tú, dormilón?

—Oh, está todo muy bien, Georgie. Hay algo como eterno en todo esto.

Por primera vez, Babbitt comprendió a Paul.

3

Su lancha viró en redondo; al otro lado del lago, bajo la falda de una montaña, divisaron el comedor de su hotel, rodeado por un semicírculo de chozas de madera que servían de dormitorios. Desembarcaron y tuvieron que soportar las miradas curiosas de los huéspedes que llevaban en el hotel una semana entera. En su cabaña, que tenía una alta chimenea de piedra, se apresuraron a ponerse cómodos. Después salieron: Paul con un traje gris viejo y una camisa blanca sin planchar; Babbitt con una camisa caqui y unos pantalones del mismo color, muy holgados. Su ropa era excesivamente nueva, sus gafas resultaban oficinescas y su cara, no tostada todavía, era la cara rosácea de un hombre que vive en la ciudad. Babbitt era una nota discordante en aquel lugar. Pero con infinita satisfacción se dio una palmada en las piernas y cacareó:

—Oye, esto es volver a nuestros buenos tiempos, ¿eh?

Le hizo un guiño a Paul y sacó del bolsillo trasero del pantalón un paquete de tabaco de mascar, ordinariez prohibida en su casa. Le clavó los dientes y empezó a dar tirones meneando con satisfacción la cabeza.

—¡Hum! ¡Hum! ¡Y que no tenía yo ganas de mascar tabaco! ¿Quieres?

Se miraron con una sonrisa de inteligencia. Paul cogió el paquete y dio un mordisco. Se quedaron callados. Sus mandíbulas trabajaban. Escupían solemnemente, uno tras otro, en el agua plácida. Se estiraban voluptuosamente, con los brazos en alto y la espalda arqueada. En las montañas se oía el resuello de un tren lejano. Una trucha saltó y desapareció en un círculo de plata. Ambos suspiraron al mismo tiempo.

4

Faltaba una semana para que llegaran sus familias. Todas las noches planeaban levantarse temprano y pescar antes del desayuno. Todas las mañanas se quedaban en la cama hasta que sonaba la campanilla, conscientes de que no había esposas eficientes que vinieran a despertarlos. Las mañanas eran frías, y, mientras se vestían, daba gusto sentir el calorcillo de la chimenea.

Paul estaba irritantemente limpio, pero Babbitt disfrutaba de una buena y sólida suciedad, de no tener que afeitarse hasta que le viniera en gana. Guardaba como un tesoro cada escama de pescado, cada mancha de grasa en sus nuevos pantalones kaki.

Pasaban toda la mañana pescando sin entusiasmo o caminando por las veredas, entre exuberantes helechos y musgo salpicado de rojas campánulas. Dormían toda la tarde y después jugaban al póquer hasta medianoche con los guías. El póquer era una cosa seria para los guías. No hablaban; barajaban las mugrientas cartas con una diestra ferocidad que amenazaba a los forasteros, y Joe Paradise, el rey de los guías, era sarcástico con los holgazanes que detenían el juego para rascarse.

A medianoche, cuando Paul y él volvían a tientas a su cabaña pisando la hierba húmeda y las raíces de pino que se confundían en la oscuridad, Babbitt se alegraba de no tener que explicar dónde había estado toda la noche.

No hablaban mucho. La nerviosa locuacidad del Athletic Club había desaparecido. Pero cuando hablaban caían en la ingenua intimidad de sus tiempos estudiantiles. Una vez llevaron su canoa hasta la orilla del Sunasquam un arroyo rodeado por la verde jungla, pero a la sombra se gozaba de una paz soñolienta y el agua era de oro rizado. Babbitt metió la mano en la fresca corriente y dijo:

—¡Nunca creímos que podríamos venir a Maine juntos!

—No. Nunca hemos hecho nada de lo que pensábamos que haríamos. Yo estaba seguro de que me iría a Alemania con la familia de mi abuelo a estudiar violín.

—Es verdad. ¿Y recuerdas que yo quería ser abogado y meterme en política? Todavía pienso que podría haber hecho carrera. Porque yo, sabes, hablo bastante bien... vamos, puedo improvisar una charla sobre cualquier cosa, y, naturalmente, eso es lo que se necesita en política. ¡Pero Ted estudiará Derecho aunque yo no lo haya hecho! Bueno, al fin y al cabo... no hemos salido del todo mal. Myra ha sido para mí una excelente mujer. Y Zilla tiene buenas intenciones, Paulibus.

—Sí. Aquí hago proyectos para que se divierta y me deje

en paz. Tengo cierta esperanza de que la vida va a cambiar ahora y que con este descanso volveremos con fuerzas para empezar de nuevo.

—Así lo creo —respondió Babbitt, y añadió tímidamente—: La verdad, chico, es que lo he pasado bien aquí, ganduleando y jugando al póquer y campando a mis anchas siempre contigo, ladrón.

—Bueno, ya sabes tú lo que esto ha significado para mí, George. Me ha salvado la vida.

La vergüenza de la emoción los abrumaba. Soltaron unos cuantos tacos para demostrar que eran hombres rudos; y en un suave silencio, Babbitt silbando mientras Paul tarareaba, volvieron al hotel en su canoa.

5

Si bien al principio fue Paul quien estaba más crispado y Babbitt quien hacía de hermano mayor, después Paul se volvió lúcido y alegre y Babbitt se hundió en la irritabilidad. Iba descubriendo capa tras capa de su oculto hastío. Los primeros días había hecho el papel de bufón saltarín para divertir a Paul y le había buscado toda clase de entretenimientos. Al terminar la semana, Paul hacía de enfermero y Babbitt aceptaba sus favores con la condescendencia que siempre se tiene para un paciente enfermero.

El día antes de que sus familias llegaran, las señoras que se hospedaban en el hotel gorjearon: «¡Qué bien! ¡Estarán ustedes contentísimos!», y los preceptos sociales obligaron a Babbitt y a Paul a mostrarse muy contentos. Pero se fueron a la cama temprano y de mal humor.

Cuando apareció Myra, lo primero que dijo fue:

—Bueno, vosotros seguid divirtiéndoos como si no estuviéramos aquí.

La primera noche, Babbitt se quedó jugando al póquer con los guías, y su mujer le dijo en tono de broma: «¡Vaya! Estás hecho un verdadero gamberro». La segunda noche, refunfuñó soñolienta: «Dios mío, ¿es que no te puedes quedar una noche sin salir?». La tercera noche, Babbitt no jugó al póquer.

Se encontraba ya muy cansado.

«¡Tiene gracia! —se lamentaba—. Parece que las vacaciones no me han servido para nada. Paul está más retozón que un potro, pero juro que yo me encuentro más irritable y más nervioso que cuando vine aquí».

Debía pasar tres semanas en Maine. Al terminar la segunda empezó a sentirse tranquilo y a interesarse por la vida. Planeó una ascensión al monte Sachem, y quería acampar una noche en el estanque de Box Car. Se sentía inexplicablemente débil, y al mismo tiempo animado, como si, tras haber limpiado sus venas de energía ponzoñosa, las hubiera llenado de sangre sana.

Dejó de estar irritado por la infatuación de Ted por una camarera (su séptimo enamoramiento trágico del año); jugó al béisbol con Ted y le enseñó con orgullo a lanzar el sedal en la silenciosa sombra del estanque de Skowtuit.

Al final suspiró:

—¡Maldita sea, ahora que empezaba a disfrutar de las vacaciones! Pero bueno, me siento mucho mejor. ¡Y este va a ser un año magnífico! Quizá la Asociación Estatal de Juntas Inmobiliarias me elija presidente en vez de a algún charlatán tramposo como ese Chan Mott.

En el viaje de vuelta, siempre que entraba en el compartimento para fumadores, sentía remordimientos por dejar sola a su mujer y se ponía furioso al comprender que sentía remordimientos, pero luego exclamaba en son de triunfo:

—¡Oh, este va a ser el gran año, un año magnífico!

XII

1

Durante el viaje de vuelta, Babbitt adquirió la certeza de que era otro hombre. Se había convertido a la serenidad. Iba a dejar de preocuparse por los negocios. Iba a tener otros intereses —teatros, asuntos públicos, lecturas—. Y de pronto, tras acabar un puro especialmente grande, se dijo que iba a dejar de fumar.

Inventó un método nuevo y perfeccionado. No compraría más tabaco; pediría a los amigos; y, naturalmente, se avergonzaría de pedir a menudo. En un arrebato de probidad tiró la caja de cigarros por la ventanilla. Salió del compartimento para fumadores y estuvo muy amable con su mujer sin saber por qué; admiró su propia virtud y se dijo: «Sencillísimo. Cuestión de voluntad». Empezó a leer en una revista un relato por entregas sobre un detective científico. Quince kilómetros después se dio cuenta de que deseaba fumar. Agachó la cabeza como una tortuga que se mete en su concha; estaba inquieto; se saltó dos páginas del relato sin darse cuenta. Diez kilómetros después se levantó de un salto y buscó a un mozo de equipajes.

—Oiga, je, ¿tiene usted un... —el mozo le escuchaba pacientemente—, tiene usted una guía? —terminó Babbitt.

En la primera estación se apeó y compró un puro. Como iba a ser el último antes de llegar a Zenith, apuró la colilla hasta el final.

Cuatro días después recordó de nuevo que había dejado de fumar, pero estaba muy ocupado con el trabajo atrasado de la oficina para seguir recordándolo.

2

Decidió que el béisbol sería una excelente diversión. «No tiene sentido matarse trabajando. Voy a ir a los partidos tres veces por semana. Además, hay que hacer algo por el equipo de la ciudad de uno».

Fue a los partidos, apoyó a su equipo y realzó la gloria de Zenith, gritando: «¡Sí señor!» y «¡Fuera!». Desempeñaba su papel escrupulosamente. Se ataba al cuello un pañuelo de algodón; sudaba; abría dos palmos de boca, y bebía limonada de la botella. Fue a los partidos tres veces por semana durante una semana. Luego se contentó con mirar las pizarras del *Advocate Times*. Se metía en lo más espeso de la muchedumbre y, cuando el muchacho que estaba en la alta plataforma escribía las proezas del gran Bill Bostwick, el *pitcher*, Babbitt le decía a algún desconocido: «¡Muy bien! ¡Buena jugada!», y se volvía deprisa a su oficina.

Creía sinceramente que le gustaba el béisbol. Es verdad que en veinticinco años no había hecho más que pasarse la pelota con Ted en el jardín trasero —sin cansarse y solo diez minutos, ni uno más—. Pero el béisbol era una costumbre de su clan, y daba salida a los instintos homicidas y parciales que Babbitt llamaba «patriotismo» y «amor al deporte».

Conforme se acercaba a su oficina apretaba el paso murmurando: «Tengo que apresurarme un poco». La ciudad entera se apresuraba solo por apresurarse. Los automóviles se apresuraban a adelantarse unos a otros en el apresurado tránsito. La gente se apresuraba a coger los tranvías (sabiendo que otro llegaría un minuto después), a apearse de los tranvías, a galopar hasta la acera, a meterse en los edificios para tomar ascensores expresos. En los restaurantes, la gente se apresuraba a engullir la comida que los cocineros habían guisado apresuradamente. En las peluquerías, los clientes suplicaban: «Páseme la navaja una sola vez. Tengo prisa». Los empleados se libraban febrilmente a las visitas en oficinas adornadas con carteles que decían: «Este es el día de más trabajo» o «Dios creó el mundo en seis días: usted puede desembuchar todo lo que tenga que decir en seis minutos». Los que habían ganado cinco mil dólares hacía dos años y diez mil el año anterior se apresuraban, con los nervios de punta y los cerebros secos, a ganar veinte mil este año; y los que habían perdido la salud después de ganar veinte mil se apresuraban a coger trenes para tomarse apresuradamente las vacaciones que los apresurados médicos les habían recetado.

Entre toda aquella apresurada muchedumbre, Babbitt se apresuraba a volver a su oficina, donde no tenía gran cosa que hacer salvo comprobar que sus subalternos parecían muy apresurados.

3

Cada sábado por la tarde iba apresuradamente a su club de campo, donde jugaba apresuradamente al golf para descansar del ajetreo de la semana.

En Zenith, a todo hombre de éxito le era tan necesario pertenecer a un club de campo como gastar cuellos de hilo y no de celuloide. Babbitt era socio del Club de Campo y Golf Outing, un agradable edificio de madera gris con un amplio porche, que dominaba el lago Kennepoose desde una roca sal-

picada de margaritas. Había otro, el Club de Campo Tonawanda, al cual pertenecían Charles McKelvey, Horace Updike y los demás ricachos que no almorzaban en el Athletic,
sino en el Union Club. Babbitt explicaba con frecuencia: «No
me haría yo socio del Tonawanda aunque me sobraran ciento
ochenta dólares para malgastarlos en la entrada. En el Outing
tenemos una pandilla de hombres verdaderamente tratables y
las mujeres más guapas de Zenith (tan bromistas como los
hombres), pero en el Tonawanda no se ven más que esos am-
biciosos estirados que se pasan la vida bebiendo té. Demasiado
postín. Lo que es yo no me haría socio del Tonawanda aunque...
¡no, ni por una apuesta!».

Después de jugar cuatro o cinco hoyos, se relajaba un
poco. Los latidos de su corazón, acelerados por el tabaco, se
hacían más normales, hablaba más despacio, arrastrando las
palabras como las cien generaciones de sus antepasados campesinos.

4

Por lo menos una vez a la semana los señores Babbitt y su hija
Tinka iban al cine. Su favorito era el cine Chateau, que tenía
cabida para tres mil espectadores y una orquesta de cincuenta
músicos, que tocaban arreglos de óperas y *suites* descriptivas.
En la sala circular de piedra, decorada con sillas de terciopelo
bordado con coronas y tapices casi medievales, había periqui-
tos posados en doradas columnas egipcias.

Con exclamaciones como «¡Pardiez!» o «¡Hay que irse lejos para ver algo semejante!», Babbitt demostraba su admiración por el cine Chateau. Cuando paseaba la vista por el público, millares de cabezas en una penumbra gris, cuando percibía
el olor de las ropas y del suave perfume y de los chicles, expe-
rimentaba la misma sensación que tuvo al ver por vez primera

una montaña y darse cuenta de la mucha, mucha tierra y roca que en ella había.

Le gustaban tres clases de películas: de guapas nadadoras con las piernas desnudas: de policías o vaqueros con muchos tiros de revólver, y de hombres gordos que comían espaguetis. Se reía sentimentalmente cuando aparecían en la pantalla perros, gatitos o bebés gordiflones, y se compadecía hasta las lágrimas de las madres viejas que soportaban pacientemente sus desgracias en casas hipotecadas. La señora Babbitt prefería las películas donde mujeres jóvenes y agraciadas, lujosamente vestidas, iban y venían por escenarios que representaban salones de millonarios neoyorquinos. En cuanto a Tinka, prefería, o pensaba que prefería, lo que sus padres le mandaban preferir.

Todas sus distracciones (béisbol, golf, cine, bridge, paseos en coche, largas charlas con Paul en el Athletic Club o en el Viejo Bodegón Inglés) eran necesarias para Babbitt, porque estaba entrando en un año de tanta actividad como nunca había conocido.

XIII

1

Fue por accidente que Babbitt tuvo la oportunidad de pronunciar un discurso ante la A. E. J. I.

La A. E. J. I., como sus miembros la llamaban con esa pasión universal que inspiran las iniciales misteriosas y rimbombantes, era la Asociación Estatal de Juntas Inmobiliarias, el organismo de los agentes y de los manipuladores. Iba a celebrar su convención anual en Monarch, el principal rival de Zenith entre las ciudades del estado. Babbitt era uno de los delegados oficiales; otro era Cecil Rountree, a quien Babbitt admiraba por su picardía para ganar dinero en construcciones y a quien odiaba por su posición social y por asistir siempre a los bailes más elegantes de Royal Ridge. Rountree era presidente del comité encargado del programa de la convención.

—Estoy ya harto —le había dicho Babbitt, refunfuñando— de que esos médicos y catedráticos y predicadores se den tanto postín porque son «hombres de carrera». Un buen agente inmobiliario tiene que tener más conocimientos y más finura que cualquiera de ellos.

—¡Le sobra a usted razón, sí, señor! ¿Por qué no escribe usted eso y lo lee ante la A. E. J. I.? —sugirió Rountree.

—Hombre, si eso le ayudara a usted a hacer el programa...

Le digo: lo que yo pienso es: primero, debemos insistir en que se nos llame «agentes inmobiliarios» y no «vendedores de casas». Suena mejor. Segundo... ¿Qué es lo que distingue una profesión de un mero oficio, negocio u ocupación? ¿Qué es? Pues el servicio al público y la pericia, sí, señor, y el conocimiento y... Y todo eso, mientras que el individuo que trabaja solo por la pasta nunca toma en consideración el... el servicio al público y la pericia y todo lo demás. Ahora bien, como profesional...

—¡Magnífico! ¡Todo eso va requetebién! Nada, a escribirlo cuanto antes —dijo Rountree, alejándose firme y rápidamente.

2

Por muy acostumbrado que estuviera a la labor literaria de los anuncios y la correspondencia, Babbitt se sintió desalentado aquella noche al sentarse a preparar una disertación que tendría que leer durante diez minutos largos.

Puso un cuaderno nuevo, de los que se usan en las escuelas, sobre la mesilla de coser instalada provisionalmente en la sala. En toda la casa reinaba el silencio, un silencio impuesto a la fuerza. Verona y Ted habían desaparecido según se les había ordenado, y Tinka estaba atemorizada. «Si haces el más mínimo ruido... si pides a gritos un vaso de agua una sola vez... ¡Bueno, no quieras saber lo que te pasa!», le habían dicho en tono amenazante. La señora Babbitt estaba sentada junto al piano, haciéndose un camisón y mirando con respeto a su marido, mientras este escribía en el cuaderno de ejercicios haciendo crujir rítmicamente la mesa de costura.

Cuando se levantó, nervioso y sudando, con la garganta irritada por los cigarrillos, exclamó maravillada:

—¡No sé cómo puedes sentarte y sacarte en un momento tantas cosas de la cabeza!

—¡Oh, es el entrenamiento de la imaginación que uno adquiere en la vida de los negocios!

Había escrito siete páginas, la primera de las cuales decía así:

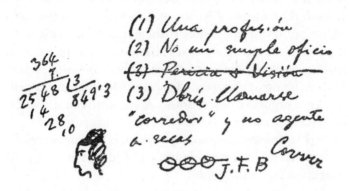

Las otras seis páginas eran poco más o menos como la primera.

Se pasó una semana dándose tono. Todas las mañanas, al vestirse, pensaba en voz alta:

—¿Te has parado alguna vez a considerar, Myra, que antes de que una ciudad prospere y tenga edificios y todo lo demás, algún agente inmobiliario ha de venderles la tierra? Toda civilización empieza con él. ¿Te has dado alguna vez cuenta de eso?

En el Athletic Club llamaba aparte a los socios para preguntarles:

—Dígame, si tuviera usted que leer algo ante una gran convención, ¿comenzaría con los chistes o los repartiría usted aquí y allá?

A Howard Littlefield le pidió una «colección de estadísticas sobre compraventa de casas; algo que causara sensación», y Littlefield le proporcionó algo verdaderamente sensacional.

Pero era a T. Cholmondeley Frink a quien Babbitt perseguía con más insistencia. Le pescaba todos los días en el club, a la hora de almorzar, y, aunque Frink se mostraba evasivo, le preguntaba: «Oiga, Chum, usted que es una potencia en esto de escribir... ¿cómo pondría usted esta frase...? mire, aquí en mi manuscrito... bueno, ¿dónde demonios lo he puesto...?, ah, sí, aquí. ¿Diría usted: "Nosotros debemos también no solo pensar", o: "Nosotros también debemos no pensar solo..."?».

Una noche que su mujer se hallaba ausente y que no tenía a nadie a quien impresionar, Babbitt se olvidó del estilo, del orden y de los otros misterios, garrapateó lo que realmente pensaba de su negocio y de sí mismo, y se encontró con su disertación escrita. Cuando se la llevó a su mujer, esta suspiró:

—¡Espléndido, querido, espléndido! ¡Divinamente escrito, y tan claro y tan interesante, y qué ideas tan acertadas! ¡Sencillamente... espléndido!

Al día siguiente, Babbitt acorraló a Chum Frink y le dijo:

—¡Bueno, amigo, por fin terminé anoche! ¡Sí, a vuelapluma! Yo pensaba que ustedes los escribientes debían de sudar la gota gorda para hacer un artículo, pero, Dios mío, ¡si es coser y cantar! No se matan ustedes, no; bien cómodamente se ganan la vida. Cuando esté yo en disposición de retirarme, creo que me dedicaré a escribir y les voy a dar lecciones a ustedes. Siempre he sospechado que podría escribir mejor, con más nervio y más originalidad, que esos camelos que imprimen, ¡y ahora, pardiez, estoy seguro!

Hizo cuatro copias con caracteres negros y un hermoso título rojo. Las mandó encuadernar en papel manila azul pálido, y amablemente entregó una a Ira Runyon, el redactor jefe del *Advocate Times*, el cual dijo que sí, que se lo agradecía mucho, y que, desde luego, iba a leerlo de cabo a rabo... en cuanto encontrara tiempo para ello.

La señora Babbitt no pudo ir a Monarch. Tenía reunión en un club femenino. Babbitt dijo que lo sentía mucho.

Además de los cinco delegados oficiales (Babbitt, Rountree, W. R. Rogers, Alvin Thayer y Elbert Wing), a la convención asistieron cincuenta delegados no oficiales, la mayoría de ellos con sus mujeres.

Se reunieron en Union Station para tomar el tren de medianoche que los llevaría a Monarch. Todos ellos ostentaban botones de celuloide, grandes como monedas de dólar, en los que decía: ¡ARRIBA ZENITH! (todos ellos menos Cecil Rountree, que era tan esnob que nunca llevaba insignias). Los delegados oficiales estaban magníficos con sus cintas color magenta y plata. Willy, el hijo menor de Martin Lumsen, llevaba un estandarte de borlas donde decía: ZENITH, ZIUDAD QUE ZUMBA: ZELO, ZUMO Y ZIVISMO, 1.000.000 EN 1935. En cuanto los delegados llegaron, no en taxi, sino en el automóvil familiar, conducido por el hijo mayor o por el primo Fred, formaron de repente una procesión por la sala de espera.

Era una sala de espera nueva y enorme, con pilastras de mármol y frescos que representaban la exploración del valle del Chaloosa por el père Émile Farthoux en 1740. Los bancos eran de caoba maciza: el puesto de periódicos era un quiosco de mármol con una reja de latón. Los delegados desfilaron por el resonante vestíbulo tras el estandarte de Willy Lumsen, los hombres blandiendo sus puros, las mujeres conscientes de sus vestidos nuevos y de sus collares, todos cantando el himno oficial de la ciudad, escrito por Chum Frink:

> *Allí donde estemos*
> *proclamaremos,*
> *¡oh, próspero Zenith!,*
> *que en parte alguna*
> *puede haber una*
> *población más feliz.*

Warren Whitby, el corredor de Bolsa, que tenía disposiciones para la poesía de banquetes y cumpleaños, había añadido al himno de Frink una estrofa especial para la convención:

> *Aquí venimos*
> *los que vivimos*
> *en Zenith, la gran ciudad.*
> *Por nuestra cuenta*
> *corre la venta*
> *de toda propiedad.*

Babbitt se sintió arrastrado por un patriotismo histérico. Se subió a un banco y gritó a la muchedumbre:

—¿Qué le pasa a Zenith?

—¡Nada, está muy bien!

—¿Cuál es la mejor ciudad de Estados Unidos?

—¡¡Zeeeenith!!

Las pobres personas que esperaban pacientemente el tren de medianoche miraban con asombro la escena: mujeres italianas con mantón, ancianos cansados con zapatos rotos, jóvenes viajantes errabundos con trajes que habían sido flamantes pero que estaban ahora desteñidos y arrugados.

Babbitt se dio cuenta de que, como delegado oficial, debía ponerse más serio. Acompañado de Wing y Rogers, se paseó de arriba abajo por el andén a lo largo de los vagones. Carritos portaequipajes a motor cargados de baúles y mozos de equipajes con gorrito rojo pasaban disparados por el andén y producían un agradable efecto de actividad. Los arcos voltaicos resplandecían y parpadeaban en lo alto. Los lustrosos coches-cama amarillos brillaban de un modo imponente. Babbitt, sacando el abdomen y dando a su voz un tono de gravedad y mesura, declaró:

—Hay que procurar que la convención le pare los pies a la legislatura en esta cuestión de imponer contribuciones sobre los traspasos.

Wing emitió gruñidos de aprobación y Babbitt se hinchó, se esponjó, no cabía en su chaleco.

La cortina de un compartimento reservado estaba levantada y Babbitt vio por la ventanilla un mundo poco familiar. La ocupante del compartimento era Lucile McKelvey, la guapa esposa del contratista millonario. «¡Quizá se marcha a Europa», pensó Babbitt con viva emoción. En el asiento de al lado había ramos de orquídeas y violetas y un libro amarillo en rústica que parecía extranjero. Mientras él miraba, la señora McKelvey cogió el libro, luego se puso a mirar por la ventanilla como si estuviera aburrida. Le había mirado de frente, los habían presentado, pero ella no dio muestras de conocerlo. Bajó lánguidamente la cortinilla y él se quedó inmóvil con una fría sensación de insignificancia en su corazón.

Pero en el tren recobró su aplomo al encontrarse con delegados de Sparta, Pioneer y otras pequeñas ciudades del estado, que lo escuchaban respetuosamente cuando, como un *magnifico* de la metrópoli de Zenith, hablaba de política y explicaba el valor de una buena administración práctica. Pronto se pusieron a hablar de negocios, la más pura y más arrebatadora forma de conversación.

—¿Cómo salió el Rountree ese con aquel gran hotel que iba establecer? ¿Qué hizo? ¿Emitir obligaciones para sacar fondos? —preguntó un negociante de Sparta.

—Le diré a usted —respondió Babbitt—. Si hubiera sido yo...

—Conque —explicaba Elbert Wing— alquilé el escaparate por una semana, colgué un gran rótulo: PINTORESCO PUEBLECILLO PARA PEQUEÑUELOS, y puse allí un montón de casas de muñeca y unos cuantos arbolillos, y abajo: ESTAS CASITAS DE JUGUETE HACEN LAS DELICIAS DEL PEQUEÑÍN, PERO PAPÁ Y MAMÁ PREFIEREN NUESTROS HERMOSOS BUNGALOWS, y la gente, ya sabe usted, empezó a hablar, y la primera semana vendimos...

Los camiones cantaban *liquiti, tiquití*, al pasar el tren por el distrito de las fábricas. Los hornos arrojaban llamas, y los martillos pilones resonaban estrepitosamente. Luces rojas, luces verdes, luces blancas pasaban vertiginosamente, y Babbitt se sentía de nuevo importante y lleno de ansiedad.

4

Mandó que le plancharan el traje en el tren, cosa que le produjo cierta voluptuosidad. Por la mañana, media hora antes de llegar a Monarch, el mozo se acercó a su litera y murmuró:

—Hay un compartimento desocupado, señor. He dejado allí su traje.

Babbitt se puso un gabán de entretiempo sobre el pijama y, deslizándose entre la doble fila de cortinas verdes, entró en la gloria de su primer compartimento privado. El mozo se figuró que Babbitt estaba acostumbrado a tener ayuda de cámara. Sostuvo las perneras del pantalón para que Babbitt no lo manchara al ponérselo, llenó de agua el lavabo, y esperó con la toalla en la mano. Era un lujo tener un lavabo particular. Aunque de noche le gustaba mucho el compartimento para fumadores, Babbitt lo odiaba por la mañana: atestado de hombres gordos con camisetas de punto, una camisa arrugada colgando de cada percha, los asientos de cuero llenos de neceseres deslucidos, el aire tan saturado de olor a jabón y a dentífricos que daba náuseas. A Babbitt, generalmente, no le importaba gran cosa tener que rozarse con los demás, pero ahora gozaba en su aislamiento, y ronroneó de felicidad al darle al hombre una propina de dólar y medio.

Abrigaba ciertas esperanzas de que se fijaran en él cuando, con su traje recién planchado, y seguido por el atento mozo de equipajes con su maleta, se apeó en la estación de Monarch.

Tenía que compartir una habitación en el hotel Sedgwick con W. A. Rogers, aquel astuto y rústico negociante en tierras de labranza. Tomaron juntos un espléndido desayuno, con gofres y con café, servido no en exiguas tazas, sino en grandes cafeteras. Babbitt se sentía expansivo y le habló a Rogers del arte de escribir; le dio a un botones veinticinco centavos para que le trajera un periódico y le mandó a Tinka una postal: «A Papá le gustaría que estuvieras aquí para pasarlo en grande».

5

Las reuniones de la convención se celebraban en el salón de baile de la casa de los Allen. En una antesala se había instalado el despacho del presidente del comité ejecutivo. Era el hombre más ocupado de la convención, tan ocupado que nunca llegaba a hacer nada. Sentado ante una mesa de taracea, en medio de un revoltijo de papeles arrugados, se pasaba el día entero recibiendo visitas de propagandistas locales y cabilderos que querían llevar la batuta en todos los debates. Él les respondía a todos vagamente: «Sí, sí, es una buena idea; se hará», y al instante se olvidaba de ello, encendía un cigarro y lo olvidaba también, mientras el teléfono repiqueteaba furiosamente, y a su alrededor varias voces suplicaban: «Señor presidente..., señor presidente», sin penetrar su sordera.

En la sala de exposiciones había planos de los nuevos desarrollos urbanísticos de Sparta, fotografías del nuevo capitolio del estado, en Galop de Vache, y enormes mazorcas de maíz con este rótulo: EL ORO DE LA NATURALEZA, EN EL CONDADO DE SHELBY, JARDÍN DEL PAÍS DE DIOS.

La verdadera convención lo formaban los grupos que murmuraban en secreto en las habitaciones del hotel o en el vestíbulo, entre la multitud cargada de insignias, pero había algunas reuniones públicas para cubrir las apariencias.

La primera se abrió con un discurso de bienvenida pronunciado por el alcalde de Monarch. El pastor de la Primera Iglesia Cristiana de Monarch, un hombrón que lucía un largo mechón de pelo húmedo sobre la frente, informó a Dios de que los vendedores de casas se encontraban allí.

El venerable comandante Carlton Tuke, agente inmobiliario, leyó una disertación en la que denunciaba a las cooperativas. William A. Larkin, de Eureka, hizo un optimista vaticinio sobre «Las perspectivas de un aumento de la construcción», y recordó al auditorio que los precios de cotización del vidrio cilindrado habían bajado dos enteros.

La convención había empezado.

Se festejaba a los delegados tenaz y continuamente. La Cámara de Comercio de Monarch les dio un banquete, y la Asociación de Fabricantes celebró para ellos una fiesta de sobremesa en la cual cada señora fue obsequiada con un crisantemo y cada señor con una cartera que llevaba la siguiente inscripción: DE MONARCH, EL MAYOR MERCADO DE MOTORES.

La señora Knowlton, esposa de Crosby Knowlton, el fabricante de automóviles Fleetwing, abrió las puertas de su celebrado jardín italiano y dio un té. Seiscientos vendedores de casas, acompañados por sus mujeres, se contonearon por los senderos otoñales. Quizá trescientos de ellos permanecieron modestamente callados. Los otros trescientos exclamaban: «Esto es una preciosidad, ¿eh?», arrancaban a hurtadillas los últimos asteres y se los escondían en los bolsillos; luego trataban de acercarse a la señora Knowlton para estrechar su bella mano. Sin que nadie se lo rogara, los delegados de Zenith (excepto Rountree) formaron corro en torno a una ninfa de mármol y cantaron: «Aquí venimos los que vivimos en Zenith, gran ciudad».

Dio la casualidad de que todos los delegados de Pioneer pertenecían a la Benévola y Protectora Orden de los Alces, y sacaron un enorme estandarte con esta inscripción: B. P. O. A.

BRILLANTE PORVENIR OS AGUARDA. ¡VIVA PIONEER, OH, EDDIE! Galop de Vache, la capital del estado, no era cosa de despreciar. El líder de la delegación de Galop de Vache era un hombre grandullón rojizo, redondo, pero activo. Se quitó la chaqueta, tiró al suelo su ancho sombrero de fieltro negro, se arremangó la camisa, se encaramó sobre el reloj de sol, escupió y mugió:

—Nosotros diremos a todo el mundo, y a la señora que nos obsequia esta tarde, que la mejor ciudad del estado es Galop de Vache. Podéis hablar todo lo que queráis de vuestro progreso, pero enteraos de que en Galop la proporción de familias que viven en casa propia es mayor que en ninguna otra ciudad del estado; y, cuando la gente vive en casas de su propiedad, no arman huelgas, y crían niños en vez de criar perturbaciones. ¡Galop de Vache! La ciudad de la familia! ¡La ciudad que se los come crudos! Nosotros diremos a todo el mundo...

Los invitados fueron saliendo. El jardín quedó en calma. Pero la señora Knowlton suspiraba mirando un banco de mármol que el sol de Amalfi había calentado durante quinientos años. En la cara de una esfinge que lo sostenía alguien había pintado con lápiz un bigote. Entre los asteres había servilletas de papel arrugadas. En el paseo yacían los pétalos de las últimas rosas. Colillas de cigarrillos flotaban en el estanque, dejando una mancha en el agua al deshacerse, y bajo el banco de mármol había una taza rota cuyos fragmentos habían sido cuidadosamente amontonados.

6

Mientras volvía en coche al hotel, Babbitt iba reflexionando: «Myra hubiera disfrutado mucho con toda esta vida social». Él no le daba tanta importancia a la fiesta del jardín como a las excursiones que había preparado la Cámara de Comercio de

Monarch. Visitó infatigablemente las estaciones suburbanas de tranvías, los depósitos de agua y las tenerías. Devoró las estadísticas que le dieron y, maravillado, le dijo a su compañero de cuarto, W. A. Rogers:

—Claro que esta ciudad no le hace sombra a Zenith: no tiene ni el porvenir ni la riqueza natural que tenemos nosotros, pero ¿sabe usted (yo no lo he sabido hasta hoy) que el año pasado manufacturaron setecientos sesenta y tres millones de tablones? ¿Qué le parece?

Se fue poniendo nervioso conforme se acercaba la hora de leer su disertación. Cuando subió a la tarima ante el numeroso auditorio, temblaba y no veía más que una neblina púrpura. Pero se lo tomó en serio, y, cuando concluyó la lectura del discurso formal, habló con ellos, las manos en los bolsillos, la cara como un disco brillante, como una bandeja puesta de canto a la luz de una lámpara. Los congresistas gritaban: «¡Bien dicho!», y en el debate posterior se refirieron con solemnidad a «nuestro amigo y hermano George F. Babbitt». En quince minutos el insignificante delegado se había convertido en un personaje casi tan conocido como aquel diplomático de los negocios, Cecil Rountree. Después de la sesión, delegados de todas partes se acercaban a él y le decían: «¿Qué hay, hermano Babbitt?». Dieciséis completos desconocidos lo llamaron «George», y tres señores le llevaron a un rincón para decirle en secreto: «Me complace mucho que haya tenido usted el valor de subir a la plataforma y dar un buen empuje a la profesión. Ahora bien: yo siempre he sostenido...».

A la mañana siguiente, Babbitt pidió en el estanco del hotel los periódicos de Zenith. *La Prensa* no traía nada, pero el *Advocate Times*, en tercera plana... Se le cortó la respiración. Habían publicado su retrato y una reseña de media columna. El título era «Sensación en la Convención Anual de Agentes Inmobiliarios. G. F. Babbitt, preeminente vecino de Zenith, da la nota fundamental con un admirable discurso».

—Supongo —murmuró reverentemente— que ahora ciertos vecinos de Floral Heights tomarán nota y le prestarán un poco de atención a George Babbitt.

7

Era la última reunión. Los delegados exponían sus pretensiones. Todos querían que el concurso del año siguiente se celebrara en la ciudad que representaban. Los oradores anunciaban que «Galop de Vache, la capital, con su Kremer College y su fábrica de géneros de punto, era el centro reconocido de la cultura y del progreso», y que «Hamburg, la pequeña gran ciudad donde cada hombre es un camarada y cada mujer una angelical ama de casa, os abrirá de par en par sus hospitalarias puertas».

Las puertas del salón de baile se abrieron en medio de estas tímidas invitaciones, y al son de formidables trompetazos irrumpió una cabalgata formada por los delegados de Zenith, vestidos de vaqueros, de jinetes a pelo, de malabaristas japoneses. A la cabeza iba Warren Whitby, con el gorro de piel de oso y la casaca de tambor mayor. Tras él, vestido de payaso, golpeando un bombo y alborotando mucho, marchaba Babbitt.

Warren Whitby subió de un salto a la plataforma, lució sus habilidades golpeando la batuta, y dijo:

—Respetable público, ha llegado el momento de abordar seriamente la cuestión. Todo zenithita puro siente un gran amor por el prójimo, pero, no obstante, hemos decidido arrebatar esta convención a nuestras ciudades vecinas, del mismo modo que les hemos arrebatado la industria de leche condensada y la industria de cajas de cartón, y...

J. Harry Barmill, el presidente de la convención, insinuó:

—Le estamos muy agradecidos, señor... eh... pero ahora hay que dejar a los otros que hagan sus ofertas.

Una voz de sirena bramó:

—En Eureka prometemos excursiones gratis por la más hermosa campiña...

Dando palmadas y corriendo por entre las butacas, un hombrecillo calvo gritó:

—¡Yo soy de Sparta! ¡Nuestra Cámara de Comercio me ha telegrafiado que han aportado ocho mil dólares, en dinero contante y sonante, para las fiestas de la convención!

Un señor de aspecto clerical rugió, dominando el griterío:

—¡El dinero habla! ¡Supongo que aceptamos la oferta de Sparta!

Se aceptó.

8

El comité de resoluciones estaba haciendo su informe. Dijeron que, pues Dios Todopoderoso, en su infinita clemencia, se había dignado ascender a una esfera de mayor utilidad a treinta y seis colegas del año pasado, la convención reunida deseaba expresar su pesar porque Dios lo hubiera hecho, y el secretario debía ser y era informado de que debía extender estas resoluciones en las actas, y que para consuelo de las atribuladas familias enviara a cada una de ellas una copia.

La segunda resolución autorizaba al presidente de la A. E. J. I. a gastar quince mil dólares en trabajarse a la legislatura del Estado para conseguir una rebaja en las contribuciones. Antes de tomar esta resolución hubo mucho que decir acerca de las amenazas al honrado comercio y acerca de la urgencia de dejar libre de obstáculos el camino del progreso.

El comité de los comités hizo también su informe, y con reverente pavor Babbitt oyó que había sido nombrado miembro del Comité de Títulos Torrens.

—¡Ya decía yo —exclamó, alborozado— que este iba a ser

el gran año! Vaya, Georgie, grandes cosas te esperan. Tienes dotes de orador y eres hombre sociable y... ¡la leche!

9

No se había preparado festejo ninguno para la última noche. Babbitt proyectaba volver a su casa, pero aquella tarde Jered Sassburger y su esposa, de Pioneer, propusieron que Babbitt y W. A. Rogers tomaran el té con ellos en el hotel Catalpa.

Las reuniones para tomar el té no eran desconocidas para Babbitt (su mujer y él asistían por lo menos dos veces al año), pero eran lo bastante exóticas para que aquello le hiciera sentirse importante. En una mesa de la Sala del Arte, decorada con conejos pintados, divisas grabadas en corteza de abedul y camareras artísticamente vestidas de holandesas, comió unos insuficientes sándwiches de lechuga, y bromeó de lo lindo con la señora Sassburger, que, por sus ojos rasgados y su piel tersa, parecía un maniquí. Sassburger y él se habían conocido dos días antes, de modo que ya se llamaban respectivamente Georgie y Sassy.

—Oigan, antes de que se vayan, en vista de que esta es la última ocasión, han de saber ustedes que tengo eso arriba en mi habitación, y que aquí Miriam hace los mejores cócteles de los Stati Unidos, como decimos los italianos.

Haciendo muchos aspavientos, Babbitt y Rogers subieron a la habitación de los Sassburger.

—¡Huy, perdonen ustedes! —chilló la señora Sassburger cuando vio que había dejado sobre la mesa una blusa de crespón color lila translúcido.

La metió a toda prisa en un saquito de mano mientras Babbitt decía, conteniendo la risa:

—No se preocupe usted; nosotros somos un par de pícaros.

Sassburger pidió hielo por teléfono, y el botones que lo trajo dijo prosaica y espontáneamente:

—¿Vasos para combinados o para cócteles?

Miriam Sassburger mezcló los cócteles en una de esas fúnebres jarras blancas que solo existen en los hoteles. Cuando acabaron la primera ronda, demostró que, aunque era una mujer, conocía perfectamente el arte de beber cócteles, cuando dijo:

—¿Se atreven con otro...? Les corresponde a ustedes un dividendo.

Cuando salieron, Babbitt propuso a Rogers:

—Oye, W. A., viejo tunante, se me ocurre que no me importaría que, en lugar de volvernos con nuestras queridas esposas esta hermosa *Abend*, nos quedáramos de fiesta en Monarch, ¿eh?

—George, hablas con la lengua de la sabiduría y de la sagaciteriferosidad. La mujer de Elbert Wing se ha ido ya a Pittsburg. Vamos a ver si lo pescamos.

A las siete y media estaban sentados en un cuarto con Elbert Wing y otros dos delegados. Se habían quitado la chaqueta y tenían los chalecos desabrochados y las caras rojas. Sus voces eran enfáticas. Estaban terminando una botella de corrosivo whisky y le suplicaban al botones: «Oye, ¿puedes proporcionarnos un poco más de este fluido de embalsamamiento?». Fumaban largos puros y tiraban la ceniza y las colillas en la alfombra. Contaban anécdotas con grandes carcajadas. Eran, en una palabra, hombres en el feliz estado de naturaleza.

—No sé qué pensaréis vosotros, buenas piezas, pero a mí me gusta una juerguecita de cuando en cuando, y subirme un par de montañas, y trepar al Polo Norte, y pasearme con la aurora boreal tremolando alrededor.

El de Sparta, un joven grave y violento, murmuró:

—Yo me creo tan buen marido como el que más, pero estoy tan cansado de meterme en casa todas las noches, y no poder ver más que el cine... Por eso hago la instrucción con la Guardia Nacional. Supongo que tengo la mujer más bonita de la ciudad, pero... ¿saben ustedes lo que quería ser de pequeño? Quería ser un gran químico. Sí, eso es lo que yo quería ser. Pero mi padre me mandó a vender cacharros de cocina, y aquí me tenéis estancado para toda la vida... ¡No hay esperanza! ¡Ah!, ¿quién demonios ha empezado esta conversación tan fúnebre? Qué, ¿echamos otro traguito? Otro traggguito no nos sentaría mmmmmmmmaaaaaal...

—Sí. Fuera tristezas —dijo W. A. Rogers genialmente—. ¿Sabéis que yo soy el poeta de mi ciudad? ¡Vamos...! ¡A cantar!

> *Dijo el viejo Obadías al joven Obadías:*
> *«Seco estoy, Obadías, seco estoy».*
> *Y el joven Obadías le dijo al viejo Obadías:*
> *«También yo, Obadías, también yo».*

10

Cenaron en el comedor morisco del hotel Sedkwick. Sin saber cómo ni dónde, se les habían agregado otros dos camaradas: un fabricante de papel matamoscas y un dentista. Bebieron todos whisky en tazas de té. Estaban de buen humor y ninguno escuchaba lo que los otros decían, excepto cuando W. A. Rogers le tomó el pelo al camarero italiano.

—Oye, Gusepy —le dijo inocentemente—. Yo quiero un par de orejas de elefante fritas.

—Lo siento, señor, no tenemos.

—¿Cómo? ¿No hay orejas de elefante? ¡Qué te parece! —Y volviéndose hacia Babbitt añadió—: ¡Aquí Pedro dice que se han acabado las orejas de elefante!

—¡Hombre, qué contrariedad! —dijo el joven de Sparta conteniendo difícilmente la risa.

—Bueno, en ese caso, Carlo, tráeme un bistec bien grande con dos fuentes de patatas fritas y guisantes —continuó Rogers—. Supongo que, allá en la vieja y soleada Italia, los italianos comerán guisantes en lata.

—No, señor; tenemos muy buenos guisantes en Italia.

—¿Ah, sí? ¿Has oído, George? ¡En Italia tienen guisantes frescos! Todos los días se aprende algo nuevo. Muy bien. Garibaldi; tráeme ese bistec con dos resmas de tubérculos fritos en la cubierta de paseo, *¿comprenez-vous*, Michelovitch Angeloni?

Despúes Elbert Wing exclamó con admiración:

—¡Ja, ja!, lo has dejado atontado, W. A. ¡El pobre no entendía ni jota!

En el *Heraldo de Monarch*, Babbitt encontró un anuncio que leyó en voz alta entre risas y aplausos:

VIEJO TEATRO COLONIAL.

Sacudan los pies y vengan a ver *LAS NIÑAS TRAVIESAS*. Bonita Bandada de Bellas Bañistas del *Burlesque*. Pete Menutti y sus ¡Huy, qué nenas!

Escucha un buen consejo, Benny, las nenitas indoloras de las Niñas Traviesas son la panda más adorabilísima que ha llegado jamás a la ciudad. No te lo pienses más, coge la entrada y enfoca bien las pupilas. Es la función más pistonuda que se ha visto. Sacará usted el 111 por ciento de la pasta que le hagan soltar. Las hermanas Calroza son dos bombones y te aseguro que te harán amortizar tus dólares. Con Jock Silbersteen, un gracioso saladísimo, se desternillará usted de risa. ¡Y hay que ver cómo bailan claqué Jackson y West! Son el 1 y el 2. Provin y Adams le harán olvidar sus penas con el descacharrante número de blues «¡Adiós, tú!». Imprescindible, muchachos. Se lo dice un pajarito que está al día.

—El anuncio promete. ¡Vamos allá todos! —dijo Babbitt. Pero retardaron la salida lo más que pudieron. Estaban seguros allí sentados, con las piernas bien cruzadas bajo la mesa, pero se sentían vacilantes; tenían miedo de aventurarse por el resbaladizo suelo del comedor a la vista de los otros huéspedes y de los camareros demasiado mirones.

Al fin se lanzaron, tropezando con las mesas al salir. En el guardarropa trataron de disimular su turbación riendo jovialmente.

Cuando la chica les alargó los sombreros, le sonrieron con la esperanza de que ella, juez experto e imparcial, comprendiera que eran caballeros. Se decían croando unos a otros: «¿De quién es este andrajo?»; «Tú quédate uno bueno, George; yo me quedo con lo que sobre».

Y a la chica del guardarropa le dijeron tartamudeando:

—Vente con nosotros, hermana. ¡La noche es joven!

Todos trataron de darle una propina al mismo tiempo.

—¡No! ¡Espera! ¡Yo tengo!

En total le dejaron tres dólares.

11

Sentados en un palco del teatro con los pies sobre la barandilla, fumaban ostentosamente largos puros mientras en el escenario un coro de veinte respetables ancianas, pintarrajeadas y preocupadas, ejecutaban las más elementales coreografías, y un cómico judío se burlaba de los judíos. En los entreactos se encontraron con otros delegados que habían ido solos. Diez o doce de ellos fueron juntos a un cabaret adornado con flores de papel, un local bajo de techo y maloliente, como un establo de vacas que ya no cuidan bien.

Allí el whisky se servía descaradamente en vasos. Dos o tres empleados, que en los días de paga querían pasar por millonarios, bailaban tímidamente con telefonistas y manicuras en el estrecho espacio que dejaban las mesas. Los dos profesionales giraban vertiginosamente, él pulcramente vestido de etiqueta, y la chica, de seda esmeralda, con una melena flotante que parecía de llamas. Babbitt trató de bailar con ella. Demasiado voluminoso para dejarse guiar, arrastraba los pies sin hacer caso de la música, y se habría caído de no haberlo sostenido su pareja. El alcohol de la Prohibición lo había dejado ciego y sordo; no podía ver las mesas ni las caras. Pero se sentía subyugado por la muchacha, por el calor de su cuerpo flexible.

Cuando ella lo llevó de vuelta a su grupo, Babbitt, por una inexplicable asociación de ideas, recordó que su madre era escocesa, y echando la cabeza hacia atrás, con los ojos cerrados y la boca abierta, cantó como en éxtasis, muy lentamente y a todo volumen, «Loch Lomond».

Pero aquí acabó su dulce y alegre camaradería. El joven de Sparta dijo que era «un cantante pésimo», y durante diez minutos Babbitt discutió con él con una indignación tan heroica como estruendosa. Siguieron pidiendo más bebidas hasta que el gerente se empeñó en cerrar el local. Mientras tanto, Babbitt sentía un deseo irrefrenable de diversiones más brutales. Cuando W. A. Rogers propuso: «Qué, ¿vamos a ver a las chicas?», dio salvajes gritos de aprobación. Antes de salir, tres de ellos se dieron cita en secreto con la bailarina profesional, que contestó: «Sí, cariño, desde luego», a todo lo que le dijeron, y amablemente los olvidó.

Cruzaron en automóvil los arrabales de Monarch, calles con casitas de madera para obreros, tan sin carácter como celdas, barrios industriales que de noche tenían un aspecto vasto y peligroso. Conforme se acercaban a las luces rojas, a los violentos pianos automáticos, a las mujeres fornidas de afectada sonrisa, Babbitt sentía miedo. Quería saltar del taxi, pero todo su cuerpo ardía, y murmuró: «Ya no es posible volverse atrás», sabiendo que no quería volverse atrás.

En el camino ocurrió un incidente humorístico. Cierto congresista de Minnemagantic dijo:

—En Monarch se puede uno divertir un rato más que en Zenith. Vosotros en Zenith no tenéis sitios como estos.

—¡Mentira! —dijo Babbitt—. En Zenith hay de todo. Nosotros tenemos, creedme, más casas y más bares y más burdeles que ninguna ciudad de este estado.

Se dio cuenta de que los otros se reían de él; tuvo ganas de pelearse; y se olvidó de ello realizando ciertos tristes e insatisfactorios experimentos que no practicaba desde sus tiempos de estudiante.

Por la mañana, cuando volvía a Zenith, sus ansias de rebelión estaban parcialmente satisfechas. Había retrocedido a una alegría que lo avergonzaba. Estaba irritado. No sonrió cuando W. A. Rogers dijo, en tono de queja:

—¡Oh, qué cabeza! ¡Me siento malo, peor que malo! ¡Ah, ya sé lo que ha pasado! Alguien me echó alcohol en el whisky anoche.

De la excursión de Babbitt su familia no se enteró nunca, ni nadie en Zenith excepto Rogers y Wing. Ni siquiera la reconoció oficialmente él mismo. Si tuvo alguna consecuencia, no ha sido descubierta.

XIV

1

Aquel otoño, un tal W. G. Harding, de Marion, Ohio, fue elegido presidente de Estados Unidos, pero Zenith se interesaba menos por la campaña nacional que por las elecciones locales. Seneca Doane, aunque abogado y graduado por la Universidad del Estado, se presentaba para alcalde de Zenith en una alarmante candidatura laborista. Para oponérsele, los demócratas y los republicanos se unieron y apoyaron a Lucas Prout, un fabricante de colchones con un perfecto historial de sentido común. Prout contaba con el apoyo de los bancos, de la Cámara de Comercio, de todos los periódicos decentes y de George F. Babbitt.

Babbitt era el delegado de distrito en Floral Heights, pero aquella zona estaba segura y él quería pelea. Su discurso le había dado cierta reputación de orador, de modo que el comité central republicano-demócrata lo envió al séptimo distrito y al sur de Zenith para que dirigiera la palabra a pequeñas audiencias de obreros, dependientes de comercio y mujeres, que estaban incómodas con su recién adquirido derecho a votar. Su fama duró semanas. De cuando en cuando se presentaba un reportero en los mítines, y los titulares (aunque no muy grandes) indicaban que George F. Babbitt se había dirigido a una

Multitud Vitoreante, y que el Distinguido Hombre de Negocios había señalado las falacias de Doane. Una vez, en la sección ilustrada del *Advocate Times*, edición del domingo, salió una fotografía de Babbitt con otros doce hombres de negocios, encabezada por el siguiente título: LÍDERES DE LAS FINANZAS Y EL COMERCIO DE ZENITH QUE APOYAN A PROUT.

Merecía su gloria. Era un excelente propagandista. Tenía fe. Estaba convencido de que, si Lincoln viviera, pediría el voto para W. G. Harding —a menos que viniera a Zenith y apoyara a Lucas Prout—. No confundía al auditorio con estúpidas sutilezas: Prout representaba la industria honrada, Seneca Doane representaba la gandulería lastimera, y luego el votante debía decidir. Con sus anchos hombros y su voz vigorosa, era evidentemente un Hombre de Bien, y lo más raro es que realmente amaba al pueblo. Casi, casi, hasta a los mismos obreros. Deseaba sinceramente que tuvieran buenos salarios y que pudieran pagar alquileres altos... aunque, claro está, no debían estorbar las razonables ganancias de los accionistas. Así que, noblemente dotado, y excitadísimo por haber descubierto que era una orador nato, era muy popular con las audiencias y avanzó con fierza con la campaña, famoso no solo en el séptimo distrito y en el octavo, sino hasta en algunos lugares del dieciséis.

2

Apretados en el coche, fueron hacia Turnverein Hall, Babbitt, su mujer, Verona, Ted, Paul y Zilla. El local estaba en una calle bulliciosa y llena de tranvías, que olía a cebolla, a gasolina y a pescado frito. Todos sentían un gran respeto por Babbitt, todos, incluso Babbitt.

—No sé cómo puedes resistir hablando en tres sitios cada noche. Ya quisiera yo tener tus fuerzas —dijo Paul.

Y Ted le dijo a Verona:

—¡La verdad es que papá sabe cómo manejar a estos paletos!

En las anchas escaleras que conducían a la sala descansaban hombres con camisas de satén negro, las caras recién lavadas pero con señales de mugre bajo los ojos. Babbitt y los suyos se abrieron paso entre ellos cortésmente y entraron en el blanqueado local, en cuyo testero había un trono de felpa roja y un altar de pino pintado de azul, como el que usan cada noche los máximos potentados y los jefes supremos de innumerables logias. La sala estaba llena. Cuando Babbitt se abrió paso entre los grupos que había al fondo, oyó voces que exclamaban: «¡Es él!», el más precioso elogio que se puede tributar. El presidente, corriendo entre las butacas, preguntó sensacionalmente:

—¿El orador? ¡Todo está listo! Espere... ¿Usted se llama?

Luego Babbitt se sumergió en un mar de elocuencia:

—Señoras y señores del distrito dieciséis: hay un hombre que puede honrarnos con su presencia esta noche, el político más fiel que pisa la arena, me refiero a nuestro líder, el honorable Lucas Prout, portaestandarte de la ciudad y del condado de Zenith. Puesto que no está él aquí, confío en que seréis indulgentes conmigo si, como amigo y vecino, como quien se enorgullece de compartir con vosotros la gloria común de residir en la gran ciudad de Zenith, os digo con todo el candor, honradez y sinceridad posibles lo que de las consecuencias de esta crítica campaña piensa un simple hombre de negocios, un hombre que, criado en la bendición de la pobreza y del trabajo manual, no ha olvidado nunca, ni cuando el destino lo condenó a la vida sedentaria, lo que es levantarse a las cinco y media de la mañana para estar en la fábrica, con su fiambrera en la mano, a las siete en punto, eso si al dueño no se le ocurría robarnos diez minutos tocando la sirena antes —(risas)—. Viniendo ahora a la cuestión básica y fundamental de esta campaña, el gran error, malévolamente propalado por Seneca Doane...

Hubo proletarios que se rieron (jóvenes cínicos, en su mayoría extranjeros, judíos, suecos, irlandeses, italianos), pero los hombres maduros, los pacientes, descoloridos y encorvados carpinteros y mecánicos, lo vitorearon, y, cuando llegó el momento de colocar su anécdota de Lincoln, los ojos estaban húmedos.

Modestamente, apresuradamente, salió de la sala entre deliciosos aplausos, y montó en su coche para acudir al tercer mitin de la noche.

—Coge tú el volante, Ted —dijo—. Estoy agotado de tanto discurso. ¿Qué te ha parecido, Paul? ¿Me he hecho con ellos o no?

—¡Formidable! ¡Colosal! ¡Has estado amenísimo!

—¡Oh, admirable! —corroboró la señora Babbitt con veneración—. Tan claro y tan interesante... Y ¡qué ideas! Hasta que no te oigo un discurso no me doy cuenta de la profundidad de tus pensamientos y del maravilloso vocabulario que posees. ¡Espléndido, espléndido!

Pero Verona estaba irritante.

—Papá —dijo—, ¿cómo sabes tú que la propiedad pública y otras cosas por el estilo serán siempre un fracaso?

—Rona —la reprendió la señora Babbitt—, deberías comprender que estando tu padre tan cansado de hablar no va a ponerse ahora a explicar esas complicadas cuestiones. Estoy segura de que cuando descanse lo hará con sumo gusto. Conque a ver si nos callamos mientras papá se dispone para el otro discurso. ¡Figuraos! ¡En este momento estará el público entrando en el Maccabee Temple y esperándonos!

3

Lucas Prout y los Negocios Honrados derrotaron a Seneca Doane y a la Lucha de Clases. Zenith se salvó otra vez. A Babbitt le ofrecieron varios puestos de trabajo menores para que los distribuyera entre los parientes necesitados, pero él prefirió que le dieran información privilegiada acerca de la extensión de las carreteras asfaltadas, y la agradecida administración se la facilitó inmediatamente. Además, él fue uno de los diecinueve únicos oradores en la comida con que la Cámara de Comercio celebró el triunfo de la rectitud.

Establecida su reputación como orador, pronunció el discurso anual en el banquete de la Asociación Estatal de Juntas Inmobiliarias de Zenith. El *Advocate Times* reseñó este discurso con inusitada longitud:

Uno de los banquetes más animados que se han dado recientemente ha sido el de la Asociación Estatal de Juntas Inmobiliarias, celebrado anoche en el Salón Veneciano de la casa de los O'Hearn. El anfitrión, Gil O'Hearn, había echado el resto, como de costumbre, y los allí reunidos se regalaron con una procesión de platos que solo se ven, si acaso, en los festines de Nueva York, y regaron la opípara comida con la bebida que inspira y no embriaga: sidra de la granja de Chandler Mott, presidente de la junta, que estuvo tan ingenioso y tan activo como siempre.

Como el señor Mott tenía la garganta algo irritada, G. F. Babbitt habló en su lugar. Además de bosquejar a grandes rasgos el progreso de los títulos Torrens, el señor Babbitt dijo, entre otras cosas, lo siguiente:

«Al levantarme para dirigirles la palabra, con mi improvisación cuidadosamente guardada en el bolsillo del chaleco, recuerdo la historia de los irlandeses Mike y Pat, que viajaban en un coche cama. Los dos eran, olvidaba decirlo, marineros de la Marina. Según parece, a Mike le tocó la litera de abajo y de cuando en cuando oía en la de arriba un formidable crujido. Cuando preguntó a gritos qué pasaba, Pat contestó: "¿Cómo demonios quieres que duerma? ¡He estado tratando de meterme en esta

condenada hamaca pequeñita desde las ocho campanadas!".
Quería acostarse en la rejilla para las maletas.

»Ahora bien, señores: en presencia de ustedes yo me siento poco más o menos como Pat, y quizá después de haber perorado un poco me sienta tan pequeño que pueda acostarme en una rejilla sin ningún trabajo.

»Señores, me complace que cada uno en esta fiesta anual donde amigo y enemigo, soltando el hacha de combate, dejan que las olas del compañerismo los mezan sobre las floridas playas de la amistad; me complace, digo, que nos reunamos aquí, ciudadanos de la mejor ciudad del mundo, a considerar en qué situación nos encontramos, respecto de nosotros mismos y del público bienestar.

»Es verdad que a pesar de nuestros trescientos sesenta y un mil, en realidad trescientos sesenta y dos mil habitantes, hay, según el último censo, una veintena de ciudades más grandes en Estados Unidos. Pero, señores, si en el próximo censo no nos plantamos por lo menos en el décimo lugar, entonces yo seré el primero en pedir a cualquier detractor que me dé de palos. Cierto que Nueva York, Chicago y Filadelfia seguirán llevándonos ventaja en tamaño. Pero fuera de esas tres ciudades, tan excesivamente desarrolladas que ningún hombre decente, nadie que ame a su mujer y a sus hijos, nadie que admire la naturaleza de Dios, nadie que conozca el placer de estrechar la mano de su vecino, quisiera vivir en ellas (y aquí mismo les diré a ustedes que yo no cambiaría uno de los elegantes desarrollos urbanísticos de Zenith por Broadway, con toda su longitud y toda su anchura)... Aparte de esas tres, digo, es evidente, para todo el que tenga la cabeza en su sitio, que Zenith es el más bello ejemplo de la vida y de la prosperidad de Estados Unidos que puede encontrarse.

»No quiero decir que seamos perfectos. Nos queda aún mucho que hacer en cuanto a pavimentación de bulevares, porque, créanme ustedes, es el individuo que gana de cuatro a diez mil dólares anuales, el individuo que puede comprar a su familia un automóvil y una casita en las afueras de la ciudad, el que hace girar las ruedas del progreso.

»Ese es el tipo de hombre que impera en Estados Unidos hoy día; de hecho, es el tipo ideal para el mundo entero, si es que este viejo planeta aspira a un porvenir decente, próspero y cristiano. Yo, de cuando en cuando, me pongo a pensar en ese fuerte ciudadano americano con enorme satisfacción.

»Nuestro ciudadano ideal... Yo me lo represento, ante todo, como un hombre de muchos quehaceres, que no pierde el tiempo pensando en las musarañas o andando de aquí para allá, en tés y reuniones, o metiéndose en asuntos ajenos, sino que pone todas sus energías en una tienda, en una profesión o en un arte. Por la noche enciende un buen puro, monta en su coche, maldice un poco, tal vez, el carburador, y se va a casita. Corta el césped o se ejercita en el golf, y luego a cenar. Después les cuenta un cuento a los chicos, o va al cine con toda la familia, o echa una partidita de bridge, o lee el periódico de la noche, y un capítulo o dos de una buena novela del Oeste, si le gusta la literatura; esto cuando no vienen los vecinos que viven en la casa de al lado a hablar de los amigos y de los acontecimientos del día. Luego se va a la cama con la conciencia tranquila, después de haber contribuido su poquito a la prosperidad de la ciudad y de su cuenta corriente.

»En política y religión, este cuerdo ciudadano es el hombre más sensato del mundo, y en materia de arte tiene invariablemente un gusto natural que le hace siempre escoger lo mejor. En ningún país del globo se encuentran en las paredes de las casas particulares tantas reproducciones de los antiguos pintores como en Estados Unidos. Ningún país tiene tal número de gramófonos, con discos no solo de música ligera, sino de las mejores óperas, las de Verdi, por ejemplo, interpretadas por los cantantes que más dinero cobran.

»En otros países, tanto el arte como la literatura son solo para bohemios andrajosos que viven en buhardillas y se alimentan de licor y espaguetis, pero, en Estados Unidos, ni el literato ni el pintor pueden distinguirse de cualquier otro negociante decente, y yo, por mi parte, estoy muy contento de que el hombre que posee la rara habilidad de sazonar lo que tiene que decir, y que muestra resolución y espíritu para negociar sus efectos literarios, gane sus cincuenta mil dólares al año y pueda tratarse con los magnates del comercio en términos de perfecta igualdad y tener una casa tan grande y un automóvil tan caro como cualquier capitán de la industria. Pero no olviden que es el hombre vulgar que yo acabo de pintarles el que con su aprobación ha hecho esto posible, y por eso es menester darle igual mérito que a los mismos autores.

»Finalmente, y he aquí lo importante, nuestro ciudadano modelo, aunque sea soltero, es amante de los pequeñines, un defensor del hogar, que es y será, ahora y siempre, la base de nuestra civilización y la cosa que más nos diferencia de las decadentes naciones europeas.

»Yo no he estado aún en Europa (y, en realidad, no sé si tengo muchas ganas de ir, mientras me queden por ver tantas de nuestras grandes ciudades y montañas), pero, por lo que me figuro, debe de haber bastantes personas como nosotros en el viejo mundo. Y, de hecho, uno de los más entusiastas rotarios que jamás he conocido jaleaba nuestros principios pronunciando las erres de una forma que olía a la linda Escocia y a las lindas márgenes de los ríos de Bobby Burns. Pero, al mismo tiempo, una cosa que nos distingue de nuestros colegas de por allá es que ellos se complacen en escuchar a los periodistas y a los políticos, mientras que el moderno negociante americano sabe arreglárselas por sí mismo y tiene claro que está determinado a mandar y no a que le manden. No tiene que pedir la ayuda de ningún sabelotodo a sueldo cuando tiene que responder a los malintencionados críticos de la vida sana y eficiente. No es idiota, como el comerciante a la antigua. Tiene vocabulario y decisión.

»Con toda modestia, yo querría ponerme aquí en pie como hombre de negocios representativo y susurrar suavemente: "¡He aquí uno de los nuestros, amigos! ¡He aquí las características del ciudadano estadounidense modelo! He aquí la nueva generación de estadounidenses: hombres de pelo en pecho, con la risa en los labios y la máquina de sumar en la oficina. No es jactancia, pero queremos ser los primeros, y vosotros, los que no estéis conformes, ¡cuidado...!, mejor haríais en buscar refugio antes que la tormenta descargue".

»En fin. A mi modo torpe, he tratado de bosquejar al hombre cabal, al hombre activo y arrojado. Y es por tener una gran proporción de tales hombres por lo que Zenith es la más estable y la más admirable de nuestras ciudades. Nueva York tiene también millares de individuos semejantes, pero Nueva York, con sus infinitos extranjeros, es una ciudad maldita. Como lo son Chicago y San Francisco. Pero ¡oh, señores!, tenemos una dorada lista de ciudades: Detroit y Cleveland, con sus renombradas fábricas; Cincinnati, con sus manufacturas de herramientas y de jabón; Pittsburg y Birmingham, con sus fundiciones de acero; Kansas City y Minneapolis y Omaha, que abren sus generosas puertas a un océano de trigales, y otras innumerables ciudades hermanas, pues, según el último censo, existen nada menos que sesenta y ocho ciudades en Estados Unidos cuya población pasa de las cien mil personas. Y todas estas ciudades se mantienen unidas contra las ideas extranjeras y contra el comunismo: Atlanta con Hartford; Rochester con Denver; Milwaukee con Indianápolis; Los Ángeles con Scranton; Portland, Maine, con Portland, Oregón. Un tipo espabilado de Baltimore o de Seattle o de Duluth se siente hermano gemelo de cualquier avispado de Buffalo o de Akron, de Fort Worth o de Oskaloosa.

»Pero es aquí, en Zenith, la patria de los hombres viriles y de las mujeres femeninas, donde se halla, en proporción, un mayor número de esos individuos, y por eso Zenith constituye una clase aparte; por eso la historia recordará nuestra ciudad como iniciadora de una civilización que perdurará cuando los viejos métodos hayan desaparecido para siempre y el sol del trabajo honrado y eficaz alumbre toda la redondez del mundo.

»No pierdo la esperanza de que algún día la gente dejará de atribuir todo el mérito a esos anticuados, apolillados, enmohecidos y viejos vertederos europeos, y reconocerá el valor del espíritu de Zenith, esa batalladora determinación de tener éxito, que ha hecho a nuestra ciudad famosa en todos los climas y en todos los países donde se conocen las latas de leche condensada y las cajas de cartón. Créanme ustedes: el mundo tiene demasiada fe en esas decrépitas naciones que no producen más que limpiabotas, licores y ruinas artísticas, que no tienen un cuarto de baño para cada cien personas, y que no saben distinguir un libro de cuentas de un calendario; y ya es hora de que algún zenithita levante la voz y exija que se pongan las cosas en claro.

»Sí, señores, Zenith y sus ciudades hermanas están creando una nueva civilización. Hay, sin duda, gran semejanza entre Zenith y esas otras ciudades. ¡Mejor que mejor! La extraordinaria, creciente y sana uniformidad de las tiendas, de las oficinas, de las calles, de los hoteles, de los trajes y de los periódicos por todo Estados Unidos demuestra que nuestro tipo es tan fuerte como perdurable.

»Siempre me gusta recordar una composición que Chum Frink escribió para los periódicos sobre sus *tournées* de conferenciante. Sin duda muchos de ustedes la conocen, pero, de todos modos, voy a leerla contando con su permiso. Es ya un poema tan clásico como "Si", de Kipling o "El hombre que merecía la pena", de Ella Wheeler Wilcox, y yo siempre lo llevo en la cartera:

Cuando de pueblo en pueblo voy, poeta-buhonero que soy, tarareando algún cantar si no hay tabaco que mascar, cuando en liceos y en algún casino ofrezco al buen tuntún mi surtido de buen humor, cuentos subidos de color, bromas y chistes de astracán, entre tanto pelafustán, me siento un hombre superior. Entonces salta Lucifer (viejo y astuto canciller del Infierno, que en un rincón está esperando la ocasión), sacude el rabo y helo aquí probando mañas contra mí. Me afeita en seco el muy truhan, me deja más solo que un can, y, los domingos que no están los amigos alrededor, mi soledad es aún mayor. Y entonces quisiera, ¡pardiez!, no hablar en público otra vez, ni fumar brevas de postín, ni viajar en grande, que, al fin, mejor estoy en mi lugar, donde puedo siempre almorzar jamón y pisto, ¡no que no!, con quienes saben quién soy yo.

Mas, si siento esa murria cruel, me meto en el mejor hotel de la villa, esté donde esté, San Paul, Toledo o K. C. en Washington, Schenectady, en Louisville o en Albany. Allí me encuentro siempre igual que en mi amado pueblo natal. Y si a la puerta de ese hotel para viajantes de cartel tengo por fuerza que aguardar frente a algún cine popular, cuando miro a mi alrededor me pregunto con estupor en qué ciudad me encontraré; y, ¡vive Dios!, que no lo sé. Porque la alegre multitud que por la calle, toda luz, circula, viste igual que mis paisanos; todas las mujeres lucen idénticas *toilés*, con los mismos sombreros yes; y ellos, patatán, patatín, discuten y charlan sin fin, de política, de fútbol y del contrabando del alcohol. ¡La conversación general que se oye en mi pueblo natal!

"¡Vaya, vaya!", al punto exclamé, cuando en el tal hotel entré, pues, al mirar en derredor, vi que allí vendían también revistas, puros de chipén, y bombones de la mejor marca que existe; sí, señor. Y era un público tan barbián, tan simpático y tan cortés, el que había en el restaurante, despachando buenos *bines*, que a voces dije: "¡En realidad, no he salido de mi ciudad!". Bien repleto bajé al salón y tomé asiento en un sillón, junto a un fulano de bombín, y le espeté: "Diga, Martín, sus acciones, ¿suben o no?". Y, sin más ni más, él y yo, nos enredamos a charlar tranquilamente, como un par de compinches, que si el calor, que si el coche, que si el amor, que si esto y lo de más allá, hasta la muerte amigos ya. Conque si intenta Belcebú jugarte algún bromazo, tú le haces la higa y se acabó, porque en este país, gachó, por mucho que andes no saldrás de tu patria chica jamás.

»Sí, señores; esos otros pueblos son nuestros compañeros de juego en la gran partida del vivir. Pero no caigamos por eso en un error. Yo sostengo que Zenith es el mejor jugador y el que más gana de toda la pandilla. Confío en que me perdonarán si traigo unas estadísticas en apoyo de mis pretensiones. Quizá alguno de ustedes las conozca ya de antiguo, pero, no obstante, las noticias de la prosperidad, como la buena nueva de la Biblia, no pueden nunca ser aburridas para los oídos de ningún entusiasta, por mucho que se repitan. Toda persona inteligente sabe que Zenith fabrica más leche condensada, más nata en polvo, más cajas de cartón y más accesorios eléctricos que ninguna otra población, no solo de Estados Unidos, sino del mundo entero. Pero no es tan generalmente conocido que también ocupamos el segundo lugar en la manufactura de mantequilla empaquetada, el sexto en el gigantesco dominio de los motores y los automóviles, y el tercero o el cuarto en la fabricación de queso, objetos de cuero, material para techados, productos alimenticios para el desayuno y monos de trabajo para mecánicos.

»Nuestra grandeza, sin embargo, radica no solo en la prosperidad material, sino también en ese espíritu público, en ese idealismo emprendedor, en esa confraternidad que ha caracterizado a Zenith desde su fundación. Tenemos no el derecho, sino el deber de propalar a los cuatro vientos las excelencias de nuestra urbe, nuestras escuelas mejor instaladas y mejor ventiladas que las de ninguna otra población, sin exceptuar ninguna; nuestros magníficos hoteles y bancos, con sus pinturas y sus vestíbulos de mármol, y la Segunda Torre Nacional, la número dos en altura entre las ciudades del interior. Cuando añado que nadie nos iguala en la pavimentación de calles ni nos supera en cuartos de baño, aspiradoras y demás símbolos de civilización;

que nuestra biblioteca y nuestro museo tienen una buena dotación y se hallan instalados en edificios apropiados y espaciosos; que nuestros parques, con sus hermosos paseos adornados con arbustos y estatuas no tienen rival; entonces, señores, no hago más que dar una ligera idea de la ilimitada grandeza de Zenith.

»Yo soy partidario, sin embargo, de hacer lo bueno mejor. Cuando les recuerdo que tenemos un automóvil por cada cinco habitantes y siete octavos, les doy una prueba definitiva del progreso y de la capacidad que son sinónimos de Zenith.

»Pero el camino de la virtud no es todo de rosas. Antes de terminar debo llamarles la atención sobre un problema que tenemos que afrontar este próximo año. La peor amenaza para un sano régimen no son los socialistas reconocidos, sino los cobardes que trabajan en secreto, los melenudos granujas que se llaman "liberales", "radicales", "independientes", "intelectuales" ¡y Dios sabe qué otros nombres engañosos! Los maestros y profesores desaprensivos constituyen lo peor de esa pandilla, y vergüenza me da decir que varios de ellos pertenecen al profesorado de nuestra gran Universidad del Estado. En ella hice yo mis estudios, lo cual me llena de orgullo, pero hay allí ciertos profesores que, al parecer, creen que debemos entregar las riendas de la nación a vagabundos y gañanes.

»Esos profesores son las culebras que hay que destruir..., ellos y todos los de su calaña. El hombre de negocios americano perdona una falta, pero hay una cosa que exige de todos los profesores, conferenciantes y periodistas. ¡Si hemos de pagarles con nuestro dinero, tienen que ayudarnos a impulsar la prosperidad nacional! Y en cuanto a esos charlatanes, criticones, pesimistas y cínicos profesores de universidad, les diré que durante este año próximo es tanto deber nuestro influir para que expulsen a esos tunantes como vender toda la propiedad que podamos y recoger un montón de billetes.

»Mientras esto no se haga, no verán nuestros hijos que el ideal de la cultura americana no son esos chiflados que se pasan la vida gastando saliva en discutir sus derechos y no derechos, sino el Hombre Común, temeroso de Dios, activo, próspero, enérgico, que frecuenta una iglesia con fervor y devoción, que forma parte de una asociación de *booster*, de rotarios, de kiwanis, de alces, de caballeros de Colón, o de una de las muchas organizaciones de los buenos, alegres, bromistas, joviales, trabajadores y serviciales Hombres de Bien, que sabe divertirse bien y trabajar de firme, y cuya respuesta a sus críticos es un puntapié que enseñe a los descontentos y a los listillos a respetar al macho ¡y a jalear al Tío Samuel y a los Estados Unidos de América!».

4

Babbitt prometía llegar a ser un célebre orador. Entretuvo a una tertulia del Men's Club en la iglesia presbiteriana de Chatham Road con chistes de irlandeses, de judíos y de chinos.

Pero donde se reveló como Prominente Ciudadano fue en una conferencia sobre la compraventa de inmuebles que dio a la clase de Métodos de Venta, en la Asociación de Jóvenes Cristianos de Zenith.

El *Advocate Times* reseñó la conferencia de forma tan extensa que Vergil Gunch le dijo:

—Te estás haciendo el orador de moda. No puedo coger un periódico sin leer algo acerca de tu pasmosa elocuencia. Toda esa verbosidad te va a traer un montón de negocios. ¡Buen trabajo! ¡Sigue así!

—Bueno, no me tomes el pelo —dijo Babbitt, no muy seguro.

Pero a este elogio de Gunch, cuya fama de orador no era pequeña, se esponjó de satisfacción, y se preguntó cómo antes de su veraneo había podido desconfiar del placer de ser un sólido ciudadano.

XV

1

Marchaba camino de la grandeza, pero no sin lamentables tropiezos.

La fama no trajo el ascenso social que los Babbitt merecían. No fueron invitados a formar parte del Club de Campo Tonawanda, ni a los bailes del Union Club. A Babbitt, según decía, «le importaban un bledo todos aquellos derrochadores, pero a su mujer quizá le habría gustado figurar entre Aquellos que se Hallaban Presentes». Aguardaba impaciente la cena en que solían reunirse todos los graduados del mismo año para pasar un rato de furiosa intimidad con próceres como Charles McKelvey, el contratista millonario; Max Kruger, el banquero; Irving Tate, el fabricante de herramientas, y Adelbert Dobson, el decorador de interiores de moda. En teoría, Babbitt era amigo de todos ellos, por haber estudiado juntos, y, cuando se encontraban con él, todavía lo llamaban Georgie, pero los veía poco y nunca lo invitaban a cenar (con champán y mayordomo) en sus casas de Royal Ridge.

Toda la semana anterior a la cena se la pasó pensando en ellos. «No hay razón para que ahora no nos hagamos íntimos amigos».

Como todas las diversiones americanas, la cena de los graduados en 1896 fue organizada a conciencia. El comité trabajó asiduamente como una corporación mercantil. Una vez por semana repartían recordatorios:

AVISO N.º 3

Amigo, ¿podemos contar con usted para la cena íntima de los antiguos condiscípulos de la U.? Será cosa nunca vista. A la cena de las alumnas de 1908 asistieron el 60 por ciento. ¿Vamos a dejar que nos ganen esas faldas? ¡Vamos, compañeros! ¡Anímense! Despleguemos actividad y entusiasmo. ¡Que nuestra cena sea la mejor que se haya dado nunca! Platos suculentos, brindis cortos. Recordemos juntos los días más alegres de nuestra vida.

La cena se celebró en un salón reservado del Union Club. El club era un edificio deslustrado, formado por tres pretenciosas casas unidas, y el vestíbulo de entrada parecía un sótano. No obstante, Babbitt, que no daba importancia a la magnificencia del Athletic Club, entró con cierta turbación. Saludó con un gesto al portero, un negro viejo y orgulloso que vestía un frac azul con botones dorados, y se contoneó por la sala tratando de que lo tomaran por uno de los socios.

Sesenta y dos individuos habían venido a la cena. Formaban islas y corrientes en el vestíbulo: atestaban el ascensor y los rincones del comedor reservado. Trataban de mostrarse campechanos y entusiastas. Se encontraban los unos a los otros exactamente como cuando estaban en la universidad: animosos jóvenes, cuyos presentes bigotes, calvas, barrigas y arrugas no eran más que joviales disfraces para aquella noche. «¡No has cambiado en absoluto!», exclamaban, asombrados. A los que no recordaban se dirigían diciéndoles: «Vaya, vaya, me alegro mucho de verte, hombre. Y qué, ¿sigues haciendo lo mismo?».

Siempre había alguno que empezaba un viva o una canción escolar, pero nadie le hacía caso. A pesar de venir decididos a ser democráticos, se dividieron en dos grupos: los que iban de etiqueta y los que no. Babbitt (extremadamente de etiqueta) iba y venía de un grupo a otro. Aunque había salido, casi francamente, solo para alternar con la sociedad, lo primero que hizo fue buscar a Paul Riesling. Lo encontró solo, impecable y callado.

—Yo no sirvo para estos apretones de manos y esta farsa de «hombre, mira quién está aquí» —suspiró Paul.

—¡Vamos, Paulibus, anímate, habla con la gente! ¡Son todos unos muchachos simpatiquísimos! Pareces cabizbajo. ¿Qué te pasa?

—Nada, lo de siempre. Una bronca con Zilla.

—¡Bah, tonterías! Vamos con esos, y fuera preocupaciones.

Sin separarse de Paul, se fue acercando al rincón donde Charles McKelvey peroraba rodeado de sus admiradores.

McKelvey había sido el héroe de la clase del 96; no solo era capitán del equipo de fútbol y lanzador de martillo, sino polemista y alumno pasable en lo que la Universidad del Estado consideraba escolaridad. Yendo de triunfo en triunfo, había logrado apoderarse de la compañía de construcciones que antes poseían los Dodsworth, una de las más antiguas familias de Zenith, y había levantado capitolios, rascacielos y estaciones de ferrocarril. Era un hombre de anchas espaldas y de pecho saliente, pero ágil. Había en sus ojos una imperceptible ironía y en su conversación una melosa rapidez que intimidaba a los políticos e infundía terror a los reporteros. En su presencia, el científico más inteligente o el artista más sensitivo se quedaban sin saber qué decir, amedrentados, apoquinados. McKelvey, sobre todo cuando trataba de ejercer influencia ilegal sobre la legislatura o cuando pagaba espías para vigilar a los obreros, era muy complaciente, muy afable y muy espléndido. Tenía un aire señorial; entre la aristocracia americana, que estaba tan rápidamente cristalizando, era un igual, inferior solamente a las arrogantes viejas familias (en Zenith se llamaba viejas familias a las que llegaron a la ciudad antes de 1840). Su poder era mayor porque no lo estorbaba ningún escrúpulo, y tampoco el vicio o la virtud de la vieja tradición puritana.

McKelvey se mostraba plácidamente jovial entre los potentados, fabricantes, banqueros, propietarios, abogados y cirujanos que tenían chófer y viajaban a Europa. Babbitt se abrió paso entre ellos. Le encantaba la sonrisa de McKelvey tanto como la elevación social que podía darle con su favor. Si en compañía de Paul se sentía grande y protector, con McKelvey se sentía pequeño y afable.

Oyó que McKelvey le decía a Max Kruger, el banquero:

—Sí, hospedaremos a sir Gerald Doak —(el democrático amor que Babbitt sentía por los títulos se convirtió en un delicioso sabor)—. Ya sabes que es uno de los más grandes empresarios del hierro de toda Inglaterra, Max. Terriblemente rico. ¡Hombre, George! ¿Qué tal? Fíjate, Max: George Babbitt se está poniendo más gordo que yo.

El presidente gritó:

—¡A la mesa, señores!

—¿Vamos, Charley? —le dijo Babbitt a McKelvey, como quien no dice nada.

—Andando. ¡Hola, Paul! ¿Qué se cuenta el violinista? ¿Te da igual sentarte en cualquier sitio, George? Rápido, vamos a coger silla. Vamos, Max. George, he leído algo de tus discursos durante la campaña electoral. ¡Soberbio, soberbio!

Después de aquello, Babbitt lo hubiera seguido al infierno. Estuvo agitadísimo durante la comida, dando ánimos a Paul o diciéndole por lo bajo a McKelvey: «He oído que vas a construir unos muelles en Brooklyn», o notando con qué envidia lo miraban hablar con los grandes los compañeros fracasados que estaban sentados aparte, formando un triste grupo, o acalorándose en la conversación con McKelvey y Max Kruger. Hablaron de cierto baile para el cual Mona Dodsworth había decorado su casa con millares de orquídeas. Hablaron, como sin darle importancia, de un banquete en Washington en el que a McKelvey le habían presentado a un senador, a una princesa de los Balcanes y a un mariscal de campo inglés. McKelvey la llamó la princesa «Jenny», y le hizo saber que bailó con ella.

Babbitt estaba emocionadísimo, pero no tan abrumado por el temor como para callarse. Si bien ellos no lo invitaban a cenar, estaba acostumbrado a hablar con directores de bancos, diputados y señoras del club que agasajaban a poetas. Se puso sentimental con McKelvey:

—Oye, Charles: ¿te acuerdas en el tercer año, cuando fletamos aquel carricoche y nos fuimos a Riverdale, al espectáculo que solía dar madame Brown? ¿Te acuerdas qué palizón le diste a aquel patán de alguacil que trató de arrestarnos, y de que cogimos el rótulo del sastre y luego lo colgamos en la puerta del profesor Morrison? ¡Qué tiempos! ¡Aquello era vivir!

McKelvey convino en que aquello era vivir. Babbitt estaba diciendo que «no son los libros que estudia uno en la universidad, sino las amistades que uno adquiere, lo que tiene verdadero valor», cuando los que estaban a la cabecera de la mesa empezaron a cantar.

—Es una lástima —le dijo a McKelvey de sopetón— que estemos tan distanciados solo porque nuestros negocios sean diferentes. He pasado un buen rato hablando de nuestros buenos tiempos. Tenéis que venir, tú y tu señora, a cenar una noche con nosotros.

—Sí, desde luego... —respondió McKelvey vagamente.

—Quisiera hablarte de la subida de precio del terreno detrás de tus depósitos de Grantsville. Quizá pueda darte algún informe sobre una o dos cosas que podrían convenirte.

—¡Espléndido! Tenemos que cenar juntos una noche. George, avísame. Tendría sumo gusto en que vinieras a casa con tu mujer —dijo McKelvey, mucho menos vagamente.

Luego, la voz del presidente, aquella prodigiosa voz que tantas veces los había llevado a desafiar a los estudiantes de Ohio, de Michigan o de Indiana, gritó:

—¡Vamos, atención! ¡Todos a una!

Babbitt comprendió que la vida no sería nunca más dulce que en aquel momento, cuando se unió a Paul Riesling y al nuevamente recobrado héroe, McKelvey, para gritar:

> *Haaaa-chá*
> *Coge-lá*
> *chá-chá*
> *coge-lá*
> *¿Quién, quién? ¡La U!*
> *¡Jurúúú!*

3

Los Babbitt invitaron a los McKelvey a cenar a principios de diciembre, y los McKelvey no solo aceptaron, sino que, después de cambiar la fecha una o dos veces, fueron realmente.

Los Babbitt discutieron extensamente los detalles de la cena, desde la adquisición de una botella de champán hasta el número de almendras saladas que había que colocar delante de cada cubierto. Insistieron especialmente sobre quiénes podían ser los otros invitados. Babbitt se empeñaba en dar a Paul Riesling el privilegio de comer con los McKelvey y hasta el último momento se mantuvo firme.

—Charles prefería estar con Paul y con Verg Gunch que con algún pedante —insistió.

Pero la señora Babbitt interrumpía sus observaciones diciendo:

—Sí..., tal vez... Trataré de comprar ostras de Lynnhaven.

Y, cuando estuvo todo preparado, invitó al doctor J. T. Angus, oculista, y a un abogadillo respetable llamado Maxwell, con sus resplandecientes mujeres.

Ni Angus ni Maxwell pertenecían a los Alces o al Athletic Club; ninguno de ellos había llamado jamás a Babbitt «cofrade» ni le había preguntado sus opiniones sobre los carburadores. Las únicas «personas tratables» que la señora Babbitt invitó eran, según su marido, los Littlefield, y Howard Littlefield se ponía a veces tan estadístico que para Babbitt era un alivio oír decirle a Gunch: «Hola, tú, cara de tarta: ¿qué hay de nuevo?».

Inmediatamente después del almuerzo, la señora Babbitt empezó a poner la mesa para la cena, que sería a las siete y media, y Babbitt, cumpliendo órdenes, se presentó en casa a las cuatro. Pero no encontraron nada en qué ocuparle, y su mujer le gritó tres veces: «¡Hazme el favor de quitarte de en medio!». En pie ante la puerta del garaje, los labios colgantes, Babbitt suspiraba por que Littlefield o Sam Doppelbrau o cualquier otro viniera a hablar con él. Vio a Ted en una esquina de la casa tratando de escabullirse.

—¿Qué te pasa, muchacho? —preguntó Babbitt.

—¡Ah!, ¿eres tú, papaíto? ¡Oye, mamá está que se las trae! Le dije que Rona y yo preferíamos no asistir a la fiesta de esta noche, y por poco me come. Pero, oye, los hombres de la familia vamos a estar hechos unos elegantes. ¡El pequeño Theodore de etiqueta!

«¡Los hombres de la familia!». A Babbitt le gustó la frase. Y apoyó una mano en el hombro de su hijo. Hubiera querido que Paul Riesling tuviera una hija para que Ted se casase con ella.

—Sí, tu madre está dispuesta a armarla —dijo, y se rieron juntos, y suspiraron juntos, y obedientemente entraron a vestirse.

Los McKelvey llegaron con menos de quince minutos de retraso. Babbitt esperaba que los Doppelbrau vieran la limusina de los McKelvey, con su uniformado chófer aguardando ante la puerta.

Los platos, todos exquisitos, fueron increíblemente abundantes. La señora Babbitt había sacado los candeleros de plata de su abuela. Babbitt trabajó duro, fue bueno. No contó ninguno de los chistes que quería contar. Escuchó a los demás. Sacó a Maxwell de su silencio con un resonante «Cuéntenos usted su viaje a Yellowstone». Estuvo elogioso, extremosamente elogioso. Encontró ocasiones de observar que el doctor Angus era un bienhechor de la humanidad; Maxwell y Littlefield, profundos sabios; Charles McKelvey, un ejemplo para la juventud ambiciosa; y la señora McKelvey, un adorno en los círculos sociales de Zenith, Washington, Nueva York, París y otros muchos sitios.

Pero no pudo animarlos. Fue una comida sin alma. Por alguna razón que Babbitt no podía comprender, una plúmbea languidez se cernía sobre ellos, y hablaban trabajosamente y sin ganas.

Concentró su atención en Lucile McKelvey, teniendo cuidado de no mirarle los hombros blancos y mórbidos ni la banda de seda que le sujetaba el vestido.

—Supongo que irán ustedes pronto a Europa otra vez, ¿verdad? —preguntó.

—A mí me encantaría pasar en Roma unas semanas.

—Allí podrá uno ver un montón de cuadros y música y curiosidades y de todo.

—No, por lo que voy es por lo siguiente: hay una *trattoria* en la Via della Scrofa, donde sirven los mejores *fettucine* del mundo.

—Oh, yo... Sí. Debe de ser delicioso probar eso. Sí.

A las diez menos cuarto, McKelvey descubrió con profundo disgusto que a su mujer le dolía la cabeza.

—Tenemos que almorzar juntos alguna vez y hablar de

nuestros buenos tiempos —dijo alegremente mientras Babbitt le ayudaba a ponerse el gabán.

Cuando los demás hubieron salido, a las diez y media, Babbitt, volviéndose a su mujer, declaró:

—Charles me dijo que lo había pasado muy bien y que tenemos que almorzar... Dijo que nos invitarían a los dos dentro de poco.

—Sí —concluyó ella—, a veces en una velada tranquila, como esta, se divierte uno mucho más que en esas ruidosas reuniones donde todo el mundo habla a la vez y nunca goza uno de... de un momento de quietud.

Pero, desde su camastro en la galería, la oyó sollozar, lenta, desconsoladamente.

4

Pasaron un mes entero leyendo las columnas de sociedad y esperando a que les devolviesen la invitación.

Como los McKelvey tuvieron toda la semana a sir Gerald Doak hospedado en su casa, el nombre de los McKelvey apareció a diario en los periódicos durante la semana siguiente a la cena de los Babbitt. Zenith recibió calurosamente a sir Gerald (que había venido a Norteamérica a comprar carbón). Los periódicos lo entrevistaron y le preguntaron sobre la Prohibición, sobre Irlanda, sobre el desempleo, sobre beber té o whisky, sobre la psicología de la mujer estadounidense y sobre la vida diaria de las familias inglesas. Sir Gerald parecía saber algo sobre todas esas cosas. Los McKelvey lo obsequiaron con un banquete cingalés, y la señorita Elnora Pearl Bates, cronista de sociedad del *Advocate Times*, dio la nota más aguda de su canto de alondra. Babbitt leyó en voz alta durante el desayuno:

Entre las originalísimas decoraciones orientales, los extraños y deliciosos manjares, los distinguidos invitados, el renombrado anfitrión y su encantadora esposa, nunca se ha visto en Zenith un acontecimiento más *recherché* que el banquete cingalés dado anoche por los señores McKelvey en honor de sir Gerald Doak. Mientras asistíamos (¡afortunados!) a aquella exótica escena, pensé que nada en Montecarlo ni en las más selectas recepciones de las embajadas extranjeras podía tener tal encanto. No sin causa en cuestiones sociales va ganando rápidamente Zenith la reputación de ser la más escogida ciudad del interior del país.

Aunque demasiado modesto para confesarlo, lord Doak da un caché de distinción a nuestro elegante *quartier* como no lo ha recibido desde la memorable visita del *earl* de Sittimbourne. No solo pertenece a la nobleza inglesa, sino que es también, *on dit*, un magnate de la industria metalúrgica de Inglaterra. Como viene de Nottingham, uno de los refugios favoritos de Robin Hood, si bien ahora, según nos informa lord Doak, es una moderna urbe de 275.573 habitantes y un centro industrial de suma importancia, nos place pensar que acaso por sus venas corre la sangre, tan roja como azul, de aquel antiguo lord de los bosques, el travieso Robin.

La encantadora señora McKelvey nunca ha estado más fascinante que anoche con su vestido negro ornado de bandas plateadas y un fúlgido ramillete de rosas en su exquisito talle.

—Dios quiera que no nos inviten para que conozcamos a este fulano de lord Doak —dijo Babbitt resueltamente—. Yo, la verdad, prefiero cenar tranquilamente a solas una noche con Charles y su mujer.

En el Athletic Club, la cosa se discutió ampliamente.

—Supongo que desde ahora tendremos que llamar a McKelvey lord Chaz —dijo Sidney Finkelstein.

—Hay que ver, parece imposible —meditó el hombre de

los datos, Howard Littlefield— lo que le cuesta a la gente comprender las cosas. Aquí llaman a ese buen señor lord Doak, cuando debían llamarle sir Gerald.

—¡Ah!, ¿sí? ¡Vaya, vaya! —exclamó Babbitt, maravillado—. Conque sir Gerald, ¿eh? Así es como hay que llamarlo, ¿eh? Vaya, pues me alegro mucho de saberlo.

Más tarde informó a sus empleados:

—Tiene gracia eso de que algunas personas, solo porque tienen la suerte de amasar una fortuna, se meten a obsequiar a ilustres personajes extranjeros y no tienen la menor idea de cómo deben dirigirse a ellos siquiera.

Aquella tarde, al volver a casa en su automóvil, adelantó a la limusina de McKelvey y vio a sir Gerald, un inglés teutónico, grande, rubicundo, con ojos saltones y un bigotillo pajizo que le daba un aspecto triste y dudoso. Babbitt acortó la marcha, oprimido por una sensación de insignificancia. De pronto le asaltó la convicción horrible, inexplicable, de que los McKelvey se reían de él.

Reveló su abatimiento por la violencia con que declaró a su mujer:

—La gente que toma en serio sus negocios no puede perder el tiempo con una pandilla como los McKelvey. Esto de la sociedad es como otro entretenimiento cualquiera; si te dedicas mucho a ello, acabas por enviciarte. Pero yo prefiero estar contigo y con los niños antes que pasarme la vida andando de acá para allá.

No volvieron a hablar más de los McKelvey.

5

Era una lástima, en aquel momento crítico, tener que ocuparse de los Overbrook.

Ed Overbrook, antiguo compañero de estudios de Babbitt,

era un fracasado. Tenía mucha familia y un pequeño negocio de seguros en un suburbio de Dorchester. Era un hombre sin importancia, delgado y canoso. Una de esas personas a quienes, en un grupo de amigos, se olvida uno de presentar y luego uno la presenta con exagerado entusiasmo. En el colegio había admirado a Babbitt por su compañerismo; después admiró su creciente poder en el mundo de los negocios, su hermosa casa, su buena ropa. Esto agradaba a Babbitt, aunque le hiciera sentir una abrumadora responsabilidad. En el banquete de los graduados del 96 había visto al pobre Overbrook, con modesto traje de sarga azul, sentado tímidamente en un rincón con otros fracasados. Se había acercado a él y le había dicho cordialmente: «¡Hola, Ed! ¿Qué tal? He oído que estás asegurando a todo el mundo en Dorchester. ¡Soberbio, soberbio!».

—Hombre, George, es una lástima que estemos tan distanciados siempre. Tenéis que venir tu mujer y tú a cenar una noche con nosotros.

—¡Desde luego! ¡Encantado! No tienes más que avisarme. Y mi mujer y yo tendremos también mucho gusto en que vengáis a casa.

Babbitt se olvidó de todo, pero Ed Overbrook no, desgraciadamente. Telefoneó a Babbitt repetidas veces invitándole a cenar.

—Tendremos que ir y salir de esto lo antes posible —le dijo Babbitt a su mujer—. Pero, vamos, ¿no es el colmo que este pobre infeliz no sepa ni las más elementales reglas de la etiqueta? ¡Mira que telefonearme! Lo indicado sería que su mujer nos mandase una invitación formal. En fin, creo que no nos libramos. Esto es lo que traen las cenitas universitarias.

Aceptó la siguiente invitación suplicante de los Overbrook para dos semanas después. Una cena dos semanas más tarde, aun si es una cena familiar, nunca parece tan aterradora, hasta que las dos semanas desaparecen sin saber cómo y uno llega desalentado a la hora inevitable. Tuvieron que cambiar la fecha a causa de la cena con los McKelvey, pero, por fin, un día se subieron al coche y fueron a casa de los Overbrook en Dorchester.

Fue un desastre desde el primer momento. Los Overbrook cenaban a las seis y media, mientras que los Babbitt nunca cenaban antes de las siete. Babbitt se permitió diez minutos de retraso.

—Cuanto menos tiempo estemos, mejor. Creo que podremos escapar pronto. Diré que mañana tengo que estar en la oficina tempranísimo.

La casa de los Overbrook tenía un aspecto deprimente. Era el segundo piso de un edificio de madera ocupado por dos familias. Cochecitos para bebés, sombreros viejos colgados en el vestíbulo, olor a coles y una Biblia en la mesa de la sala. Ed Overbrook y su mujer estuvieron tan torpes y tan mal vestidos como de costumbre, y los otros invitados eran dos familias horribles, cuyos nombres Babbitt ni pudo ni quiso entender. Pero se conmovió y se desconcertó un poco al oír la forma poco diplomática en que lo elogiaba Overbrook.

—Sí, nos llena de orgullo tener a George aquí esta noche con nosotros. Ya habrán ustedes leído lo que dicen los periódicos de sus discursos y de sus facultades oratorias (y además el muchacho es guapo, ¿eh?), pero yo pienso siempre en cuando estudiábamos juntos, y en lo buen compañero que era, y uno de los mejores nadadores del curso.

Babbitt trató de mostrase jovial, pero, por más esfuerzos que hizo, no pudo encontrar nada que le interesase en la timidez de Overbrook, en la inexpresividad de los otros convidados o en la agotada estupidez de la señora Overbrook, con sus gafas, su piel amarillenta y su pelo tirante. Contó su mejor chiste de irlandeses, pero pasó inadvertido. El momento más violento fue cuando la señora Overbrook, agotada de criar a ocho hijos, de fregar y de cocinar, trató de meterse en la conversación.

—Supongo que usted irá a Chicago y a Nueva York cada lunes y cada martes, señor Babbitt —murmuró.

—Sí, a Chicago voy a menudo.

—Debe de ser interesantísimo. Supongo que no dejará usted ni una función por ver.

—Francamente, señora, lo que a mí más me atrae es un buen bistec en un restaurante holandés del Loop.

No se dijeron más. Babbitt lo lamentaba, pero la cosa no tenía remedio: la cena fue un fracaso. A las diez, despertando del estupor de una conversación sin sentido, dijo con toda la animación que pudo:

—Lo siento, pero tenemos que marcharnos, Ed. Mañana tempranito viene a verme un cliente.

Mientras Overbrook lo ayudaba a ponerse el gabán, Babbitt dijo:

—Siempre es agradable recordar nuestros buenos tiempos. Tenemos que almorzar juntos un día de estos, pronto.

Camino de su casa, la señora Babbitt suspiró:

—Ha sido un verdadero latazo. Pero ¡cuánto te admira Overbrook!

—Pues sí. ¡Pobre diablo! Se cree que soy un arcángel y el hombre más guapo de Zenith.

—Tanto como eso, no, pero... Bueno, George, supongo que no tendremos que invitarlos a cenar en nuestra casa, ¿verdad?

—¡Huy, no! Espero que no.

—Oye, no le habrás dicho nada de eso al señor Overbrook, ¿eh?

—¡No! ¡Qué va! ¡Qué disparate! No hice más que decirle por cumplido que teníamos que almorzar juntos un día.

—Bueno, mira... Yo no quisiera ofenderlos. Pero, la verdad, creo que no podría resistir otra noche como esta. ¡Y figúrate que alguien como el doctor Angus y su señora se presentase cuando los Overbrook estuvieran en casa y creyesen que eran amigos nuestros!

Pasaron una semana muy preocupados. «Realmente debíamos invitar a Ed y a su mujer, pobres diablos». Pero, como nunca los veían, se olvidaron de ellos, y después de un mes o dos dijeron:

—Verdaderamente ha sido mejor dejarlo pasar. Hubiera sido una desconsideración invitarlos. ¡Se sentirían tan violentos y tan fuera de lugar en nuestra casa!

No volvieron a hablar de los Overbrook.

XVI

1

Con la certeza de que no iba a ser aceptado por los McKelvey, Babbitt se sentía culpable y un tanto absurdo. Pero comenzó a ir con más regularidad a los Alces; en el almuerzo de la Cámara de Comercio peroró sobre la iniquidad de las huelgas; y de nuevo se vio como un Prominente Ciudadano.

Sus clubes y sus amistades eran el alimento que reconfortaba su espíritu.

De todo hombre decente se exigía que perteneciera a una, o preferiblemente a dos o tres, de las innumerables logias y clubes que promulgaban la prosperidad; los rotarios, los kiwanis o los *boosters*; los *oddfellows*, los alces, los masones, los *red men*, los *woodmen*, los búhos, las águilas, los macabeos, los caballeros de Pitias, los caballeros de Colón y otras secretas órdenes caracterizadas por un alto grado de cordialidad, moral y reverencia por la Constitución. Había cuatro razones para incorporarse a estas órdenes: en primer lugar, todo el mundo lo hacía; en segundo lugar, resultaba conveniente para los negocios, pues generalmente los cofrades se convertían en clientes; en tercer lugar, daba a los estadounidenses, incapacitados para llegar a *Geheimrate* o a *Commendatori* títulos tan honoríficos como Elevado e Ilustre Escriba de Registros, que se añadían a los vulgares distintivos de coronel, juez o profesor; y, en cuarto lugar, permitía al esclavizado marido estadounidense marcharse de casa una noche a la semana. La logia era su *piazza*, su terraza del café. Podía jugar al billar y hablar como un hombre y decir palabrotas.

Babbitt era socio por todas estas razones.

Tras la bandera escarlata y oro de sus éxitos públicos estaba la sombría penumbra de la rutina oficinesca: alquileres, contratos de ventas, listas de fincas vacantes. Las noches de oratoria, de comités y logias lo estimulaban como el brandy, pero todas las mañanas se despertaba con mal sabor de boca. Semana tras semana, su irritación fue creciendo. Estaba en abierto desacuerdo con Stanley Graff, y una vez, aunque sus encantos le habían hecho hasta entonces portarse cortésmente con ella, riñó a la señorita McGoun por haber cambiado la redacción de unas cartas.

Pero en presencia de Paul Riesling se calmaba. Al menos una vez por semana se olvidaban de la seriedad. Los sábados jugaban al golf, diciéndose burlonamente el uno al otro: «Viéndote jugar al golf se comprende lo bien que debes jugar al tenis». Algunos domingos por la tarde hacían excursiones en automóvil, parando en los restaurantes rurales, donde, sentados al mostrador sobre altos taburetes, tomaban café en toscas tazas. A veces Paul venía por las noches con su violín, y hasta Zilla escuchaba en silencio cuando aquel hombre que se había equivocado de camino ponía en la música la tristeza de su alma.

2

Nada dio a Babbitt tanta publicidad como sus labores para la escuela dominical.

Su iglesia, la presbiteriana de Chatham Road, era una de las mayores y más ricas, y una de las que tenían más roble y más terciopelo de todo Zenith. El pastor era el reverendo John

Jennison Drew, licenciado, doctor y abogado (la licenciatura y el doctorado, por la Universidad de Elbert, Nebraska; el título en Derecho, por Waterbury College, Oklahoma). Era elocuente, eficiente y versátil. Presidía los mítines en que se denunciaba la maldad de las uniones de trabajadores o la elevación del servicio doméstico, y confesaba al auditorio que él, de pequeño, había vendido periódicos. Para la edición que lanzaba los sábados el *Evening Advocate*, escribía artículos de fondo sobre «La religión del hombre viril» o sobre «El valor monetario de la Cristiandad», que se imprimían en negrita con una orla culebreante. Decía a menudo que se sentía «orgulloso de que le conocieran ante todo como hombre de negocios» y que, desde luego, no iba a «permitir que Satanás monopolizara todas las energías». Era un joven delgado, con cara de rústico, gafas con montura de oro y un flequillo castaño mate, pero cuando se lanzaba a la oratoria refulgía de poder. Declaraba que era demasiado erudito y demasiado poeta para imitar al evangelista Mike Monday; sin embargo, una vez infundió nueva vida a su congregación y aumentó las colectas con el reto: «¡Hermanos míos, el verdadero tacaño es el hombre que no presta dinero al Señor!».

Había hecho de su iglesia un verdadero centro social. Tenía de todo menos bar: una guardería, una comida los jueves seguida de una breve conferencia misionaria, un gimnasio, una función de cine cada quince días, una biblioteca de libros técnicos para jóvenes obreros (aunque, desgraciadamente, ningún joven obrero entraba jamás en la iglesia como no fuera para lavar las ventanas o reparar las calderas de la calefacción) y un círculo de costura que hacía pantalones cortos para los niños pobres, mientras la señora Drew leía en voz alta novelas morales.

Aunque la teología del reverendo Drew era presbiteriana, su iglesia era de graciosa arquitectura episcopal. Como decía él, tenía «la perdurable nobleza de los monumentos eclesiásticos de la vieja Inglaterra, que son los símbolos de la eternidad de la fe, religiosa y civil». Construida en ladrillo, en un estilo gótico reformado, su sala principal estaba iluminada indirectamente por globos eléctricos ocultos en historiados tazones de alabastro.

Cierta mañana de diciembre en que los Babbitt fueron a la iglesia, el reverendo John Jennison Drew estuvo excepcionalmente elocuente. La muchedumbre era inmensa. Diez jóvenes acomodadores, con batas de mañana, subían del sótano sillas plegables. El grandioso programa musical estuvo a cargo de Sheldon Smeeth, director docente de la Asociación de Jóvenes Cristianos, que también cantó el ofertorio. A Babbitt no le gustó mucho esto, pues alguna persona descarriada había enseñado al joven señor Smeeth a sonreír, sonreír y sonreír mientras cantaba, pero con toda la estimación de un colega en oratoria admiró el sermón del reverendo Drew. Tenía la categoría intelectual que distinguía a la congregación de Chatham Road de las inmundas capillas de Smith Street.

—Dispuestos ahora a cosechar los frutos de todo el año —salmodió el reverendo Drew—, cuando, aunque tempestuoso el cielo y laboriosa la senda para el afanoso caminante, el alígero espíritu revolotea sobre los trabajos y deseos de los pasados doce meses, en este momento paréceme oír entre los aparentes fracasados el dorado coro de los que para siempre se han ido; y he aquí que en lóbrego horizonte vemos surgir, tras las dolorosas nubes, la imponente mole de las montañas... ¡montañas de melodía, montañas de júbilo, montañas de poder!

«Sí, a mí me gustan los sermones con cultura y pensamiento», meditó Babbitt.

Terminado el servicio, le encantó que el pastor, mientras repartía apretones de manos a la puerta, le dijera:

—Amigo Babbitt, ¿puede usted esperar un minutito? Necesito su consejo.

—Naturalmente, reverendo. ¡No faltaba más!

—Pase a mi despacho. Creo que le gustarán los cigarros que tengo allí.

A Babbitt le gustaron los cigarros. También le gustó el despacho, que solo se distinguía de las demás oficinas por la espiritual modificación del familiar letrero: «Este es el día más ocupado del Señor». Entró Chum Frink, y después William W. Eathorne.

El señor Eathorne era el septuagenario presidente del First State Bank de Zenith. llevaba todavía las elegantes patillas que habían sido el uniforme de los banqueros hacia 1870. Si Babbitt envidiaba el Cogollito Elegante de los McKelvey, por William Washington Eathorne sentía reverencia. Eathorne no tenía nada que ver con el Cogollito Elegante. Estaba por encima de esas pequeñeces. Era el bisnieto de uno de los cinco próceres que fundaron Zenith en 1732, y pertenecía a la tercera generación de banqueros. Podía examinar créditos, hacer préstamos y favorecer o destruir la empresa de un hombre de negocios. En su presencia, Babbitt respiraba rápidamente y se sentía joven.

El reverendo Drew irrumpió en el cuarto y empezó a hablar:

—Caballeros, les he rogado que se quedaran para hacerles una proposición. La Escuela Dominical necesita un empujón. En tamaño, es la cuarta de Zenith, pero no hay razón para que nadie nos lleve ventaja. Debemos ser los primeros. Quiero pedirles que formen un comité de consulta y publicidad para la Escuela Dominical; estudien la cuestión, propongan algún plan de mejora y vean si la prensa puede ocuparse de nosotros un poquito… Hay que dar al público algo provechoso y constructivo, en vez de tanto crimen y tanto divorcio.

—Excelente —dijo el banquero.

Babbitt y Frink asintieron, encantados.

Si uno le hubiera preguntado a Babbitt cuál era su religión, habría respondido con la sonora retórica del Boosters' Club: «Mi religión es servir a mis semejantes, honrar al prójimo como a mí mismo y contribuir en la medida de mis fuerzas a hacer la vida más feliz para todos y cada uno». Si uno le hubiese pedido más detalles, habría replicado: «Pertenezco a la Iglesia presbiteriana y, naturalmente, acepto sus doctrinas». Si uno hubiese tenido el atrevimiento de seguir preguntando, habría protestado: «Es inútil discutir y argumentar sobre cosas de religión; no sirve más que para suscitar malos sentimientos».

El contenido de su teología se reducía a que existía un ser supremo que había tratado de hacernos perfectos pero que, al parecer, había fracasado; que, si uno era un Buen Hombre, iría a un sitio llamado Cielo (Babbitt, inconscientemente, se lo figuraba como un excelente hotel con jardín particular), pero si uno era un hombre malo, es decir, si asesinaba o robaba o tomaba cocaína o tenía amantes o vendía propiedades inexistentes, sería castigado. Babbitt no estaba muy seguro, sin embargo, de lo que él llamaba «la cuestión esa del Infierno». Y le explicaba a Ted: «Claro que yo soy bastante liberal; no creo al pie de la letra en un Infierno de fuego y azufre. Es lógico, sin embargo, que un individuo con todos los vicios imaginables se lleve su castigo, ¿comprendes?».

Sobre esta teología rara vez meditaba. El meollo de su religión práctica consistía en lo siguiente: daba respetabilidad y era beneficioso para los negocios dejarse ver en los oficios; la Iglesia impedía a los malos elementos volverse peores; y los sermones del pastor, por aburridos que pareciesen al escucharlos, tenían un poder sobrenatural «que le ponía a uno en contacto con las cosas elevadas».

Sus primeras investigaciones como miembro del Comité de Consulta de la Escuela Dominical no le entusiasmaron.

Le gustó la clase para adultos, donde el doctor T. Atkins Jordan, médico de la vieja escuela, explicaba la Biblia en un estilo chispeante, comparable al de los más refinados oradores de sobremesa, a un grupo compuesto de personas maduras, pero cuando descendió a las clases para jóvenes se quedó desconcertado. Oyó a Sbeldon Smeeth, director de enseñanza de la Asociación de Jóvenes Cristianos y director del coro de la iglesia, un joven pálido y sonriente pero enérgico, dar una clase a chicos de dieciséis años. Smeeth los amonestó amablemente:

—Bueno, el próximo jueves por la noche tendremos una tertulia íntima en mi casa. Nos contaremos a solas nuestros secretos. Al amigo Sheldy se le puede decir cualquier cosa. Todos los de esta asociación lo hacen. Voy a hablar claramente de esas horribles costumbres en las que cae todo muchacho cuando no es guiado por un hermano mayor y de los peligros y glorias del Sexo.

El amigo Sheldy sudaba, los chicos parecían avergonzados y Babbitt no sabía hacia dónde volver sus abochornados ojos.

Menos fastidiosas, pero también mucho más insulsas, eran las clases menores, donde unas solteronas muy formales daban lecciones de filosofía y de etnología oriental. La mayoría de las clases se reunían en el barnizado salón de la Escuela Dominical, pero, como allí no cabían todas, otras invadían el sótano, que estaba decorado con cañerías varicosas e iluminados por pequeñas ventanas abiertas en lo alto de las paredes llenas de humedades. Sin embargo, lo que Babbitt vio fue la Primera Iglesia Congregacional de Catawba. Se hallaba de nuevo en la Escuela Dominical de su infancia. Volvía a sentir aquella cortés sofocación que solo se encontraba en las iglesias. Recordó el estante de insulsos libros de la Escuela Dominical: *Hetty, la humilde heroína*, y *José, el mancebo de Palestina*; manoseó otra vez las tarjetas de colores con versículos de la Biblia que ningún chico quería, pero que ninguno tiraba porque las creían sagradas; volvía a torturarle lo que hacía treinta y cinco años había aprendido de carrerilla, cuando en la vasta iglesia de Zenith oía: «Ahora, Edgar, lee tú el siguiente versículo. ¿Qué significa que es más fácil que un camello pase por el ojo de una aguja? ¿Qué nos enseña eso? ¡Clarence! Haz el favor de estarte quieto. Vamos a ver, Earl: ¿qué lección dio en este caso Jesús a sus discípulos? Sobre todo, no olvidéis estas palabras: "Con Dios, todas las cosas son posibles". Pensad siempre en ello... Clarence, por favor, presta atención... Siempre que os sintáis desanimados, repetid: "Con Dios, todas las cosas son posibles", y, Alec, ¿quieres leer el verso siguiente?, si prestaras atención, no te perderías».

Zumba que te zumba..., gigantescas abejas que retumbaban en una caverna de plúmbea modorra.

Babbitt echó una siesta con los ojos abiertos y cuando despertó dio las gracias al maestro por «el privilegio de oír sus espléndidas enseñanzas», y, tambaleándose, pasó a otra clase.

Llevaba dos semanas haciendo esto y no se le ocurría ninguna sugerencia para el reverendo Drew.

Después descubrió un inmenso mundo de revistas de la Escuela Dominical, que aparecían semanal o mensualmente y que eran tan técnicas, tan prácticas y tan progresistas como cualquier publicación de carácter mercantil. Compró media docena en una librería religiosa y hasta después de medianoche las leyó con admiración.

Halló muchos consejos lucrativos en «Enfocando la atracción», «Buscar nuevos socios» y «Lograr que clientes potenciales se apunten a la Escuela Dominical». Le gustó especialmente la palabra «clientes», y el siguiente axioma lo conmovió:

«Los manantiales morales de la sociedad radican en las Escuelas Dominicales, en las escuelas que dan instrucción religiosa. Descuidarlas ahora significará una pérdida de vigor espiritual y moral en los años venideros... Hechos como el susodicho, seguidos de un llamamiento enérgico, convencerán a los que no se dejan convencer mediante bromas y risas».

—Cierto —admitió Babbitt—. Yo solía faltar a la Escuela Dominical de Catawba siempre que podía, pero, al mismo tiempo, quizá no estaría hoy donde estoy si no fuera por lo que allí aprendí, por el entrenamiento moral... Y estudié la Biblia. Buena literatura. Tendré que releer algo un día de estos.

Acerca de cómo podía organizarse científicamente una Escuela Dominical se enteró por un artículo de la revista *Clase de Biblia para Adultos Westminster*:

> La segunda vicepresidenta mira por el compañerismo de la clase. Escoge un grupo para que la ayude. Los elegidos se convierten en acomodadores. A todo el que llega se lo recibe afablemente. Nadie se marcha como un desconocido. Un miembro del grupo se queda en la puerta invitando a los transeúntes a entrar.

Quizá lo que más le gustó a Babbitt fueron las observaciones de William H. Ridgway en la *Gaceta de la Escuela Dominical*:

> Si tiene usted una clase sin espíritu y sin vitalidad, es decir, sin interés; si la asistencia no es regular; si los alumnos están como amodorrados, deje que el doctor Ridgway le escriba una receta: invite al grupo a cenar.

Las revistas de la Escuela Dominical eran tan completas como prácticas. No descuidaban ninguna de las artes. En cuanto a música, la *Gaceta de la Escuela Dominical* anunciaba que C. Harold Lowden, «conocido por miles gracias a sus composiciones sacras», había terminado otra obra maestra, «titulada "Suspirando por Ti". La letra, escrita por Harry D. Keir, es lo más delicado que puede imaginarse, y la música, de una belleza indescriptible. Los críticos aseguran que tendrá un gran éxito en todo el país. Puede convertirse en una encantadora canción religiosa sustituyendo la letra por el himno que empieza: "Escuché la voz de Jesús decir"».

Hasta los trabajos manuales se tomaban en cuenta. Babbitt se fijó en cierta ingeniosa manera de ilustrar la resurrección de Jesucristo:

> *Modelo para los alumnos. Tumba con puerta rodante.* —Tómese una caja cuadrada y colóquese con la tapa boca abajo. Tírese un poco de la tapa de modo que quede una ranura en la parte inferior. Recórtese una puerta cuadrada, y también un redondel de cartón mayor que el hueco de la puerta. Cúbrase bien la puerta circular y toda la tumba con una mezcla espesa de arena, harina y agua. Déjese secar. Así era la gran piedra circular que las mujeres encontraron removida la mañana de Pascua.

En cuestión de anuncios, las revistas de la Escuela Dominical eran completamente eficaces. Babbitt se interesó por una preparación que «sustituye al ejercicio para los hombres sedentarios reconstituyendo los tejidos nerviosos y fortaleciendo el cerebro y el sistema digestivo». Se sintió edificado al enterarse de que la venta de biblias era una industria de competencia, igual que otra cualquiera, y, como perito en higiene, leyó con satisfacción el anuncio de la Compañía Sanitaria de Objetos Eucarísticos, que recomendaba una hermosa bandeja de caoba pulida. «Esta bandeja elimina todo ruido, es más ligera, más fácilmente manejable que las otras y hace mejor juego con el mobiliario de la iglesia que una bandeja de cualquier otro material».

4

Soltó el montón de revistas de la Escuela Dominical.

—¡Caray! —exclamó—. Aquí hay un mundo, un mundo de verdad. ¡Estupendo! Vergüenza me da no haber frecuentado más la iglesia. Un individuo que tiene, como yo, influencia social debería formar parte de una religión viril y activa. Algo como Cristiandad, S. A., por decirlo así... Pero con toda reverencia. Siempre habrá alguno que diga que en las escuelas dominicales no hay dignidad, ni espíritu, ni nada. ¡Naturalmente! ¡Nunca falta quien propale cosas semejantes! Burlarse, destruir, echarlo todo abajo... Lo difícil es construir. Yo no puedo menos de reconocer el mérito de estas revistas. ¡Han hecho volver al redil a George F. Babbitt, y esa es la respuesta a los criticones! Cuanto más macho y más práctico sea un hombre, tanto más debería llevar una vida cristiana y emprendedora. ¡A ello! Se acabaron las negligencias y la bebida y... ¡Verona! ¿Dónde demonios has estado? ¡Vaya unas horitas de llegar! ¡A las tantas de la noche!

XVII

1

Hay solamente tres o cuatro casas viejas en Floral Heights, y en Floral Heights se llama vieja a toda casa construida antes de 1880. La mayor de estas es la residencia de William Washington Eathorne, presidente del First State Bank.

La mansión de los Eathorne conserva el recuerdo de los «barrios elegantes» de Zenith tal como eran entre 1860 y 1900. Es una inmensidad de ladrillo rojo con dinteles de piedra gris y un tejado de pizarra con franjas rojas, verdes y amarillas. Tiene dos torres anémicas: una techada de cobre, la otra coronada por helechos de hierro colado. El pórtico, sostenido por rechonchos pilares de granito sobre los cuales penden heladas cascadas de ladrillo, es una tumba abierta. A un lado del edificio hay un enorme ventanal en forma de ojo de cerradura.

Pero la casa no produce un efecto cómico. Tiene la grave dignidad de aquellos financieros que gobernaron la generación que existió entre los pioneros y los activos ingenieros de ventas y que crearon una adusta oligarquía apoderándose de la dirección de los bancos, fábricas, tierras, ferrocarriles, minas. Entre la docena de Zeniths contradictorios que juntos formaron el Zenith actual y verdadero, ninguno tan poderoso, ninguno tan duradero, aunque ninguno menos familiar a los ciudadanos, como este pequeño, quieto, seco, cortés y cruel Zenith de los Eathorne. Y, por aquella diminuta jerarquía, los otros Zeniths trabajaban estúpidamente y morían sin gloria.

La mayoría de los castillos pertenecientes a los tetrarcas victorianos han desaparecido ya o han degenerado en casas de huéspedes, pero la mansión de los Eathorne subsiste virtuosa y señera, como una evocación de Londres, de Back Bay, de Rittenhouse Square. Sus escaleras de mármol se friegan todos los días, la placa de la puerta se lustra reverentemente, y las cortinas de encaje son tan superiores y tan estiradas como el mismo William Washington Eathorne.

No sin cierto terror, Babbitt y Chum Frink se presentaron en casa de Eathorne para celebrar la primera reunión del Comité de Consulta de la Escuela Dominical. En completo silencio siguieron a una doncella uniformada que los condujo, a través de lóbregas salas de recepción, hasta la biblioteca. Era, no cabía duda, la biblioteca de un viejo banquero, tan de viejo banquero como las patillas de Eathorne. La mayoría de los libros pertenecían a colecciones clásicas encuadernadas, según la tradición, en becerrillo, con ribetes azul apagado, oro apagado. El fuego de la chimenea era totalmente correcto y tradicional: un fuego pequeño, callado, continuo, que se reflejaba en bruñidos morillos. La mesa de roble era oscura y vieja, una mesa perfecta. Las sillas, ligeramente presuntuosas.

Las preguntas de Eathorne sobre la salud de la señora Babbitt, de la señorita Babbitt y de los otros niños fueron dulcemente paternales, pero Babbitt no sabía cómo responder. Era indecente pensar en decir: «¿Cómo va esa vida, bribón?», algo que satisfacía plenamente a Vergil Gunch, a Frink y a Howard Littlefield, hombres que hasta ahora habían parecido de una urbanidad aceptable. Babbitt y Frink estaban cortésmente sentados y cortésmente observó Eathorne, abriendo sus delgados labios lo justo para dejar salir las palabras:

—Señores, antes de empezar nuestra conferencia... quizá hayan cogido ustedes frío al venir aquí... Es muy amable por su parte ahorrarle el viaje a un viejo como yo... ¿Quieren ustedes que tomemos un ponche de whisky?

Tan bien entrenado estaba Babbitt en la conversación propia de un Hombre de Bien que casi metió la pata diciendo: «No solo queremos, sino que, suponiendo que no haya ningún agente de la ley seca dentro del cesto de los papeles...». Las palabras se ahogaron en su garganta. Se inclinó en señal de obediencia. Lo mismo hizo Frink.

Eathorne tocó el timbre para que viniese la doncella.

El moderno y lujoso Babbitt no había visto nunca a nadie tocar el timbre en una casa particular para llamar a un criado, excepto durante las comidas. En los hoteles, sí: él mismo lo había hecho para llamar al botones, pero en casa no podía uno herir los sentimientos de Matilda; en casa salía uno al recibidor y la llamaba a gritos. No había conocido, desde la Prohibición, a nadie que bebiera sin hacer aspavientos. Era inconcebible beberse el ponche y no gritar: «¡Hombre, esto es lo que a mí me hacía falta!». Y él no dejaba de pensar maravillado, con el éxtasis del joven al que presentan a un prócer: «Y el patillas este, bueno, podría hacerme polvo. ¡Si le dijera a mi banquero que me pidiera los préstamos...! ¡Dios! ¡Un hombrecillo escuchimizado ¡Y que parece que no tiene ni tanto así de energía! No sé yo si... ¿No se nos irá a nosotros los *boosters* toda la fuerza por la boca?».

Abandonó este pensamiento y se puso a escuchar devotamente las ideas de Eathorne sobre la Escuela Dominical, que eran muy claras y muy malas.

Babbitt esbozó tímidamente sus planes:

—Yo creo que si analizamos las necesidades de la escuela, considerando la cosa como si fuera un problema comercial, claro está que su necesidad primordial y fundamental es desarrollarse. Presumo que todos estamos conformes en que no

nos daremos por satisfechos hasta formar la Escuela Dominical más grande de todo el estado, de modo que la presbiteriana de Chatham Road no tenga que aguantar nada de nadie.
Ahora bien, en cuanto a lo de activar la campaña para atraer
miembros... Se ha ensayado, sí, lo de dar premios a los chicos
que reclutan a más gente. Pero ahí se ha cometido un error; los
premios han sido un montón de pamplinas como libros de
poesía, y testamentos ilustrados, en vez de algo que les interese
se de verdad a los chicos, como dinero o un velocímetro para
la bicicleta. Supongo que será muy elegante y muy refinado
ilustrar las lecciones con dibujos en la pizarra, marcadores de
libros y demás, pero cuando se trata de echarse a la calle y re-
clutar clientes... quiero decir miembros, bueno, pues hay que
ofrecer algo que valga la pena.

»Yo, señores, tengo dos planes. Primero: dividir la Escuela Dominical en cuatro cuerpos de ejército, según las edades.
A cada cual se le da un grado militar según el número de
miembros que haga, y los gandules que no traigan ninguno se
quedan de soldados rasos. El pastor y el superintendente tienen categoría de generales. Y todo el mundo tiene que saludar
y demás, como un ejército de verdad, para hacerles comprender que vale la pena alcanzar una categoría superior...

»Segundo: la escuela tiene naturalmente su Comité de
propaganda: pero, Dios mío, nadie trabaja solo por amor al
trabajo. Lo que hay que hacer es ser prácticos y modernos,
y contratar a un agente de prensa profesional para la Escuela
Dominical, algún periodista que pueda dedicar parte de su
tiempo.

—¡Eso, eso! —dijo Chum Frink.

—¡Figúrense ustedes si no se le podría sacar el jugo a esto!
—graznó Babbitt—. Se publicarían no solo los hechos salien-
tes y auténticos sobre el crecimiento de la Escuela Dominical
(y de la colecta), sino un montón de chismes y bromas acerca
de cómo tal o cual bocazas fracasó en su promesa de traer nue-

vos miembros, o acerca de lo que se divirtieron las chicas de la clase de la Santísima Trinidad en tal o cual reunión. Y aparte de esto, si le sobra tiempo, el agente puede también hacer publicidad de las lecciones mismas, hacer un poco de propaganda por todas las escuelas dominicales de la ciudad, en una palabra. No hay que ser egoísta, con tal de que tengamos nosotros mayor número de miembros que las demás escuelas. Por ejemplo, puede hacer que los periódicos... Yo, claro, no tengo el entrenamiento literario que tiene aquí Frink, y no hago sino imaginar cómo podrían escribirse estos artículos, pero supongamos que la lección de la semana es sobre Jacob, bueno, pues el anunciante puede meter algún ejemplo moral y ponerle un título llamativo para que la gente lo lea: «Jake Engaña al Viejo, se Larga con la Chica y con el Dinero», o algo así. ¿Comprenden ustedes? ¡Esto despertaría el interés! Ahora bien, naturalmente, señor Eathorne, usted es conservador, y quizá piensa que estos trucos son poco serios, pero de verdad le digo que nos arreglarían el negocio.

Eathorne cruzó las manos sobre su cómoda y pequeña barriga y ronroneó como un gato viejo:

—Diré primero, con su permiso, que me ha complacido muchísimo su análisis de la situación, señor Babbitt. Como usted presume, es necesario en mi posición ser conservador y acaso esforzarse por mantener cierto grado de seriedad. Sin embargo, creo que me encontrarán ustedes menos retrógrado de lo que se figuran. En mi banco, por ejemplo, puedo decir que tenemos un método de publicidad y propaganda tan moderno como cualquiera. Sí, imagino que ustedes nos hallarán a nosotros, los viejos, completamente informados de los cambiantes valores espirituales del siglo. ¡Oh, sí, sí! Y, por consiguiente, me place en verdad poder decir que, aunque personalmente prefiero el austero presbiterianismo de los tiempos pasados...

Babbitt se dio cuenta, por fin, de que Eathorne estaba conforme.

Chum Frink propuso como agente de prensa a tiempo parcial a un tal Kenneth Escott, reportero del *Advocate Times*.

Se separaron en un elevado plano de amistad y de cooperación cristiana.

Babbitt montó en su automóvil, pero no se dirigió a su casa, sino al centro de la ciudad. Quería estar solo y relamerse con la idea de haber intimado con William Washington Eathorne.

2

Noche blanca de nieve, calles ruidosas, luces refulgentes. Grandes luces doradas de los tranvías que se deslizan a lo largo de la nieve amontonada a los lados de la calzada. Luces recatadas de las casas pequeñas. El vivo resplandor de una fundición lejana, que borra las estrellas. Luces de los drugstores de barrio donde los amigos chismorrean satisfechos después de un día de trabajo.

La luz verde de una comisaría y el fulgor aún más verde de la nieve. El drama del furgón celular; un gong palpitando como un corazón aterrado, los faros hendiendo la calle rutilante, al volante no un chófer, sino un policía de uniforme, otro policía columpiándose peligrosamente en la trasera, y dentro, más vislumbrado que visto, el prisionero. ¿Un asesino, un falsificador de billetes hábilmente atrapado?

Una enorme iglesia de piedra gris con una torre rígida, media luz en las salas y el alegre murmullo de coros ensayando. La trémula luz verde de un taller de fotograbado. Luego, las turbulentas luces del centro; coches aparcados con luces traseras como rubíes; blancas entradas de los cinematógrafos, como escarchadas bocas de cavernas invernales; carteles luminosos, serpientes y bailarines de fuego; globos de luz rosa y música jazz escarlata en salones de baile baratos; luces de los restaurantes chinos, linternas con flores de cerezo y pagodas, colgadas contra lustrosas celosías de oro y negro. Pequeñas lámparas sucias en pequeños comedores hediondos. Las tiendas elegantemente iluminadas por una luz discreta que se refleja en los adornos de cristal, en las pieles y en las suaves superficies de madera pulida de los escaparates aterciopelados. En lo alto de la calle, un inesperado cuadrado luminoso colgado en la oscuridad, la ventana de una oficina donde alguien vela por una razón desconocida y estimulante. ¿Un hombre atrapado por la bancarrota, un muchacho ambicioso, un buscador de petróleo que se ha hecho rico de pronto?

El aire cortaba. La nieve estaba muy alta en los callejones sin despejar. Babbitt sabía que fuera de la ciudad había montones de nieve entre los robles invernales de las colinas separadas por la curva helada del río.

Amaba a su ciudad con apasionamiento. Perdió el cansancio acumulado por sus preocupaciones y su oratoria; se sintió joven, fuerte, ambicioso. No era bastante ser un Vergil Gunch, un Orville Jones. «Son excelentes personas, sencillamente encantadoras: pero no saben lo que es tacto». No. Él iba a ser un Eathorne, delicadamente rígido y fríamente poderoso.

«Sí, eso es. Con mucha finura, pero duro y a la cabeza. Que nadie se tome confianzas con uno. He descuidado mucho mi dicción. Argot. Expresiones familiares. Se acabó. En el colegio era de los primeros en retórica. Temas sobre... Fuesen los que fuesen, no me salían mal. Ya estoy harto de tantas contemplaciones. Yo... ¿Por qué no podría yo mismo fundar un banco mío? ¡Y Ted sería mi sucesor!».

Volvió muy contento a casa, y se portó como un William Washington Eathorne con su mujer, pero ella no lo notó.

3

El joven Kenneth Escott, reportero del *Advocate Times*, fue nombrado agente de prensa de la Escuela Dominical de la Iglesia Presbiteriana de Chatham Road. Le dedicaba al puesto seis horas semanales. Al menos se le pagaba por dedicar seis horas semanales. Tenía amigos en *The Press* y en *The Gazette* y no era conocido (oficialmente) como agente de prensa. Aportó un goteo de artículos de prensa insinuantes sobre la buena vecindad y la Biblia, sobre los almuerzos de la Escuela Dominical, alegres pero educativos, y sobre el valor de una vida de plegarias para tener éxito financiero.

La Escuela Dominical adoptó el sistema militar propuesto por Babbitt. Vivificada por este aliento espiritual, experimentó un auge repentino. No llegó a ser la escuela más grande de Zenith (la Iglesia metodista le llevó siempre ventaja, gracias a métodos que el reverendo Drew calificaba de «injustos, indecorosos, indignos, antiamericanos y anticristianos»), pero del cuarto lugar, pasó al número dos, y hubo a causa de esto gran regocijo en el cielo, o al menos en aquella porción de cielo incluida en la casa parroquial del reverendo Drew, mientras que Babbitt obtuvo muchas alabanzas y extendió su reputación.

Había recibido el grado de coronel en el estado mayor de la escuela. Cuando algún chico lo saludaba militarmente en la calle, no cabía en sí de satisfacción; se le ponían coloradas las orejas al oír que lo llamaban «coronel», y aunque no asistía a la Escuela Dominical solo para que lo exaltasen así, iba pensando en ello todo el camino.

Se mostraba especialmente afable con el agente de prensa Kenneth Escott; lo llevó a almorzar con él al Athletic Club y lo invitó a cenar en su casa.

Como muchos de los jóvenes seguros de sí mismos que pastan por las ciudades con aparente satisfacción y que expresan su cinismo en arrogante argot, Escott era tímido y echaba de menos a su familia. Su cara astuta y famélica se redondeaba de alegría durante la cena.

—¡Si supiera usted, señora —prorrumpió, dirigiéndose a la señora Babbitt—, qué gusto da comer de nuevo comida casera!

Escott y Verona se cayeron bien. Se pasaron la noche «hablando de ideas». Descubrieron que eran radicales. Pero muy sensatos. Convinieron en que todos los comunistas eran criminales; en que el *vers libre* era una chorrada; y que, si bien debía llegarse al desarme universal, naturalmente, Reino Unido y Estados Unidos debían, para defensa de las pequeñas naciones oprimidas, tener una Marina de guerra igual a la de todas las demás naciones juntas. Pero eran tan revolucionarios que predijeron (para irritación de Babbitt) la próxima formación de un tercer partido que daría muchos disgustos a republicanos y demócratas.

Escott, al marcharse, le estrechó la mano a Babbitt tres veces.

Babbitt mencionó su extremado afecto por Eathorne.

En una misma semana, tres periódicos dieron cuenta de la excelente labor de Babbitt en pro de la religión, y todos ellos mencionaron con mucho tacto a William Washington Eathorne como su colaborador.

Nada le había dado a Babbitt tanta reputación entre los alces, los *boosters* y los socios del Athletic Club. Sus amigos lo habían felicitado siempre por su oratoria, pero en sus elogios había cierta reserva, porque incluso en los discursos que promocionaban la ciudad había algo pedante y degenerado, como en la escritura de poesía. Pero ahora Orville Jones dijo a gritos en el comedor del Athletic:

—¡Aquí está el nuevo director del First State Bank!

Grover Butterbaugh, el eminente vendedor al por mayor de material de fontanería, exclamó riendo:

—¡No sé cómo te mezclas ya con la gente corriente, después de haberle dado la mano a Eathorne!

Y Emil Wengert, el joyero, se decidió por fin a discutir la compra de una casa en Dorchester.

Cuando terminó la campaña por la Escuela Dominical, Babbitt le dijo a Kenneth Escott:

—Oiga, ¿qué le parece promocionar un poco al reverendo Drew personalmente?

Escott hizo una mueca.

—No se preocupe; ¡ya se da él mismo bastante bombo, señor Babbitt! Apenas pasa una semana sin que llame por teléfono al periódico para decir que, si le mandamos un reportero a su despacho, nos dará un resumen del estupendo sermón que va a predicar sobre la deshonestidad de las faldas cortas o sobre el autor del Pentateuco. No se preocupe por él. No hay aquí más que una persona que se anuncie mejor que él, y esa es Dora Gibson Tucker, directora de la Sociedad de Beneficencia Infantil y de la Liga Americanista, y la sola razón de que gane a Drew es porque tiene un poco de cerebro.

—Hombre, Kenneth, creo que no debe usted hablar así del reverendo. Un predicador tiene que mirar por sus intereses, ¿no? Recuerde usted lo que dice la Biblia sobre... ser diligente en los asuntos del Señor, o algo así.

—¡Muy bien! Meteré algo, si usted quiere, señor Babbitt, pero tendré que esperar hasta que el director de edición general salga de viaje, y luego noquear al editor local.

Y así fue como en la edición del domingo del *Advocate Times*, bajo el retrato del reverendo Drew, con sus ojos vivos, su mandíbula de granito y su llamativo mechón de pelo, apareció una inscripción que le daba veinticuatro horas de inmortalidad.

El reverendo John Jennison Drew, pastor de la hermosa iglesia presbiteriana de Chatham Road, en la elegante zona de Floral Heights, es un mago salvando almas. Tiene el récord de conversiones. Durante su pastorado, un promedio de cien pecadores al año han declarado su resolución de emprender una nueva vida y han hallado un puerto de refugio y de paz.

Todo marcha a todo vapor en la iglesia de Chatham Road. Las organizaciones subsidiarias llegan al punto máximo de la eficacia. El reverendo Drew pone especial interés en los coros de la congregación. En cada reunión se cantan hermosos himnos, y muchos amantes de la música y hasta profesionales acuden de los cuatro costados de la ciudad a oír los servicios.

Tanto en el estrado de las conferencias populares como en el púlpito, el reverendo Drew es un artista de la palabra, y durante todo el año recibe multitud de invitaciones de aquí y de fuera para hablar en diversos actos.

5

Babbitt le dio a entender al reverendo Drew que él era el responsable del elogio. El reverendo Drew lo llamó «mi querido amigo» y le estrechó la mano repetidas veces.

Durante las reuniones del Comité de Consulta, Babbitt había insinuado que le encantaría invitar a Eathorne a comer, pero Eathorne había murmurado: «Muchísimas gracias..., pero, sabe usted... yo casi nunca salgo de casa». Sin embargo, Eathorne no podía excusarse con el pastor de su iglesia.

—Oiga, reverendo —dijo puerilmente Babbitt a Drew—, ahora que hemos dado fin a nuestra obra, creo que le toca al dómine convidarnos a cenar una noche.

—¡Ya lo creo! ¡Magnífico! ¡Encantado! —exclamó el reverendo Drew, sacando su voz más varonil.

Alguien le había dicho una vez que hablaba como el difunto presidente Roosevelt.

—Y... oiga, doctor, a ver cómo se las arregla para que venga el señor Eathorne. Insista usted. Es... mmm... Creo que es perjudicial para su salud no salir nunca de casa.

Eathorne aceptó.

Fue una comida amistosa. Babbitt habló con naturalidad del valor social de los banqueros como estabilizadores. Eran, dijo, los pastores de la congregación mercantil. Por primera vez, Eathorne dejó el tema de las escuelas dominicales para preguntarle a Babbitt por sus negocios. Babbitt respondió modestamente, casi filialmente.

Pocos meses después, cuando tuvo ocasión de tomar parte en el trato de la estación terminal de la Compañía de Tracción, Babbitt no quiso pedir un préstamo a su banco. El trato debía hacerse con cierto sigilo, porque, si se sabía algo, el público quizá no comprendería. Recurrió a su amigo el señor Eathorne. Fue bien recibido y obtuvo el préstamo como una empresa privada. Y ambos sacaron provecho de su nueva y grata asociación.

Después de esto, Babbitt asistió regularmente a la iglesia, excepto los domingos de primavera, que eran, evidentemente, para pasear en automóvil.

—Te digo, chico —le advirtió a Ted—, que no hay baluarte del sano conservatismo tan fuerte como la Iglesia evangélica. Y, para hacer amigos que te ayuden a ganar en la sociedad el puesto que mereces, no hay sitio como tu propia iglesia.

XVIII

1

Aunque los veía dos veces al día, aunque conocía y discutía ampliamente sus gastos con todo detalle, pasaban semanas enteras en las que Babbitt reparaba tan poco en sus hijos como en los botones de las mangas de su abrigo.

La admiración de Kenneth Escott le hizo fijarse en Verona. Era ya secretaria del señor Gruensberg, de la Compañía de Cueros Gruensberg; hacía su trabajo con la escrupulosidad de un espíritu que reverencia los pormenores sin entenderlos nunca completamente, pero era una de esas personas que dan la impresión de estar a punto de hacer algo desesperado (abandonar su puesto de trabajo o a su marido) y no lo hacen nunca. Babbitt había puesto tantas esperanzas en la vacilante pasión de Escott que ya hacía el papel de suegro amable. Cuando volvía de los Alces, se asomaba tímidamente al gabinete y murmuraba: «¿Ha estado aquí esta noche nuestro Kenny?». No hacía caso de las protestas de Verona: «¡Si Kenny y yo somos simples amigos! Hablamos solo de ideas. No quiero nada de sentimentalismos, que lo echarían todo a perder».

Era Ted quien traía a Babbitt más preocupado.

Con notas menos que medianas en latín y en inglés, pero con una estupenda hoja de servicios en trabajos manuales, baloncesto y organización de bailes, Ted cursaba a duras penas su último año de escuela secundaria. En casa no mostraba interés por nada, salvo cuando había que describir algún misterioso mal en el sistema de ignición del coche. Le repetía a su padre que no quería ir a la universidad ni estudiar Derecho, y a Babbitt le inquietaba esta inconstancia tanto como las relaciones de Ted con Eunice Littlefield, su vecina.

Aunque hija de Howard Littlefield, aquella fábrica de datos, aquel sacerdote de la propiedad privada, Eunice era un torbellino. Entraba bailando en la casa, se echaba en las rodillas de Babbitt cuando estaba leyendo, le arrugaba el periódico, y se reía de él cuando con adecuadas palabras le decía que un periódico arrugado le molestaba tanto como un contrato de venta roto. Eunice tenía ahora diecisiete años. Su ambición era ser actriz de cine. No solo iba a ver cada «largometraje», sino que leía también las revistas cinematográficas, publicaciones mensuales o semanales ilustradas con retratos de jóvenes que hasta hacía poco habían sido manicuras, no muy hábiles por cierto, y que, si un director no les indicara cada gesto, no podrían representar ni en la función de Pascua de la Iglesia metodista; revistas que muy seriamente, en entrevistas plagadas de fotografías de pantalones de montar y de bungalows de California, daban cuenta de las opiniones que sobre escultura y sobre política internacional tenían ciertos jóvenes sospechosamente bellos; revistas que reseñaban argumentos de películas cuyos protagonistas eran prostitutas de alma pura y bandidos de buen corazón, y al mismo tiempo daban recetas para convertir de la noche a la mañana a los limpiabotas en Célebres Autores de Guiones.

Estas eran las autoridades que estudiaba Eunice. Podía decir, y a menudo lo decía, si fue en noviembre o en diciembre de 1905 cuando Mac Harker, el renombrado vaquero y villano de la pantalla, comenzó su carrera pública como corista en la opereta *Oye tú, picarona*. En la pared de su cuarto, según decía su padre, tenía sujetas con alfileres veintiuna fotografías de actores. Pero el retrato firmado del más garboso de los héroes cinematográficos lo llevaba guardado en su joven seno.

Babbitt se sentía desconcertado por este culto de nuevos dioses, y sospechaba que Eunice fumaba cigarrillos. Desde el piso de arriba olía el humo empalagoso y la oía reírse con Ted. Nunca preguntó nada. La encantadora niña le espantaba. La melena corta le afilaba la fina y encantadora carita; llevaba las faldas cortas y las medias enrolladas, y, cuando salía corriendo tras Ted, por encima de la acariciante seda se vislumbraban sus mórbidas rodillas, lo cual ponía incómodo a Babbitt, y lo hacía sentirse miserable al pensar que ella lo consideraba un viejo. A veces, en la oculta vida de sus sueños, cuando el hada venía corriendo hacia él, tomaba la figura de Eunice Littlefield.

Ted tenía la locura de los coches, como Eunice la del cine. Mil negativas sarcásticas no lo hicieron cejar en su empeño de tener un coche de su propiedad. Si bien era vago para madrugar y para estudiar la prosodia de Virgilio, para la mecánica era incansable. Con otros tres muchachos, compró el chasis de un Ford reumático, y con tablas de pino y hojalata lo convirtió en un despampanante auto de carreras. Corrió algún tiempo en aquel peligroso vehículo, derrapando en las esquinas, y luego lo vendió, sacando alguna ganancia. Babbitt le regaló una motocicleta, y todos los sábados por la tarde, con siete sándwiches, una botella de Coca-Cola en el bolsillo, y Eunice encaramada de forma extraña en el asiento de atrás, salía rugiendo hacia distantes poblaciones.

Por lo general, Eunice y él se trataban simplemente como vecinos y reían con una edificante y violenta falta de delicadeza, pero de cuando en cuando, después de bailar, se sentaban juntos aparte y se quedaban callados, lo cual inquietaba a Babbitt.

Babbitt era un padre como todos, afectuoso, fanfarrón, terco, ignorante y un tanto melancólico. Como a la mayoría de los padres, le gustaba el juego de esperar hasta que la víctima era claramente culpable para luego saltarle virtuosamente encima. Se justificaba gruñendo: «Bueno, es que a Ted lo echa a perder su madre. Alguien tiene que llamarlo al orden, y ¿quién si no yo? ¡Intento que se convierta en un ser humano verdadero y decente, y no en uno de esos vagos petimetres, y naturalmente todos me llaman cascarrabias!».

A pesar de los pesares, con el eterno genio que el hombre tiene para llegar por los peores caminos a resultados sorprendentemente tolerables, Babbitt quería a su hijo y anhelaba su compañía, y lo hubiera sacrificado todo por él... de estar seguro que le reconocerían su mérito.

2

Ted estaba planeando dar una fiesta para sus compañeros del último curso.

Babbitt quiso mostrarse útil y alegre al respecto. Recordando sus diversiones en la escuela de Catawba, propuso los juegos más entretenidos: juegos de dados, farsas con ollas en la cabeza en lugar de cascos y juegos de palabras en las que uno era un adjetivo o una cualidad. Cuando más entusiasmado estaba notó que nadie le hacía caso; simplemente lo toleraban. En cuanto a la fiesta, tenía un programa tan fijo como cualquier evento del Union Club. Habría baile en la sala; una noble colación en el comedor, y, en el salón, dos mesas de bridge para los que Ted llamaba «los pobres idiotas que no pueden apenas bailar ni la mitad de tiempo».

Todas las mañanas, durante el desayuno, no se hablaba de otra cosa. Nadie escuchaba los pronósticos de Babbitt sobre el tiempo que haría en febrero, ni sus comentarios sobre los titulares de los periódicos.

—Si me permitís que interrumpa vuestra conversación privada... ¿Habéis oído lo que he dicho?».

—¡Oh, no seas un niño malcriado! ¡Ted y yo tenemos tanto derecho a hablar como tú! —gritaba la señora Babbitt.

La noche de la reunión se le permitió mirar, cuando no estaba ocupado ayudando a Matilda con el helado de Vecchia y con los *petits fours*. Babbitt estaba desconcertado. Ocho años antes, cuando Verona dio su fiesta de instituto, los chicos eran unos bobos sin facciones. Ahora eran hombres y mujeres de mundo, hombres y mujeres muy arrogantes. Los chicos se mostraban condescendientes con Babbitt, vestían de etiqueta y aceptaban con altanería los cigarrillos que les ofrecían en pitilleras de plata. Babbitt había oído en el Athletic Club ciertas cosas que ocurrían en las reuniones de jóvenes. Se hablaba de «meter mano», de «morreos», de que las chicas dejaban el corsé en el tocador y del incremento de lo que se conocía como inmoralidad. Babbitt se convenció ahora de que aquellas historias eran verdaderas. Aquellos chicos le parecían audaces y fríos. Las muchachas llevaban vestidos de gasa vaporosa, de terciopelo color coral, de tisú dorado, y diademas brillantes sobre las cortas melenas. Se enteró en secreto de que no habían dejado ningún corsé en el piso de arriba, pero estaba claro que aquellos cuerpos ávidos no estaban acorazados por ballenas. Sus medias eran de lustrosa seda; llevaban zapatos extravagantes y caros, y se pintaban los labios y las cejas. Bailaban con la cara pegada a la de su pareja, y Babbitt se sentía enfermo de aprensión y de envidia inconsciente.

La peor de todas era Eunice Littlefield, y el más loco de todos, Ted. Eunice parecía un diablillo. Patinaba por la sala; sus tiernos hombros oscilaban; sus pies se movían veloces como lanzaderas; se reía y engatusaba a Babbitt para que bailase con ella.

Después Babbitt descubrió el anexo de la fiesta.

Las parejas desaparecían de cuando en cuando, y entonces recordó haber oído rumores de que los chicos solían ir provistos de frascos de whisky. Dio una vuelta de puntillas alrededor de la casa, y en cada uno de los doce coches que esperaban vio puntos luminosos de cigarrillos y oyó risas estridentes. Quería regañarlos, pero (en pie en la nieve, acechando desde la oscuridad de la esquina) no se atrevió. Intentó comportarse con tacto. Cuando volvió al salón dijo, dirigiéndose a los muchachos:

—Si alguno tenéis sed, tenemos un buen *ginger ale*.

—¡Oh, gracias! —dijeron ellos de forma condescendiente.

Buscó a su mujer, la encontró en la despensa y estalló:

—¡De buena gana saldría y pondría a unos cuantos de esos mequetrefes en la calle! ¡Me hablan como si yo fuera el mayordomo! De buena gana...

—Sí —suspiró ella—, pero todo el mundo sabe, porque todas las madres me lo dicen, que hay que tolerarlo, si te enfadas porque vayan a beber a los coches, no volverán a venir a casa, y Ted no puede quedarse excluido de las reuniones.

Babbitt respondió que le encantaría ver a Ted excluido de las reuniones, y más que deprisa volvió al salón y estuvo muy cortés por miedo a que Ted fuera excluido de las reuniones.

Aun así, decidió que, si veía que los chicos estaban bebiendo, pues... bueno, les iba a «decir algo que los sorprendiese». Mientras trataba de mostrarse agradable con aquellos fornidos jovenzuelos, en realidad los estaba oliendo. Dos veces percibió un tufillo a whisky de la Prohibición, pero, bueno, solo dos veces...

El sabio Howard Littlefield entró con paso tardo.

Había venido, en solemne cumplimiento de sus deberes paternales, a echar un vistazo. Ted y Eunice estaban bailando, moviéndose juntos como un solo cuerpo. Littlefield se quedó sin aliento. Llamó a Eunice. Hubo un diálogo en susurros y Littlefield le explicó a Babbitt que la madre de Eunice tenía un terrible dolor de cabeza y la necesitaba. Eunice se marchó llorando. Babbitt los miró irse, furioso.

—¡La diablilla esa! ¡Metiendo a Ted en un lío! ¡Y Littlefield, ese viejo arrogante, haciendo como si fuera Ted la mala influencia!

Poco después notó que Ted olía a whisky.

Despedidos cortésmente los invitados, la bronca fue terrorífica, una completa Escena de Familia, como un huracán, sin consideraciones ni reticencias de ninguna clase. Babbitt rugía; la señora Babbitt lloraba; Ted se mostró desafiante de forma poco persuasiva, y Verona no sabía de qué parte ponerse.

Durante varios meses, las relaciones entre los Babbitt y los Littlefield fueron muy frías. Cada familia protegía a su corderito del lobo de la casa contigua. Babbitt y Littlefield seguían hablando en pomposos períodos de automóviles y del Senado, pero tenían buen cuidado de no mencionar a sus familias. Siempre que Eunice iba a casa de los Babbitt discutía con simpática intimidad sobre la prohibición de visitarlos, y Babbitt trataba, sin ningún éxito, de mostrarse paternal con ella y de darle consejos.

3

—¡La recontra de la mar serena! —se lamentaba Ted a Eunice mientras tomaban chocolate caliente y almendras garapiñadas en el esplendor del Royal Drug Store—, no entiendo cómo papá no la diña de puro encogido. Todas las noches se queda ahí sentado, medio dormido, y si Rona o yo decimos: «Anda, vamos a alguna parte», ni siquiera se molesta en pensarlo. No hace más que bostezar y decir: «Nooo; me encuentro muy bien aquí». No sabe que hay sitios donde puede uno divertirse. Supongo que tendrá sus cavilaciones, como tú y yo, pero no se le nota. Aparte de su oficina y de jugar un poco al golf los sábados, cree que en el mundo no hay otra cosa que estarse ahí sentado... ahí sentado todas las noches..., sin querer ir a ninguna parte..., sin querer hacer nada..., pensando que estamos locos...; allí sentado... ¡Dios mío!

4

Babbitt estaba asustado por la despreocupación de Ted. En cambio, Verona no le asustaba lo suficiente. Era demasiado formal. Vivía demasiado en el limpio cuartito sin ventanas de su cerebro. Kenneth Escott y ella estaban siempre estorbando. Cuando no se quedaban en casa haciéndose cautelosamente la corte sobre hojas de estadísticas, es porque iban a conferencias de literatos, de filósofos indios, de tenientes suecos.

—¡Dios! —se lamentaba Babbitt a su mujer cuando volvían a casa después de una partida de bridge con los Fogarty—, no entiendo cómo Rona y ese individuo pueden ser tan apocados. Se quedan ahí sentados toda la noche, cuando él no tiene nada que hacer, y creen que no hay sitios donde uno puede divertirse. Para ellos solo existe hablar y discutir... ¡Dios! Ahí sentados... noche tras noche... sin querer hacer nada... creyendo que yo estoy loco porque me gusta salir y jugar una partidita a las cartas... ahí sentados... ¡Dios mío!

Y entonces, en torno al nadador, aburrido de bracear en la perpetua marejada de la vida familiar, nuevas olas se encresparon.

5

Los suegros de Babbitt, Henry T. Thompson y su mujer, pusieron en alquiler su vieja casa de Bellevue y se mudaron al hotel Hatton, aquella pensión glorificada, llena de ventanas, de muebles de felpa roja y del sonido de las jarras llenas de hielo. Se encontraban muy solos allí, y algunos domingos los Babbitt tenían que cenar con ellos estofado de pollo, apio anémico y helado de almidón de maíz, y después quedarse sentados, corteses y cohibidos, en el bar del hotel, mientras una joven violinista tocaba canciones alemanas pasadas por Broadway.

Después la madre de Babbitt vino de Catawba a pasar tres semanas.

Era una señora amable y portentosamente poco perspicaz. Felicitó a la rebelde Verona por ser «una mujer casera, leal y simpática, sin todas esas ideas que tantas muchachas parecen tener hoy día»; y cuando Ted estaba engrasando el diferencial del coche, por puro amor a la mecánica y a mancharse, se alegró de que «trabajase tanto en la casa ayudando a su padre, y no saliera a todas horas con las chicas dándoselas de hombre de sociedad».

Babbitt quería a su madre, y a veces hasta simpatizaba con ella, pero le aburría su cristiana paciencia y se quedaba reducido a papilla cuando empezaba a discursear sobre un héroe completamente mítico llamado «Tu Padre».

—No te acordarás. George..., ¡eras tan chiquitín...!; vamos, parece que te veo con tus ricitos rubios y tu cuello de encaje; fuiste siempre un niño muy mono, un poco canijo y delicado, y te gustaban las cosas bonitas, y las borlas rojas de tus bolitas y todo..., y tu padre nos llevaba aquel día a la iglesia, y un individuo nos paró y dijo «comandante»... muchas veces: le llamaban a tu padre comandante; claro que en la guerra fue solamente soldado raso, pero todo el mundo sabía que debido a la envidia del capitán no lo ascendieron a oficial..., tenía esa habilidad natural para el mando que tan pocos hombres tienen..., y ese individuo salió al medio del camino y levantó la mano y paró la calesa, y dijo: «Comandante», dijo, «somos muchos los que hemos decidido apoyar al coronel Scanell para el Congreso, y queremos que usted se nos una. Con las relaciones que usted hace en la tienda puede ayudarnos mucho...».

»Bueno, pues tu padre lo miró y le dijo: "Nunca haré yo semejante cosa. No me gustan sus politiqueos", dijo. Y el individuo..., capitán Smith lo llamaban, Dios sabrá por qué, pues no tenía ningún derecho a que lo llamasen capitán ni nada... conque este capitán Smith dijo: "Se lo vamos a poner complicado, comandante, si no ayuda usted a sus amigos". Bueno, ya sabes cómo era tu padre, y Smith lo sabía también, sabía que era un hombre de pelo en pecho, y sabía que tu padre conocía la situación política de la A la Z, y debería haber visto que no era hombre que aguantase imposiciones, pero siguió insistiendo e insinuándose, dale que dale, hasta que tu padre se irritó y le dijo: «Capitán Smith», le dijo, «¡tengo fama por estos lugares de ser una persona totalmente apta para resolver mis asuntos y para dejar a los demás que resuelvan los suyos!», y sin hablar más arreó, dejando al individuo allí plantado con dos palmos de narices.

Babbitt llegaba al colmo de la exasperación cuando la vieja revelaba su infancia a sus hijos. Había sido al parecer aficionado a chupar caramelos de cebada; había lucido un «lacito rosa monísimo en el pelo», y como no podía pronunciar bien había convertido su nombre en «Gugú». Una vez oyó (aunque no oficialmente) que Ted le decía a Tinka: «Vamos, niña; ponte en el pelo el lacito rosa y baja a desayunar, que si no Gugú te va a romper los morros».

El medio hermano de Babbitt, Martin, con su mujer y el menor de sus hijos, vinieron de Catawba a pasar dos días. Martin, además de vender de todo en su tienda, se dedicaba a la cría de ganado. Estaba orgulloso de ser un americano libre e independiente de antiguo linaje yanqui; estaba orgulloso de ser honrado, brusco, feo y desagradable. Su pregunta favorita era: «¿Cuánto has pagado por esto?». Consideraba los libros de Verona, el lápiz de plata de Babbitt y las flores de la mesa extravagancias urbanas, y así lo decía. Babbitt habría discutido con él si no fuera por la papanatas de su mujer y por el bebé, al que Babbitt daba golpecitos con el dedo y le decía:

—Creo que este niño es un picarón, sí, señor; me parece que este niño es un picarón, es un picarón, sí, señor; es un picarón, eso es, un picarón; este niño es un picarón, no es nada más que un picarón; eso es..., ¡un picarón!

Mientras tanto, Verona y Kenneth Scott hicieron largas investigaciones sobre epistemología; Ted se portaba como un rebelde; y Tinka, con sus once años, pedía que se le permitiera ir al cine tres veces por semana, «como todas las chicas».

Babbitt estaba furioso.

—¡Estoy harto de esto! ¡Tener que cargar con tres generaciones! ¡Tener que soportarlos a todos! Darle a mi madre la mitad de lo que necesita, oír a Henry T., aguantar las quejas de Myra, estar fino con Martin y que me llamen gruñón porque trato de educar a mis chicos. Todos dependiendo de mí y todos criticándome. Ni uno solo me lo agradece. Ni alivio, ni estimación, ni ayuda de nadie. Y seguir así hasta... ¡Dios mío!, ¿hasta cuándo?

En febrero se puso enfermo y le encantó la consternación de su familia al ver que él, la roca, cedía.

Había comido una almeja sospechosa. Pasó dos días lánguido, mimado y estimado por todos. Se le permitió gruñir «dejadme en paz» sin represalias. Acostado en la galería, miraba el sol de invierno resbalar por las cortinas tornando su color rojizo en sangre pálida. La sombra del cordón en la lona era de un negro intenso. Encontraba placer en su curva, suspiraba cuando la luz declinante empezaba a borrarla. Se sentía vivir y estaba un poco triste. Sin un Vergil Gunch ante quien poner cara de resuelto optimismo, consideraba su vida, y hasta lo confesaba, una vida increíblemente mecánica. Negocios mecánicos: rápida venta de casas mal construidas. Religión mecánica: una iglesia dura y seca, cerrada a la vida real de la calle, tan inhumanamente respetable como un sombrero de copa. Golf mecánico, bridge mecánico, reuniones y conversaciones mecánicas. Excepción hecha de Paul Riesling, amistades mecánicas, palmoteo en la espalda y bromitas sin atreverse jamás a hacer el experimento de la tranquilidad.

Daba vueltas en la cama, intranquilo.

Veía los años, los brillantes días invernales y las dulces tardes largas de verano perdidos en una frágil pretenciosidad. ¡Qué vida la suya! Siempre telefoneando, siempre lisonjeando a personas que odiaba, haciendo visitas de negocios, esperando en sucias antesalas... bostezando con el sombrero en la rodilla ante calendarios manchados por las moscas, tratando cortésmente a los empleados de las oficinas...

«Ganas me dan de no volver a trabajar», suspiró. «Quisiera... No sé».

Al día siguiente estaba en su despacho, muy atareado y con un humor dudoso.

XIX

1

La Compañía de Tracción de Zenith había planeado construir unos talleres de reparaciones en el suburbio de Dorchester, pero cuando fueron a comprar los terrenos se encontraron con que estaban retenidos, en opción, por la Compañía Inmobiliaria Babbitt-Thompson. El agente de compras, el primer vicepresidente y hasta el presidente de la Compañía de Tracción protestaron contra el precio de Babbitt. Mencionaron el deber de este para con los accionistas, amenazaron con apelar a los tribunales, pero esto no se hizo nunca porque los funcionarios creyeron más sensato entendérselas con Babbitt. En los archivos de la compañía se conservan copias al carbón de la correspondencia, que pueden ser inspeccionadas por cualquier comisión pública.

A raíz de esto, Babbitt depositó tres mil dólares en el banco, el agente de la Compañía de Tracción se compró un automóvil de cinco mil dólares, el primer vicepresidente se construyó una casa en Devon Woods, y al presidente lo nombraron embajador en un país extranjero.

Obtener las opciones, adquirir derechos sobre un terreno sin dar noticia al vecino había sido para Babbitt un esfuerzo extraordinario. Fue preciso hacer correr el rumor de que pensaba construir garajes y tiendas, para fingir que no adquiría más opciones. Fue necesario esperar y adoptar un aire aburrido de jugador de póquer en una ocasión en que la imposibilidad de adquirir un solar amenazó con echar abajo todos sus planes. A todo esto hay que añadir las broncas con los cómplices secretamente asociados. No querían que Babbitt y Thompson tuvieran ninguna participación en el trato, excepto como simples intermediarios. Babbitt se conformó.

—La ética de los negocios... El agente debe limitarse estrictamente a representar a los clientes y no meterse en la compra —dijo a Thompson.

—¡Ética! ¡Yo no entiendo de éticas! ¿Te crees que voy a ver yo a ese hatajo de truhanes escapar con el botín y dejarnos a nosotros con las manos vacías? —bufó el viejo Henry.

—Bueno, prefiero no hacerlo. Me parece una traición.

—No es traición, sino traición a la traición. Los ciudadanos son los únicos verdaderamente traicionados. Bueno, ya nos hemos puesto bastante éticos; ahora la cuestión es ver cómo podemos obtener un préstamo para quedarnos con parte de la propiedad en secreto. A nuestro banco no podemos ir. Podría salir a la luz.

—Yo podría ir a ver a Eathorne. Es discreto como una tumba.

—Magnífico.

Eathorne tenía mucho gusto, dijo, en hacerle el préstamo a Babbitt y asegurarse de que el préstamo no aparecía en los libros de cuentas bancarios. De este modo algunas de las opciones que Babbitt y Thompson obtuvieron fueron sobre fincas de su propiedad, aunque no aparecieran a su nombre.

Cuando estaba a punto de cerrarse este espléndido trato, que estimulaba la confianza de los ciudadanos dando un ejemplo del auge del negocio inmobiliario, Babbitt quedó abrumado al enterarse de que tenía a su servicio a una persona de mala fe.

Esta persona de mala fe era Stanley Graff. Ya hacía algún tiempo que Babbitt estaba preocupado con Graff. No cumplía la palabra dada a los inquilinos. Con tal de alquilar una casa, era capaz de prometer reparaciones que el dueño no había autorizado. Se sospechaba que hacía trampas en los inventarios de las casas amuebladas, de modo que cuando el inquilino se marchaba tenía que pagar por objetos que nunca habían estado en la casa, dinero que Graff se metía en el bolsillo. Babbitt no había podido demostrar estas sospechas y, aunque tenía ya proyectado despedir a Graff, nunca había encontrado el momento de hacerlo.

En el despacho particular de Babbitt entró ahora un hombre con la cara roja.

—¡Oiga! —dijo jadeando—. Yo he venido aquí a armar un escándalo precioso, y, a menos que haga usted detener a ese individuo, lo voy a armar.

—¿Qué...? Cálmese, hombre, cálmese. ¿Cuál es el problema?

—¡Problema! ¡Ja! ¡El problema es que...!

—Siéntese usted y no se acalore tanto. ¡Lo pueden oír en todo el edificio!

—El Graff ese que trabaja aquí me arrienda una casa. Estuvo ayer y firma el contrato, todo en regla, y quedó en llevárselo al casero para que firmase y mandármelo por correo anoche. Bueno, lo hizo. Esta mañana bajo a desayunar y dice la chica que un fulano se había presentado justamente después del primer reparto y le pidió un sobre que venía equivocado, un sobre grande con «Babbitt-Thompson» en la esquina. Allí estaba el sobre, conque la chica se lo da. Y me hace una descripción del tipo, y era el Graff ese. De modo que lo llamo por teléfono y el muy imbécil lo admite. Me dice que, después que mi contrato estaba firmado, otro señor le ofreció más y quería anular el mío. Conque usted dirá qué piensa hacer.

—¿Su nombre es...?

—William Varney... W. K. Varney.

—¡Ah, sí! Era la casa de los Garrison.

Babbitt tocó el timbre. Cuando la señorita McGoun entró, le preguntó:

—¿Ha salido Graff?

—Sí, señor.

—A ver si encuentra usted en su mesa un contrato de alquiler firmado por el señor Varney. No sabe usted cuánto siento que haya sucedido esto —añadió, dirigiéndose a Varney—. Excuso decirle que despediré a Graff tan pronto como llegue. Y, naturalmente, su contrato se respetará. Y, además, voy a hacer una cosa. Le diré al propietario que la comisión que había de darnos la descuente de la renta de su casa. ¡No! ¡De verdad! Lo hago por mi gusto. Para serle franco, este incidente me afecta muchísimo. Supongo que he sido siempre un Hombre de Negocios Práctico. En mis tiempos, alguna vez habré contado un cuento de hadas cuando la ocasión lo pedía, no lo niego..., ya sabe usted que a veces hay que exagerar un poco para impresionar a las cabezas duras... Pero esta es la primera vez que he tenido que acusar a uno de mis empleados de algo más grave que birlar unos cuantos sellos de correos. De veras, no quiero sacar ningún provecho de esto. Me remordería la conciencia. ¿Así que me permite usted cederle la comisión? ¡Arreglado!

2

Babbitt salió a pasear por las frías calles de febrero. Los camiones salpicaban aguanieve sucia y el cielo estaba oscuro sobre las oscuras cornisas de ladrillo. Volvió a su oficina muy abatido. Él, que tanto respetaba la ley, la había violado al ocultar el crimen federal de interceptar el correo. Pero no podía ver a Graff en la cárcel y a su mujer sufriendo. Sin embargo, tenía que despedir a Graff, y esta era una parte de la rutina oficinesca que le causaba terror. Quería tanto a todo el mundo, y deseaba tanto que lo quisieran a él, que no tenía fuerzas para ofender a nadie.

La señorita McGoun entró de pronto para murmurar, con la excitación de la escena que veía avecinarse:

—¡Aquí está!

—¿Graff? Dígale que venga.

Se arrellanó en su silla y trató de adoptar un aire tranquilo, inexpresivo. Graff entró taconeando. Era un hombre de treinta y cinco años, apuesto, con gafas y con un bigotillo de petimetre.

—¿Me necesita usted?

—Sí. Siéntese.

Graff continuó en pie, murmurando:

—Supongo que ese majadero de Varney ha venido a verle a usted. Voy a explicarme. En primer lugar es un tacaño y no perdona un centavo, y en realidad casi me mintió hablándome de su puntualidad en el pago de alquileres...; me enteré inmediatamente después de firmar el contrato. Y luego se presentó otro individuo que ofrecía más por la casa, y yo creí que era mi deber para con la compañía deshacerme de Varney, y tan preocupado estaba que me planté allí y recuperé el contrato. De verdad, señor Babbitt, que lo hice sin segunda intención. Quería simplemente que la compañía sacara comis...

—Un momento, Stan. Todo eso puede ser verdad, pero he tenido muchas quejas de usted. Supongo que sus intenciones no habrán sido nunca malas, y creo que con una breve lección que lo estimule un poco se convertirá usted con el tiempo en un excelente agente inmobiliario. Pero yo ya no puedo tenerlo aquí trabajando.

Graff se apoyó contra el fichero, con las manos en los bolsillos, y se echó a reír.

—¡De modo que estoy despedido! ¡Pues no sabe usted, señor de la Visión y de la Ética, la gracia que me hace! ¡Pero no piense que a mí me la da! Yo habré hecho algún negocio sucio, no lo niego, pero ¿cómo no había de hacerlo trabajando en esta oficina?

—Oiga usted, joven...

—¡Vamos, vamos! Baje usted los humos y no grite, porque lo oirán en toda la oficina. Probablemente nos están escuchando en este mismo instante. Mi querido señor Babbitt: usted es, en primer lugar, un sinvergüenza, y, en segundo lugar, un maldito tacaño. Si me diera usted un sueldo decente, no tendría que robar peniques a un ciego para que mi mujer no se muera de hambre. Llevamos casados cinco meses; ella es una muchacha encantadora, y usted nos tiene siempre sin blanca; sí, señor, usted, que es un perfecto ladrón, a fin de poder ahorrar dinero para el zopenco de su hijo y para la tonta y sosa de su hija. ¡Se espera usted! Se lo va a tragar todo, o, si no, grito para que lo oigan todos los empleados. Y un sinvergüenza... Bueno, si le dijera yo al fiscal lo que sé del robo ese de la Compañía de Tracción, los dos, usted y yo, íbamos a la cárcel, con algunos de esos canallas tan amables, tan limpios, tan piadosos, tan buenos, que tiene la Compañía a su servicio.

—Vaya, Stan, parece que concretamos. Ese asunto... No hubo en ello nada ilegal. La única manera de progresar trabajando en gran escala es llevar a cabo las cosas, y la gente ha de ser recompensada...

—¡Oh, por amor de Dios, no se me ponga usted virtuoso! Por lo que veo, estoy despedido. Muy bien. Me conviene. Y, como lo coja a usted dando malos informes de mí, sacaré a relucir todo lo que sé de usted y de Henry T. Y de los cochinos negocios que ustedes, sargentos de la industria, hacen para los ladrones más listos, y tendrá usted que marcharse de la ciudad. Y yo..., tiene usted razón, Babbitt, me he portado como un sinvergüenza, pero ahora voy a volver al buen camino, y el primer paso será encontrar trabajo en una oficina donde el jefe no hable de ideales. Mala suerte, muchacho, ¡y puede usted meterse mi puesto donde le quepa!

Babbitt se quedó largo rato sentado, rabiando («Haré que lo arresten») y suspirando («La verdad es que... No, yo nunca he hecho nada que no fuera necesario para que las Ruedas del Progreso sigan rodando»).

Al día siguiente contrató como sustituto de Graff a Fritz Weilinger, empleado de su más dañino rival, la Compañía East Side de Hogares y Desarrollo, y así, al mismo tiempo que fastidiaba a su competidor, obtuvo a un excelente empleado. El joven Fritz era un joven de cabello rizado, alegre y jugador de tenis. Hacía que los clientes se sintieran como en casa en la oficina. Babbitt lo consideraba como a un hijo y encontraba alivio en su presencia.

3

Un hipódromo abandonado en las afueras de Chicago, excelente terreno para fábricas, estaba en venta, y Jake Offutt le pidió a Babbitt que hiciera una oferta en su nombre. El esfuerzo que le había costado el negocio de la Compañía de Tracción y su disgusto con Stanley Graff le habían causado a Babbitt tal sacudida que no podía sentarse a su escritorio y concentrarse.

—¡Atención! ¿Sabéis quién va a Chicago —preguntó a su familia—... solo el fin de semana, no se perderá ni un día de colegio... con el célebre embajador de los negocios George F. Babbitt? ¡Pues el señor Theodore Roosevelt Babbitt!

—¡Hurra! —gritó Ted—. ¡Los hombres Babbitt van a dejar esa vieja ciudad patas arriba!

Lejos de las complicaciones familiares, eran dos hombres juntos. A Ted se le notaba la juventud solamente por su insistencia en echárselas de hombre, y las únicas ramas en las que, aparentemente, Babbitt tenía un conocimiento mayor y más maduro que Ted eran los detalles de su profesión y las frases de los políticos. Cuando los otros sabios que viajaban en su mismo coche salieron del compartimento de fumadores dejándolos solos, la voz de Babbitt no descendió al tono alegre y ofensivo en el que uno se dirige a los niños, sino que continuó retumbando monótona y sordamente. Ted trataba de imitarla con su estridente vocecilla de tenor.

—Caramba, papá; vaya meneo que le has dado a ese mequetrefe cuando se puso a hablar de la Liga de las Naciones.

—Mira: lo que les pasa a muchos de estos individuos es que simplemente no saben de qué están hablando. No concretan. ¿Qué piensas de Ken Escott?

—Te diré, papá...; me parece que Ken es un buen muchacho; no le veo más defecto que el fumar mucho, pero ¡Dios mío, qué pasmado que es! Es que, si no lo empujamos, el pobre hombre no se va a declarar nunca. Y Rona, otra que tal baila. Pasmada como ella sola.

—Sí, creo que estás en lo cierto. Son unos pelmazos. Ni el uno ni el otro tienen nuestra energía.

—Es verdad. Son unos pelmas. ¡Te lo juro, papá, que no sé cómo Rona ha caído en nuestra familia! Apuesto que, si la verdad saliera a la luz, se sabría que eras un buen pieza de joven.

—Bueno, ¡no era tan pasmado!

—¡Ya me lo figuro, ya! ¡Seguro que no dejabas de armarla!

—Bueno, cuando salía con las chicas no pasaba todo el rato hablándoles de la huelga en la industria de la calceta.

Soltaron juntos la carcajada y juntos encendieron sendos puros.

—¿Qué vamos a hacer con ellos? —consultó Babbitt.

—¡Pues no sé! Te juro que a veces me dan ganas de llamar a Ken aparte y decirle: «Vamos a ver, chavalín: ¿te vas a casar con Ronita o vas a matarla a base de hablar? Aquí estás ya cerca de los treinta y no ganas más de veinte o veinticinco a la semana. ¿Cuándo se te va a desarrollar el sentido de la responsabilidad y pedir un aumento de sueldo? Si hay algo en lo que George F. y yo podamos ayudarte, avisa, ¡pero ponte un poco las pilas!

—Sí; no sería malo que tú o yo habláramos con él del asunto, si no fuera porque a lo mejor no comprende... Es uno de esos intelectuales. Él no puede dejarse de rodeos y poner las cartas sobre la mesa y hablar claro, como tú y yo hacemos.

—¡Eso! Es como todos los intelectuales.

—Eso, como todos ellos.

—Eso es, sí.

Suspiraron y se quedaron cavilando en silencio, felices.

Entró el revisor. Una vez había ido a la oficina de Babbitt para consultar algunas cosas.

—¿Cómo está, señor Babbitt? ¿Vamos a tenerle por Chicago? ¿Este es su hijo?

—Sí, este es mi hijo Ted.

—¡Vaya, vaya, cualquiera lo diría! ¡Yo que le tenía a usted por joven, no le echaba más de cuarenta, a lo sumo, y ahora aparece con este mocetón!

—¿Cuarenta? ¡Los cuarenta y cinco ya no los cumplo!

—¡No me diga! ¡No me lo habría imaginado!

—Sí, señor, sí. Es difícil ocultar la edad cuando tiene uno que viajar con un hombretón como aquí Ted.

—¡Ya lo creo que lo es! —y dirigiéndose a Ted—: Supongo que estarás ya en la universidad.

—No, hasta el próximo otoño, no. Ahora estoy, por decirlo así, echando el ojo a varias universidades.

Cuando el revisor siguió adelante, haciendo tintinear la enorme cadena de su reloj contra su pecho azul, Babbitt y Ted se pusieron a hacer consideraciones sobre las diferentes universidades. Llegaron a Chicago a altas horas de la noche. Por la mañana, se quedaron en la cama.

—¡Qué gusto no tener que levantarse y bajar a desayunar!, ¿eh?

Estaban hospedados en el modesto hotel Eden, porque los negociantes de Zenith se alojaban siempre en el Eden, pero cenaron en el lujoso salón Versalles del hotel Regency. Babbitt pidió ostras de Blue Point con salsa rosa, un tremendo bistec con una tremenda fuente de patatas fritas, dos cafés, tarta de manzana con helado para ambos y, para Ted, un pedazo extra de pastel de carne.

—¡Qué fuerte! ¡Vaya comidaza! —exclamó Ted con admiración.

—¡Bah! ¡Tú no te separes de mí, muchacho, y ya verás qué bien te lo pasas!

Fueron a ver una comedia musical, y a cada chiste matrimonial, a cada retruécano sobre la Prohibición, se daban con el codo. En los entreactos, se paseaban del brazo por el vestíbulo, y, con el júbilo de su primera liberación de la vergüenza que separa a padres e hijos, Ted empezó a decir con una risita:

—Oye, papá: ¿conoces el cuento de las tres modistas y el juez?

En cuanto Ted volvió a Zenith, Babbitt se sintió muy solo. Como trataba de hacer una alianza entre Offutt y ciertos intereses de Milwaukee, que querían también el hipódromo, la mayor parte del día se lo pasaba esperando llamadas por teléfono... Sentado en el borde de la cama, con el teléfono portátil en la mano, preguntaba aburrido: «¿El señor Sagen no ha vuelto aún? ¿Ha dejado algún recado para mí? Muy bien, espero, no cuelgo». Miraba una mancha en la pared, reflexionaba que parecía un zapato, y se aburría de descubrir por vigésima vez que parecía un zapato. Encendía un pitillo; después, sin poder soltar el teléfono y sin cenicero a su alcance, pensaba qué hacer con aquella amenaza abrasadora y trataba ansiosamente de tirarla al cuarto de baño. Finalmente, decía al teléfono: «¿No ha dejado recado, eh? Bueno. Llamaré otra vez».

Una tarde, vagando por calles cubiertas de nieve de las que nunca había oído hablar, calles formadas por pequeñas casas de vecindad y hotelitos abandonados, pensó que no tenía nada que hacer, que no había nada que le interesara hacer. Se sintió muy abatido aquella noche mientras cenaba completamente solo en el hotel Regency. Después se sentó en el vestíbulo, en un sillón de felpa adornado con las armas de Sajonia-Coburgo, y encendió un puro buscando con la vista a alguien que viniera a entretenerlo y lo librara de pensar. En el sillón contiguo (que ostentaba las armas de Lituania) había un hombre medio familiar, un hombre con la cara roja, los ojos saltones y un deficiente bigote amarillo. Parecía agradable e insignificante, y tan triste como el propio Babbitt. Llevaba un traje de tweed y una horripilante corbata anaranjada.

Babbitt lo reconoció de pronto. El melancólico desconocido era sir Gerald Doak.

Instintivamente Babbitt se levantó, murmurando:

—¿Cómo está usted, sir Gerald? ¿Recuerda usted que fuimos presentados en Zenith, en casa de los McKelvey? Yo me llamo Babbitt... Inmuebles.

—¡Oh! ¿Qué tal?

Sir Gerald le estrechó la mano fríamente.

Allí de pie, turbado, pensando en cómo batirse en retirada, Babbitt farfulló:

—Supongo que habrá viajado usted mucho desde que lo vimos en Zenith.

—Bastante. Columbia Británica y California, y todo el país —dijo ambiguamente, mirando a Babbitt con ojos inexpresivos.

—¿Qué le han parecido los negocios en la Columbia Británica? Aunque tal vez no se habrá usted ocupado de eso. El paisaje, el deporte y demás...

—¿El paisaje? ¡Oh, espléndido! Pero los negocios... ¿Sabe usted, señor Babbitt? La falta de trabajo es allí tan grave como en mi país.

Sir Gerald hablaba ahora acaloradamente.

—¡Ah! Conque los negocios no marchan bien, ¿eh?

—No, los negocios no están ni mucho menos como yo me esperaba.

—No marchan bien, ¿eh?

—No, no...; no muy bien.

—Es una lástima. Bueno... Supongo que estará usted esperando a alguien que lo lleve a alguna reunión, sir Gerald.

—¿Reunión? ¡Ah, reunión! No; para serle a usted franco, estaba pensando qué demonios podría yo hacer esta noche. No conozco un alma en Chicago. ¿Sabe usted, por casualidad, dónde hay una buena sala en esta ciudad?

—¿Un buen teatro, quiere decir? ¡Pero si ahora dan ópera aquí y todo! Me imagino que eso le gustará a usted.

—¿Eh? Fui una vez a la ópera en Londres. ¡Qué horror! No, yo estaba pensando en un buen cine.

Babbitt, balanceándose en su silla, gritaba:

—¿Un cine? Pero bueno, sir Gerald, supongo que le estarán esperando a usted un montón de damas para llevarlo a alguna *soirée*...

—¡No lo quiera Dios!

—Pues, en ese caso, ¿qué me dice de que vayamos usted y yo a ver una película? Dan una estupenda en el Grantham: Bill Hart en una película de forajidos.

—¡Magnífico! Un momento que cojo el abrigo.

Hinchado de grandeza, ligeramente temeroso de que el noble de Nottingham cambiara de idea y le diera esquinazo, Babbitt se contoneó con sir Gerald camino del cinematógrafo y se sentó en delicioso silencio junto a él, procurando no entusiasmarse demasiado por miedo a que el aristócrata despreciase su adoración por los revólveres de seis tiros y por los caballos broncos. Al terminar, sir Gerald murmuró:

—Estupenda película. Ha sido usted muy amable en traerme. Hacía semanas que no me divertía tanto. Todas estas señoronas... ¡nunca lo dejan a uno ir al cine!

—¡Qué me dice usted! —la conversación de Babbitt, perdido ya todo refinamiento y todas las rotundas aes con que la había adornado, era ahora cariñosa y natural—. ¡Pues me alegro a morir de que le haya gustado, sir Gerald!

Salieron al pasillo de butacas tropezando con rodillas de

mujeres gordas, y se detuvieron en el vestíbulo para ponerse los gabanes.

—¿Qué le parece si tomamos un piscolabis? —insinuó Babbitt—. Conozco un sitio donde dan unas tostadas de queso de cuidad, y hasta podríamos echar un traguito...; es decir, si es que usted lo aprueba.

—¡Ya lo creo! Pero ¿por qué no viene usted a mi habitación? Tengo un poco de Scotch... Y del bueno.

—¡Oh, no quiero gastarle sus provisiones! Es usted muy amable, pero... Probablemente querrá usted acostarse.

Sir Gerald se había transformado. Estaba afectuosísimo.

—¡Déjese de tonterías! ¡Hace tanto tiempo que no paso una noche a gusto...! Teniendo que ir a todos esos bailes... Sin poder hablar de negocios ni de nada. ¡Vamos, anímese! ¿No quiere usted venir?

—¿Que si quiero? ¡Encantado! Pensaba que igual... Bueno, la verdad es que no hay nada como poder sentarse tranquilamente a hablar de negocios después de andar metido siempre en sociedad, bailes, mascaradas, banquetes y cosas por el estilo. Lo mismo me pasa a mí en Zenith. Pues sí, iré con mucho gusto, ya lo creo.

—Es usted muy amable.

Echaron a andar rozagantes de alegría.

—Dígame una cosa, amigo: la vida de sociedad ¿marcha siempre a este paso en las ciudades americanas? ¿Todas esas magníficas reuniones?

—¡Vamos, hombre, no bromee! Usted, acostumbrado a los bailes de palacio y a festivales y demás...

—¡No, de veras! Mi madre y yo... Lady Doak debiera decir..., generalmente jugamos una partidita de cartas y a las diez estamos en la cama. Le juro que yo no podría resistir esta vida, siempre de reunión en reunión. ¡Y luego a hablar! Todas las americanas saben tanto..., cultura y todo lo demás. La señora McKelvey..., su amiga...

—Sí, Lucile. Buena chica.

—... me preguntó qué galería de Florencia me gustaba más. ¿O dijo en *Firenze*? ¡Yo que en mi vida he estado en Florencia! ¡Y los primitivos! Si me gustaban los primitivos. ¿Sabe usted qué diablos es un primitivo?

—¿Yo? ¡Qué voy a saber! Pero sé lo que es un descuento por pagar al contado.

—¡Toma! ¡Y yo, voto a tal! ¡Pero los primitivos...!

—¡Ja! ¡Primitivos!

Se reían como en un almuerzo del Boosters' Club.

La habitación de sir Gerald era, salvo por las voluminosas y resistentes maletas inglesas, muy semejante a la de George F. Babbitt. Con el mismo gesto de Babbitt, sacó un enorme frasco de whisky, y, en tono hospitalario, dijo jovialmente:

—¡Salud!

Después de la tercera copita, sir Gerard proclamó:

—¿De dónde sacan ustedes, los yanquis, la idea de que escritores como Bernard Shaw y ese tal Wells representan a Inglaterra? Nosotros, los hombres de negocios, tenemos a esos sujetos por traidores. Nuestras naciones, la de usted y la mía, tienen ambas su aristocracia cómica y rancia..., ya sabe usted, viejas familias, gente que se dedica a la caza y a cosas por el estilo... Y tienen también sus malditos agitadores laboristas, pero el sostén de la sociedad, tanto en un país como en el otro, es el hombre de negocios honrado.

—¡Natural! ¡Brindemos por los hombres de verdad!

—¡Estoy con usted! ¡Brindemos por nosotros!

Después de la cuarta copa, sir Gerard preguntó humildemente:

—¿Qué piensa usted de las hipotecas en Dakota del Norte?

Pero hasta después de la quinta no empezó Babbitt a llamarlo Jerry. Entonces sir Gerald le pidió permiso para quitarse las botas, y extendió sobre la cama sus caballerescos pies, sus pobres pies hinchados, ardientes y doloridos.

Después de la sexta, Babbitt se levantó vacilante.

—Bueno, mejor será que me vaya. ¡Jerry, eres una persona como hay pocas! Ojalá nos hubiéramos visto más en Zenith. Oye una cosa. ¿No puedes volver a pasar unos días conmigo?

—Lo siento... Tengo que marcharme a Nueva York mañana. De verdad que lo siento muchísimo, amigo. Desde que estoy en Estados Unidos no me había divertido tanto como esta noche. Conversación interesante. No esa charla insulsa de las reuniones de sociedad. Nunca hubiera aceptado el cochino título (que mi dinero me costó) de haber sabido que las señoras me iban a hablar de polo y de los primitivos. Bueno es tenerlo, sin embargo, no creas. ¡Lo que rabió el alcalde de Nottingham cuando me lo dieron! Y además, claro está, a mi mujer le gusta. Pero ya nadie me llama Jerry... —casi se le saltaron las lágrimas—, y hasta esta noche nadie me ha tratado como un amigo desde que estoy en Estados Unidos. ¡Adiós, muchacho, adiós! ¡Un millón de gracias!

—De nada, Jerry. Y recuerda cuando vuelvas por Zenith, las puertas de mi casa están siempre abiertas.

—Y tú no olvides, si vas alguna vez a Nottingham, que mi madre y yo tendremos sumo gusto en verte. Hablaré a mis amigos de Nottingham de sus ideas sobre la Visión... en el próximo almuerzo del Rotary Club.

4

Por la mañana, Babbitt se quedó en la cama imaginando que en el Athletic Club le preguntaban: «¿Cómo le ha ido por Chicago?», y que él respondía: «¡Oh, bien!; casi todo el tiempo con sir Gerald Doak». Y se imaginaba conversando con Lucile McKelvey y diciéndole en tono de amonestación: «Usted está bien, señora Mac, cuando no le da por la pose. Es lo que me decía Gerald Doak en Chicago ¡Oh, sí, Jerry es muy amigo mío...!

Mi mujer y yo estamos pensando en ir a Inglaterra el año que viene a pasar unos días en el castillo de Jerry... Pues me dijo: "George, a mí Lucile me gusta una barbaridad, pero, entre nosotros, George, tenemos que convencerla de que no sea tan estirada"».

Pero aquella noche ocurrió una cosa que derribó su orgullo.

5

En el hotel Regency trabó conversación con un vendedor de pianos y cenaron juntos. Babbitt se sentía lleno de afecto y de felicidad. Le entusiasmaba la suntuosidad del comedor; las arañas, las cortinas de brocado, los retratos de reyes franceses colgados en paneles de roble sobredorado. Le entusiasmaba la multitud: mujeres bonitas, hombres simpáticos que sabían derrochar el dinero.

De pronto se le cortó la respiración. Miró, volvió la cabeza, miró de nuevo. Tres mesas más allá, con una mujer de aspecto dudoso, una mujer fresca y marchita a la vez, estaba Paul Riesling, quien se suponía estaba en Akron, vendiendo papel asfáltico. La mujer le daba golpecitos en la mano, mirándole tiernamente y soltando risitas.

Babbitt comprendió que había descubierto algún enredo peligroso. Paul hablaba con el arrebato del hombre que cuenta sus calamidades. No apartaba la vista de los descoloridos ojos de la mujer. Le cogió la mano, y, sin reparar en los otros comensales, alargó los labios como si fuera a besarla. Babbitt sintió un impulso tan fuerte de acercarse a Paul que sus músculos se contrajeron, pero comprendió, con desesperación, que debía ser diplomático, y hasta que vio a Paul pagar la cuenta no le dijo al viajante de pianos:

—Hombre... Allí está un amigo mío... Perdóneme un momento... solo quiero saludarlo.

Tocó a Paul en el hombro y exclamó:

—¡Tú aquí! ¿Cuándo has llegado?

Paul lo miró: su cara había adquirido una expresión dura.

—¡Hola, George! Creí que te habías vuelto a Zenith.

No le presentó a su acompañante. Babbitt la miró de reojo. Era una mujer de cuarenta y dos o cuarenta y tres años, bastante bonita, bastante coqueta, con un sombrero de flores verdaderamente espantoso. Iba muy pintada, pero sin arte.

—¿Dónde te hospedas, Paulibus?

La mujer volvió la cabeza, bostezó, se miró las uñas. Parecía acostumbrada a que no la presentasen.

—Motel Campbell, al sur de la ciudad.

—¿Solo?

—¡Sí! ¡Desgraciadamente!

Paul se volvió bruscamente hacia la mujer, con una sonrisa afectuosa que a Babbitt le dio asco.

—¡May! Quiero presentarle a George Babbitt, un antiguo conocido mío. George, la señora Arnold.

—Tanto gusto —farfulló Babbitt, mientras ella gorjeaba:

—Oh, sí, me complace muchísimo conocer a cualquier amigo del señor Riesling.

—¿Volverás allí esta noche, Paul? Iré a verte.

—No, mejor... mejor es que lo dejemos para mañana. Comemos juntos.

—Bueno, pero te veré esta noche también, Paul. ¡Iré a tu hotel y te esperaré!

XX

1

Babbitt se sentó a fumar con el vendedor de pianos, buscando refugio en el chismorreo, temeroso de aventurarse a pensar en Paul. Estaba tanto más afable por fuera cuanto más aprensivo y más vacío se sentía por dentro. No cabía duda: Paul estaba en Chicago sin que Zilla lo supiera, y su conducta era tan inmoral como peligrosa. Cuando el viajante bostezó y dijo que tenía que poner al día sus pedidos, Babbitt se despidió de él y salió del hotel con aparente calma. Pero al tomar un taxi gritó salvajemente: «¡Motel Campbell!». Sentado en el resbaladizo asiento de cuero, se sentía presa de una gran agitación en aquella helada penumbra que olía a polvo, a perfumes y a cigarrillos turcos. No le llamó la atención la orilla nevada del lago, ni se fijó, al atravesar la desconocida región situada al sur del Loop, en los negros espacios bruscamente cortados por esquinas luminosas.

La recepción del motel Campbell era nueva, flamante, seca. El encargado era todavía más seco y más flamante.

—Usted dirá.

—El señor Paul Riesling, ¿se aloja aquí?

—Sí.

—¿Está en su cuarto?

—No.

—Pues deme usted la llave y le esperaré arriba.

—No, señor, no puedo. Espere aquí si quiere usted...

Babbitt había hablado con la deferencia que todo Hombre de Bien tiene para los empleados de un motel, pero al oír esto dijo con brusquedad:

—A lo mejor tengo que esperar mucho. Soy cuñado de Riesling. Subiré a su cuarto. ¿Le parece a usted que tengo aspecto de ladrón?

Su voz era grave y desagradable. Con gran precipitación, el otro descolgó la llave y se la dio murmurando:

—Yo no he dicho que parezca usted un ladrón. Es el reglamento del hotel. Pero si usted quiere...

En el ascensor, Babbitt se preguntaba para qué había ido allí. ¿Qué inconveniente había en que Paul cenara con una respetable señora casada? ¿Por qué había mentido al encargado diciéndole que era cuñado de Paul? Se había portado como un chiquillo. Una vez instalado, trató de adoptar un aire pomposo y plácido. Luego pensó... Suicidio. Lo había estado temiendo sin saberlo. Paul era precisamente el tipo capaz de hacer algo así. Sin duda había perdido la cabeza para confiarse en aquella vieja bruja.

Zilla (¡maldita Zilla!, con qué gusto estrangularía él a esa arpía de mujer)... probablemente había conseguido lo que deseaba: volver loco a Paul.

Suicidio. Allá en el lago, lejos, detrás del hielo amontonado a lo largo de la orilla. Tirarse al agua en una noche tan horrible como aquella.

O... degollarse en el cuarto de baño...

Babbitt se lanzó al cuarto de baño de Paul. Estaba vacío. Sonrió.

El cuello de la camisa lo ahogaba. Tiró de él, miró el reloj, abrió la ventana, miró el reloj, trató de leer el periódico tirado encima de la cómoda, miró el reloj. Habían pasado tres minutos desde la primera vez que lo había mirado.

Y esperó tres horas.

Estaba sentado, inmóvil, helado, cuando el picaporte giró. Paul entró con semblante iracundo.

—¡Hola! —dijo—. ¿Has estado esperando?

—Sí, un rato.

—¿Y bien?

—Nada. Se me ocurrió venir a verte para saber cómo te ha ido en Akron.

—Me ha ido bien. ¿Qué importa eso?

—Pero, Paul, ¿por qué estás enfadado?

—¿Por qué te metes tú en mis asuntos?

—Pero, Paul, esa no es manera de hablar. Yo no me meto en nada. Me puse tan contento de verte que vine a hablar un rato contigo.

—Bueno, yo no consiento que me siga nadie ni que se me imponga nadie. ¡Bastante he aguantado ya y no aguanto más!

—Hombre, yo no...

—No me gustó cómo mirabas a May Arnold, ni tu manera arrogante de hablar delante de ella.

—Bueno, muy bien. Puesto que me llamas entrometido, me entrometeré. ¡Yo no sé quién es esa May Arnold, pero sé muy bien que tú y ella no hablabais de alquitranar tejados, no, ni de tocar el violín tampoco! ¡Si no tienes ninguna aprensión moral, muy bien, pero deberías al menos tomar en cuenta tu posición social! ¡Mira que presentarte en público con una mujer así! Comprendo que un hombre dé un tropiezo alguna vez, pero que tú, con la intimidad que tenemos, engañes a tu mujer, por insoportable que sea, y te escapes en secreto para perseguir faldas...

—¡Ah, que tú eres un maridito perfectamente moral!

—¡Ya lo creo que lo soy! Desde que me casé no he mirado a ninguna mujer, excepto a la mía... ¡y no lo haré jamás! Te aseguro que no sacas nada de la inmoralidad. No vale la pena. ¿No ves, muchacho, que así lo único que haces es darle armas a Zilla?

Débil en sus decisiones como lo era de cuerpo, Paul tiró su

gabán punteado de nieve al suelo y se acurrucó en una endeble silla de paja.

—Eres un charlatán, George, y sabes de moralidad menos que Tinka. Está bien, no me enfado por lo que me digas. Pero debes comprender que... se acabó. No puedo soportar más a Zilla. Se le ha metido en la cabeza que soy un demonio y... Es una verdadera Inquisición. Una tortura. Ella disfruta. Es un juego para ver hasta qué punto puede desesperarme. Y yo, una de dos, o encuentro tranquilidad, un poco nada más dondequiera que sea, o hago algo peor. Ahora bien, esta señora Arnold no es joven, pero es una mujer simpática y que comprende porque también ha pasado lo suyo.

—¡Sí, supongo que será una pájara de esas a las que sus maridos no comprenden!

—No sé. Quizá. Al suyo lo mataron en la guerra.

Babbitt se acercó calmosamente a Paul, le dio unas palmaditas en el hombro, farfulló unas cuantas excusas.

—En serio, George, es una mujer excelente y ha sufrido lo indecible. Nos arreglamos bien y olvidamos nuestras penas juntos. Nos decimos, ella a mí y yo a ella, que no hay en el mundo otra pareja como nosotros. Quizá no lo creemos, pero vale la pena tener alguien a quien tratar con absoluta sencillez, no este constante discutir..., explicar.

—¿Y no pasas de ahí?

—¡Sí paso! ¡Sigue! ¡Dilo!

—Mira, no... no puedo decir que me agrade todo esto, pero —dijo Babbitt, en un impulso de generosidad—. ¡Yo no me meto en camisa de once varas! Haré por ti lo que quieras, si es que puedo hacer algo.

—Quizá. Me figuro, por las cartas de Zilla, que me hacen llegar de Akron, que empieza a sospechar al ver que mi ausencia se prolonga. Es perfectamente capaz de hacer que me espíen y de venir a Chicago y entrar en el comedor de un hotel y armar un escándalo delante de todo el mundo.

—Yo me encargo de Zilla. Le contaré un cuento en cuanto regrese a Zenith.

—No sé... Mejor será que no le digas nada. No creo que la diplomacia sea tu fuerte. —Babbitt se mostró ofendido, después irritado—. ¡Digo con mujeres! Con mujeres, digo. Naturalmente, en diplomacia comercial no hay quien te gane, pero yo digo con mujeres. A Zilla se le va la lengua con facilidad, pero es muy astuta. Te sacará todo lo que sepas en un momento.

—Bueno, muy bien, pero...

Babbitt estaba todavía ofendido de que no se le permitiera hacer de agente secreto.

—Claro que —dijo Paul para apaciguarle— podrías contarle que has estado en Akron y que me has visto allí.

—¡Pues claro, hombre! ¿No tengo yo que inspeccionar esa confitería de Akron? ¿No es un fastidio tener que ir allí con las ganas que tenía de volver a casa? ¿Es o no un latazo? ¡Pues claro que sí! ¡Un verdadero latazo!

—Espléndido. Pero haz el favor de no añadir episodios fantásticos a la historia. Cuando los hombres mienten tratan siempre de hacerlo artísticamente, con lo cual despiertan sospechas en las mujeres. En fin... Vamos a echar un trago. Tengo ginebra y vermut, un poco de cada cosa.

Paul, que normalmente rehusaba el segundo cóctel, ahora se tomó no dos, sino tres. Se le enrojecieron los ojos, se le entorpeció la lengua. Y se puso demasiado jocoso y salaz.

En el taxi, Babbitt notó, sin poder creerlo, que los ojos se le llenaban de lágrimas.

2

No le había contado su plan a Paul, pero se detuvo en Akron, entre tren y tren, y le envió desde allí una postal a Zilla: «He tenido que quedarme aquí un día. Me he encontrado a Paul».

Al llegar a Zenith fue a visitarla. Si bien para las apariciones en público Zilla se peinaba demasiado, se pintaba demasiado y se encorsetaba definitivamente, para andar por casa se ponía una bata azul sucia, unas medias rotas y unas babuchas de satén. Parecía tener solamente la mitad del pelo que Babbitt recordaba, y esa mitad estaba lacia y correosa. Sentada en una mecedora, entre restos de cajas de bombones y revistas baratas, su voz tenía una acento doloroso cuando no burlón. Pero Babbitt estaba muy animoso.

—Vaya, vaya, Zil, querida, con que ganduleando mientras el maridito está fuera, ¿eh? Bien hecho. Así me gusta. Me apuesto el cuello a que Myra no se ha levantado ni un día hasta las diez mientras yo estuve en Chicago. Oye: ¿me podrías prestar el termo? He venido solamente para ver si me podías prestar el termo. Vamos a montar en trineo y quiero llevar café caliente. ¡Ah!, ¿recibiste la tarjeta que te mandé desde Akron diciéndote que había encontrado a Paul?

—Sí. No creo que él se alegrara de verte.

—¿Qué quieres decir?

Babbitt se desabrochó el gabán y se sentó con miedo en el brazo de un sillón.

—¡Ya sabes lo que quiero decir! —respondió ella, irritada, pasando nerviosamente las páginas de una revista—. Supongo que estaría de romance con alguna camarera o manicura, o algo por el estilo.

—Pero bueno, siempre estás insinuando que Paul anda persiguiendo faldas. Pues no anda, y si lo hiciera sería probablemente porque tú no paras de echarle indirectas y pullas. Yo no tenía intención, Zilla, pero puesto que Paul está fuera, en Akron...

—¿Está realmente en Akron? Sé que hay una horrible mujer en Chicago a la que escribe.

—¿No te he dicho que lo he visto en Akron? ¿Qué pretendes decir? ¿Me tomas por un embustero?

—No, pero es que... Me quedo tan preocupada...

—¡A eso me refiero! ¡Eso es lo que me saca de quicio! Quieres a Paul y, sin embargo, lo exasperas y le insultas como si lo odiases. Simplemente no puedo comprender por qué algunas personas se empeñan en hacer desgraciados a los que más quieren.

—Tú quieres a Ted y a Rona, supongo, y, sin embargo, bien que los fastidias.

—¡Ah, bueno! Eso... Eso es distinto. Además, que yo no los fastidio. Lo que se dice fastidiar, no. Pero, como iba diciendo, ahí tienes a Paul, el bicho más simpático y sensible de este mundo de Dios. Deberías avergonzarte de criticarlo de ese modo. ¡Si le hablas como una lavandera! Me sorprende de verdad que puedas ser tan grosera con él, Zilla.

—Sí, ya lo sé —dijo ella mirándose meditativamente los dedos entrelazados—. A veces me pongo desagradable y luego lo lamento. ¡Pero es que Paul es tan exasperante, George! De verdad, estos últimos años he hecho todos los esfuerzos posibles para estar amable con él, pero él, como antes yo solía ser despectiva (o parecía serlo; en realidad no lo era, pero tenía la costumbre de decir lo primero que se me venía a la cabeza), ha decidido echarme la culpa de todo. No todo puede ser culpa mía, ¿verdad? Y ahora apenas levanto la voz, se queda callado, ¡oh!, terriblemente callado, y no se digna ni mirarme... Como si no existiera. ¡Eso no es humano! Y sigue así con toda intención, hasta que yo estallo y digo un montón de cosas que no quiero decir. Tan callado... ¡Oh, vosotros, los hombres rectos! ¡Qué malvados sois! ¡Qué malvados!

Machacaron la cuestión, vuelta y dale, durante media hora. Al final, Zilla, sollozando, prometió contenerse.

Paul volvió cuatro días después, y los Babbitt y los Riesling fueron juntos al cine y luego comieron *chop suey* en un restaurante chino. Cuando se dirigían al restaurante, por una calle de sastrerías y barberías, las dos mujeres delante, hablando de cocineras, Babbitt le dijo en voz baja a Paul:

—Zil parece más amable ahora.

—Sí, lo ha estado, excepto una o dos veces. Pero es demasiado tarde. Yo... no quiero hablar de ello, pero le tengo miedo. No queda nada. No quiero verla siquiera. Un día me separaré de ella. Ya veré cómo.

XXI

La Organización Internacional de Boosters' Clubs se ha convertido en una fuerza universal cuyo fin es fomentar el optimismo, el buen humor y los buenos negocios. Hoy en día cuenta con sucursales en treinta países. Novecientas veinte de esas sucursales están en Estados Unidos.

Ninguna de ellas es más entusiasta que el Boosters' Club de Zenith.

El segundo almuerzo de marzo era el más importante del año, porque después venía la elección de directivos. Reinaba gran agitación. El almuerzo tenía lugar en el salón de baile de la casa de los O'Hearn. Cada uno de los cuatrocientos *boosters*, en el momento de entrar, descolgaba de un tablero un enorme botón de celuloide con su nombre, su apodo y su profesión. Todo socio que no llamara a los demás *boosters* por su apodo recibía una multa de diez centavos; así que, cuando Babbitt dejó su sombrero en el guardarropa, en el ambiente resonaban gritos de «¡Hola, Chet!», «¡Adiós, Shorty!» y «¿Cómo va la vida, Mac?».

En cada mesa cabían ocho personas. Los sitios se echaban a suertes. A Babbitt le tocó sentarse con Albert Boos, el sastre; con Hector Seybolt, de la Compañía de Leche Condensada Little Sweetheart; con Emil Wengert, el joyero; con el profesor Pumphrey, de la Escuela de Negocios de Ritteway; con el doctor Walter Gorbutt; con Roy Teegarten, el fotógrafo, y con Ben Berkey, el fotograbador. Uno de los méritos del Boosters' Club era que solo se permitía sentarse juntos a dos individuos de la misma profesión, para que así se pusieran en contacto con los ideales de las otras profesiones y se dieran cuenta de la unidad metafísica de todas las profesiones: fontanería y pintura, medicina y fabricación de goma de mascar.

En la mesa de Babbitt reinaba hoy una alegría extraordinaria, porque el profesor Pumphrey acababa de celebrar su cumpleaños, y era, por lo tanto, blanco de todas las bromas.

—¡A ver si le sacamos a este pomposo de Pump la edad que tiene! —dijo Emilio Wengert.

—No, vamos a darle un *pump*-tapié —dijo Ben Berkey.

—¡Ojo, que está que hace *pump*, como una bomba!

Pero fue Babbitt quien cosechó más aplausos.

—¡No le habléis de bombas a ese! ¡Las únicas bombas que conoce son las botellas! ¡En serio, me han dicho que en su colegio está enseñando a fabricar cerveza!

En cada sitio había un folleto con la lista de socios. Aunque el objeto del club era fomentar el compañerismo, nunca se perdía de vista la importancia de fomentar los negocios.

Detrás de cada nombre constaba su profesión. Había en el folleto multitud de anuncios, y en cada página esta advertencia: «No se exige de usted que entre en tratos comerciales con sus compañeros de club, pero, pensándolo bien..., ¿qué necesidad hay de que todo ese dinero vaya a parar a manos ajenas a nuestra sociedad?». Y en cada sitio había un regalo, una tarjeta artísticamente impresa en rojo y negro:

SERVICIO Y BOOSTERISMO

Nada puede desarrollar tanto el Servicio como su misma aplicación, amplia, extensa, profunda, teniendo bien en cuenta su perpetua acción sobre la reacción. Yo creo que el tipo más elevado de Servicio, como los principios más progresivos de la Ética, es constantemente motivado por la activa adherencia y lealtad a lo que es la base esencial del Boosterismo —la fidelidad a la ciudadanía en todos sus factores y aspectos.

DAD PETERSEN

Agencia Anunciadora de Dadbury y Petersen.
«¡Anuncios, no renuncios, en Dad's!».

Todos leyeron el aforismo de Petersen y todos aseguraron entenderlo perfectamente.

El mitin se abrió con las ceremonias semanales de costumbre. Vergil Gunch, con su pelo tieso y su voz resonante como un gong de hojalata, ocupaba por última vez la silla presidencial. Los socios que habían traído invitados los presentaban públicamente.

—Este grandullón de cabeza roja, campeón de las noticias falsas, es el editor deportivo de *La Prensa* —dijo Willis Ijams.

Y H. H. Hazen, el farmacéutico, canturreó:

—Amigos míos: cuando salís de excursión y llegáis por fin a un paraje romántico y paráis el automóvil y le decís a la costilla: «¡Qué paisaje tan romántico!», ¿no sentís un estremecimiento en las vértebras? Pues bien, el invitado que hoy os traigo es de un lugar como ese: Harper's Ferry, Virginia, allá en la hermosa tierra del sur, que tantos recuerdos guarda del general Robert E. Lee y de aquel bravo corazón, John Brown, que, como todo buen *booster*, marchó siempre adelante...

Entre los invitados se hallaban dos especialmente distinguidos: el actor principal de la compañía del Ave del Paraíso, que actuaba esta semana en el teatro Dodsworth, y el alcalde de Zenith, el honorable Lucas Prout.

—Cuando podemos —tronó Vergil Gunch— sacar a este célebre comediante del encantador conjunto de bellas actrices que lo rodean... Y debo confesar que me colé de rondón en su camerino y le dije cuánto apreciábamos nosotros, los *boosters*, la artística función que ahora representa en esta ciudad..., y no olviden que el tesorero del teatro Dodsworth es de los nuestros y contará con que vayamos todos..., y cuando, además, arrancamos a su excelencia de sus múltiples ocupaciones en el ayuntamiento, creo que entonces tenemos motivos para sentirnos orgullosos. Y, ahora, el señor Prout va a decirnos unas cuantas palabras sobre los problemas y obligaciones...

Los *boosters* decidieron por votación cuál era el invitado más guapo y cuál el más feo, y a cada uno le dieron un ramo de claveles, obsequio, según observó el presidente Gunch, del cofrade H. G. Yeager, el florista de la avenida Jennifer.

Cada semana, por turno, se concedía a cuatro *boosters* el privilegio de gozar del placer de la generosidad y de la publicidad, haciendo servicios o regalos a cuatro colegas escogidos por sorteo. Esta vez hubo gran regocijo cuando se anunció que uno de los contribuyentes era Barnabas Joy, empresario de pompas fúnebres. Muchos murmuraron: «¡Conozco yo más de un tipo que podríamos enterrar si lo que da es un sepelio gratis!».

Mientras se divertían con estas bromas, los *boosters* seguían comiendo. El almuerzo consistía en croquetas de pollo, guisantes, patatas fritas, café, tarta de manzana y queso americano. Gunch no amontonó los discursos. Antes de conceder a otro la palabra, se acercó al secretario de una organización rival: el Rotary Club de Zenith. El secretario tenía la distinción de llevar en su automóvil la matrícula número 5.

El secretario confesó riendo que, dondequiera que fuese, un número tan bajo causaba sensación, pero que, aunque era muy agradable tener ese honor, los guardias se acordaban demasiado bien del número, y a veces quizá hubiera preferido tener un simple B.56.876 o algo así. «Pero cuidadito con que algún cochino *booster* trate el año que viene de quitarle a un rotario el número 5, porque ¡menuda se armaría!». Y terminó dando un viva a los *boosters*, a los rotarios y a los kiwanis.

Babbitt susurró al oído del profesor Pumphrey:

—¡Vale la pena tener un número tan bajo! Todo el mundo dirá: «Debe de ser un tío importante». ¡A saber cómo lo ha conseguido! Seguro que habrá invitado a comer y a beber al superintendente del Departamento de Matrículas.

Después, Chum Frink les dirigió la palabra:

—Muchos de ustedes pensarán que es inoportuno hablar aquí de una cuestión puramente artística, pero voy a lanzarme resueltamente y a pedirles, mis buenos amigos, que aprueben la idea de organizar en Zenith una orquesta sinfónica. Ahora bien: muchos de ustedes cometen el error de suponer que, porque no les gusta la música clásica, deben oponerse a que se den conciertos sinfónicos. He de confesar que, aunque literato de profesión, no tengo el más mínimo interés por esa música intelectual. Prefiero oír una buena banda de jazz antes que cualquier obra de Beethoven, que tiene la melodía de una riña de gatos y que no se puede silbar ni aunque los intentes. Pero la cuestión no es esa. La cultura ha llegado a ser hoy día un adorno y un anuncio tan necesario para una ciudad como la pavimentación de las calles o los balances bancarios. Es la Cultura, en teatros, museos y demás, la que lleva a Nueva York a miles de forasteros todos los años y, para ser franco, a pesar de nuestro extraordinario progreso, no hemos alcanzado todavía la cultura de urbes como Nueva York, Chicago, Boston...; o al menos no está reconocida. Lo que hay que hacer, pues, como emprendedores que somos, es «capitalizar la Cultura»; salir y echarle mano.

»Los cuadros y los libros están bien para los que tienen que estudiarlos, pero no van por ahí gritando: "Con esto contribuye Zenith a la Cultura". Y he aquí, precisamente, lo que hace una orquesta sinfónica. Vean ustedes la fama que tienen Minneapolis y Cincinnati. Una orquesta con músicos de primera y un buen director (creo que deberíamos hacer la cosa por lo alto y buscar uno de los directores que pidan más dinero, con tal de que no sea un teutón); una orquesta así, digo, va a Beantown, a Nueva York, a Washington; toca en los mejores teatros ante un auditorio culto y adinerado; anuncia una ciudad de la mejor forma posible; y el individuo que sea tan corto de miras como para aguar este proyecto pierde la ocasión de grabar el glorioso nombre de Zenith en el cerebro de algún multimillonario neoyorquino, que acaso..., acaso, podría abrir aquí una sucursal de su fábrica.

»Puedo también mencionar que, para aquellas de nuestras hijas que muestran interés por la música seria, y que tal vez quieran enseñarla después, tener una organización local de primera es un gran beneficio, pero limitémonos ahora a su valor negociable y demos, queridos cofrades, un viva a la Cultura y a la orquesta sinfónica.

Hubo aplausos.

Luego, produciendo un murmullo de agitación, el presidente Gunch proclamó:

—Señores, vamos a proceder ahora a la elección anual de la junta directiva.

Para cada uno de los seis cargos, un comité había escogido tres candidatos. El segundo nombre entre los candidatos para la vicepresidencia era el de Babbitt.

Lo tomó por sorpresa. Parecía como avergonzado. Su corazón latía violentamente. Quedó todavía más afectado cuando, tras contarse los votos, Gunch dijo:

—Tengo el honor de anunciar que el próximo vicepresidente será George Babbitt. No conozco más firme defensor del sentido común ni hombre más emprendedor que el amigo George. ¡Vamos, démosle un viva entusiasta!

Levantada la sesión, cien manos cayeron sobre su espalda. Babbitt no había conocido nunca un momento de mayor emoción. Subió a su automóvil y se alejó como pasmado. Apenas entró en su oficina, le dijo a la señorita McGoun:

—¡Bueno, creo que puede usted dar la enhorabuena a su jefe! ¡Me han elegido vicepresidente de los *boosters*!

Se llevó un chasco. La McGoun respondió simplemente:

—Sí... Su mujer ha llamado varias veces por teléfono.

Pero el nuevo empleado, Fritz Weilinger, dijo:

—¡Caray con el jefe! ¡Formidable, sí, señor, formidable! ¡Me alegro muchísimo! ¡Mil enhorabuenas!

Babbitt telefoneó a su casa y le dijo a su mujer:

—He sabido que me has llamado varias veces... ¡Ten cuidado con lo que dices! ¡Estás hablando con el vicepresidente del Boosters' Club.

—¡Oh, George...!

—No está mal, ¿eh? El nuevo presidente es Willis Ijams, pero, cuando él esté fuera, Georgie llevará las riendas y presentará a los oradores... aunque sean el gobernador en persona..., y...

—¡George! ¡Escucha!

—... ahora podrá codearse con tipos como Doc Dilling y...

—¡George! Paul Riesling...

—Sí, claro, voy a telefonear a Paul ahora mismo para darle la noticia.

—George. ¡Escúchame! Paul está en la cárcel. Le ha pegado un tiro a su mujer, le ha pegado un tiro a Zilla, esta tarde. Puede que no sobreviva.

XXII

1

Montó en su automóvil y se dirigió a la cárcel, no atolondra-
damente, como solía conducir, sino dando las vueltas con mucho cuidado, con el cuidado de una vieja que planta matas en
un tiesto. Aquella concentración le evitaba enfrentarse a la
obscenidad del destino.

—No —le dijo el celador—; no puede usted ver a ninguno
de los presos hasta las tres y media... hora de visita.

Eran las tres. Babbitt pasó media hora sentado, mirando
un calendario y un reloj colgados de una pared encalada. La
silla, dura y basta, crujía. Le pareció que la gente que pasaba
por la oficina se lo quedaba mirando. Babbitt adoptó una actitud de desafío que pronto se convirtió en un miedo horrible
a aquella máquina que estaba triturando a Paul... Paul...

A las tres y media en punto dio su nombre al celador, que
volvió diciendo.

—Riesling dice que no quiere verlo.

—¡Usted está loco! ¡No le habrá dado usted mi nombre!
Dígale que es George quien viene a verlo, George Babbitt.

—Sí, señor, se lo dije muy bien. Y dijo que no quiere
verlo.

—Bueno, pues lléveme de todos modos.

—Imposible. Si no es usted su abogado y si él no lo quiere ver, no hay más que hablar.

—Pero ¡Dios mío...! Bueno, entonces quiero ver al alcaide.

—Está ocupado. Venga, vamos...

Babbitt se irguió indignado. El celador cambió súbitamente de tono.

—Puede usted volver a intentarlo mañana. Posiblemente el pobre tipo ha perdido la cabeza.

Babbitt, conduciendo sin precaución ninguna, adelantando de forma temeraria a los camiones, sin hacer caso de los insultos de los otros conductores, se dirigió al ayuntamiento. Paró en seco junto a la acera, haciendo rechinar los frenos, subió a toda prisa las escaleras de mármol hasta el despacho del honorable Lucas Prout, alcalde de la ciudad. Sobornó al portero con un dólar y un momento después se hallaba dentro, suplicando:

—¿No se acuerda usted de mí, señor Prout? Babbitt..., vicepresidente de los *boosters*..., hice propaganda por usted. ¿Sabe lo que le ha pasado al pobre Riesling? Pues quisiera que me diera una orden para el alcaide, o como se llame, de la cárcel, autorizándome a verle. Muy bien. Gracias.

Quince minutos después marchaba rápidamente por el corredor de la cárcel hacia una celda donde halló a Paul Riesling sentado en un catre, retorcido como un mendigo viejo, las piernas cruzadas, los brazos hechos un nudo, mordiéndose los nudillos.

Cuando el celador abrió la puerta de la celda y los dejó solos, Paul levantó la vista.

—¡Vamos! ¡Sé moral! —dijo despacio.

Babbitt se desplomó en el catre junto a él.

—¡No voy a ser moral! ¡No me importa lo que haya pasado! Lo único que quiero es ayudarte. ¡Me alegro de que Zilla se haya llevado lo que se merecía!

—Bueno, no empieces a meterte con Zilla. He estado pensando que por una cosa o por otra nunca ha sido feliz. Después de pegarle el tiro... No tenía intención de disparar, pero me irritó de tal manera que me volví loco, un segundo nada más y saqué aquel revólver con el que tú y yo matábamos conejos y apreté el gatillo. No sé cómo ocurrió... Después, mientras trataba de limpiar la herida... Le dejé el hombro hecho una lástima..., y tenía una piel tan bonita... Quizá no se muera. Espero que la cicatriz no se le note mucho. Pero después, buscando en el cuarto de baño un poco de algodón para parar la sangre, me encontré un patito amarillo de pluma que colgamos una vez en el árbol de Navidad, y recordé que entonces éramos muy felices... Qué infierno, estoy aquí, y apenas puedo creerlo... —George le apretó el hombro—. Me alegro de que hayas venido... Pensé que ibas a echarme un sermón, y cuando uno ha cometido un crimen y lo traen aquí... Vino un montón de gente a la puerta de casa, todos me miraban cuando los guardias me sacaron... ¡Oh!, no quiero hablar más de eso.

Pero siguió hablando, en un monótono murmullo de pavor.

—Oye, tienes un rasguño en la cara —dijo Babbitt para cambiar de tema.

—Sí. Ahí es donde me dio el policía. Supongo que los polis se divertirán también sermoneando a los asesinos. Era un tío muy grande. Y no me dejaron que ayudase a llevar a Zilla a la ambulancia.

—¡Paul! ¡Basta ya! Escucha: Zilla no se va a morir, y cuando todo esto termine nos vamos a Maine otra vez tú y yo. Y quizá nos podamos llevar a esa May Arnold. Yo iré a Chicago y se lo propondré. ¡Buena mujer, vive Dios! Y después me encargaré de que montes un negocio en el oeste, por ejemplo en Seattle..., dicen que es una ciudad preciosa.

Paul sonreía. Ahora era Babbitt el que divagaba. No sabía si su amigo escuchaba o no, pero continuó hablando hasta que llegó el abogado, P. J. Maxwell, un hombrecillo activo y con cara de pocos amigos que, después de hacerle a Babbitt una inclinación de cabeza, dijo:

—Si Riesling y yo pudiéramos quedarnos a solas un momento...

Babbitt le estrujó la mano a Paul y esperó en la oficina hasta que Maxwell volvió.

—Dígame, ¿qué puedo hacer? —suplicó Babbitt.

—Nada. Absolutamente nada. Por ahora al menos —dijo Maxwell—. Lo siento. Tengo mucha prisa. Y no trate de verlo. Le he dicho al médico que le ponga una inyección de morfina para que duerma.

A Babbitt le parecía malvado volver a la oficina. Se sentía como si acabara de asistir a un entierro. Se desvió hacia el hospital municipal para preguntar por Zilla. «Probablemente no morirá», le dijeron. La bala del enorme revólver del calibre 44 le había destrozado el hombro y se había desviado hacia arriba al salir.

En su casa encontró a su mujer radiante con el horrorizado interés que producen las tragedias de los amigos.

—Naturalmente, Paul no tiene toda la culpa, pero este es el resultado de andar siempre detrás de otras mujeres en vez de llevar su cruz con cristiana resignación —exclamó, triunfante.

Babbitt estaba demasiado triste para responder como hubiera querido. Dijo lo que había que decir sobre llevar cruces con cristiana resignación y salió a limpiar el coche. Calmosamente, pacientemente, raspó la grasa de los ejes y el barro de las ruedas. Le llevó muchos minutos lavarse las manos; se las restregó con áspero jabón de cocina, disfrutando al hacerse daño en sus gruesos nudillos.

—Malditas manos delicadas... manos de mujer. ¡Ay!

Durante la cena, cuando su mujer empezó a decir lo inevitable, rugió:

—¡Os prohíbo a todos que digáis ni una palabra de Paul! Yo me encargo de hablar lo que sea necesario. ¿Oís? En esta ciudad tan amiga de los escándalos habrá esta noche una casa donde no se comentará lo ocurrido. ¡Y hacedme el favor de tirar esos cochinos periódicos!

Pero él mismo los leyó después de cenar.

Antes de las nueve se encaminó a casa del abogado Maxwell. Fue recibido sin cordialidad.

—¿Y bien? —dijo Maxwell.

—Vengo a ofrecer mis servicios. Tengo una idea. ¿No podría yo declarar que estaba allí, y que ella sacó el revólver primero, y que al tratar él de quitárselo se disparó?

—¿Y cometer perjurio?

—¿Eh? Sí, supongo que sería perjurio. ¡Oh...! ¿Serviría de algo?

—Pero ¡querido amigo! ¡Perjurio!

—¡No sea estúpido! Perdóneme, Maxwell; no quería ofenderle. He conocido, y usted también, muchos casos en los que se ha jurado en falso solo para quedarse con una casucha indecente, y en este caso, cuando se trata de librar a Paul de la cárcel, yo soy capaz de perjurar y de lo que sea.

—No. Aparte de la ética de la cuestión, temo que no sea factible. El fiscal hará polvo su declaración. Se sabe que Riesling y su mujer estaban solos en aquel momento.

—Entonces, escuche: déjeme subir al estrado y jurar (y esto es la verdad como que hay un Dios) que su mujer lo fastidió de tal manera que el pobre se volvió loco.

—No. Lo siento. Riesling rehúsa terminantemente que se haga cualquier declaración contra su mujer. Insiste en confesarse culpable.

—Pues déjeme que testifique algo, cualquier cosa, lo que usted diga. ¡Déjeme hacer algo!

—Lo siento, Babbitt, pero lo mejor que puede usted hacer... no quisiera decirlo, pero... lo mejor que podría hacer para ayudar es no meterse en el asunto.

Babbitt, dándole vueltas al sombrero como un pobre inquilino insolvente, se quedó tan visiblemente ofendido que Maxwell añadió en tono de condescendencia:

—No quiero herir sus sentimientos, pero usted comprenderá que debemos hacer por Riesling cuanto podamos sin tomar en consideración ningún otro factor. Usted, Babbitt, es uno de esos hombres que tienen demasiada facilidad de palabra. Le gusta a usted escucharse. Si por algún motivo pudiera incluirle entre los testigos, comenzaría usted a hablar y se le iría la lengua. Lo siento. Y yo ahora tengo que ocuparme de unos papeles... Lo siento mucho.

2

Pasó la mayor parte de la mañana siguiente dándose a sí mismo ánimos para encararse con el locuaz mundo del Athletic Club. Hablarían de Paul, se relamerían comentando el suceso, se comportarían de forma odiosa. Pero en la mesa de los Camorristas no se mencionó a Paul. Charlaron con gran interés sobre la próxima temporada de béisbol. Babbitt sintió por ellos un afecto que antes no había sentido nunca.

Se había imaginado el proceso de Paul, sin duda recordando alguna novela barata, como una larga lucha, con encarnizados discursos, un público anhelante y, de pronto, nuevas declaraciones sensacionales. En realidad, la vista de la causa duró menos de quince minutos, empleados la mayor parte por los médicos en atestiguar que Zilla sanaría y que Paul sufrió, probablemente, un ataque de locura momentánea. Al día siguiente, Paul fue sentenciado a tres años de prisión en la penitenciaría del Estado. Se lo llevaron de forma poco melodramática, sin maniatar, simplemente acompañado por un jovial agente de policía, y, después de decirle adiós en la estación, Babbitt volvió a su oficina, comprendiendo que se hallaba frente a un mundo que, sin Paul, no tenía sentido.

XXIII

1

Estuvo muy ocupado de marzo a junio. Se abstuvo del desconcierto de pensar. Su mujer y sus vecinos fueron generosos. Todas las noches jugaba al bridge o iba al cine, y los días pasaban silenciosos y monótonos.

En junio, la señora Babbitt y Tinka fueron a pasar unos días con unos parientes y Babbitt se encontró libre para hacer no sabía exactamente qué...

Después de que su mujer y su hija se fueran, estuvo pensando todo el día en aquella casa emancipada donde podía, si quisiera, volverse loco y maldecir a los dioses sin necesidad de mantener la compostura como marido. «Esta noche podría irme de juerga y no volver hasta las dos. Y nada de explicaciones después. ¡Hurra!». Telefoneó a Vergil Gunch, a Eddie Swanson. Los dos tenían compromisos aquella noche, y Babbitt se sintió repentinamente aburrido por las molestias que tenía uno que sufrir para divertirse.

Durante la cena estuvo callado y excepcionalmente afectuoso con Ted y Verona. No puso reparos cuando Verona formuló su opinión sobre la opinión que a Escott le merecía la opinión del reverendo John Jennison Drew sobre las opiniones de los evolucionistas. Ted estaba en un taller mecánico durante las vacaciones y relató sus triunfos: cómo había encontrado un buje roto, lo que le había contestado al viejo gruñón, lo que le había dicho al capataz sobre el porvenir de la telefonía inalámbrica.

Después de cenar, Ted y Verona se marcharon a un baile. La doncella salió también. Raras veces se había quedado Babbitt solo en la casa toda una noche. Estaba nervioso. Deseaba vagamente leer algo más divertido que la sección cómica del periódico. Subió al cuarto de Verona, se sentó en su virginal lecho azul y blanco, tarareando y gruñendo mientras examinaba los libros de su hija: *El rescate*, de Conrad; un volumen extrañamente titulado *Figuras de tierra*, poesías (extravagantes, pensó Babbitt), de Vachel Lindsay, y *Ensayos*, de H. L. Mencken, ensayos sumamente inmorales que se burlaban de la Iglesia y de todas las cosas decentes. No le gustó ninguno de los libros. En todos ellos encontró un espíritu de rebelión contra la delicadeza y contra la ciudadanía. Estos autores —que suponía famosos, además— no parecían interesados en contar historias que lo ayudaran a uno a olvidar sus problemas. Suspiró. Se fijó en un libro de Joseph Hergesheimer, *Los tres peniques negros*. ¡Ah, eso era lo que él buscaba! Sería una novela de aventuras, quizá de falsificadores de moneda..., detectives entrando de noche, silenciosamente, en una casa vieja. Con el libro bajo el brazo, bajó las escaleras y se puso a leer solemnemente junto a la lámpara del piano:

Un crepúsculo de polvo azul cayó en una hondonada de las colinas, cubiertas de espesos bosques. Era a primeros de octubre, pero la escarcha había estampado ya en los arces marcas de oro, los robles tenían manchas de rojo vinoso, el zumaque brillaba en la oscura maleza. Una bandada de patos salvajes volaba a poca altura sobre las colinas, en el sereno anochecer ceniciento. Howat Penny, de pie en un claro del camino, decidió que los patos no se acercarían bastante para disparar... No tenía ganas de cazar. Con la caída del sol su entusiasmo se había evaporado; volvió la indiferencia habitual...

Babbitt se sintió de nuevo descontento. Dejó el libro y se quedó escuchando el silencio. Las puertas interiores de la casa estaban abiertas. Oyó en la cocina el continuo gotear de la nevera, un ritmo inquietante e imperativo. Se acercó a la ventana. El anochecer de verano era brumoso, y, vistos a través de la rejilla metálica, los faroles parecían cruces de pálido fuego. El mundo entero era anormal. En medio de estas cavilaciones, Verona y Ted regresaron y subieron a acostarse. El silencio se adensó en la casa dormida. Babbitt se puso el sombrero, su respetable sombrero hongo, encendió un puro y se paseó de arriba abajo por delante de la casa, digno, majestuoso, tarareando «Hebras de plata entre el oro». Se le ocurrió de pronto telefonear a Paul. Luego recordó. Vio a su amigo con uniforme de presidiario, pero, aunque le atormentaba la idea, se resistía a creer que aquello no fuera parte de la irrealidad de aquella noche de encantamientos.

Si estuviera allí Myra, le habría dicho ya: «¿No es tarde, George?». Vagó desamparado, gozando de una libertad que no deseaba. Ahora la niebla ocultaba la casa. El mundo no había sido creado, era un caos sin tumultos ni deseos.

A través de la niebla se acercó un hombre con paso tan febril que parecía bailar furiosamente cuando entró en el círculo luminoso del farol. A cada paso blandía su bastón y lo descargaba sobre el suelo. Los lentes, colgados de una cinta ancha y presuntuosa, iban golpeando su barriga. Babbitt vio, incrédulo, que era Chum Frink.

Frink se detuvo, enfocó sus pupilas y habló con gravedad:

—He aquí otro imbécil, George Babbitt. Vive alquilando casas..., casas. ¿Sabe usted quién soy yo? Un traidor a la poesía. Estoy borracho. Estoy hablando demasiado. Fantasías. Imaginación. Oiga, oiga esto. Acabo de hacerlo:

Brillante zumbido, sonoro vaivén
de abejas y zánganos y jóvenes bien.

»¿Ha oído usted? Fantas... fantasías. Lo he hecho yo. ¡No sé lo que significa! Empiezo a escribir buenos versos. Versitos para niños de jardín. Y ¿qué escribo? ¡Basura! Poemas de periódico. ¡Basura todo! Hubiera podido... ¡Demasiado tarde!

Se alejó con una precipitación alarmante, dando tropezones pero sin caerse. Babbitt no se hubiera quedado más asombrado si un fantasma hubiera surgido de la niebla con la cabeza en las manos. Compadeciéndose de Frink, murmuró: «¡Pobre idiota!». Y lo olvidó en el acto.

Entró en su casa, se dirigió a la nevera y la saqueó. Cuando la señora Babbitt estaba en casa, aquel era uno de los mayores crímenes domésticos. De pie ante el fregadero cubierto, se comió un muslo de pollo, medio platillo de mermelada de frambuesa y, no sin refunfuñar, una viscosa y fría patata cocida. Estaba pensando. Empezaba a comprender que quizá la vida tal como él la conocía y practicaba era fútil; que el cielo tal como lo pintaba el reverendo John Jennison Drew no era ni probable ni interesante; que no le divertía gran cosa ganar dinero; que era de dudoso valor criar hijos simplemente para que ellos a su vez pudieran criar hijos que criaran hijos. ¿Qué significaba todo aquello? ¿Qué quería él?

Volvió al salón, se tumbó en el sofá con las manos cruzadas tras la nuca.

¿Qué quería él? ¿Riqueza? ¿Posición social? ¿Viajes? ¿Criados? Sí, pero solo incidentalmente.

—Me doy por vencido —suspiró.

Pero sabía que lo que deseaba era la presencia de Paul Riesling, y de ahí pasó a confesarse a sí mismo que deseaba al hada... en carne y hueso. Si hubiera tenido una mujer a quien amar, habría corrido a su lado, habría humillado su cabeza sobre sus rodillas.

Pensó en su mecanógrafa, la señorita McGoun. Pensó en la manicura más guapa de la barbería del hotel Thornleigh. Al quedarse dormido en el sofá creyó que había encontrado algo en la vida y que aquello era una ruptura, terrorífica y emocionante, con todo lo que era decente y normal.

2

A la mañana siguiente ya se había olvidado de que era un rebelde consciente, pero en la oficina estuvo irritado, y a las once, cuando empezaron las visitas y las llamadas de teléfono, hizo una cosa que a menudo había deseado hacer, pero a la que nunca se había atrevido: sin razón alguna dejó la oficina en manos de sus empleados y se fue al cine. Disfrutó del derecho a estar solo. Salió con la maligna determinación de hacer lo que le diese la gana.

Al acercarse a la mesa de los Camorristas, en el club, todos se echaron a reír.

—¡Hombre, aquí está el millonario! —dijo Sidney Finkelstein.

—¡Sí, le he visto en su Locomóvil! —dijo el profesor Pumphrey.

—¡Bueno, este George es un tío listo! —suspiró Vergil Gunch—. Probablemente habrá robado ya todo Dorchester. ¡No dejaría yo por ahí un pobre terreno indefenso al alcance de las garras de este!

Babbitt notó que tenían «algo con él». Y, además, estaban «en plan de guasa». Ordinariamente le hubiera encantado que se metieran con él, pues eso implicaba un honor, pero hoy estaba muy susceptible.

—Sí, quizá pueda daros una colocación en mi oficina —rezongó.

Sentía impaciencia por saber cómo acabaría la broma.

—Claro que podría haber quedado con una chica —dijeron—. No; creo que estaba esperando a su compinche, sir Jerusalén Doak.

—Vamos, desembuchad ya —estalló Babbitt—. ¿Qué pasa?

—¡Hurra! ¡George se enfada! —gritó Sidney Finkelstein, mientras los otros contenían la risa.

Gunch reveló la terrible verdad: habían visto salir a Babbitt de un cine... ¡a mediodía!

Siguieron la broma. Con cien variaciones, con cien carcajadas, dijeron que había ido al cine durante las horas de oficina. No le importaba lo que dijera Gunch, pero Sidney Finkelstein, aquel vivaracho y pelirrojo explicador de chistes, lo sacaba de quicio. En el vaso de Babbitt flotaba un pedazo de hielo demasiado grande que le hacía cosquillas en la nariz al beber. Finkelstein era como aquel trozo de hielo. Pero se contuvo; aguantó el pitorreo hasta que los otros se cansaron, y volvió a enfrascarse en los grandes problemas del día.

«¿Qué me pasa a mí hoy?» —reflexionó—. Estoy de un humor de todos los diablos. Hablan siempre demasiado. Pero mejor será que me ande con cuidado y me calle la boca».

Cuando encendieron los puros murmuró: «Tengo que marcharme», y escapó mientras los otros salmodiaban: «¡Claro, si pierdes la mañana con las acomodadoras en el cine!». Los oyó reírse. Se turbó un poco. Mientras ampulosamente convenía con el del guardarropa en que hacía mucho calor, pensó con qué gusto correría a consolarse con el hada contándole sus cuitas.

3

Después de acabar el dictado, retuvo a la señorita McGoun. Estuvo buscando un tema que pudiera hacerla salir de su oficinesca impersonalidad.

—¿Adónde va a pasar usted las vacaciones? —ronroneó.

—Creo que en al norte, a una granja; supongo que querrá usted la copia del contrato de Siddons esta misma tarde.

—¡Oh!, no hay prisa... Supongo que se divertirá usted mucho lejos de nosotros, con lo pesados que somos.

McGoun se levantó y recogió sus lápices.

—¡Oh!, nadie es pesado aquí; creo que puedo copiarlo en cuanto termine las cartas.

Desapareció. Babbitt rechazó totalmente la idea de que la señorita McGoun era una mujer abordable como se había imaginado.

—Claro, ya sabía yo que no se podía hacer nada —dijo.

4

Eddie Swanson, el agente de automóviles que vivía enfrente de Babbitt, daba una comida el domingo. Su mujer, Louetta, la alegre Louetta del jazz y de los vestidos provocativos, estaba desatada.

—¡Esto va a ser una verdadera juerga! —gritaba a los invitados que llegaban.

Babbitt había notado que muchos hombres la encontraban tentadora; ahora tuvo que confesarse que a él le parecía irresistiblemente tentadora. La señora Babbitt nunca juzgaba muy favorablemente a Louetta; Babbitt se alegraba de que no estuviese allí aquella noche.

Insistió en ayudar a Louetta en la cocina: sacó del horno las croquetas de pollo y de la nevera los sándwiches de lechuga. Le cogió la mano una vez y ella no lo notó. Babbitt se sintió humillado.

—¡Qué buen chico! ¡Cómo ayuda a mamá! —gorjeó Louetta—. Ahora, George, llévese esa bandeja y déjela sobre la mesa pequeña.

Quería que Eddie Swanson sirviera cócteles... para que Louetta bebiera. Quería... ¡Oh, quería ser un bohemio de esos de las novelas! Reuniones en los estudios. Chicas guapas independientes, pero no necesariamente malas. ¡No, malas no! Pero no insípidas, como las de Floral Heights. ¿Cómo podía él haber aguantado aquello tantos años...?

Eddie no sirvió cócteles. Cenaron alegremente, y Orville Jones repitió varias veces: «Cuando Louetta quiera sentarse en mis rodillas le diré a este sándwich que se largue», pero estuvieron muy formales, con la formalidad que debe guardarse un domingo. Babbitt se había apropiado discretamente, por derecho de prioridad, un asiento al lado de Louetta en la banqueta del piano. Mientras hablaba de automóviles, mientras la oía con una sonrisa inmóvil contar la película que había visto el miércoles anterior, mientras suspiraba por que se diese prisa en acabar de describir el argumento, la belleza del protagonista y el lujo de las decoraciones, Babbitt la estudiaba. Talle esbelto ceñido de seda, cejas enérgicas, ojos ardientes, el pelo partido sobre una frente amplia... Para él significaba la juventud y un encanto que entristecía. Pensó en lo buena compañera que sería en una larga excursión en coche, explorando montañas, acampando en un pinar sobre un hondo valle. Su fragilidad lo conmovía. Odiaba a Eddie por sus incesantes discusiones familiares. De repente identificó a Louetta con el hada. Lo sorprendió la convicción de que siempre habían sentido una mutua y romántica atracción.

—Supongo que llevarás una vida horrible ahora que estás viudo —le dijo ella.

—¡Y tanto! Soy una mala persona y a mucha honra. Cualquier noche de estas le echas una droga a Eddie en el café, cruzas la calle, y yo te enseño cómo se hace un cóctel.

—Bueno, puede que lo haga. ¡Quién sabe!

—¡Pues cuando te decidas, basta que cuelgues una toalla en la ventana del ático y saco la ginebra!

Todo el mundo rio la pillería. Siguiendo la broma, Eddie Swanson declaró que antes de tomar el café cada día mandaría analizarlo. Los otros, cambiando de tema, se pusieron a discutir los crímenes recientes que podía discutirse, pero Babbitt desvió su conversación con Louetta hacia cuestiones personales.

—Llevas el vestido más bonito que he visto en mi vida.

—¿De verdad te gusta?

—¿Que si me gusta? Mira: voy a hacer que Kenneth Escott publique un artículo en el periódico diciendo que la mujer que mejor viste de Estados Unidos es la señora Louetta Swanson.

—¡Por Dios, no me tomes el pelo! —dijo, pero sonrió—. Vamos a bailar un poco, George; tienes que bailar conmigo.

Él, al mismo tiempo que protestaba: «¡Ya sabes lo mal que bailo!», se puso de pie.

—Te enseñaré. Conmigo, cualquiera puede aprender.

Sus ojos estaban húmedos, su voz se quebraba de emoción. Babbitt se convenció de que la había conquistado. La agarró y, sintiendo el suave calor de su cuerpo, comenzó a dar vueltas en una pesada versión del *two-step*. Solo tropezó una o dos veces con las otras parejas.

—No lo hago tan mal, ¿eh? ¡Estoy bailando como un profesional! —dijo.

Ella respondió vivamente:

—Sí..., sí...; ya te dije que conmigo cualquiera aprende... ¡No des los pasos tan largos!

Olvidó por un momento las confidencias; poniendo los cinco sentidos, trataba de no perder el compás. Pero de nuevo se vio envuelto por sus encantos. «Tiene que quererme a la fuerza», se dijo. Pretendió besarle un rizo junto a la oreja. Louetta volvió la cabeza mecánicamente para evitarlo y mecánicamente murmuró: «No».

Por un momento la odió, pero, pasado ese momento, se sintió tan apasionado como antes. Bailó con la señora Jones, siempre mirando a Louetta, que pasaba bailando con su marido. «¡Cuidado! ¡No hagas el tonto!», se advirtió a sí mismo, mientras daba saltitos y doblaba las rodillas con la respetable señora, a quien le dijo varias veces: «¡Uf, qué calor!». Sin saber por qué, pensó en Paul, encerrado en aquel sombrío lugar donde los hombres no bailan nunca. «Estoy idiota esta noche; lo mejor es que me vaya a casa», pensó, preocupado, pero en cuanto dejó a la señora Jones corrió al lado de Louetta y le dijo simplemente:

—La siguiente la bailas conmigo.

—¡Ay, tengo mucho calor! Esta no lo bailo.

—Entonces —dijo audazmente— salgamos a tomar el fresco en el porche.

—Bueno...

En la dulce oscuridad, oyendo a sus espaldas el alboroto de la casa, Babbitt le cogió resueltamente una mano. Ella la cerró con fuerza una vez antes de retirarla.

—¡Louetta! ¡Eres la cosa más excelente que conozco!

—También tú eres un tipo excelente.

—¿Sí? Tenemos que ser amigos, Louetta. ¡Me encuentro tan solo!

—¡Ah, ya te animarás cuando venga tu mujer!

—No.

Louetta cruzó las manos bajo la barbilla para que él no se atreviera a cogérselas.

—Cuando estoy triste y... —Estuvo a punto de sacar a cuento la tragedia de Paul, pero esto era demasiado sagrado hasta para la diplomacia del amor—. Cuando vuelvo cansado de la oficina, me gusta mirar la acera de enfrente y pensar en ti. Una noche soñé contigo.

—¿Fue un sueño agradable?

—¡Maravilloso!

—Dicen que siempre ocurre lo contrario de lo que se sueña. Bueno, tengo que volver dentro.

Se había levantado.

—¡Oh, todavía no! ¡Por favor, Louetta!

—Sí, sí. Tengo que atender a mis invitados.

—¡Ya se arreglarán ellos!

—No, no está bien abandonarlos.

Louetta le dio una palmadita en el hombro y desapareció.

Pasó dos minutos avergonzado, con un deseo infantil de marcharse a su casa sin ser visto, pero luego pensó: «¡Desde luego, yo no estaba tratando de intimar con ella!». Y entró a bailar virtuosa y visiblemente con la señora Jones para huir de Louetta.

XXIV

1

Su visita a Paul fue tan irreal como aquella noche de niebla y de dudas. Sin ver nada atravesó los corredores de la cárcel, que olían a ácido fénico, y entró en un cuarto con bancos amarillos, cuyos asientos, decorados con rosetas, eran como los que de chico había visto en las zapaterías. El celador trajo a Paul. Sobre su deshilachado uniforme gris, su pálido rostro no tenía expresión. Se movía con timidez, obedeciendo las órdenes del celador, a quien humildemente alargó, para que las examinase, las revistas y el tabaco que Babbitt le traía. lo único que tenía para decir era: «¡Oh, ya me voy acostumbrando!», y: «Trabajo en la sastrería; la tela me hace daño en los dedos».

Babbitt sabía que en aquel lugar de muerte Paul estaba muerto. Y meditando en el tren, a la vuelta, comprendió que algo de sí mismo había muerto también: la fe robusta y leal en la bondad del mundo, el miedo a la desaprobación del público, el orgullo del éxito. Se alegraba de que su mujer estuviese fuera. Lo reconoció sin tratar de justificarlo. ¡Qué le importaba!

2

SEÑORA JUDIQUE, decía la tarjeta. Babbitt sabía que era la viuda de Daniel Judique, un comerciante que vendía papel al por mayor. Tendría unos cuarenta o cuarenta y dos años, pero él le calculó menos cuando la vio en la oficina aquella tarde. Había ido a preguntar por un piso y, como no se fiaba de la empleada, Babbitt se encargó de atenderla. Se sintió nerviosamente atraído por la elegancia de aquella viuda. Era una mujer esbelta y llevaba un vestido negro moteado de blanco, un vestido gracioso y fresco. Le sombreaba la cara un sombrero negro de ala ancha. Tenía los ojos brillantes, la barbilla agradablemente redonda y unas mejillas de un rosa uniforme. Babbitt se preguntó después si estaba maquillada, pero ningún hombre sabía menos que él de tales artes.

Se sentó y empezó a dar vueltas a su sombrilla violeta. Su voz era atractiva sin ser coqueta.

—Quizá pueda usted ayudarme.

—Con mucho gusto.

—He mirado por todas partes y... Quiero un pisito, con solo un dormitorio, o quizá dos, salón, cocina y cuarto de baño, pero que tenga encanto, no uno de esos lugares lóbregos, ni tampoco de esas nuevas casas tan chillonas. Y no puedo pagar muchísimo. Me llamo Tanis Judique.

—Tengo un piso que quizá le convenga. ¿Quiere usted que la lleve ahora a verlo?

—Sí. Dispongo de un par de horas.

En los apartamentos Cavendish, recién construidos, Babbitt tenía un piso que reservaba para Sidney Finkelstein, pero, ante la idea de llevar a aquella agradable mujer en su automóvil, olvidó a su amigo y proclamó en tono galante:

—¡Veremos lo que puedo hacer!

Sacudió el polvo del asiento para ella y estuvo dos veces a punto de matarse por lucirse conduciendo.

—¡Usted sabe cómo conducir un coche! —dijo ella.

Su voz encantó a Babbitt. «Es una voz musical —pensó—, una voz de mujer culta, no una risita falsa como la de Louetta».

—¿Sabe usted? —dijo Babbitt, dándose tono—, hay un montón de individuos que tienen pánico y conducen tan despacio que no lo dejan a uno moverse. El chófer más seguro es el que sabe manejar el volante y no tiene miedo de acelerar cuando es necesario, ¿no cree usted?

—¡Ah, claro!

—Apuesto a que usted conduce como los ángeles.

—¡Oh, no...!; es decir..., lo que se dice conducir no. Nosotros, naturalmente, teníamos coche... antes de que mi marido muriese..., y yo solía hacerme la ilusión de que conducía, pero creo que una mujer no puede nunca aprender a conducir como un hombre.

—Bueno, hay mujeres que conducen divinamente.

—¡Oh!, desde luego, esas mujeres que tratan de imitar a los hombres, y juegan al golf, y se echan a perder el cutis, y se estropean las manos.

—Eso sí. A mí no me han gustado nunca las mujeres hombrunas.

—Es decir..., yo las admiro muchísimo, y me siento tan débil y tan inútil comparada con ellas...

—¡Vamos, no diga usted eso! Apuesto a que toca usted el piano como los ángeles.

—¡Oh, no...!; es decir..., lo que se dice tocar no.

—¡Pues yo apostaría a que sí!

Miró de reojo sus manos delicadas, sus sortijas de diamantes y rubíes. Ella sorprendió su mirada, juntó las manos, curvando felinamente sus blancos dedos, lo cual encantó a Babbitt, y suspiró:

—Me encanta tocar...; es decir..., aporrear en el piano, pero nunca lo he estudiado en serio. Mi marido solía decir que yo habría sido una buena pianista si hubiese estudiado, pero supongo que lo diría por halagarme.

—¡Apuesto a que no! Apuesto que tiene usted temperamento.

—¡Oh...! ¿Le gusta a usted la música, señor Babbitt?

—¡Que si me gusta! Pero, la verdad, la música clásica no me entusiasma.

—¡A mí sí! Me encantan Chopin y todos esos.

—¿De verdad? Bueno, claro, yo voy a muchos conciertos sesudos, pero me gusta una buena orquesta de jazz y ver al del violín gigante dándole vueltas al instrumento y golpeándolo con el arco.

—¡Oh, sí! A mí me encanta la música de baile. Me gusta bailar. ¿A usted no, señor Babbitt?

—¡Que si me gusta! No es que sea un bailarín de primera; eso no.

—¡Oh, seguramente baila usted muy bien! Yo le enseñaré. Conmigo aprende cualquiera.

—¿Querría usted darme una lección alguna vez?

—Desde luego.

—Mire usted que le tomo la palabra. Cualquier día me presento en su casa y tiene usted que darme la lección.

—Sí.

No se ofendió, pero tampoco se comprometió a nada. Babbitt se advirtió a sí mismo: «¡Ándate con ojo! ¡No vayas a hacer el idiota otra vez!». Y, muy orgulloso, razonó:

—Me gustaría bailar como la gente joven, pero le diré una cosa: creo que el deber de un hombre es tomar parte activa, creadora diría yo, en el progreso del mundo y hacer algo que justifique su vida, ¿no cree usted?

—¡Oh, no lo dude...! ¿Está usted casado?

—Eh... Sí... Y, naturalmente, los deberes oficiales... Soy vicepresidente del Boosters' Club, y dirijo uno de los comités de la Asociación Estatal de Agencias Inmobiliarias, lo cual significa un montón de trabajo y de responsabilidades... Y no saca uno ni gratitud.

—¡Sí, ya lo sé! Los hombres públicos nunca son debidamente apreciados.

Se miraron los dos con mutuo respeto y, al llegar a los apartamentos Cavendish, Babbitt la ayudó a bajar cortésmente, señaló la casa como presentándosela y ordenó pomposamente al chico del ascensor que «trajera las llaves deprisita». En el ascensor, ella se colocó tan cerca de él que se puso nervioso. Pero fue prudente.

Era un piso bonito, con molduras blancas y paredes azul pálido. A la señora Judique le complació en extremo y decidió alquilarlo. Cuando iban por el pasillo camino del ascensor, le tocó en la manga y le dijo con voz musical:

—¡Oh, estoy tan contenta de haber acudido a usted! Es tan raro dar con un hombre que realmente comprenda. ¡Si viera los pisos que me han enseñado!

Se imaginó de pronto, por instinto, que podría pasarle el brazo por la cintura, pero se reprendió a sí mismo y, con excesiva cortesía, le abrió la puerta del coche y la llevó a su casa. En el camino de vuelta a la oficina iba rabiando:

«Me alegro de haber tenido un poco de criterio por una vez... Maldita sea, ojalá lo hubiera intentado. ¡Es una monada! ¡Un verdadero encanto! Ojos preciosos, labios bonitos y ese talle tan delgado... Nada de chabacanería, como otras mujeres... ¡No, no, no! ¡Es una señora realmente culta! Una de las mujercitas más inteligentes que he conocido en no sé cuánto tiempo. Entiende un poco de todo y... Pero ¡maldita sea! ¿Por qué no me atreví! ¡Tanis!».

3

Se devanaba los sesos buscando una explicación. Por fin descubrió que volvía hacia la juventud, como joven que era. La muchacha que más especialmente le inquietaba (aunque nunca había hablado con ella) era una de las manicuras, la última a la derecha, de la barbería Pompeian. Pequeña, viva, pelinegra, sonriente, tendría unos diecinueve años, quizá veinte. Solía llevar unas blusas color salmón, muy transparentes, que exhibían sus hombros y su camisola negra.

Babbitt iba a la barbería Pompeian cada dos semanas a recortarse el pelo. Hoy, como siempre, se sintió desleal y traidor a su vecina la barbería del edificio Reeves. Luego, por primera vez, desechó su sentimiento de culpabilidad. «¡Vamos, hombre, no tengo que ir allí si no quiero! ¡El edificio Reeves no es mío! ¡Qué tengo que ver con los peluqueros esos! ¡Y me corto el pelo donde puñetas me dé la gana! ¡Asunto concluido! No vuelvo a proteger a nadie... A menos que quiera. Así no se va a ninguna parte. ¡Se acabó!».

La barbería Pompeian estaba en los bajos del hotel Thornleigh, el mayor y más moderno hotel de Zenith. Del vestíbulo se bajaba a la peluquería por una curva escalera de mármol con barandilla de latón. El interior era de azulejos negros, blancos y rojos, con un sensacional techo de oro bruñido, y una fuente en la que una ninfa maciza vaciaba eternamente una cornucopia escarlata. Cuarenta barberos y nueve manicuras trabajaban desesperadamente, y en la puerta, seis porteros de color acechaban para recibir a los clientes, de cuyos sombreros y cuellos de camisa se encargaban, para después guiarlos a una sala de espera, donde, sobre una alfombra, que en el suelo de piedra blanca parecía una isla tropical, había una docena de sillones de cuero y una mesa atestada de revistas.

El que atendió a Babbitt era un obsequioso negro de pelo gris que lo saludó por su nombre, honor altamente estimado en Zenith. Sin embargo, Babbitt no se sentía contento. Su manicura estaba ocupada arreglándole las uñas a un señor exageradamente vestido y riéndose con él. Babbitt lo odió. Pensó en esperar, pero interrumpir el poderoso sistema de la barbería

Pompeian era inconcebible, e instantáneamente lo llevaron en volandas hasta una silla.

Lo rodeaba un lujo ostentoso y delicado. A uno de los adeptos le estaban dando un tratamiento facial con rayos ultravioleta; al de al lado le aplicaban un champú de aceite. Unos mozos movían milagrosas máquinas eléctricas de masaje. Los barberos sacaban toallas humeantes de vapor de un aparato que parecía un obús de níquel bruñido y las tiraban desdeñosamente tras usarlas un segundo. Frente a los sillones, en una vasta repisa de mármol, había centenares de tónicos de diversos colores: ámbar, rubí, esmeralda. A Babbitt le halagaba tener dos esclavos personales a la vez: el barbero y el limpiabotas. Habría sido completamente feliz si también le hubiera atendido su manicura. Mientras le recortaban el pelo, el peluquero le pedía su opinión sobre las carreras de Havre de Grace, sobre la temporada de béisbol y sobre el alcalde Prout. El joven limpiabotas negro tarareaba «The Camp Meeting Blues» y frotaba al compás de la canción, con el trapo tan tirante que sonaba como una cuerda de banjo. El peluquero era un vendedor excelente. Hacía que Babbitt se sintiera persona rica y de importancia con su manera de preguntar: «¿Cuál es su tónico favorito, caballero? ¿Tiene usted tiempo hoy de darse un masaje facial? Su cuero cabelludo está un poco tenso. ¿Le doy un masaje de cuero cabelludo?».

Lo que más emoción le produjo a Babbitt fue el champú. El peluquero le enjabonó bien el pelo, luego (cuando Babbitt se inclinó sobre el lavabo, embozado en toallas) se lo remojó con agua caliente, lo cual le produjo un agradable picor en la cabeza, y, por último, dejó correr el agua helada. Con la impresión, con el ardiente frío que sentía en su cráneo, el corazón de Babbitt palpitó violentamente, su pecho se dilató, su médula vibró electrizada. Era una sensación que rompía la monotonía de la vida. Al incorporarse echó una mirada augusta por el local. El peluquero le frotó obsequiosamente el pelo húmedo y le puso una toalla a modo de turbante. Babbitt parecía un califa regordete y rosáceo sentado en un trono ingeniosamente ajustable. El bueno del peluquero, como si se sintiera deslumbrado por los esplendores del califa, preguntó:

—¿Quiere el señor una fricción de aceite Eldorado? Excelente para la cabeza. ¿No se la di la última vez?

No se la había dado, pero Babbitt consintió.

—Bueno, sí.

Con temblorosa vehemencia vio que su manicura estaba desocupada.

—No sé, después de todo, creo que me arreglaré las uñas —murmuró.

Y muy excitado la vio acercarse, morena, sonriente, delicada, pequeña. Tendría que terminar su trabajo en su mesa y entonces Babbitt podría hablarle sin que el peluquero escuchase. Esperó resignadamente, tratando de no mirarla, mientras la chica le limaba las uñas y el barbero le afeitaba untándole las mejillas ardientes con todas las interesantes mixturas que los cerebros barberiles han inventado a través de los siglos. Una vez afeitado y sentado frente a la manicura, Babbitt admiró la tabla de mármol de la mesilla, admiró la pila hundida en ella con sus diminutos grifos plateados y se admiró a sí mismo por poder frecuentar un sitio tan caro. El agua caliente le había dejado la piel tan sensitiva que, cuando ella le sacó la mano de la palangana, Babbitt notó de un modo anormal el contacto de sus finos dedos. Tenía la muchacha unas uñas rosadas y lustrosas que le encantaron. Sus manos le parecieron más adorables que las de la señora Judique, y más elegantes. Le produjo cierto éxtasis el dolor cuando ella le recortó la cutícula con un instrumento muy afilado. Hacía esfuerzos por no mirar la curva de sus hombros y de sus jóvenes pechos, muy visibles bajo la ligera gasa rosa. La miraba como si fuera cosa exquisita, y cuando trató de hacerse el simpático le habló tan torpemente como un pueblerino a su primera novia.

—Hace calor hoy para trabajar, ¿eh?

—Sí, hace calor. Se cortó usted las uñas la última vez, ¿verdad?

—Supongo.

—Debería usted ir siempre a una manicura.

—Sí, quizá. Yo...

—No hay nada tan bonito como unas uñas bien cuidadas. Creo que es la mejor manera de distinguir a un caballero. Ayer estuvo aquí uno que vende automóviles y dijo que siempre se puede saber la clase de persona por el coche, pero yo le dije: «¡Déjate de tonterías!», le digo, «los esnobs miran las uñas cuando quieren saber si un tipo es un caballero de verdad o un pelagatos cualquiera».

—Sí, quizá tengas razón. Claro que... con una chiquilla tan bonita como tú, no puede uno menos que venir a arreglarse las zarpas.

—Yo seré una chiquilla, pero a mí no me la dan, y calo a la gente en cuanto la veo (me basta una mirada), y no hablaría con tanta franqueza con un cliente si no viera que es persona decente.

Sonrió. Sus ojos le parecieron tan dulces como los charcos de la lluvia de abril. Con mucha seriedad se dijo que ciertos sinvergüenzas pensarían, solo porque una chica era manicura y acaso no muy bien educada, que no valía para nada, pero él era demócrata y comprendía al pueblo. Y se quedó con la seguridad de que aquella era una buena chica..., pero no tanto que resultase incómodo.

—Me imagino que habrá un montón de hombres que intentarán propasarse contigo.

—¡Que si los hay! Mire, se encuentran tipos que creen que, como una trabaja en una barbería, pueden hacer lo que se les antoje. ¡Las cosas que oye una! ¡Pero crea usted que yo a esos pájaros sé espantármelos! No hago más que decirles, mirándolos de arriba abajo: «¿Con quién creen usted que está hablando?», y desaparecen como un sueño de amor y..., ¡ah!, ¿no quiere usted una cajita de crema para las uñas? Se las deja a usted como acabadas de arreglar, es completamente inofensiva y dura varios días.

—Sí, me llevaré una. Escucha... Escucha, tiene gracia; vengo aquí desde que abrió la barbería y... —con astuta sorpresa—, ¡creo que no sé cómo te llamas!

—Ah, ¿no? ¡Tiene gracia! Tampoco sé yo su nombre.

—¡Bueno, no me tomes el pelo! ¿Cuál es ese nombrecito tan bonito?

—No tan bonito. Un poco judío. Aunque mi familia no es judía. El padre de mi padre era un noble polaco, y una vez vino aquí un señor que..., que era algo así como un duque o no sé qué...

—¡Ya! ¡Un duque sin ducados!

—¿Quién lo está contando, usted o yo? Y dijo que conocía a los parientes del padre de mi padre en Polonia y que tenían una casa muy grande. ¡En la misma orilla de un lago...! —Y con expresión insegura—: ¿No me cree?

—Sí. No, de verdad. Sí que lo creo. ¿Por qué no? En serio, cada vez que te veo, dulzura, me digo para mis adentros: «Esa chiquilla tiene sangre azul en las venas».

—¿De verdad?

—Y tanto. Bueno, bueno, venga..., ahora somos amigos...; ¿cómo te llamas?

—Ida Putiak. Como nombre, no vale gran cosa. Yo siempre le digo a mi madre, le digo: «Mamá, ¿porque no me pusiste Dolores o algo así con clase?».

—¡Pero si es un nombre distinguidísimo!

—¿Qué se apuesta a que yo sé su nombre?

—No sé, no creo... Claro que... Oh, no soy tan conocido.

—¿No es usted el señor Sondheim, el viajante de la compañía Krackajack, de cuchillería de cocina?

—¡No! ¡Yo soy el señor Babbitt, agente inmobiliario!

—¡Ah, perdone! Ah, claro. De aquí, de Zenith, quiere usted decir.

—Sí —respondió Babbitt con la brusquedad de quien se siente ofendido.

—Ah, claro. He leído sus anuncios. Son de primera.

—Hum, bueno... A lo mejor has leído algo sobre mis discursos.

—¡Pues claro que sí! No tengo mucho tiempo para leer, pero... pensará usted que yo soy una tontita.

—A mí me parece que eres un encanto

—Bueno... Este oficio tiene una ventaja. Le da a una ocasión de conocer caballeros finos y de mejorar la mente con la conversación, tanto que puede una calar a la gente del primer vistazo.

—Escucha una cosa, Ida; no vayas a pensar que soy un descarado pero...

Babbitt reflexionaba que sería humillante ser rechazado por aquella chiquilla, y que sería peligroso ser aceptado. Si la invitaba a cenar y los veían amigos criticones... Pero continuó apasionadamente:

—No vayas a pensar mal de mí si te propongo que salgamos una noche y cenemos juntos los dos.

—Yo no sé si debo, pero... Sabe usted, mi amigo siempre está diciendo que quiere llevarme a cenar. Pero quizá pueda esta noche.

4

No había razón, se dijo Babbitt, para que no fuera a cenar tranquilamente con una pobre chica a quien sin duda sería provechosa la compañía de una persona educada y madura como él. Pero, por miedo a que alguien los viese y no comprendiera, la llevaría al motel Biddlemeier, a las afueras de la ciudad. Darían un paseo en coche aquella noche de calor, y él podría cogerle la mano... No, no haría ni siquiera eso. Ida era complaciente; sus hombros desnudos lo demostraban bien a las claras, pero lo que es él no trataría de seducirla solo porque ella se lo esperase.

Entonces su coche se averió; le había pasado algo a la ignición. ¡Y lo necesitaba aquella noche! Furioso, probó las bujías, inspeccionó el conmutador. Nada, el coche no quería arrancar, y tuvieron que remolcarlo hasta un taller. Con emoción renovada, pensó en un taxi. Había algo al tiempo lujoso y perverso en un taxi.

Pero cuando fue a recoger a la muchacha, que le esperaba en una esquina cerca del hotel Thornleigh, ella le dijo:

—¿Un taxi? ¡Yo creía que tenía usted coche!

—Lo tengo. Claro que lo tengo. Solo que hoy está averiado.

—¡Ah! —exclamó ella como quien ha oído el cuento antes.

Se dirigieron hacia el motel Biddlemeier. Babbitt intentó todo el trayecto hablarle como un viejo amigo, pero se estrellaba contra la pared de su palabrería. Con interminable indignación, la chica narraba sus broncas con aquel «descarado del maestro barbero» y las cosas terribles que le iba a hacer si le seguía diciendo que «sabía más de parlotear que de recortar pezuñas».

En el motel Biddlemeier no consiguieron que les sirvieran una bebida. El camarero se negó a entender quién era George F. Babbitt. Sentados ante una enorme fuente de frituras variadas hablaron de los partidos de béisbol. Babbitt trató de cogerle la mano a Ida.

—¡Cuidado! —dijo ella en tono amistoso—. El fresco del camarero está espiando.

Salieron. Era una traicionera noche de verano. El aire soplaba perezoso y una luna pequeñita se alzaba sobre los transfigurados arces.

—Vamos a otro sitio donde podamos beber y bailar —exigió él.

—Claro que sí, alguna otra noche. Hoy le he prometido a mamá volver pronto.

—¡Oh, hace una noche demasiado buena para meterse en casa!

—Yo iría de buena gana, pero mamá me regañaría.

Babbitt estaba temblando. Ella era todo lo que es joven y exquisito. Le pasó un brazo por la cintura. Ella apoyó la cabeza en su hombro, sin miedo, y él se sintió triunfante. Después, ella bajó corriendo las escaleras, canturreando:

—Vamos, Georgie, vamos a coger un taxi y a tomar el fresco.

Era una noche para amantes. A lo largo de la carretera de Zenith, a la suave luz de una luna baja, se veía una fila de automóviles parados y siluetas abrazadas. Babbitt tendió sus manos ávidas a Ida, y cuando ella se las acarició la miró enternecido. No hubo resistencia ni transición. Él la besó y ella respondió sencillamente a su beso, sin hacer caso de la estólida espalda del taxista.

Se le cayó el sombrero y se separó de él para recogerlo.

—¡Oh, déjalo! —suplicó Babbitt.

—¿Eh? ¿Mi sombrero? ¡Ni loca!

Esperó a que se lo sujetase al pelo con alfileres, luego quiso abrazarla de nuevo. Ella se echó hacia atrás.

—¡Vamos, no seas malo! —dijo en tono maternal—. ¡No enfades a mamaíta! Quédate sentado, pequeñín, y mira qué noche más estupenda hace. Si eres un niño bueno, quizá te daré un beso cuando nos despidamos. Ahora dame un cigarrillo.

Muy solícito, Babbitt le encendió el cigarrillo y le preguntó si estaba cómoda. Luego se sentó lo más lejos de ella que pudo. Su fracaso lo había dejado frío. Nadie podría haberle dicho a Babbitt que era un imbécil con más vigor, precisión e inteligencia que él mismo en aquel momento. Pensó que, desde el punto de vista del reverendo John Jennison Drew, era un hombre malvado, y desde el punto de vista de la señorita Ida

Putiak, un pelmazo a quien había que aguantar como castigo por haber comido una buena cena.

—Cariño, no te irás a poner de mal humor, ¿verdad?

La chica hablaba con descaro. Babbitt habría querido pegarle. «Yo no tengo por qué aguantar a esta muerta de hambre. ¡Maldita emigrante! Bueno, acabemos con esto cuanto antes, y luego a casa a darme de patadas toda la noche».

—¿Yo? ¿De mal humor? —replicó con un bufido—. Pero, nena, ¿por qué habría de estar de mal humor? Mira, Ida, escucha al tío George. Te voy a decir lo que tienes que hacer con el barbero ese. No vas a estar peleando siempre. Yo tengo bastante experiencia con empleados, y has de saber que no vale la pena llevar la contraria...

Al llegar a la descolorida casa de madera donde ella vivía, Babbitt le dijo adiós de forma breve y amigable pero cuando el taxi arrancó estaba rezando:

—¡Oh, Dios mío!

XXV

1

Se despertó y se estiró alegremente al oír a los gorriones, luego recordó que todo andaba de través; que había decidido ir
por el mal camino, y que no se estaba divirtiendo en el proceso. ¿Por qué, se preguntó, debía rebelarse? ¿Rebelarse contra
qué? ¿Por qué no ser juicioso, dejarse de estúpidas juergueci-
tas y pasarlo bien con su familia, sus negocios y sus amigos del
club? ¿Qué sacaba él de la rebelión? Disgustos y vergüenzas...
la vergüenza de ser tratado como un chiquillo ofensivo por
una cualquiera como Ida Putiak. Y sin embargo... Siempre
volvía a ese «y sin embargo». Por muchos disgustos que se lle-
vase, nunca podría recuperar el contento en un mundo que,
una vez que se dudaba de él, resultaba absurdo.

Desde luego, se juró, «lo de andar persiguiendo faldas se
ha terminado».

A mediodía ya no estaba seguro ni de eso siquiera. Si bien
en la señorita McGoun, en Louetta Swanson y en Ida no había hallado a la mujer fina y cariñosa, eso no demostraba que
no existiese. No le cabía duda de que en alguna parte existiría
la no imposible Ella capaz de entenderlo, de apreciarlo, de hacerlo feliz.

2

La señora Babbitt volvió en agosto.

En sus anteriores ausencias había echado de menos su tranquilizadora conversación, y su llegada era para él una fiesta. Ahora, aunque no había osado que se transparentara en sus cartas, lamentaba que volviera antes de haberse encontrado a sí mismo, y lo violentaba la necesidad de fingir alegría al verla.

Fue paseando hasta la estación, parándose a estudiar los anuncios de centros de veraneo, para no tener que hablar con conocidos que pasaban y descubrir su mal humor. Cuando el tren entró, Babbitt estaba en el andén de cemento, mirando dentro de los vagones. Al ver a su mujer en la cola de pasajeros que se movía hacia el andén, agitó su sombrero. En la portezuela la abrazó y le dijo:

—Vaya, vaya; traes buena cara, caramba, muy buena cara.

Luego se fijó en Tinka. Aquella niña, con su absurda naricilla y sus ojos vivos, lo quería, lo creía un gran hombre, y Babbitt la alzó y la estrujó en sus brazos hasta hacerla chillar. Había vuelto por un instante a ser quien era.

Tinka se sentó a su lado en el coche, con una mano en el volante, haciéndose la ilusión de que lo ayudaba a conducir, y Babbitt le gritó a su mujer, que iba en el asiento de atrás:

—¡Verás cómo esta niña va a ser el mejor chófer de la familia! Lleva el volante como una profesional.

Fue todo el camino pensando con un miedo espantoso en que, cuando se quedasen a solas, su mujer esperaría pacientemente a que él se mostrase apasionado.

3

En la casa corría la teoría no oficial de que Babbitt pasaría las vacaciones solo, y que se iría una semana o diez días a Catawba, pero a él lo atormentaba el recuerdo de que un año antes había estado con Paul en Maine. Se imaginaba volviendo, gozando de la paz y de la presencia de Paul, en una vida primitiva y heroica. De pronto, lo asaltó la idea de que podía ir. Solo que, en realidad, no podía; no podía dejar su negocio, a Myra le extrañaría que se fuese allá solo. Pero había decidido hacer lo que le diese la gana de ahora en adelante, y sin embargo... ¡ir hasta Maine!

Fue, después de largas meditaciones.

Con su mujer, pues era inconcebible explicarle que iba a buscar el espíritu de Paul en la soledad, empleó sobriamente la mentira preparada hacía un año y apenas usada. Le dijo que tenía que hablar de negocios con un señor de Nueva York. No habría podido explicarse ni siquiera a sí mismo por qué sacó del banco varios cientos de dólares más de lo que necesitaba, ni por qué había besado tan tiernamente a Tinka y le había dicho: «¡Dios te bendiga, hija mía!». Desde el tren le dijo adiós con la mano hasta que la niña quedó reducida a un punto rojo junto a la parda corpulencia de su madre. Babbitt miró con melancolía el último suburbio de Zenith.

Todo el trayecto fue pensando en los guías de Maine: sencillos, fuertes y osados, alegres cuando jugaban al póquer en su cabaña sin techar, juiciosos y enterados cuando andaban por el bosque o atravesaban los rápidos. Recordaba especialmente a Joe Paradise, medio yanqui, medio indio. ¡Si pudiera comprar una tierra en la montaña y vivir allí con un hombre como Joe, trabajar duro, gozar de la libertad, hacer ruido, ponerse una camisa de franela y no volver jamás a aquella estúpida decencia!

O, como los cazadores de las películas de Canadá, poner trampas en los bosques, acampar en las Montañas Rocosas como un torvo y mudo troglodita. ¿Por qué no? Podía hacerlo. A su familia le quedaba bastante dinero para salir adelante hasta que Verona se casara y Ted se ganara la vida. El viejo

Henry T. se ocuparía de ellos. ¡En serio! ¿Por qué no? Vivir de verdad, vivir.

Lo ansiaba, reconoció que lo ansiaba, y casi creyó que iba a hacerlo. Cada vez que el sentido común protestaba: «¡Locuras! Nadie abandona a su familia y a sus amigos así como así. ¡No se hace porque no, y ya está!», Babbitt respondía: «Pues no se necesitaría más valor del que Paul tuvo para ir a la cárcel... ¡Dios, lo que me gustaría! Mocasines..., revólveres de seis balas..., ciudades fronterizas..., jugadores..., dormir bajo las estrellas... ser un macho de verdad, con un macho como Joe Paradise... ¡Dios!».

Por fin llegó a Maine. De nuevo se encontró en el muelle del hotel, de nuevo escupió heroicamente en el agua delicada y trémula; los pinos murmuraban, las montañas resplandecían y una trucha saltó y desapareció en un círculo de plata. Se apresuró a ir a la cabaña de los guías, su verdadero hogar, sus verdaderos amigos. Se alegrarían de verle. Se levantarían gritando: «¡Hombre, aquí está Babbitt! ¡Este no es como los otros! ¡Este es de los nuestros!».

En la barraca de tablas, los guías, sentados en torno a una mesa grasienta, jugaban al póquer con grasientas cartas: media docena de hombres arrugados, con flexibles pantalones viejos. Al entrar Babbitt lo saludaron con un movimiento de cabeza. Joe Paradise, un viejo atezado con grandes bigotes, gruñó:

—¿Qué hay? ¿Por aquí otra vez?

Silencio, roto solamente por el repiqueteo de las fichas.

Babbitt se quedó en pie cerca de ellos. Después de un rato de juego concentrado, insinuó:

—¿Puedo jugar una mano, Joe?

—Pues claro. Siéntese. ¿Cuántas fichas quiere? Usted estuvo aquí con su mujer el año pasado, ¿no? —dijo Joe Paradise.

Y nada más. Así fue como recibieron a Babbitt sus viejos amigos.

Jugó media hora antes de volver a hablar. Tenía la cabeza envuelta en humo de pipas y de cigarros baratos. Estaba aburrido de parejas y colores, resentido de que los guías no le prestaran la menor atención.

—¿Está trabajando ahora? —le espetó a Joe.

—No.

—¿Querrías venir conmigo de guía unos días?

—Pronto. No estoy contratado hasta la semana que viene.

Así agradeció Joe la amistad que Babbitt le ofrecía. Babbitt pagó sus pérdidas y salió de la cabaña de forma un tanto pueril. Joe sacó la cabeza por encima de las espirales de humo, como una foca, gruñó: «Mañana me paso por aquí», y volvió a zambullirse en sus tres ases.

Ni en su silenciosa cabaña, donde se percibía la fragancia de los tablones de pino recién cortados, ni en la orilla del lago, ni en las nubes de poniente que se arremolinaban tras las brumosas montañas pudo Babbitt encontrar el espíritu de Paul como una consoladora aparición. Se sentía tan solo que, después de cenar, pegó la hebra con una vieja señora que no paraba de hablar junto a la estufa de la recepción; Babbitt le habló de los probables triunfos que Ted obtendría en la Universidad del Estado, y del notable vocabulario de Tinka, hasta que sintió nostalgia del hogar que había abandonado para siempre.

A través de la oscuridad, a través de aquel silencio cercado de pinos, bajó a la orilla del lago, donde encontró una canoa. No tenía remos, pero con una tabla, torpemente sentado en medio de la embarcación y golpeando el agua más que remando, se alejó un largo trecho de la orilla. Las luces del hotel y de las cabañas se redujeron a puntos amarillos, un haz de luciérnagas al pie del monte Sachem. Mayor y más imperturbable aparecía la montaña en la oscuridad tachonada de estrellas. El lago era un ilimitado pavimento de mármol negro. Babbitt callaba sintiéndose empequeñecido y un poco asustado, pero aquella insignificancia lo liberaba de las pomposidades de ser el señor

George F. Babbitt, de Zenith; le entristecían y le aligeraban el corazón. Ahora tenía enfrente a Paul, se lo imaginaba (rescatado de la prisión, de Zilla y de las exigencias de su negocio), tocando el violín en la punta de la canoa. Hizo voto de seguir adelante, de no volver. «¡Ahora que Paul no está, no quiero ver más a esa maldita gentuza! Fui un tonto en enfadarme por que Joe Paradise no saltara a abrazarme en cuanto me vio. Joe es un hombre del bosque, demasiado cuerdo para hablar por los codos como hacen los que viven en las ciudades. ¡Pero llevadle a la montaña, fuera de los caminos trillados...! ¡Eso es vivir!».

4

Joe se presentó en la cabaña de Babbitt a las nueve de la mañana siguiente. Babbitt lo saludó como a un compañero troglodita.

—Bueno, Joe, ¿qué le parece si dejamos a estos veraneantes y a esas malditas señoras y nos ponemos en camino?

—Muy bien, seño Babbitt.

—¿Qué me dice si vamos al estanque de Box Car (creo que la choza de allí no está ocupada) y acampamos allí?

—Como usted quiera, señor Babbitt, pero está más cerca el estanque de Skowtuit, y la pesca es igual de buena.

—No, no, yo quiero meterme en la espesura.

—Bueno, bien.

—Nos echaremos la mochila al hombro y andando, andando, nos internaremos en el bosque.

—Creo que sería más fácil ir por el lago Chogue. Podemos hacer el viaje en una lancha motora..., una de fondo plano con un motor Evinrude.

—¡No, señor! ¿Perturbar la serenidad del campo con el ruido de un motor? ¡Nunca! Nada, eche usted un par de calcetines en el morral, y pida las provisiones que quiera llevar. Yo estaré listo tan pronto como lo esté usted.

—La mayoría de los veraneantes van en barca, señor Babbitt. Hay un trecho largo.

—Vamos, Joe; ¿es que tiene usted miedo a andar?

—No, supongo que aún puedo hacerlo. Pero hace dieciséis años que no me doy una caminata tan larga. La mayoría de los veraneantes van en barca. Pero puedo hacerlo si usted se empeña..., creo.

Joe salió entristecido.

El pasajero enfado de Babbitt había desaparecido ya antes de que Joe volviera. Se lo imaginaba entusiasmándose y contando las más divertidas historias. Pero Joe no estaba aún muy entusiasmado cuando se pusieron en camino. Marchaba persistentemente detrás de Babbitt, y por mucho que a este le dolieran los hombros de llevar la mochila, por mucho que jadeara penosamente, oía a su guía jadear del mismo modo. Pero la ruta era satisfactoria: un sendero marrón por las agujas de pino y abrupto por las raíces, que corría entre abetos balsámicos, helechos y súbitos bosquecillos de blancos abedules. Babbitt recobró la fe, y el sudor le producía satisfacción. Cuando se pararon a descansar dijo riendo:

—Creo que le estamos dando bien para ser un par de gallos viejos, ¿eh?

—Ajá —respondió Joe.

—Este sitio es precioso. Mire, se ve el lago entre los árboles. Usted, Joe, no sabe la suerte que tiene de vivir aquí en estos bosques y no en una ciudad con tranvías que rechinan y máquinas de escribir que teclean y gente que lo marea a uno todo el santo día. ¡Ojalá conociera yo los bosques como usted! Diga, ¿cómo se llama esa flor roja?

Frotándose la espalda, Joe miró la flor con resentimiento.

—Bueno, unos la llaman de una manera y otros de otra. Yo siempre la llamo la flor rosada.

Cuando la marcha se convirtió en un ciego poner un pie tras otro, Babbitt dejó bienaventuradamente de pensar. El cansancio le embotaba los sentidos. Sus piernas parecían moverse por sí solas, sin que las guiasen, y mecánicamente se limpiaba el sudor que le picaba en los ojos. Estaba demasiado fatigado para sentirse alegre cuando, después de caminar un kilómetro y medio bajo un sol de plomo a través de una ciénaga donde nubes de moscas revoloteaban sobre una caliente extensión de maleza, llegaron a la fresca orilla del estanque de Box Car. Cuando descargó de sus espaldas la mochila, se tambaleó, perdiendo el equilibrio, y durante un rato no pudo ponerse derecho. Se tumbó bajo la amplia copa de un arce, cerca de la choza, y sintió con fruición que el sueño le corría por las venas.

Se despertó al oscurecer. Joe estaba eficientemente cocinando huevos, beicon y tortitas de avena. Babbitt sintió de nuevo admiración por el hombre de los bosques. Se sentó en un tocón y se sintió viril.

—Joe, ¿qué haría usted si tuviera mucho dinero? —le preguntó desde el tocón donde se había sentado—. ¿Seguiría trabajando de guía o compraría una tierra en la montaña, lejos de todo el mundo?

Por primera vez Joe se despabiló.

—¡Eso lo he pensado muchas veces! —murmuró mientras masticaba—. Si tuviera dinero, me iría a Tinker's Falls y abriría una zapatería de las buenas.

Después de cenar, Joe propuso una partida de póquer, pero Babbitt rehusó de plano, y el guía se acostó resignado a las ocho. Sentado en el tocón, frente al negro estanque, Babbitt daba manotazos a los mosquitos. Salvo el guía, que roncaba, no había otro ser humano en quince kilómetros a la redonda. Babbitt se encontraba más solo que nunca. Luego se imaginó estar en Zenith. Sospechaba que la señorita McGoun gastaba demasiado en papel carbón. Echaba de menos el persistente pitorreo de la mesa de los Camorristas. Se preguntó qué estaría haciendo Zilla Reislig. Se preguntó si Ted, después de trabajar todo el verano en un taller, «apretaría los codos» en la universidad.

Pensó en su mujer. «Si al menos..., si no tuviera esa calma desesperante... ¡No! ¡No volveré! Dentro de tres años tendré cincuenta. Dentro de trece, sesenta. Voy a pasármelo bien antes de que sea demasiado tarde. ¡No me importa nada! ¡Lo haré!».

Pensó en Ida Putiak, en Louetta Swanson, en aquella encantadora viuda... ¿Cómo se llamaba...? ¿Tanis Judique...?, la viuda a quien él le había buscado un piso. Se enzarzó en imaginarias conversaciones. Luego se dijo:

«¡Dios mío, parece que no puedo dejar de pensar en la gente!».

Y así llegó a comprender que era absurdo escapar, porque nunca podría escapar de sí mismo.

En aquel mismo momento emprendió el retorno a Zenith. Su viaje no tenía apariencia de huida, pero él huía, y cuatro días después estaba en el tren a Zenith. Sabía que se escabullía de vuelta a casa no porque fuera eso lo que ansiaba hacer, sino porque no podía hacer otra cosa. Constató de nuevo su descubrimiento de que no podía escapar de Zenith, de su familia y de su oficina porque en su cerebro llevaba la oficina, la familia y todas las calles, todas las inquietudes y todas las ilusiones de Zenith.

—Pero voy a..., ¡oh, voy a hacer algo! —se prometió, y se dijo que sería algo heroico.

XXVI

1

Recorrió el tren buscando alguna cara familiar, pero solo vio a una persona conocida: se trataba de Seneca Doane, el abogado que, después de haber estudiado con Babbitt en la universidad y de haber llegado a consejero de una corporación, había perdido la cabeza hasta el punto de figurar en candidaturas laboristas y de fraternizar con socialistas reconocidos. Aunque se había declarado en rebelión, Babbitt no tenía mucho interés en que lo vieran hablando con semejante fanático, pero en ninguno de los demás coches pudo encontrar a otra persona conocida, así que, aunque de mala gana, hizo un alto. Seneca Doane era un hombre delgado, de pelo fino, bastante parecido a Chum Frink, salvo que no tenía la expresión burlona de este. Iba leyendo un volumen titulado *El camino de toda la carne*. A Babbitt le pareció un libro religioso, y se preguntó si sería posible que Doane se hubiera convertido en una persona decente y patriótica.

—¡Hola, Doane! —dijo.

Doane levantó la vista.

—¡Oh! ¿Qué tal, Babbitt? —contestó con extraña amabilidad.

—De viaje, ¿eh?

—Sí, he estado en Washington.

—En Washington, ¿eh? ¿Qué tal le va al Gobierno?

—Pues... ¿No te sientas?

—Gracias. Me sentaré. ¡Vaya, vaya! Ya hace tiempo que no he tenido ocasión de echar un párrafo contigo, Doane. Yo, la verdad... Sí, sentí mucho que no fueras a nuestro banquete.

—¡Oh...!, gracias.

—¿Qué tal marchan las uniones de trabajadores? ¿Te presentas para alcalde otra vez?

Doane parecía inquieto. No cesaba de manosear las páginas de su libro. Dijo «quizá» como quien no dice nada, y sonrió.

A Babbitt le gustó aquella sonrisa y trató de entablar conversación.

—He estado en el cabaret del hotel Minton, en Nueva York; dan una función que se llama *Buenos días, ricura*, que... ¡bueno!

—Sí, chicas guapas. Yo estuve bailando allí una noche.

—¡Ah! ¿Te gusta bailar?

—Claro. Me gusta bailar, me gusta comer bien, me gustan las mujeres bonitas. Como a la mayoría de los hombres.

—Pues, hombre, Doane, yo pensaba que vosotros queríais privarnos de las buenas comidas y de todo.

—No. De ninguna manera. Lo que a mí me gustaría es que los mítines de los oficiales de sastrería se celebrasen en el Ritz, y que después se diera un baile. ¿No es razonable?

—Sí, es una buena idea, ya lo creo. Pues... Siento no haberte visto más a menudo estos años pasados. ¡Ah!, supongo que no habrás tomado a mal que te haya hecho la contra cuando lo de la alcaldía, pronunciando discursos en favor de Prout. Yo, sabes, soy del Partido Republicano, y me pareció...

—¿Por qué no habías de luchar contra mí? No dudo de que el partido necesita tu cooperación. Recuerdo que... cuando estábamos en la universidad eras un muchacho excepcionalmente liberal y sensible. Todavía me acuerdo: entonces me decías que ibas a ser abogado, para ocuparte de los pleitos de los pobres sin cobrarles nada... Yo, en cambio, decía que iba a hacerme rico, a comprar cuadros y a vivir en Newport. Tengo la seguridad de que tú nos inspiraste a todos.

—Pues... bueno... Sí, yo siempre aspiré a ser liberal.

Babbitt se sentía atrozmente orgulloso y avergonzado; intentó dar la impresión de que era el muchacho que había sido hacía un cuarto de siglo y sonrió a su amigo Seneca Doane, murmurando:

—Lo malo de estos fulanos, incluso los que se creen progresistas, es que no son transigentes ni liberales. Ahora, yo siempre he creído que se deben oír las ideas de los demás.

—Eso está bien.

—Te diré; yo veo la cosa así: un poquito de oposición es bueno para todos nosotros, de modo que un hombre, especialmente un hombre de negocios, debe ser liberal.

—Sí...

—Yo digo siempre que hay que tener Visión e Ideales. Supongo que algunos de mis compañeros de profesión creerán que soy un tanto visionario, pero yo les dejo que crean lo que quieran y sigo adelante..., lo mismo que haces tú... Pues sí, no sabes cuánto me alegro de haber tenido ocasión de hablar contigo un rato y de refrescar, por decirlo así, nuestros ideales.

—Pero, naturalmente, nosotros los visionarios salimos siempre derrotados. ¿No te molesta eso?

—¡Ni pizca! ¡Nadie puede dictarme lo que he de pensar!

—Me parece que tú eres la persona que puede ayudarme. Querría que hablases con algunos de los hombres de negocios y tratases de hacerlos más liberales en su actitud con el pobre Beecher Ingram.

—¿Ingram? Pero, oye, ¿no es Ingram el pastor ese al que expulsaron de la Iglesia congregacionista y que predica el amor libre y la sedición?

Esa era, explicó Doane, la opinión general que se tenía de Beecher Ingram, pero él lo veía como un sacerdote de la fraternidad humana, de la cual Babbitt era evidentemente defensor. Así que, ¿no podía hacer Babbitt algo para que sus amigos dejaran de perseguir a Ingram y a su desamparada iglesia?

—¡Descuida! Yo me encargaré de pararle los pies al primero al que oiga meterse con Ingram —le dijo afectuosamente Babbitt a su querido Doane.

Doane se animó y empezó a recordar los tiempos pasados.

Habló de sus estudios en Alemania, de su campaña en Washington en favor del impuesto único, de las conferencias laboristas internacionales. Mencionó a sus amigos lord Wycombe, el coronel Wedgwood, el profesor Piccoli. Babbitt había dado por supuesto que Doane se trataba solamente con la Sociedad Internacional de Trabajadores, pero ahora movía la cabeza como si conociera a muchos lord Wycombe íntimamente, e intercaló dos alusiones a sir Gerald Doak. Se sentía osado, idealista, cosmopolita. De repente, en su nueva grandeza espiritual, se compadecía de Zilla Riesling, y la comprendió como nunca podrían comprenderla aquellos vulgares tipos del Boosters' Club.

2

Cinco horas después de llegar a Zenith y de decirle a su mujer que en Nueva York hacía un calor horrible, fue a visitar a Zilla. En su cabeza hervían ideas altruistas. Sacaría de la cárcel a Paul; haría cosas, cosas vagas, pero altamente caritativas, en favor de Zilla; sería tan generoso como su amigo Seneca Doane. No había visto a Zilla desde que Paul le había disparado, y todavía se la figuraba pechugona, coloradota, alegre y un poco desaseada. Tras conducir hacia la pensión donde vivía ella por una callejuela deprimente, situada detrás del distrito de almacenes y depósitos, se detuvo ante la puerta con una sensación de pena. En una ventana alta, apoyada sobre un codo, vio a una mujer con los rasgos de Zilla pero descolorida y avejentada, como un papel amarillento y arrugado. Zilla habría saltado y reído, pero aquella mujer estaba espantosamente callada.

Babbitt la esperó media hora en la salita de la pensión. Cincuenta veces abrió el álbum de la Feria Universal de Chicago de 1893; cincuenta veces miró la fotografía del Tribunal de Honor.

Lo sorprendió ver entrar a Zilla en la salita. Llevaba un vestido negro que había tratado de animar poniéndole una cinta carmesí. La cinta se había roto y estaba cuidadosamente zurcida. Babbitt se fijó en ese detalle porque no quería mirarle los hombros. Uno estaba más bajo que el otro, y el brazo correspondiente estaba torcido y como paralizado. A través del encaje barato, se veía una hendidura en aquel cuello anémico que antes había sido suave y lustroso.

—¿Sí? —dijo ella.

—¡Vaya, vaya, Zilla! ¡Tenía tantas ganas de verte!

—Paul puede comunicarse conmigo por medio de un abogado.

—Pero, leche, Zilla, no he venido solo por causa de él. Vengo como un viejo amigo.

—¡Pues sí que te has dado prisa!

—Bueno, ya sabes cómo son las cosas. Me figuré que no querrías ver a ninguno de sus amigos hasta que pasara algún tiempo y... ¡Pero siéntate, guapa! Seamos sensatos. Todos hemos hecho cosas que no debiéramos, pero quizá podamos empezar una vida nueva. En serio, Zilla, haría cualquier cosa por veros a los dos felices. ¿Sabes lo que he pensado hoy? Te juro que Paul no sabe ni palabra de esto..., no sabe ni que he venido a verte. Pues pensé: Zilla es una mujer de gran corazón y comprenderá que, ejem, que Paul ya ha aprendido la lección. Qué, ¿no sería una buena idea si le pidieras al gobernador que lo perdonara? Creo que lo haría viniendo de ti la cosa. ¡No! ¡Espera! Piensa en la satisfacción que te daría el ser generosa.

—Sí, quiero ser generosa —respondió ella glacialmente—. Y por eso mismo quiero que siga en la cárcel, para dar ejemplo de los malhechores. Me he vuelto muy religiosa, George, desde que ese hombre me hizo lo que me hizo. Antes solía ser dura con el prójimo y buscaba los placeres mundanos, los bailes, los teatros. Pero, cuando estuve en el hospital, el pastor de la Iglesia pentecostal vino a verme muchas veces y me demostró, con las profecías de la Sagrada Escritura, que el Día del Juicio se acerca y que todos los miembros de las antiguas iglesias serán condenados al fuego eterno, porque rezan solo con la boca y se entregan al mundo, al demonio y a la carne...

Habló fogosamente durante quince minutos, pronosticando la proximidad de la cólera divina. Su cara se encendió y su voz muerta recobró algo de la penetrante energía de la Zilla de otros tiempos.

—Es la voluntad de Dios —añadió para terminar— que Paul esté en la cárcel, torturado y humillado como castigo, para que pueda aún salvar su alma y para que otros malvados, esos lujuriosos que andan siempre tras las mujeres, tomen ejemplo.

Babbitt la escuchaba como si estuviera sentado sobre alfileres. Lo mismo que en la iglesia no osaba moverse durante el sermón, ahora comprendió que debía fingir que presaba atención, aunque las estridentes acusaciones de Zilla pasasen de largo como aves carroñeras.

Trató de aparentar calma y dijo fraternalmente:

—Sí, ya sé, Zilla. Pero, caramba, la esencia de la religión es ser caritativo, ¿no? Te diré mi opinión: lo que necesitamos en el mundo es liberalismo, liberalidad, si es que hemos de ir a alguna parte. Yo siempre me he inclinado por ser tolerante y liberal...

—¿Tú, liberal? Mira, George Babbitt: tú eres tan tolerante y tan liberal como una navaja de afeitar, poco más o menos.

Había reaparecido la Zilla de antes.

—Ah, ¿sí? ¿Conque sí? Bueno, pues permíteme que te diga, que-te-di-ga, que yo soy, caramba, tan liberal como tú eres religiosa. ¡Religiosa tú!

—Lo soy. Nuestro pastor dice que lo sostengo en su fe.

—¡Ya lo creo! ¡Con el dinero de Paul! Pero, solo para que veas si soy o no liberal, le voy a mandar un cheque de diez dólares al Beecher Ingram ese, porque hay un montón de gente que dice que el pobre infeliz predica el amor libre y quieren echarlo de aquí.

—¡Y tienen razón! ¡Deberían echarlo! ¡Porque predica (si es que llamas a eso predicar) en un teatro, en la Casa de Satanás! Tú no sabes lo que es encontrar a Dios, encontrar paz, descubrir las trampas que el diablo arma a nuestros pies. ¡Qué gozo me da ver los misteriosos designios de Dios haciendo que Paul me hiriese para apartarme del sendero de la impiedad...! Y Paul se lleva el castigo de sus crueldades, que bien empleado le está, ¡y espero que se muera en la cárcel!

Babbitt estaba en pie, con el sombrero en mano, rezongando:

—Bueno, si a eso lo llamas tú vivir en paz, por amor de Dios, haz el favor de avisarme antes que te declares en guerra, ¿de acuerdo?

3

Grande es el poder de las ciudades para atraer al errante. Más que las montañas, más que el mar devorador, la ciudad conserva su carácter, imperturbable, única, manteniendo tras aparentes cambios su propósito esencial. Aunque Babbitt había abandonado a su familia para vivir en los bosques con Joe Paradise, aunque se había convertido al liberalismo, aunque estaba completamente seguro la noche antes de llegar a Zenith de que ni él ni la ciudad volverían a ser los mismos jamás, diez días después de su regreso no podía creer que había estado fuera. Tampoco les parecía evidente a sus conocidos que el incesante pitorreo en el Athletic Club parecía irritarlo más que antes; y una vez, cuando Vergil Gunch observó que a Seneca Doane deberían ahorcarlo, Babbitt gruñó: «Vamos, leñe, ¡que no es tan malo!».

En casa volvió a gruñir: «¿Eh?» por encima del periódico a su comentadora esposa. La nueva boina escocesa de Tinka le encantó, y como otras muchas veces anunció: «Esa casucha de hojalata no tiene clase. Tengo que hacerme un garaje de madera».

Verona y Kenneth Escott habían entrado al parecer en relaciones formales. En su periódico, Escott había dirigido una cruzada en favor de los alimentos puros y en contra de las compañías contratistas de productos alimenticios. El resultado fue que le dieron una excelente colocación en una de estas compañías, y ahora, denunciando a los reporteros irresponsables que critican lo que no conocen, sacaba un sueldecito suficiente para poder casarse.

En septiembre, Ted había entrado en la Universidad del Estado, en la facultad de Artes y Ciencias. La universidad, situada en Mohalis, distaba solo veinticuatro kilómetros de Zenith, y Ted venía a menudo a pasar el fin de semana. Babbitt estaba preocupado. A Ted le interesaba todo menos los libros. Había tratado de meterse en el equipo de fútbol, le obsesionaba la futura temporada de baloncesto, pertenecía al comité encargado de organizar el baile de los estudiantes de primero, y (como zenithita, aristócrata entre los paletos) se lo disputaban dos cofradías universitarias. Pero de sus estudios Babbitt nunca podía sacarle más que: «Oh, esos pelmazos de profesores lo atracan a uno de literatura y economía».

Un domingo, Ted propuso:

—Oye, papá, ¿no podría cambiarme a la Escuela de Ingeniería y estudiar para ingeniero mecánico? Tú siempre estás diciendo que no estudio, pero, de verdad, allí estudiaría.

—No, la Escuela de Ingeniería no está al mismo nivel que tu facultad —contestó Babbitt, irritado.

—¡Me gustaría saber por qué no! ¡Los de ingeniería pueden jugar en cualquiera de los equipos!

Hubo una larga explicación sobre «lo mucho que valía haber pasado por la universidad cuando se metía uno a ejercer la abogacía», y una relación verdaderamente oratoria sobre la vida de un abogado. Antes de terminar, Babbitt había hecho a Ted senador de Estados Unidos.

Entre los grandes abogados que mencionó, figuraba Seneca Doane.

—Pero... oye, papá —dijo Ted, asombrado—, tú siempre has dicho que ese Doane era un perfecto chiflado.

—¡Esa no es forma de hablar de un gran hombre! Doane ha sido siempre un buen amigo mío..., lo ayudé en la universidad... lo puse en camino y, por decirlo así, lo inspiré. Solo porque simpatiza con los laboristas, hay un atajo de zoquetes intolerantes que han empezado a decir que es un chiflado, pero has de saber que muy pocos pueden cobrar los honorarios que él cobra, y que es amigo de algunos de los hombres más poderosos y más conservadores del mundo..., como lord Wycombe, ese, ejem... ese noble inglés tan conocido. Y ahora, tú, ¿qué preferirías: andar entre obreros y mecánicos llenos de grasa, o trabar amistad con un fulano como lord Wycombe y asistir a las reuniones que da en su casa?

—Bueno, yo... —suspiró Ted.

El sábado siguiente, volvió a proponer alegremente:

—Oye, papá, ¿no podría yo estudiar ingeniería de minas en vez del curso académico? Tú hablas de reputación... Puede que los ingenieros mecánicos no tengan mucha, pero los de minas, bueno, ¡de once han salido siete en las elecciones para la fraternidad Nu Tau Tau!

XXVII

1

La huelga que dividió a Zenith en dos bandos beligerantes, el blanco y el rojo, empezó a fines de septiembre, cuando las telefonistas y los reparadores de líneas se declararon en huelga en protesta por la bajada de los salarios. La recién formada unión de trabajadores de productos lácteos hizo causa común, en parte por simpatía y en parte para pedir la semana de cuarenta y cuatro horas. Los siguió la unión de conductores de camión. La industria se paralizó, y en toda la ciudad se hablaba nerviosamente de una huelga de tranvías, una huelga de impresores, una huelga general. Los furiosos ciudadanos, al tratar de conectar llamadas con la precaria ayuda de operadoras esquiroles, danzaban desesperadamente. Cada camión que iba de las fábricas a la estación de trenes de mercancías iba custodiado por un policía, el cual aparentaba un aire estoico al lado del esquirol que llevaba el volante. Una fila de cincuenta camiones de la Compañía de Acero y Maquinaria de Zenith fue atacada por los huelguistas. Lanzándose desde la acera tiraron de los asientos a los que conducían, destrozaron los carburadores y los conmutadores, mientras las telefonistas los vitoreaban desde la acera y unos niños arrojaban ladrillos.

Se ordenó que saliera la Guardia Nacional. El coronel Nixon, que en su vida privada era el señor Caleb Nixon, secretario de la compañía de tractores Pullmore, se puso un largo abrigo color caqui y se contoneó entre las multitudes con una pistola automática del calibre 44 en la mano. Hasta el amigo de Babbitt, Clarence Drum, el zapatero (un hombre redondo y jovial, que contaba cuentos en el Athletic Club y que parecía un *pug*), andaba por las calles disfrazado de feroz capitán, con su cómoda barriguita ceñida por un cinturón de cuero, y en su boca redonda una mueca de petulancia al chillar, dirigiéndose a los grupos que charlaban en las esquinas: «¡Vamos, circulen! ¡No puedo consentir que estén aquí parados ganduleando!».

Todos los diarios de la ciudad, excepto uno, estaban contra los huelguistas. Después de que la turba saqueara los puestos de prensa, se instaló en cada uno a un miliciano, algún joven aturdido con anteojos, contable o dependiente de ultramarinos en su vida privada, que se daba aires de hombre peligroso mientras los chiquillos le gritaban: «¡Soldadito de plomo!», y los camioneros en huelga se acercaban a él y le preguntaban tiernamente: «Oye, Joe, cuando yo estaba luchando en Francia, ¿estabas tú haciendo la instrucción aquí o haciendo gimnasia sueca en la Asociación de Jóvenes Cristianos? Ten cuidado con esa bayoneta, no te vayas a cortar».

No había una sola persona en Zenith que no hablara de la huelga, que no tomara partido en pro o en contra. Si no era un valiente defensor del proletariado, era un intrépido sostenedor de los derechos de la propiedad, y, en cualquiera de los dos casos, su actitud era beligerante y se estaba dispuesto a renegar de cualquier amigo que no odiase al adversario.

Prendieron fuego a una fábrica de leche condensada (cada bando le echó la culpa al otro), y con esto la ciudad llegó a la histeria.

Y Babbitt escogió este momento para hacer público su liberalismo.

Pertenecía al ala derecha, representante de la honradez, de la rectitud, de la cordura, y al principio convino en que a aquellos canallas agitadores había que fusilarlos. Le disgustó que su amigo Seneca Doane defendiera a los huelguistas detenidos, y pensó en ir a ver a Doane para hablar con él, pero cuando leyó un artículo que decía que hasta con el sueldo que tenían antes las telefonistas pasaban hambre, se preocupó un tanto. «Todo mentiras y números falsos», se dijo, pero ya dudaba.

El domingo siguiente, la iglesia presbiteriana de Chatham Road anunció que el reverendo John Jennison Drew pronunciaría un sermón titulado «Cómo acabaría nuestro Salvador con las huelgas». Babbitt no había frecuentado mucho la iglesia últimamente, pero fue al servicio con la esperanza de que el reverendo Drew supiera realmente lo que los poderes divinos pensaban de las huelgas. Al lado de Babbitt, en el gran banco de la iglesia, curvo, lustroso y tapizado de terciopelo, estaba Chum Frink.

—¡Confío en que el reverendo —cuchicheó Frink— pondrá verdes a los huelguistas! En tiempos normales no creo que un predicador deba meterse en política (que se contente con salvar almas y que no arme discusiones), pero, en una ocasión como esta, me parece que debe subir al púlpito y leerles la cartilla a esos feos matones.

—Sí... bueno... —dijo Babbitt.

El reverendo Drew, con su rústico flequillo aleteando por la intensidad de su ardor poético y sociológico, trompeteó:

—Durante las enojosas dislocaciones sociales que han (confesémoslo francamente y sin miedo) estrangulado la vida industrial de nuestra hermosa ciudad estos días pasados, se ha hablado mucho a tontas y a locas acerca de la prevención científica de la ciencia... ¡científica! Pues bien: he de decirles que la cosa menos científica del mundo es la ciencia. Recuerden los ataques a las bases establecidas del credo cristiano que fueron tan populares entre los «cientifistas» de la generación anterior. ¡Oh, sí, eran poderosos, eran las grandes figuras de la crítica! Iban a destruir a la Iglesia; iban a demostrar que el mundo fue creado y que ha sido elevado a su extraordinario nivel de moralidad y civilización por pura casualidad. Sin embargo, la Iglesia sigue tan firme hoy como siempre, y la única respuesta que un pastor cristiano puede dar a los adversarios de su fe es una simple sonrisa de conmiseración...

»Y ahora esos mismos "cientifistas" quieren sustituir la competencia libre por descabellados sistemas que, por más sonoros nombres que les den, no son sino un despótico paternalismo. Naturalmente, yo no critico los tribunales de trabajo, ni tampoco los entredichos a quienes se declaran en huelga injustamente, y menos esas excelentes uniones en que el patrón y los operarios se reúnen amistosamente. Pero sí critico los sistemas en que la libre y fluida dirección del trabajo independiente quiere reemplazarse con falseadas escalas de salarios y jornales mínimos y comisiones del Gobierno y federaciones laboristas y música celestial...

»Lo que generalmente no se puede comprender es que todo este problema industrial no es una cuestión económica. ¡Es pura y simplemente una cuestión de amor, y de la aplicación práctica de la religión cristiana! Imaginaos una fábrica: en vez de comités de obreros hostiles al patrón, el patrón se pasea entre ellos sonriendo, y ellos le devuelven la sonrisa..., hermano mayor y hermano menor. ¡Hermanos, eso tenemos que ser, hermanos entrañables, y entonces las huelgas serán tan inconcebibles como el odio en la familia!

Fue entonces cuando Babbitt murmuró:

—¡Qué sandez!

—¿Eh? —dijo Chum Frink.

—No sabe de qué está hablando. Claro como el barro. Lo que está diciendo no significa nada.

—Quizá, pero...

Frink lo miró con recelo, y durante todo el servicio siguió mirándolo con recelo, hasta que Babbitt empezó a ponerse nervioso.

2

Los huelguistas habían anunciado una manifestación para el martes por la mañana, pero los periódicos dijeron que el coronel Nixon la había prohibido. Cuando Babbitt salió de su oficina, a las diez de la mañana, vio una multitud de hombres de aspecto raído marchando hacia el inmundo distrito situado detrás de la plaza del tribunal. Babbitt los odiaba porque eran pobres, porque lo hacían sentirse inseguro. «¡Malditos haraganes! No serían simples obreros si tuvieran iniciativa», se quejó. Se preguntó si habría disturbios. Se dirigió al punto de partida de la manifestación, un triángulo de hierba lacia y descolorida llamado Moore Street Park, y detuvo el coche.

En el parque y en las calles pululaban los huelguistas, jóvenes con camisas vaqueras azules, viejos con gorras planas. Entre ellos, removiéndolos como una cazuela burbujeante, iban y venían los milicianos. Babbitt podía oír las monótonas órdenes de los soldados: «No os detengáis... seguid avanzando... vamos, esos pies calentitos...». Babbitt admiró su imperturbable buen humor. La chusma les gritaba: «¡Soldaditos de plomo!» y: «¡Sucios perros, sirvientes de los capitalistas!», pero los milicianos sonreían y contestaban solamente: «Sí, eso, eso. ¡Circulad!».

Babbitt se entusiasmaba con los soldados ciudadanos; sentía odio por los bribones que obstruían los placenteros caminos de la prosperidad; admiraba el desprecio con que el coronel Nixon se paseaba entre la multitud, y cuando el capitán Clarence Drum, aquel zapatero un tanto hinchado, pasó hecho una fiera, Babbitt le gritó respetuosamente: «¡Bravo, capitán! ¡No los deje desfilar!». Estuvo un rato mirando a los huelguistas que salían en hilera del parque. Muchos de ellos llevaban carteles que decían: NADIE PUEDE IMPEDIRNOS CAMINAR PACÍFICAMENTE. Los milicianos destrozaron los carteles, pero los huelguistas se colocaron tras sus líderes y rompieron la marcha formando una fila no muy imponente entre aceradas líneas de soldados. Babbitt se desilusionó al ver que no había violencia ni nada interesante. De pronto se le cortó la respiración.

Entre los manifestantes, al lado de un obrero joven y grande, iba Seneca Doane, sonriente, contento. Delante de él vio al profesor Brockbank, decano de la facultad de Historia de la Universidad del Estado, un viejo de barba blanca perteneciente a una distinguida familia de Massachusetts.

—¡Atiza! —exclamó Babbitt—. ¿Un señor como él con los huelguistas? ¡Y el bueno de Senny Doane! Son unos idiotas por mezclarse con esa gentuza. ¡Son socialistas de salón! Pero tienen valor. ¡Y no sacan nada con ello, ni un céntimo! Y... No sé si todos los huelguistas tienen realmente aspecto de canallas. ¡Parecen gente como otra cualquiera!

Los milicianos encauzaban la manifestación por una calle transversal.

«¡Tienen tanto derecho a marchar como cualquiera! ¡Las calles son tan suyas como de Clarence Drum o de la Legión Americana!», gruñó Babbitt para sí. «Claro que son... son un mal elemento, pero... ¡Qué demonios!».

En el Athletic Club, Babbitt estuvo callado durante el almuerzo, mientras los otros repetían: «No sé adónde vamos a parar», o se animaban mutuamente con tomaduras de pelo.

El capitán Clarence Drum entró braceando, espléndido con su traje caqui.

—¿Qué tal va eso, capitán? —inquirió Vergil Gunch.

—¡Oh!, les hemos cortado el paso. Los desparramamos metiéndolos por las bocacalles, y una vez separados se desanimaron y se fueron a sus casas.

—Muy bien. Sin violencia.

—¡Nada de muy bien! —rugió Drum—. Si estuviera de mi mano, habría violencia, y así acabaríamos de una vez. Quedándonos con los brazos cruzados, mirando a esos sujetos, no hacemos más que prolongar los disturbios. Os aseguro que esos huelguistas son unos asesinos que van a tirar bombas y nada más, y hay que tratarlos a palos. Es la única manera. Y eso es lo que yo haría: ¡empezar a palos con todos ellos!

Babbitt se oyó a sí mismo decir:

—Hombre, Clarence, son personas como tú y como yo, poco más o menos, y no vi que llevaran bombas.

—Ah, ¿no? Bueno, tal vez tú podrías encargarte de resolver la huelga. Si crees que los huelguistas son inocentes, ve a decírselo al coronel Nixon. ¡Le encantará oír tu opinión!

Drum se alejó a zancadas. Los que estaban en la mesa se quedaron mirando a Babbitt.

—¿Cuál es la idea? ¿Quieres que les demos besos y amor a esos sinvergüenzas, o qué? —dijo Orville Jones.

—¿Defiendes a esos bandidos, que tratan de quitarles el pan a nuestros hijos? —gruñó el profesor Pumphrey.

Vergil Gunch cayó en un silencio amenazador. Se puso una máscara de severidad. Su pelo erizado parecía cruel; su mandíbula estaba endurecida; su silencio era un feroz trueno. Mientras, los otros le decían a Babbitt que seguramente no le habían entendido bien. Gunch callaba como si lo hubiera entendido demasiado, y escuchaba sus tartamudeos con la seriedad de un juez.

—No, claro, son un hatajo de canallas —farfulló Babbitt—. Pero lo que yo quiero decir... No me parece prudente hablar de palos. Nixon no lo hace. Tiene finura y educación. Y por eso es coronel. Clarence Drum le tiene envidia.

—Bueno —dijo el profesor Pumphrey—, Clarence ha tomado a mal tus palabras, George. Se ha pasado la mañana al sol, tragando polvo, y no es extraño que tenga ganas de zurrar a esos hijos de mala madre...

Gunch no abrió la boca, pero observaba. Y Babbitt se daba cuenta de que lo estaba observando.

3

Cuando salía del club oyó que Chum Frink le decía a Gunch:

—No sé lo que le ocurre. El domingo pasado el reverendo Drew predicó un sermón brillantísimo sobre la honradez en los negocios, y a Babbitt tampoco le pareció bien. Por lo que yo me figuro...

Babbitt sintió un vago terror.

4

Vio a un grupo de gente escuchando a un hombre que hablaba subido a una silla de cocina. Paró el automóvil. Por las fotografías de los periódicos reconoció al orador, el famoso predicador Beecher Ingram, de quien Seneca Doane le había hablado. Ingram era un hombre flaco, de pelo rojo, mejillas curtidas y ojos tristones.

—... si esas pobres telefonistas pueden resistir, comiendo una vez al día, lavándose ellas mismas la ropa, pasando hambre sin perder el buen humor, vosotros que sois hombres y fuertes deberíais...

Babbitt notó que desde la acera lo observaba Vergil Gunch. Vagamente inquieto, puso en marcha el motor y maquinalmente siguió adelante. Los ojos hostiles de Gunch lo persiguieron todo el trayecto.

—Hay un montón de gente que piensa —se quejaba Babbitt ante su mujer— que los obreros son todos unos canallas porque se declaran en huelga. Claro que, desde luego, se trata de una lucha entre el negocio honrado y el elemento destructivo, y nosotros tenemos que defendernos como podamos cuando nos desafían, pero, bueno, no veo por qué no hemos de pelear como caballeros, en vez de llamarlos perros y andar diciendo que habría que fusilarlos.

—Pues yo, George —dijo ella plácidamente—, siempre te he oído decir que a todos los huelguistas habría que meterlos en la cárcel.

—¡Yo nunca he dicho semejante cosa! Bueno..., a algunos, claro. A los cabecillas irresponsables. Lo que yo quiero decir es que uno debe ser tolerante y liberal cuando se trata de...

—Pero, querido, tú siempre has dicho que esos que se llaman liberales son los peores de...

—¡Y dale! Una mujer no sabe distinguir nunca las diferentes acepciones de una palabra. Depende de la intención que uno les da. Y no vale estar seguro de nada. Volviendo a los huelguistas: en realidad no son tan malas personas. Tontos, nada más. No comprenden las complicaciones del comercio como los hombres de negocios, pero a veces se me figura que son poco más o menos como todo el mundo, y que no son más avariciosos con los salarios de lo que nosotros somos para las ganancias.

—¡George! Si la gente te oyera hablar así... Yo, claro, te conozco; recuerdo lo alocado que eras de joven; sé que no lo dices con intención..., pero, si la gente que no te comprende te oyera hablar así, pensaría que eres un socialista.

—¡A mí qué me importa lo que piense la gente! Y permíteme que te diga... Has de saber que yo nunca he sido un alocado, y que cuando digo una cosa la pienso y la sostengo, y...

¿Crees de verdad que la gente me tacharía de demasiado liberal solo por decir que los huelguistas son decentes?

—Pues claro que sí. Pero no te preocupes. Ya sé que no piensas lo que dices. Bueno, es hora de acostarnos. ¿Tienes bastantes mantas para esta noche?

En la galería, Babbitt se devanaba los sesos:

—Mi mujer no me entiende. Yo apenas me entiendo tampoco. ¿Por qué no me tomaré las cosas con calma como antes...? Me gustaría ir a casa de Senny Doane y cambiar impresiones con él. ¡No! Verg Gunch podría verme entrar... Si yo conociera a una mujer inteligente y amable, que comprendiera lo que yo quiero decir y me dejara hablarle... Quizá Myra tenga razón. ¿Será posible que la gente crea que he perdido un tornillo porque soy tolerante y liberal? Aquella manera de mirarme de Verg...

XXVIII

La señorita McGoun entró en su despacho particular.

—Señor Babbitt: acaba de llamar por teléfono la señora Judique... No sé qué dice de unas reparaciones, y de que todos los empleados están fuera. ¿Quiere usted hablar con ella?

—Bueno.

La voz de Tanis Judique era clara y agradable. El negro cilindro del receptor parecía contener una diminuta imagen animada de ella: ojos brillantes, nariz delicada, barbilla suave.

—Soy la señora Judique. ¿Se acuerda de mí? Usted me trajo aquí al Cavendish cuando estaba buscando casa y me quedé con el piso, que es precioso.

—¡Ya, ya! ¡Claro que la recuerdo! ¿En qué puedo servirle?

—No es más que... La verdad, no sé si debería molestarle por tan poca cosa, pero el portero no puede arreglarlo. Vivo, como usted sabe, en el último piso, y con estas lluvias otoñales el techo ha empezado a gotear. Le agradecería mucho que...

—¡No faltaría más! Yo mismo subiré a verlo. —Y nerviosamente—: ¿Cuándo estará usted en casa?

—Pues todas las mañanas.

—¿Estará usted esta tarde dentro de una hora o cosa así?

—Sí. Si quiere nos podemos tomar una taza de té. Es lo menos que puedo hacer después de tanta molestia.

—¡Muy bien! Iré tan pronto como acabe aquí.

Babbitt meditó: «Esta sí que es una mujer con finura y distinción. Una taza de té... por la molestia. Así se aprecian los favores. Yo seré un tonto, pero no un bribón. Hay que conocerme. ¡Y no tan tonto como se piensan!».

La huelga había terminado con la derrota de los huelguistas. Aparte de que Vergil Gunch se mostraba menos cordial, la traición de Babbitt a su clan no había ocasionado efectos visibles. El agobiante miedo a la censura había desaparecido, pero le quedaba un sentimiento de tristeza. Ahora estaba tan alborozado que, para demostrar que no lo estaba, vagó por la oficina durante quince minutos, mirando planos, explicándole a la señorita McGoun que la señora Scott pedía más dinero por la casa... había subido el precio..., lo había subido de siete mil a ocho mil quinientos... la señorita McGoun no debía olvidarse de apuntarlo: casa de la señora Scott..., aumento de precio. Cuando de este modo se hubo demostrado que no era una persona impresionable y que estaba exclusivamente interesado en los negocios, salió lentamente de su oficina. Tardó mucho tiempo en ponerse en marcha. Se cercioró a patadas de que los neumáticos estaban bien inflados, limpió el cristal del velocímetro y apretó los tornillos del foco ajustado al parabrisas.

Por fin arrancó y se dirigió alegremente al distrito de Bellevue. La imagen de la viuda Judique era como una luz brillante en el horizonte. Las hojas secas de los arces se amontonaban en los arroyos de las calles asfaltadas. Era un día de oro pálido y verde marchito, tranquilo y perezoso. No pasaba inadvertida para Babbitt la aridez de Bellevue: casas de madera, garajes, tienduchas, solares llenos de maleza. «Esto está pidiendo una mejora; necesita el toque de distinción que personas como la señora Judique pueden dar a un barrio», meditaba avanzando veloz por las calles largas, rudimentarias y espaciosas. Se levantó un viento sutil, reconfortante, y Babbitt, respirando bienestar, llegó a la casa de Tanis Judique.

Cuando salió a abrirle, llevaba un vestido de gasa negra, cuyo modesto escote no descubría más que su bonito cuello. A Babbitt le pareció una mujer de mundo. Miró las cretonas y los grabados en color del gabinete, y exclamó:

—¡Qué bien ha dejado usted el piso! ¡Hace falta una mujer inteligente para arreglar bien una casa!

—¿Le gusta a usted de verdad? ¡Me alegro mucho! Pero estoy muy indignada con usted. Se ha olvidado de venir a aprender a bailar, como me prometió.

Con vacilación, Babbitt respondió:

—Ah, pero no me lo dijo usted en serio...

—Tal vez no. ¡Pero podría haberlo intentado!

—Bueno, pues aquí vengo a tomar la lección, y ya puede usted empezar a hacer preparativos, porque me quedo a cenar.

Se echaron a reír los dos, dando a entender que, naturalmente, se trataba de una broma.

Ella subió con él a la azotea del edificio de apartamentos, un mundo aparte de tendederos, con pasarelas de tablas y un depósito de agua sobre un tejaroz. Hurgó el suelo con la punta del pie, y trató de impresionarla con sus conocimientos sobre canalones de cobre. Habló de la conveniencia de pasar las cañerías por aros de plomo y reforzarlos con cobre, y de las ventajas de la madera de cedro sobre el palastro en los depósitos de agua.

—¡Cuántas cosas necesitan saber ustedes, los de su profesión! —dijo ella, admirada.

Babbitt prometió que el tejado quedaría reparado en un par de días.

—¿Le importa si hago una llamada de teléfono desde su casa?

—Por Dios, claro que no.

Se quedó un momento de pie junto a la albardilla, contemplando aquella tierra de pequeños bungalows con porches desproporcionadamente grandes y de nuevos edificios de apartamentos, pequeños pero bonitos, con paredes de ladrillo jaspeado y adornos de terracota. Más allá de los edificios se alzaba un cerro con un tajo de greda amarillenta que parecía una enorme herida. Detrás de cada casa, al lado de cada vivienda, se veían pequeños garajes. Era un mundo de buenas personas, cómodo, industrioso, crédulo.

La luz de otoño suavizaba la dureza de las casas nuevas, y el aire era como un estanque tintado por el sol.

—¡Qué tarde tan hermosa! Tiene usted una espléndida vista de Tanner's Hill —dijo Babbitt.

—Sí, es muy bonito y muy despejado.

—Pocas personas saben apreciar una vista.

—¡No me vaya a subir el alquiler por eso! Ay, qué mala pata por mi parte. Era una broma. Pero, en serio, hay tan pocos que respondan..., que reaccionen ante las vistas. Quiero decir..., no tienen ningún sentido de la poesía ni de la belleza.

—Es verdad, no lo tienen —suspiró él, admirando su esbeltez y su manera de mirar la colina, los labios sonrientes, la barbilla levantada, absorta—. Bueno, mejor será que telefonee ahora a los fontaneros para que empiecen a trabajar mañana temprano.

Cuando hubo telefoneado, en tono evidentemente autoritario, áspero y masculino, murmuró vacilante:

—Bien; ya es hora de que me...

—¡Oh, tiene usted que tomar una taza de té primero!

—Bueno, eso estaría muy bien.

Era un placer sibarítico estar repantigado en una silla de reps verde oscuro, con las piernas estiradas, mirando el taburete chinesco del teléfono y la fotografía coloreada del monte Vernon que tanto le había gustado siempre, mientras en la diminuta cocina —tan cerca— la señora Judique cantaba «Mi reina criolla». Presa de una intolerable dulzura, de una alegría tan honda que le causaba angustia, veía magnolias a la luz de la luna y oía a los negros de la plantación canturreando al son del banjo. Luchaba entre el deseo de acercarse a ella con el pretexto de ayudarla, y el de seguir en silencioso éxtasis. Permaneció sentado. Cuando ella entró con el té, Babbitt le sonrió.

—Es usted muy amable.

Por primera vez, Babbitt no trató de obtener alguna ventaja. Habló en tono natural, amistoso, y amistosa y natural fue la respuesta de ella:

—Usted sí que ha sido amable ayudándome a encontrar este pisito.

Estuvieron de acuerdo en que pronto llegaría el frío. Estuvieron de acuerdo en que la Prohibición era prohibitiva. Estuvieron de acuerdo en que el arte en el hogar era señal de cultura. Estuvieron de acuerdo en todo. Hasta se permitieron ciertas audacias. Insinuaron que esas chicas modernas, bueno, la verdad, llevaban demasiado cortas las faldas. Se sentían orgullosos de sí mismos al ver que no se escandalizaban por hablar con tanta franqueza.

—Ya sé que usted comprende —aventuró Tanis—, quiero decir..., no sé cómo expresarme: pero, vamos, creo que las chicas que se las dan de peligrosas por su manera de vestir en realidad no pasan nunca de eso. Y demuestran que no tienen instintos de mujer femenina.

Recordando a Ida Putiak, la manicura, y lo mal que se había portado con él, Babbitt le dio la razón de forma entusiasta; recordando lo mal que se había portado con él todo el mundo, habló de Paul Riesling, de Zilla, de Seneca Doane, de la huelga:

—¿Comprende lo que le digo? Naturalmente, yo deseaba como el que más que esos pordioseros se llevasen lo suyo, pero, caramba, no hay motivo para no ver el otro lado de la cuestión. Todo hombre, por su propio bien, debe ser tolerante y liberal, ¿no cree usted?

—¡Desde luego!

Sentada en el duro canapé, con las manos cruzadas a un lado, la viuda se inclinaba hacia él. Babbitt, en un estado de ánimo glorioso al sentirse admirado, proclamó:

—Conque me levanté y les dije a los amigos del club: «Mirad, yo...».

—¿Es usted socio del Union Club? Para mí es...

—No; del Athletic Club. Le diré una cosa: a mí, por supuesto, siempre me están pidiendo que me haga del Union Club, pero yo siempre respondo: «¡No, señor! ¡De ningún modo! No me importa el gasto, pero es que no puedo soportar a esos vejestorios».

—Ah, sí, claro. Pero, bueno, ¿qué les dijo usted?

—¡Ah!, no tiene usted interés en oírlo. Probablemente la estoy aburriendo con mis complicaciones. No parezco un viejo zoquete, hablo como un chiquillo.

—¡Oh!, es usted muy joven aún. Vamos..., que no puede usted tener más de cuarenta y cinco años.

—Por ahí... Pero, caramba, hay veces que me siento ya casi viejo. Con las responsabilidades que uno tiene y demás.

—¡Ah, le entiendo! —Su voz cálida lo acariciaba, lo envolvía como seda—. Y yo me siento tan sola, tan sola, algunos días, señor Babbitt.

—¡Somos un par de pájaros tristes! Pero también somos bastante simpáticos.

—¡Sí, somos más simpáticos que la mayor parte de las personas que conozco! —Los dos sonrieron—. Pero ¿qué es lo que dijo usted en el club?

—Pues fue así: naturalmente, Seneca Doane es amigo mío... pueden decir de él lo que quieran, pueden llamarlo lo que les dé la gana, pero lo que no sabe nadie aquí es que Senny es amigo íntimo de algunos de los más grandes estadistas del mundo...; de lord Wycombe, por ejemplo..., ya sabe, el gran noble británico. Mi amigo sir Gerald Doak me ha dicho que lord Wycombe es una potencia en Inglaterra..., tal vez no fuera Doak, pero alguien me lo dijo.

—¡Oh! ¿Conoce usted a sir Gerald? ¿El que estuvo aquí en casa de los McKelvey?

—¿Que si lo conozco? Bueno, figúrese que nos llamamos George y Jerry, respectivamente, y en Chicago nos emborrachamos de tal modo los dos...

—Habría sido gracioso verlos. Pero... —añadió, amenazándole con el índice— no puedo consentir que empine el codo. Tendré que atarlo corto.

—¡Ya me gustaría...! Bueno, volviendo a lo que estaba diciendo: yo sé la gran fama que tiene Senny Doane fuera de Zenith, pero, claro, nadie es profeta en su tierra, y el maldito Senny es tan condenadamente modesto que nunca hace saber la clase de gente con la que anda cuando está de viaje. Bueno, pues cuando la huelga, Clarence Dum se acerca contoneándose a nuestra mesa, muy de punta en blanco, con su uniforme de capitancito, y no sé quién le dice: «Qué, ¿reventando la huelga, Clarence?».

»Bueno, el tío va y se hincha como un palomo y grita, que se le oía en el salón de lectura: "¡Y tanto! No hice más que llamarles la atención a los cabecillas y se fueron a casita...".

»"Bueno", le digo yo, "me alegro de que no haya habido violencia".

»Y él contesta: "Sí, pero gracias a que hice la vista gorda, que, si no, ¡vaya si la hubiera habido! Todos esos canallas llevaban bombas en los bolsillos. Son todos unos anarquistas".

»"Demonios, Clarence, yo me fijé bien y te aseguro que no llevaban ninguna bomba", le dije yo, y luego le dije: "Claro que están haciendo el idiota, pero, al fin y al cabo, son seres humanos como tú y como yo".

»Entonces Vergil Gunch... no, fue Chum Frink... ya sabe usted, el famoso poeta..., gran amigo mío..., va y me dice: "¿Es que vas a defender a los huelguistas?". Bueno, me dio tal rabia que, se lo juro a usted, me propuse no entrar en explicaciones de ninguna clase..., como si no hubiera oído...

—¡Es lo más prudente! —dijo la señora Judique.

—... Pero finalmente le expliqué: «¡Si hubieras hecho lo que hice yo en los comités de la Cámara de Comercio, entonces tendrías derecho a hablar! Pero al mismo tiempo», le dije, «yo creo que se debe tratar al adversario como un caballero». ¡Los dejé calladitos! Frink (Chum, como yo le llamo siempre) no volvió a decir esta boca es mía. Pero al oír aquello creo que algunos de ellos pensaron que soy demasiado liberal. ¿Qué le parece?

—Ah, estuvo usted muy sensato. ¡Y muy valiente! ¡Yo amo a un hombre con el valor de defender sus convicciones!

—Pero ¿cree usted que hice bien? Después de todo, algunos de esos individuos son tan excesivamente cautelosos y tan intolerantes que miran de reojo a cualquiera que diga lo que siente.

—¿Y a usted qué le importa? A la larga acaban por respetar a un hombre que les hace pensar, y usted con su fama de orador...

—¿Qué sabe usted de mi fama de orador?

—¡Oh, no le voy a decir a usted todo lo que sé! Pero, de verdad, usted no se da cuenta de lo famoso que es.

—Bueno... Pero este otoño no he hablado mucho en público. He estado muy preocupado por todo lo de Paul Riesling. Pero... En serio, es usted la primera persona que comprende realmente mis intenciones, Tanis... ¡Oh, perdone! ¡Qué atrevimiento, llamarla Tanis!

—¡Oh, hágalo! ¿No cree usted que es delicioso cuando dos personas tienen el suficiente..., ¿cómo diría...?, el suficiente análisis como para descartar todos esos estúpidos convencionalismos y comprenderse mutuamente e intimar nada más verse?

—¡Claro que lo creo! ¡Claro que lo creo!

Ya no podía estarse tranquilo en su silla. Se paseó por el cuarto, se sentó en el diván al lado de ella. Pero cuando alargó torpemente su mano hacia sus dedos frágiles, inmaculados, Tanis dijo vivamente:

—Deme usted un cigarrillo. ¿Pensará usted que Tanis es una descarada si la ve fumar?

—¡No, por Dios! ¡Me encantaría!

Babbitt había observado con frecuencia a las chicas que fumaban en los restaurantes de Zenith, pero conocía solamente a una mujer que fumara: la señora Doppelbrau, su traviesa vecina. Encendió ceremoniosamente el cigarrillo de Tanis, buscó con la mirada un sitio donde depositar la cerilla apagada, y se la metió en el bolsillo.

—¡Estoy segura de que quiere usted fumarse un puro! —canturreó ella.

—¿Le molesta?

—¡Oh, no! Me encanta el olor de un buen cigarro. Es tan agradable y... tan de hombre. En mi alcoba encontrará usted un cenicero, en la mesilla junto a la cama, si hace usted el favor de ir a buscarlo.

Lo llenó de turbación la alcoba: el ancho canapé con su cubierta de seda violeta, las cortinas malva con rayas de oro, la chinesca cómoda Chippendale y las medias de color extendidas sobre una pasmosa fila de zapatos con hormas. Su manera de traer el cenicero tuvo, según le pareció a él mismo, la nota exacta de desenfadada amistad. «Un idiota como Verg Gunch se creería en el deber de decir unas cuantas gracias por haber visto su alcoba, pero yo, como si nada». Sin embargo, no fue como si nada. El sentimiento de simple camaradería había desaparecido, y a Babbitt lo inquietaba el deseo de cogerle la mano. Pero siempre que se volvía hacia ella se encontraba con el cigarrillo. Era un escudo entre los dos. Esperaría a que lo acabase. Ya empezaba a alegrarse al ver que lo apagaba en el cenicero, cuando Tanis le dijo:

—¿Quiere usted darme otro cigarrillo?

Desesperado, vio de nuevo entre ellos la pálida cortina de humo y su mano graciosamente ladeada. Babbitt no sentía ahora mera curiosidad por saber si le dejaría cogerle la mano (de una manera puramente amistosa, claro está), sino que era ya para él una angustiosa necesidad.

En la superficie no se veía nada de aquel espantoso drama. Hablaban alegremente de automóviles, de viajes a California, de Chum Frink. Luego él dijo con delicadeza:

—Detesto a esos tipos..., detesto a esas personas que se invitan a comer ellos solos, pero no sé por qué tengo la sensación de que esta noche voy a cenar con la encantadora Tanis Judique. Aunque supongo que tendrá usted ya siete compromisos.

—No, estaba pensando en ir al cine. Realmente, creo que debería salir a tomar un poco el fresco.

Ella no lo animaba a quedarse, pero tampoco lo desanimaba. «¡Mejor es que me largue! —pensaba Babbitt—. Seguramente dejará que me quede...; hay algo cociéndose aquí..., y yo no debería meterme en un lío..., de ningún modo... Tengo que largarme». Y después: «No, demasiado tarde».

De pronto, a las siete, apartó su cigarrillo, la cogió bruscamente de la mano:

—¡Tanis! ¡No me atormentes más! Tú sabes que... Los dos estamos solos en este mundo, y somos muy felices juntos. ¡Yo al menos! ¡Jamás he sido tan feliz! ¡Déjame quedarme! Bajaré al *delicatessen* a comprar algo..., pollo frío quizá... O pavo frío... Y entonces podemos cenar aquí muy a gusto, y luego, si quieres echarme, seré obediente y me iré como un corderito.

—Bueno..., sí...; sería muy agradable —dijo ella.

Y no retiró la mano. Babbitt se la apretó, temblando, y se dirigió tropezando hasta su gabán. En el *delicatessen* compró una cantidad absurda de alimentos, escogidos por lo caros que eran. Desde el drugstore de la acera opuesta llamó a su mujer: «Tengo que ver a un señor para que firme un contrato antes de que se marche en el tren de medianoche. Llegaré tarde a casa. No me esperes despierta. Un beso de buenas noches para Tinka». Volvió lleno de esperanza al piso de Tanis.

—Pero qué sinvergüenza. ¡Mira que comprar tantas cosas!

Este fue su saludo, y su voz era alegre, su sonrisa, acogedora. Babbitt la ayudó en la diminuta cocina blanca: lavó la lechuga, abrió el frasco de aceitunas. Ella le mandó que pusiera la mesa, y al entrar en el salón, al buscar en los cajones del aparador tenedores y cuchillos, Babbitt se sentía completamente como en su casa.

—Ahora —dijo— lo único que falta es ver lo que te vas a poner. No sé si decidirme por el traje de sociedad más elegante, o por decirte que te sueltes el pelo y te pongas una falda corta para hacerme la ilusión de que eres una niña.

—Voy a cenar tal como estoy, con este viejo vestido de gasa, y, si no puedes soportar así a la pobre Tanis, ¡te vas a cenar al club!

—¡Soportarte! —Le dio un golpecito en el hombro—. ¡Chiquilla, eres la mujer más encantadora, más fina y más inteligente que he conocido en mi vida! ¡Vamos, lady Wycombe, si te dignas dar el brazo al duque de Zenith, proambularemos al magnolífico festín!

—¡Qué cosas más graciosas dices!

Cuando terminaron de cenar, Babbitt sacó la cabeza por la ventana y anunció:

—Se ha levantado frío y creo que va a llover. Es mejor que no vayas al cine.

—Bueno, yo...

—¡Si tuviéramos una chimenea! Quisiera que lloviera a cántaros esta noche, y que estuviésemos tú y yo en una cabaña, sentados ante un fuego de leña, oyendo el murmullo de los árboles furiosamente azotados por el viento... ¡Qué te voy a decir! Vamos a acercar este sofá al radiador... Estiramos las piernas y nos hacemos la ilusión de que es una chimenea.

—¡Qué patético! ¡Eres un niño grande!

Pero se acercaron al radiador y apoyaron los pies en él; los grandes zapatos negros de él, los zapatitos de charol de ella. En la penumbra hablaron de ellos mismos, de lo sola que estaba ella, de lo confuso que estaba él y de lo maravilloso que era que se hubieran conocido. Cuando pararon de hablar, el cuarto quedó más callado que un caminito en el campo. De la calle no llegaba más ruido que el zumbido de los neumáticos, el fragor lejano de un tren de mercancías. La habitación, autosuficiente, cálida, segura, estaba aislada del mundo.

Babbitt se sintió absorbido por un arrobamiento en que todo miedo y toda duda desaparecieron; y cuando volvió a su casa, al amanecer, el arrobamiento se había suavizado en una alegría serena y llena de recuerdos.

XXIX

1

Con la certeza de la amistad de Tanis Judique, Babbitt se sentía cada vez más satisfecho de sí mismo. En el Athletic Club se dedicó a hacer experimentos. Aunque Vergil Gunch seguía callado, los otros Camorristas decidieron que Babbitt, sin motivo aparente, se había vuelto loco. Discutían encarnizadamente con él, y Babbitt, arrogante, se regocijaba con el espectáculo de su interesante martirio. Hasta elogió a Seneca Doane. El profesor Pumphrey dijo que estaba llevando la broma demasiado lejos.

—¡No! ¡De verdad! —replicó Babbitt—. Os aseguro que es uno de los grandes cerebros del país. Lord Wycombe dijo que...

—Oh, pero ¿quién demonios es ese lord Wycombe que siempre estás sacando a colación? En las seis últimas semanas no has hecho más que hablar de él —protestó Oville Jones.

—George lo ha encargado por catálogo a Sears-Roebuck. Esos señorones ingleses te los envían por correo a dos pavos cada uno —sugirió Sidney Finkelstein.

—¡Bueno, ya está bien! Lord Wycombe es uno de los grandes intelectos de la política inglesa. Como iba diciendo, yo, naturalmente, soy conservador, pero admiro a un tipo como Senny Doane porque...

Vergil Gunch lo interrumpió con aspereza:

—No sé yo si serás tan conservador... Yo, chico, puedo arreglármelas para sacar adelante mis negocios sin ayuda de rojos malolientes como Doane.

La gravedad de la voz de Gunch, la dureza de su mandíbula desconcertaron a Babbitt, pero se sobrepuso y continuó hasta que los otros dieron señales de aburrimiento, después de irritación, y después de recelo, como Gunch.

2

Siempre estaba pensando en Tanis. Recordaba con emoción cada uno de sus gestos. Sus brazos la ansiaban. «¡La he encontrado! He soñado con ella todos estos años y al fin la he encontrado», exclamaba de forma triunfal. La veía en el cine por las mañanas; iba a su casa por las tardes o por las noches, cuando se suponía que estaba en los Alces. Conocía sus asuntos financieros y le daba consejos, y ella se lamentaba de su ignorancia femenina y elogiaba su pericia, y demostraba que sabía de cuestiones de bolsa mucho más que él. Reían juntos recordando los tiempos pasados. Una vez se pelearon. Babbitt le dijo rabioso que era tan «mandona» como su mujer y mucho más quejica cuando él no le hacía caso. Pero aquello no pasó a mayores.

Su momento culminante fue una caminata, cierta alegre tarde de diciembre, por las praderas cubiertas de nieve hasta el río Chaloosa, que estaba helado. La gorra de astracán y el corto abrigo de castor daban un aspecto exótico a Tanis; se deslizó por el hielo y gritó, y Babbitt fue jadeante tras ella, riendo a carcajadas... Myra Babbitt nunca se había deslizado por el hielo.

Tenía miedo de que los viesen juntos. En Zenith es imposible almorzar con la mujer de un vecino sin que se sepa antes del anochecer en todas las casas de su círculo social. Pero Tanis era muy discreta. Aunque se mostraba muy cariñosa cuando estaban a solas, se mantenía siempre a una correcta distancia cuando salían, y él confiaba en que la tomasen por una clienta. Orville Jones los vio una vez saliendo de un cine, y Babbitt murmuró: «Te presento a la señora Judique. He aquí una mujer que sabe a quién dirigirse, Orvy». Jones, aunque censuraba tanto cualquier desviación de la moral como las lavadoras automáticas, pareció quedar convencido.

El principal miedo de Babbitt era que su mujer se enterase de su aventura (no porque le tuviera especial afecto, sino por respeto a las convenciones). Estaba seguro de que no sabía nada específico acerca de Tanis, pero también estaba seguro de que sospechaba algo indefinido. Desde hacía años, la aburría cualquier cosa más afectuosa que un beso de despedida, pero, aun así, se sentía dolida por cualquier disminución en el irritable y periódico interés de su marido, y ahora él no sentía el menor interés... sino más bien repugnancia. Era completamente fiel... A Tanis. Sentía angustia ante la vista de las carnes fofas de su mujer, de sus hinchazones y rollos de carne, de sus enaguas desgarradas, que siempre estaba pensando tirar y siempre se olvidaba. Pero se daba cuenta de que ella, después de tanto tiempo de vida común, notaba su repulsión. Babbitt intentaba ocultarla trabajosamente, pesadamente, jocosamente. Pero no podía.

Pasaron un día de Navidad tolerable. Kenneth Escott estuvo allí, ya oficialmente comprometido con Verona. La señora Babbitt lloró y llamó a Kenneth su nuevo hijo. Babbitt estaba preocupado por Ted, pues había dejado de quejarse de la universidad y se mostraba sospechosamente sumiso. Quería saber qué planeaba y no se atrevía a preguntárselo. Él, por su parte, había hecho una escapada a media tarde para llevarle a Tanis su regalo, una pitillera de plata. Cuando volvió, su mujer le preguntó con demasiada inocencia:

—¿Has salido a tomar el aire un rato?

—Sí, una vueltecita nada más —murmuró él.

Después de Año Nuevo, su mujer propuso:

—He tenido noticias de mi hermana hoy, George. Está mal. Creo que debería irme a pasar unas semanas con ella.

Ahora bien: la señora Babbitt no acostumbraba salir de viaje durante el invierno, excepto en ocasiones perentorias, y solamente el verano anterior había estado ausente varias semanas. Ni era Babbitt marido que, por lo general, se aviniera tranquilamente a separarse. Le gustaba tenerla allí: cuidaba de sus trajes; sabía cómo le gustaban los bistecs, y su cloqueo lo hacía sentirse seguro. Pero ni siquiera logró articular un cortés: «Pero ¿es que te necesita de verdad?». Mientras trataba de aparentar compunción, dándose cuenta de que su mujer lo vigilaba, se sentía lleno de exultantes visiones de Tanis.

—¿Crees que debo ir? —dijo su mujer bruscamente.

—Tú eres la que tienes que decidir, querida; no yo.

Ella le volvió la espalda, suspirando. Babbitt tenía la frente empapada en sudor.

Hasta que se marchó, cuatro días después, estuvo extrañamente callada, y él, torpemente afectuoso. El tren partió a mediodía. En cuanto Babbitt lo vio alejarse, sintió un irresistible deseo de ir a casa de Tanis.

«¡No, de ningún modo! ¡No haré tal cosa! —dijo para sí—. ¡No iré a verla en una semana!».

Pero a las cuatro estaba en su casa.

3

Él, que una vez había controlado o creído controlar cuerdamente su vida de manera desapasionada pero activa, se sintió durante aquella quincena arrastrado por una corriente de deseos, de whisky malo y de amistades nuevas, intimidades fulminantes que requieren mucha más atención que los antiguos amigos. Cada mañana reconocía tristemente las idioteces que había hecho la noche anterior. Con la cabeza palpitante, con la lengua y los labios resecos de fumar, contaba incrédulamente el número de vasos que había bebido y gruñía: «Hay que dejar de beber». Ya no decía: «Voy a dejar de beber», porque, por muy resuelto que estuviese de madrugada, no podía, ni por una sola noche, resistir la tentación.

Había conocido a los amigos de Tanis. Con la vehemente precipitación de la Gente de Medianoche, que bebe, baila y alborota y tiene siempre miedo a estar callada, Babbitt fue recibido como miembro del grupo que ellos llamaban la Pandilla. La primera vez que los vio fue después de un día de mucho trabajo, cuando esperaba pasar un rato tranquilamente con Tanis, gozando de su admiración.

Desde el extremo del pasillo oyó gritos y el rascar de un gramófono. Cuando Tanis le abrió la puerta vislumbró fantásticas figuras danzando en una niebla de humo de cigarrillos. Mesas y sillas estaban contra la pared.

—¡Oh, qué sorpresa! —le dijo atropelladamente—. Carrie Nork ha tenido la gran idea. Se empeñó en que nos reuniéramos y ha telefoneado a los de la Pandilla para que vinieran... George, mi amiga Carrie.

Carrie, a la vez matronil y soltera, era desagradable en ambos aspectos. Andaba por los cuarenta; su pelo era de un rubio ceniza poco convincente; y si su pelo era liso, sus caderas, en cambio, eran opulentas. Saludó a Babbitt con una risita:

—¡Bienvenido a nuestra reunioncita! Tanis dice que es usted un tipo estupendo.

Al parecer, Babbitt debía bailar y bromear como un adolescente con Carrie y lo hizo lo mejor que pudo. La cogió por la cintura y empezó a dar vueltas con ella, tropezando con las otras parejas, con el radiador, con las patas de las sillas arteramente emboscadas. Mientras bailaba examinó al resto de la Pandilla: una chica delgada que parecía lista, presumida y sarcástica; otra mujer que nunca pudo recordar bien; tres jóvenes, exageradamente vestidos y ligeramente afeminados..., dependientes de drugstore, o al menos nacidos para esa profesión; y un señor de su edad, inmóvil, satisfecho de sí mismo, resentido por la presencia de Babbitt.

Cumplida su obligación de bailar con Carrie, Tanis lo llevó aparte y le suplicó:

—¿Quieres hacerme un favor, querido? Se me ha acabado el whisky, y la Pandilla quiere solemnizar la fiesta. ¿No podrías traer un poco del bar de Healey Hanson?

—Pues claro —respondió Babbitt, tratando de disimular su mal humor.

—Escucha, le diré a Minnie Sonntag que te acompañe —dijo Tanis señalando a la muchacha delgada y sarcástica.

La señorita Sonntag lo saludó con aspereza.

—Tanto gusto, señor Babbitt. Tanis me ha hablado de usted como de un hombre preeminente, y es para mí un gran honor que me permitan acompañarle. Yo, claro, no estoy acostumbrada a alternar con gentes de sociedad como usted, y no sé qué hacer en tan elevadas esferas.

De este modo fue hablando la señorita Sonntag todo el trayecto hasta que llegaron al bar de Healey Hanson. A sus bromas, Babbitt hubiera querido responder: «Vete al infierno», pero ni una vez tuvo el valor de hacer tan razonable comentario. Se lamentaba de la existencia de la tal Pandilla. Había oído a Tanis hablar de la «encantadora Carrie» y de la señorita Sonntag («es tan inteligente..., simpatizarás enseguida con ella»), pero nunca había tenido para él existencia real. Babbitt se imaginaba a Tanis esperándole en un vacío color de rosa, libre de todas las complicaciones de Floral Heights.

Cuando regresaron, tuvo que soportar las atenciones de los jóvenes dependientes. Estuvieron con él tan obsequiosos como la señorita Sonntag hostil. Lo llamaban «viejo Georgie» y gritaban: «Venga, jefe, a mover el esqueleto...»... muchachos con chaquetas de trabilla, con granos, de la edad de Ted y tan fofos como coristas, pero incansables para bailar, para cambiar los discos del gramófono, para fumar cigarrillos y para acaparar a Tanis. Babbitt trató de imitarlos. «¡Así se hace, muchachote!», gritaba, pero se le quebraba la voz.

Tanis, al parecer, estaba encantada con la compañía de aquellos dos bailarines. Se prestaba a su blando flirteo y, como quien no hace nada, los besaba al terminar cada baile. Babbitt, en aquel momento, la odiaba. La vio como una mujer de mediana edad. Estudió las arrugas de su cuello, su papada incipiente. Los músculos tensos de su juventud estaban ya flojos y colgantes. Entre baile y baile se sentaba en el sillón más grande, haciendo señas con su cigarrillo a sus jóvenes admiradores para que vinieran a hablar con ella. «¡Se cree una belleza hechicera!», gruñía Babbitt para sí. Luego Tanis le preguntó a la señorita Sonntag si no le parecía que su pequeño estudio era una monada. («¡Y un cuerno un estudio! ¡Es un piso de solterona con perrito y ya está! ¡Dios, ojalá estuviera en casa! Me pregunto si puedo hacer una escapada...»).

Se le oscureció la vista cuando se aplicó al whisky de Healey Hanson, malo pero fuerte. Se mezcló con la Pandilla. Empezó a agradarle que Carrie Nork y Pete, el menos estúpido de los ágiles jovenzuelos, le dieran muestras de simpatía. Y era de extrema importancia conquistar a aquel insolente señor maduro, que resultó ser un empleado de ferrocarriles llamado Fulton Bemis.

La conversación de la Pandilla era exclamatoria, subida de color y llena de referencias a gente que Babbitt no conocía. Al parecer tenían muy buena opinión de sí mismos. Eran la Pandilla, listos, guapos y divertidos. Eran bohemios y urbanitas, y estaban acostumbrados a todos los lujos de Zenith: salones de baile, cines y restaurantes de carretera. Y mostraban cínicamente su superioridad sobre la gente «pasmada» o «estirada», cacareando:

—¡Ah, Pete!, ¿te he contado lo que el memo del cajero dijo cuando llegué tarde ayer? ¡Im-pe-pi-na-ble, chico!

—¡Uf, qué cocido estaba T. D.! ¡Estaba simplemente osificado! ¿Qué le dijo Gladys?

—¡Fíjate tú el morro de Bob Bickerstaff! ¡Tratar de que fuésemos a su casa! ¿Se puede tener más morro? ¡A eso lo llamo yo tener morro!

—¿Os fijasteis en cómo bailaba Dotty? ¿No es ya el colmo?

A Babbitt se lo podía oír ahora dar sonoramente la razón a la antes odiada señorita Sonntag, según la cual las personas que dejaban pasar una noche sin bailar jazz eran unos carcas, unos cutres y unos desvaídos. Y cuando Carrie Nork dijo con voz gorgoteante: «¿No le gusta a usted sentarse en el suelo? ¡Es tan bohemio!», Babbitt respondió que le gustaba muchísimo. Empezaba a formarse una excelente opinión de la Pandilla. Cuando mencionó a sus amigos sir Gerald Doak, William Washington Eathorne y Chum Frink, el condescendiente interés con que lo escuchaban lo enorgulleció. Se compenetró tan bien del jocundo espíritu reinante que no le importó mucho ver a Tanis apoyarse contra el hombro del más joven y más tierno de los muchachos. Este le cogió la mano a Carrie y la soltó solo porque Tanis pareció enfadarse.

Cuando volvió a su casa, a las dos y media de la madrugada, Babbitt era ya uno de la Pandilla, y toda la semana siguiente estuvo atado por las exigencias, excesivamente fastidiosas, de aquella vida de placer y de libertad. Babbitt tuvo que ir a todas las reuniones, y se encontró envuelto en la agitación general cuando unos telefoneaban a otros que ella no había querido decir lo que había dicho cuando había dicho aquello, y, de todos modos, ¿quién le mandaba a Pete andar diciendo por ahí que sí lo había dicho?

Nunca hubo familia más unida que la Pandilla. Todos ellos sabían o deseaban saber dónde habían estado los otros cada minuto de la semana. Babbitt tenía que explicarles a Carrie o a Fulton Bemis qué había estado haciendo para no poder reunirse con ellos hasta las diez, y excusarse por haber ido a cenar con un cliente.

Cada miembro de la Pandilla debía telefonear a todos los demás por lo menos una vez a la semana. «¿Por qué no me has telefoneado?», le preguntaban a Babbitt, como acusándolo, no solo Tanis y Carrie, sino muy pronto también viejos amigos nuevos: Jennie, Capitolina y Toots.

La impresión de la mujer marchita y sentimental que Tanis le había parecido desapareció por completo en un baile que dio Carrie Nork. La señora Nork tenía una casa grande y un marido pequeño. Se decretó una movilización general, y toda la Pandilla, compuesta de treinta y cinco personas, asistió a la reunión. Babbitt, a quien todos llamaban «viejo Georgie», era ya uno de los antiguos en la Pandilla, pues cada mes la mitad de los socios se daban de baja y eran inmediatamente sustituidos por otros. Así que quien podía recordar los prehistóricos días de la quincena precedente, antes de que la señora Absolom, la demostradora de comida, se marchase a Indianápolis, y de que Mac se enfadase con Minnie, era un respetable veterano y podía mostrarse condescendiente con los nuevos Petes, Minnies y Gladys.

En casa de Carrie, Tanis no tenía que atender a los invitados. El vestido de gasa negra, que tanto le gustaba a Babbitt, le daba un aire grave y digno. En las amplias habitaciones de aquel feo caserón, Babbitt pudo sentarse tranquilamente a su lado y hablar con ella. Se arrepintió de su primera repulsión, suspiró a sus pies y la acompañó a casa. Al día siguiente se compró una corbata amarilla muy chillona, para parecer joven. Sabía, con un poco de tristeza, que guapo no podía ponerse por mucho que quisiera. Se sentía pesado, rozando la gordura, pero bailaba, se vestía y parloteaba de tal forma que pudiera ser tan joven como ella... tan joven como ella parecía.

Así como todos los conversos, ya sea a la religión, al amor o a la jardinería, descubren, como por arte de magia, un mundo que antes no existía para ellos, Babbitt, una vez convertido a la disipación, encontraba en todas partes agradables ocasiones de divertirse.

Se formó una nueva opinión de su alegre vecino Sam Doppelbrau. Los Doppelbrau era gente respetable, gente industriosa, gente próspera, cuyo ideal de felicidad era un cabaret eterno. Su vida estaba dominada por bacanales suburbanas de alcohol, nicotina, gasolina y besos. Ellos y los de su grupo trabajaban de forma competente toda la semana, esperando a que llegara la noche del sábado para «armar una juerga», como ellos decían. Y la juerga, que generalmente comprendía una vertiginosa expedición en automóvil a un sitio cualquiera, se prolongaba, cada vez más ruidosa, hasta el amanecer del domingo.

Una noche que Tanis había ido al teatro, Babbitt se encontró, sin saber cómo, divirtiéndose con los Doppelbrau, jurando amistad a personas a las que durante años y años había denunciado ante su mujer como «una asquerosa panda de farsantes con quienes no saldría yo aunque no quedara más gente en la tierra». Aquella noche había vuelto malhumorado y se paseaba por delante de su casa, rompiendo los cuajarones de hielo en forma de huellas fósiles que habían dejado en la acera, durante la reciente nevada, las pisadas de los transeúntes. Howard Littlefield se acercó tosiendo.

—¿Viudo todavía, George?

—Sí. Hace frío otra vez esta noche.

—¿Qué noticias hay de la mujer?

—Está bien, pero su hermana sigue muy enferma.

—¿Quieres entrar y cenar con nosotros esta noche, George?

—¡Oh...! oh, gracias. Tengo que salir.

Babbitt no podía ya soportar que Littlefield le diera a conocer las más interesantes estadísticas sobre problemas totalmente desprovistos de interés. Siguió raspando la acera y gruñendo.

Sam Doppelbrau apareció.

—Buenas, Babbitt. ¿Trabajando duro?

—Sí, un poco de ejercicio.

—¿Hace bastante frío esta noche??

—Así, así.

—¿Viudo todavía?

—Ajá.

—Oiga, Babbitt, ahora que está fuera su mujer... Ya sé que a usted no le apasiona la bebida, pero mi mujer y yo tendríamos mucho gusto en que viniera por casa una noche. ¿No se atrevería con un buen cóctel?

—¿Atreverme? Joven, le apuesto a que no hay en Estados Unidos quien prepare un cóctel como un servidor.

—¡Hurra! ¡Así se habla! Escuche: esta noche vienen a casa unos cuantos amigos, Louetta Swanson y otras chicas estupendas, y voy a abrir una botella de ginebra de antes de la guerra, y quizá habrá un poquito de baile. ¿Por qué no viene y se anima, aunque no sea más que para variar?

—Pues... ¿A qué hora vienen?

Babbitt estuvo en casa de Sam Doppelbrau a las nueve. Era la tercera persona en llegar. A eso de las diez ya llamaba Sam a Doppelbrau.

A las once se dirigieron todos al motel Old Farm. Babbitt fue en el automóvil de Doppelbrau ocupando el asiento de atrás con Louetta Swanson. Una vez había intentado tímidamente seducirla. Ahora no lo intentó: simplemente lo hizo. Y Louetta apoyó la cabeza en su hombro, le dijo lo insoportable que era Eddie y aceptó a Babbitt como a un libertino decente y bien entrenado.

Con ayuda de la Pandilla, de los Doppelbrau y de otros compañeros de diversión, no hubo noche durante la semana en que Babbitt no volviera a su casa tarde y haciendo eses. Con las otras facultades embotadas, conservaba, sin embargo, el don de conducir cuando apenas podía andar. No se olvidaba de acortar la marcha en las esquinas ni de dejar espacio a los demás vehículos. Entraba en casa tambaleándose. Si Verona y Kenneth Escott andaban por allí, los saludaba precipitadamente, comprendiendo que lo observaban, y corría a esconderse en el piso de arriba. Se daba cuenta, con el calor de la casa, de que estaba más ahumado de lo que había creído. La cabeza le daba vueltas. No se atrevía a acostarse. Trataba de sudar el alcohol con un baño caliente. Entonces se despejaba un poco, pero cuando empezaba a andar por el cuarto se equivocaba siempre al calcular las distancias. Tiraba las toallas, dejaba caer la jabonera, armando un ruido que, según temía, lo delataría a los chicos. Con la bata puesta, trataba de leer el periódico de la noche. Veía todas las palabras, parecía coger el sentido, pero un minuto después no habría podido decir qué había leído. Cuando se acostaba, su cerebro volaba en círculos. Entonces se sentaba en la cama, luchando por dominarse. Por fin lograba tranquilizarse, y se sentía solamente un poco mareado y terriblemente avergonzado. ¡Tener que ocultar su «estado» a sus hijos! ¡Haber bailado y gritado con gente que despreciaba! ¡Haber dicho tonterías, haber cantado canciones estúpidas, haber intentado besar a chicas estúpidas! Recordaba incrédulo que con su ruidosa familiaridad se había expuesto a que lo trataran de igual a igual jóvenes que habría echado a patadas de su oficina; que por haberse apretado demasiado al bailar se había ganado algún bofetón de mujeres perfectamente despreciables. Al recordar todo aquello gruñía: «¡Me odio! ¡Dios mío, cómo me odio! ¡Nunca más! ¡Se acabó! ¡Ya estoy harto!».

A la mañana siguiente se encontraba aún más seguro de que iba a reformarse mientras adoptaba un aire grave y paternal con sus hijos durante el desayuno. A mediodía estaba menos seguro. No negaba que había hecho el indio; lo veía casi tan claro como a medianoche, pero cualquier cosa era mejor, se decía batallando consigo mismo, que volver a una vida desprovista de afectos. A las cuatro quería beber. Ahora tenía un frasco de whisky en su escritorio, y después de dos minutos de lucha echaba el primer trago. Al tercero empezaba a ver a los de la Pandilla como amigos cariñosos y divertidos, y a eso de las seis estaba con ellos... Así un día y otro día: el cuento de nunca acabar.

Cada mañana le dolía un poco menos la cabeza. La jaqueca que el alcohol le producía había sido hasta entonces su salvaguardia. Pero ahora podía estar borracho al amanecer, y, sin embargo, no sentir peso ninguno en el estómago... ni en la conciencia cuando se levantaba a las ocho. Ningún remordimiento, ningún deseo de librarse del trabajo que le costaba seguir el ritmo de la ardua diversión de la Pandilla eran tan grandes como su sentimiento de inferioridad social cuando no podía ponerse a tono con la Pandilla. Ser el más «juerguista» de todos era ahora su ambición, como antes lo había sido aventajar a los demás en ganar dinero, en jugar al golf, en conducir, en pronunciar discursos, en ascender al círculo de los McKelvey. Pero a veces fracasaba.

Descubrió que Pete y los otros jóvenes consideraban a la Pandilla demasiado austera, y a Carrie, que solo daba besos de puertas adentro, demasiado monógama. Así como Babbitt había descendido desde Floral Heights hasta la Pandilla, los jóvenes galantes descendieron de la Pandilla a juergas con chicas alegres que pescaban en grandes almacenes y en los guardarropas de los hoteles. Babbitt se empeñó en acompañarlos una vez. Había un coche, una botella de whisky y, para él, una cajera sórdida y chillona procedente de los grandes almacenes Parcher & Stein. Se sentó al lado de ella y empezó a preocuparse. Al parecer estaba en la obligación de «alegrarla», pero cuando la chica le gritó: «¡Vamos, suelte, que me estropea el abrigo!», Babbitt se quedó sin saber qué hacer. Estaban sentados en el cuarto interior de un bar. Babbitt tenía dolor de cabeza, estaba confundido por el nuevo argot de sus acompañantes, los miraba benévolamente, quería volver a casa, y se tomó una copa..., muchas copas.

Dos noches después, Fulton Bemis, el señor maduro y hosco de la Pandilla, llevó a Babbitt aparte y le dijo:

—Escuche: a mí nada me va en ello, y bien sabe Dios que yo siempre me meto al cuerpo mi parte de licor, pero ¿no cree usted que debe andarse con tiento? Usted es uno de esos individuos entusiastas que siempre se pasan cuando hacen algo. ¿Se da cuenta de que está empinando el codo demasiado y que fuma usted un pitillo tras otro? Más valía que lo dejase una temporada.

Babbitt respondió enternecido que el amigo Fult era una gran persona, y que sí, dejaría de beber y de fumar, después de lo cual encendió un cigarrillo, se puso una copa y tuvo una bronca espantosa con Tanis cuando ella lo sorprendió dando excesivas muestras de afecto a Carrie Nork.

A la mañana siguiente se detestaba por haber llegado hasta el punto de que un don nadie cualquiera como Fulton Bemis pudiera reprocharle su comportamiento. Comprendió que, ya que trataba de seducir a todas las mujeres que se le ponían al alcance, Tanis no era ya su pura y única estrella, y se preguntó si no habría sido nunca para él nada más que una mujer. Y, si Bemis le había hablado a él, ¿estarían los demás hablando de él? Aquel día, a la hora de comer, observó escamado a sus amigos del Athletic. Le pareció que estaban incómodos con él. ¿Habían estado hablando de él entonces? Se puso furioso. Se puso agresivo. No solo defendió a Seneca Doane, sino que hasta se burló de la Asociación de Jóvenes Cristianos. Vergil Gunch fue breve en sus respuestas.

Después, Babbitt no estaba furioso. Estaba asustado. No asistió a la comida del Boosters' Club; se ocultó en un restaurante barato y, mientras mascaba un sándwich de jamón y daba sorbos a su taza de café, no dejaba de cavilar.

Cuatro días después, durante una de las reuniones más alegres de la Pandilla, Babbitt los llevó en su coche a la pista de patinaje que habían abierto en el río Chaloosa. Tras un breve deshielo, las calles habían quedado cubiertas de resbaladizo hielo. El viento bramaba encajonado entre las filas de casas de madera. El distrito de Bellevue parecía una ciudad fronteriza. A pesar de llevar cadenas en las cuatro ruedas, Babbitt tenía miedo de resbalar. Bajó una larga cuesta metiendo los dos frenos. De pronto, a la vuelta de una esquina, apareció otro automóvil menos prudente. Frenó y estuvo a punto de rozarlos con el guardabarros trasero. La Pandilla (Tanis, Minnie Sonntag, Pete, Fulton Bemis) mostró su satisfacción por haber escapado del peligro riendo y diciendo adiós con la mano al conductor del otro coche. Entonces Babbitt vio al profesor Pumphrey subiendo trabajosamente la cuesta a pie, mirando con ojos de búho a los juerguistas. Babbitt estaba seguro de que Pumphrey lo había reconocido y de que había visto a Tanis besarlo mientras gritaba: «¡Eres un conductor de primera!».

Al día siguiente, durante el almuerzo, sondeó a Pumphrey:

—Anoche salí con mi hermano y unos amigos suyos. ¡Cómo está el suelo! ¡Resbaladizo como el cristal! Me pareció verte subir por la cuesta de Bellevue.

—No..., yo no te vi —contestó Pumphrey precipitadamente.

Unos dos días después, Babbitt almorzó con Tanis en el hotel Thornleigh. Ella, que antes parecía satisfecha con esperarlo en su piso, había comenzado a insinuar melancólicamente que en muy poco debía de tenerla cuando no la presentaba a sus amigos, cuando no quería que lo vieran con ella excepto en el cine. Babbitt pensó en llevarla al «salón de señoras» del Athletic Club, pero eso era demasiado peligroso. Tendría que presentarla y, ¡oh!, la gente podría malinterpretarlo, y... transigió en llevarla al Thornleigh.

Estaba elegantísima, toda de negro: un pequeño tricornio negro, abrigo corto y amplio de caracul negro y vestido de terciopelo negro, en una época en que la mayor parte de los trajes de calle parecían de sociedad. Quizá estaba demasiado elegante. En el restaurante del Thornleigh, decorado con molduras de roble y arabescos de oro, todos se quedaron mirándola cuando entró seguida de Babbitt. Este esperaba con inquietud que el *maître* les diera una mesa discreta tras una columna, pero no fue así: los colocaron en el mismo centro. Tanis parecía no prestar atención a sus admiradores. Sonrió a Babbitt diciéndole:

—¡Oh, esto es encantador! ¡Qué orquesta más alegre!

Babbitt tuvo dificultad en contestar en el mismo tono, porque dos mesas más allá vio a Vergil Gunch. Durante la comida, Gunch los observaba. Babbitt, sintiéndose observado, trataba lúgubremente de no estropearle a Tanis su jovialidad.

—Estoy como unas castañuelas hoy —murmuró Tanis—. El Thornleign me encanta. ¿A ti no? Es tan animado y al mismo tiempo tan... tan distinguido.

Babbitt habló del Thornleigh, del servicio, de las personas que reconocía en el restaurante; de todas, menos de Vergil Gunch. Después, al parecer, no había nada de qué hablar. Sonrió forzadamente a sus bromas; estuvo de acuerdo con ella en que «era muy difícil llevarse bien» con Minnie Sonntag y en que el joven Pete era «un chiquillo holgazán que en realidad no servía para nada». Pero a él no se le ocurrió nada que decir. Pensó en comunicarle las preocupaciones que le causaba Gunch, pero pensó: «¡Ah!, cuesta demasiado trabajo contar toda la historia y hablarle de Verg y demás».

Sintió alivio cuando dejó a Tanis en un tranvía. Los familiares quehaceres de la oficina le devolvieron la alegría.

A las cuatro se presentó Vergil Gunch. Babbitt se alarmó, pero Gunch comenzó en son de paz.

—¡Hola, chico! Oye: unos cuantos amigos estamos formando un proyecto y nos gustaría que tú nos ayudaras.

—Muy bien, Verg. Desembucha.

—Ya sabes que durante la guerra mantuvimos a raya al Elemento Indeseable. Les tapamos la boca a los rojos, a los delegados de las uniones obreras y a los simples criticones, y lo mismo hicimos bastante tiempo después de la guerra, pero la gente se olvida del peligro, lo cual les da a esos locos ocasión de trabajar en secreto, especialmente a los socialistas de salón. Pues bien: los que tienen la cabeza en su sitio deben hacer un esfuerzo y seguir luchando contra esos individuos. No sé quién, en el este, ha organizado una liga llamada Asociación de Buenos Ciudadanos, precisamente con ese propósito. Claro que la Cámara de Comercio y la Legión Americana y demás hacen su buena labor para mantener en su puesto a las personas decentes, pero se dedican a tantas otras cosas que no pueden atender debidamente este problema. Pero la Asociación de Buenos Ciudadanos, la A. B. C, no se ocupa de nada más. ¡Oh!, la A. B. C. puede tener otros fines aparentes...; por ejemplo, aquí, en Zenith, creo yo que debería favorecer el proyecto de extender los parques y también apoyar a la Junta de Planificación Urbana... Y demás puede tener un aspecto social..., dar bailes y cosas así, especialmente porque la mejor manera de ponerles la mordaza a esos locos es aplicar un boicot social a los fulanos que son demasiado grandes para agarrarlos de otra manera. Luego, si eso no resulta, la A. B. C. puede finalmente enviar una delegación a los tipos que se pongan tontos para informarles de que tienen que conformarse con nuestras normas de decencia y callarse la boca. ¿No crees que de una organización así pueden esperarse grandes resultados? Contamos ya con algunas de las personas más influyentes y, naturalmente, queremos que tú te unas a nosotros. ¿Qué dices?

Babbitt estaba incómodo. Sintió un impulso hacia las normas de vida de las que tan vaga y desesperadamente había tratado de huir.

—Supongo que apuntáis especialmente a tipos como Seneca Doane, a quienes trataréis de...

—¡Puedes apostarte el cuello! Mira, George: yo nunca he creído ni por un momento que hablases en serio cuando defendías a Doane y a los huelguistas en el club. Sabía que les estabas tomando el pelo a esos pobres atontados como Sid Finkelstein... ¡Al menos espero que estuvieras bromeando!

—Ah, bueno..., claro... Por supuesto, se podría decir... —Babbitt, consciente de su irresolución, sentía clavada en él la mirada inexorable de Gunch—. ¡Caramba, tú ya sabes lo que pienso! ¡Yo no soy un revolucionario! ¡Soy un hombre de negocios, antes, ahora y siempre! Pero..., de verdad, no creo que las intenciones de Doane sean tan malas, y no debes olvidar que es un viejo amigo mío.

—George, cuando se trata de una lucha entre, por una parte, la decencia y la seguridad de nuestros hogares y, por otra, las exigencias de unos canallas revolucionarios, hay que abandonarlo todo, hasta las amistades. «El que no está conmigo está contra mí».

—Sí, supongo...

—Bueno, ¿qué decides? ¿Entras en la Asociación de Buenos Ciudadanos o no?

—¡Tengo que pensarlo, Verg!

—Muy bien, como quieras.

Babbitt respiró al ver que salía del paso tan fácilmente, pero Gunch continuó:

—George, no sé qué demonios te pasa; ninguno de nosotros lo sabe; y hemos hablado mucho de ti. Durante algún tiempo nos figuramos que el suceso del pobre Riesling te había trastornado, y te perdonamos todas las tonterías que decías, pero eso ya pasó a la historia, George, y no podemos entender lo que te ocurre. Yo, por mi parte, siempre te he defendido, pero debo confesarte que ya está siendo demasiado para mí. En el Athletic Club y en el Boosters' Club, todo el mundo está indignado por tu insistencia en defender a Doane y a su pandilla de sinvergüenzas... Además, siempre te las estás dando de liberal (que es como decir que eres un pelagatos) y hasta dices que ese predicador Ingram no es un artista profesional del amor libre. ¡Y luego tu conducta privada! Joe Pumphrey asegura que te vio la otra noche con una partida de pelanduscas, todas borrachas hasta más no poder, y hoy mismo te he visto en el Thornleigh con una... bueno, puede que sea una señora decente, no digo que no, pero tenía todas las apariencias de una mujer bastante alegre para que la lleve a comer un tipo cuya mujer está fuera de la ciudad. No tenía buena pinta. ¿Qué demonios te ocurre, George?

—Me choca a mí que tantas personas sepan de mis asuntos personales más que yo mismo.

—Hombre, no vayas ahora a enfadarte conmigo porque vengo como amigo a decirte francamente lo que pienso en vez de murmurar a tus espaldas, como hacen los otros. Mira, George: tú tienes una posición social, y la sociedad espera que vivas en conformidad con tu posición. Y... Bueno, a ver si te decides a hacerte de la asociación. Hablamos otro día.

Se marchó.

Aquella noche Babbitt cenó solo. Vio a todos los Hombres de Bien mirándolo por la ventana del restaurante, espiándolo. El miedo estaba sentado junto a él, y se dijo que aquella noche no iría a casa de Tanis; y no fue... hasta más tarde.

XXX

1

El verano anterior, en las cartas de la señora Babbitt se notaba
su ardiente deseo de volver a Zenith. Ahora no decía nada de
volver, y un anhelante «supongo que no se notará mi falta»,
entre sus secas crónicas sobre el tiempo y las enfermedades,
hizo sospechar a Babbitt que no había estado muy apremian-
te sobre su regreso.

«Si estuviera aquí —pensaba, preocupado— y yo siguiera
en este plan de juerga que llevo, le daría un patatús. Tengo que
andarme con cuidado. Tengo que aprender a salir sin hacer el
idiota. Podría lograrlo si los tipos como Verg Gunch me dejaran en paz y Myra siguiera fuera. Pero... se ve que está triste la
pobre. ¡Dios mío, no quiero hacerle daño!».

En un impulso, le escribió que la echaba mucho de menos,
y ella contestó enseguida anunciando su vuelta.

Babbitt se persuadió de que estaba deseando verla. Compró rosas, encargó pichones para la cena y llevó el coche a un
taller para que lo lavaran. En el trayecto de la estación a casa
fue contándole a la recién llegada los éxitos de Ted en baloncesto, pero antes de llegar a Floral Heights se le había agotado
la conversación y empezaba ya a abrumarle la impasibilidad
de ella, y empezaba a preguntarse si podría aquella noche ha-

cer una escapada sin quedar como un mal marido y pasar media hora con la Pandilla. Cuando hubo metido el coche en el garaje, subió al segundo piso y le preguntó a su mujer:

—¿Te ayudo a deshacer la maleta?

—No, ya puedo yo.

Ella se volvió lentamente, con una cajita en la mano, y lentamente le dijo:

—Te he traído un regalo... Una cigarrera. No sé si te gustará...

En aquel momento era la muchacha solitaria, la morena y atractiva Myra Thompson, con la que se había casado, y Babbitt casi lloró de compasión al besarla.

—¿Que si me gusta? —dijo con voz implorante—. ¡Claro que me gusta! Estoy encantado de que me la hayas traído. Precisamente me estaba haciendo falta una cigarrera.

Se quedó pensando cómo deshacerse de la cigarrera que había comprado la semana anterior.

—Y ¿estás de verdad contento de que haya vuelto?

—¡Qué pregunta! ¿Por eso has estado preocupada?

—Es que no parecía que me echases mucho de menos.

Cuando Babbitt terminó de mentir, estaban de nuevo firmemente unidos. Aquella noche, a eso de las diez, parecía imposible que Myra hubiera estado ausente. No había más que una diferencia: el problema de seguir siendo un marido respetable, un marido de Floral Heights, sin dejar de ver a Tanis y a la Pandilla con frecuencia. Había prometido telefonear a Tanis aquella noche, y ahora era melodramáticamente imposible. Rondaba el teléfono, alargando impulsivamente la mano para coger el receptor, pero sin atreverse a hacerlo. No podía encontrar un pretexto para bajar al drugstore de Smith Street, que tenía un teléfono público. Se sentía cargado de responsabilidad, pero se la quitó de encima reflexionando:

«¿Para qué diablos me preocupo tanto por no poder telefonear a Tanis? Puede arreglárselas sin mí. No le debo nada.

Es una buena chica, pero tanto como ella me ha dado le he dado yo... ¡Ah, malditas mujeres, en qué complicaciones lo meten a uno!».

2

Durante una semana estuvo muy atento con su mujer. La llevó al teatro, a comer con los Littlefield. Luego empezaron los engaños y los disimulos de siempre, y al menos dos noches por semana las pasaba con la Pandilla. Seguía fingiendo que iba a los Alces o a reuniones de comités, pero cada vez se esforzaba menos por que sus pretextos tuvieran visos de verosimilitud, y su mujer se preocupaba menos cada vez de afectar que los creía. Babbitt estaba seguro de que ella no ignoraba sus relaciones con lo que Floral Heights llamaba «gente alegre», pero ni uno ni otro se daban por enterados. En la geometría conyugal, la distancia entre el primer reconocimiento mudo de una desavenencia y la confesión de ello es tan grande como la distancia entre la primera fe y la primera duda.

Conforme iba apartándose, Babbitt empezaba también a ver a su mujer como ser humano, a sentir por ella afecto o aversión, en lugar de aceptarla como un mueble relativamente movible, y lamentaba que, después de veinte años de relaciones conyugales, se encontraran ahora tan distantes el uno del otro. Recordó las fechas memorables: el veraneo en las praderas de Virginia bajo el muro azul de las montañas; su excursión en automóvil por Ohio y la exploración de Cleveland, Cincinnati y Columbus; el nacimiento de Verona; la construcción de su nueva casa, planeada para alegrarles una vejez feliz. (Muy emocionados habían dicho que quizá sería su último hogar). Sin embargo, el sedante recuerdo de estos queridos momentos no le impidió ladrar durante la cena:

—Sí, estaré fuera unas horas. No me esperes despierta.

Ahora no se atrevía a volver borracho a casa, y, aunque se enorgullecía de su vuelta a la moral y hablaba con gravedad a Pete y a Fulton Bemis de lo mucho que bebían, se sentía herido por las censuras inexpresadas de Myra y meditaba malhumorado que «un hombre no podía manejarse a sí mismo cuando estaba dominado por mujeres marimandonas».

Ya no le preocupaba si Tanis estaba o no un poco ajada y si era sentimental. En contraste con la complaciente Myra, la veía ligera, aérea y radiante, un espíritu de fuego inclinándose sobre el hogar, y, no obstante la compasión con que toleraba a su mujer, suspiraba por Tanis.

Luego, la señora Babbitt rasgó el discreto velo que tapaba su infelicidad, y el marido descubrió, atónito, que también ella tenía su pequeña rebelión preparada.

3

Aquella noche estaban sentados junto a la chimenea sin fuego.

—George —dijo ella—, no me has dado la lista de los gastos de la casa mientras he estado fuera.

—No... Todavía no la he hecho —dijo él muy amablemente—. Tendremos que reducir los gastos este año.

—Sí. No sé adónde se va el dinero. Yo trato de economizar, pero parece que se evapora.

—Quizá no debiera gastar tanto en puros. No sé, pero quizá deje el tabaco por completo. El otro día pensaba si no sería la mejor manera comprar esos cigarros medicinales que le quitan a uno el gusto de fumar.

—¡Ojalá lo hicieras! No es que me importe, pero, de verdad, George, te hace daño abusar del tabaco. ¿No crees que podrías fumar menos? Y, además, George..., he notado que algunas noches, cuando vuelves a casa, hueles a whisky. Ya sabes, querido, que yo no me preocupo mucho del lado moral de la cuestión, pero tienes el estómago delicado y no puedes beber de esa manera.

—¡Estómago delicado yo! ¡Qué disparate! ¡Resisto el alcohol tan bien como cualquiera!

—Pues yo creo que deberías tener cuidado. No quisiera que te pusieras enfermo.

—¡Qué enfermo ni qué nada! ¡No soy un niño! ¡Supongo que no me voy a poner enfermo porque a lo sumo una vez por semana me tome un combinado! Eso es lo malo de las mujeres. Exageran siempre tanto...

—George, creo que no deberías hablar así, cuando sabes que lo digo por tu bien.

—Ya lo sé, ¡pardiez!, pero eso es lo malo de las mujeres. Siempre están criticando y comentando y sacando cosas a cuento, y luego dicen: «Es por tu bien».

—Pero, George, no deberías hablarme así; esa no es manera de contestarme.

—Bueno, no quería contestar tan bruscamente, pero, caramba, hablas como si yo fuera un párvulo, incapaz de beberme un combinado sin llamar a la ambulancia. ¡Bonita idea debes de tener de mí!

—¡Oh, no es eso! Es que... no quiero verte enfermo y... ¡Huy, no sabía que era tan tarde! No te olvides de darme la cuenta de los gastos mientras estuve fuera.

—¡Demonios! ¿Para qué molestarse en hacerla ahora? No vale la pena por tan pocos días.

—Pero, George, en los años que llevamos de casados nunca hemos dejado de llevar la cuenta exacta de cada centavo que hemos gastado.

—No. Quizá sea ese nuestro problema.

—¿Qué quieres decir?

—No quiero decir nada, solo que... A veces me harto tanto de esta asquerosa rutina de hacer cuentas en la oficina y en casa, inquietándome, agitándome, excitándome y preocupándome por un montón de majaderías que no significan nada; y teniendo tanto cuidado... ¡Dios mío! ¿Para qué te crees que he nacido yo? Podría haber sido un buen orador, y aquí me tienes agitándome, excitándome y preocupándome...

—¿Crees que yo no me canso nunca de andar de acá para allá? No sabes tú lo que es preparar tres comidas diarias trescientas sesenta y cinco veces al año, y estropearme la vista cosiendo a máquina, y mirar por tu ropa, por la de Rona, por la de Ted, por la de Tinka, por la de todo el mundo, y ocuparme de la colada, zurcir calcetines y bajar al mercado con la cesta al brazo para ahorrar dinero y... ¡todo!».

—Sí, claro —respondió Babbitt con cierta sorpresa—, no debe de ser muy divertido. Pero hablando de... Yo tengo que estar en la oficina todos los días, mientras que tú puedes salir por las tardes y visitar a las amigas o charlar con los vecinos y hacer lo que te dé la gana.

—Sí, ¡entretenidísimo! Hablar siempre de las mismas cosas con las mismas personas, mientras que a ti van a verte a la oficina un montón de personas interesantes.

—¡Interesantes! Viejas chifladas que quieren saber por qué no he alquilado sus preciosas casitas por siete veces lo que valen, y una panda de roñosos que vienen a quejarse de que no reciben sus alquileres a las tres de la tarde el día dos. ¡Sí, muy interesantes! ¡Tan interesantes como la viruela!

—¡Mira, George, no aguanto que me grites de esta manera!

—Es que me saca de quicio esa manía que tienen las mujeres de figurarse que un hombre no hace más que sentarse en una silla a charlar con señoras distinguidas e intimar con ellas y echarles miraditas.

—Me figuro que bien les echarás miraditas tú cuando vayan a verte.

—¿Qué quieres decir? ¿Que ando por ahí detrás de unas pelanduscas?

—Espero que no... ¡A tu edad!

—¡Bueno, mira! Quizá no te lo creas... Naturalmente, tú no ves en mí más que a un Georgie Babbitt maduro y regordete. ¡Sí, claro! ¡Un hombre útil en la casa! Arregla la calefacción cuando el conserje no aparece, y paga las cuentas, pero es tan tonto, ¡tan negado! Bueno, quizá no te lo creas, pero hay mujeres que no tienen a George Babbitt por tan mal partido. No les parece tan feo que haga daño a la vista, y tiene un buen repertorio de chistes, y algunas hasta creen que se marca bien los compases.

—Sí. No dudo —dijo ella, midiendo las palabras— que cuando estoy fuera encuentras fácilmente personas que saben apreciarte en lo que vales.

—Bueno, yo quería decir... —protestó Babbitt, dispuesto a negar, pero luego, en un arranque de semihonradez, añadió—: ¡Y bien que sí! Tengo muchas amistades, y algunas muy simpáticas, que no me toman por un niño de estómago delicado.

—¡Eso mismo estaba diciendo yo! Tú puedes divertirte con quien te dé la gana, pero yo tengo que quedarme aquí sentada esperándote. Tú tienes mil ocasiones de ilustrarte aquí y allá, pero yo no puedo salir de casa.

—¡Mujer, por amor de Dios, nadie te impide leer libros ni asistir a conferencias y cosas por el estilo!, ¿o no?

—¡George, te he dicho que no aguanto más que grites de ese modo! No sé qué te pasa. Antes no eras tan cascarrabias.

—No soy cascarrabias, pero, caramba, es que me fastidia cargar con toda la culpa solo porque tú no marchas al compás de la vida moderna.

—¡Pero yo quiero! ¿Me ayudarás?

—¡Ya lo creo! Cualquier cosa que pueda hacer por ti en el ramo de la cultura..., su seguro servidor, G. F. Babbitt.

—Muy bien, pues entonces quiero que vengas conmigo el próximo domingo a la conferencia de las señora Mudge sobre el Nuevo Pensamiento.

—¿La señora quién?

—La señora Opal Emerson Mudge. La conferenciante de la Liga Americana del Nuevo Pensamiento. Va a hablar de «Cómo se cultiva el espíritu solar» ante la Liga de la Suprema Iluminación, en el hotel Thornleigh.

—¡Puaf! ¡Nuevo Pensamiento! ¡Picadillo de pensamiento con un huevo escalfado! «Cómo se cultiva...». Suena igual que aquello de «¿Por qué es un ratón si da vueltas?». ¡Bonita función para una presbiteriana, cuando puedes oír al reverendo Drew!

—El reverendo Drew será un sabio y un gran orador en el púlpito y todo lo que quieras, pero no tiene lo que la señora Mudge llama el fermento interior, no tiene inspiración para la Nueva Era. Las mujeres, ahora, necesitan inspiración. De modo que vendrás, como has prometido.

4

La Liga de la Suprema Iluminación se reunía en la sala de baile pequeña del hotel Thornleigh, una elegante estancia con paredes verdes, guirnaldas de escayola, entarimado de taracea y ultrarrefinadas y frágiles sillas doradas. Había allí sesenta y cinco mujeres y diez hombres. Casi todos los hombres, repantigados en las sillas, rebullían impacientes, mientras sus esposas escuchaban con rígida atención, pero dos de ellos (hombres rojizos, carnosos) mostraban un interés tan respetuoso como sus mujeres. Eran contratistas, dos nuevos ricos que, habiendo ya comprado casas, automóviles, cuadros pintados a mano y títulos de caballeros, compraban ahora una filosofía a medida. Habían tenido que jugar a cara o cruz para decidir si comprarían Nuevo Pensamiento, Ciencia Cristiana, o un buen modelo de Episcopalianismo ritualista.

En lo físico, la señora Opal Emerson Mudge carecía de aspecto profético. Era caballuna y arrogante, tenía cara de perro pekinés, la nariz como un botón y los brazos tan cortos que, por muchos esfuerzos que hizo, no pudo cruzar las manos en el regazo mientras esperaba sentada en la plataforma. Su vestido de tafetán y terciopelo verde, con tres collares de cuentas de cristal y unos enormes impertinentes colgados de una cinta negra, era un triunfo de distinción.

La señora Mudge fue presentada por la presidenta de la Liga de la Suprema Iluminación, una joven avejentada, de voz anhelante, con botines y bigote. Dijo que la señora Mudge explicaría ahora (poniéndolo al alcance de la más simple inteligencia) cómo el espíritu solar podía ser cultivado, y los que hubieran pensado en cultivar uno harían bien en atesorar las palabras de la señora Mudge, porque ni siquiera en Zenith (y sabido era que Zenith iba a la vanguardia en el progreso del Nuevo Pensamiento) se tenía a menudo la ocasión de poder escuchar a tan inspirada optimista y vidente metafísica como la señora Opal Emerson Mudge, que había vivido la vida de la máxima utilidad por vía de la concentración, y había encontrado en el silencio los secretos del control mental y la clave interior que traerían inmediatamente paz, poder y prosperidad a las naciones desgraciadas; por tanto, los allí presentes debía olvidar en esta preciosa hora las ilusiones de la realidad aparente y, en el descubrimiento de la oculta Veritas, pasar con la señora Opal Emerson Mudge al reino de la belleza.

Si bien la señora Mudge era un poquito más gordiflona de lo que uno se imagina a los *swamis*, yoguis, videntes e iniciados, su voz, no obstante, tenía el auténtico timbre profesional. Era refinada y optimista; poseía una calma abrumadora; su discurso fluía implacablemente, sin una coma, hasta que Babbitt se quedó hipnotizado. Su palabra favorita era «siempre», que pronunciaba «siemmmmmpre». Su principal ademán era una bendición pontifical, pero completamente femenina, con dos dedos gordezuelos.

Acerca de la Saturación Espiritual explicó:

—Hay quienes...

(De este «quienes» hizo un largo y dulce lamento, un delicado toque de atención en crepuscular tono menor, con el cual censuraba castamente a los inquietos maridos, trayéndoles al mismo tiempo un mensaje de curación).

—Hay quienes han visto la apariencia exterior del Logos, hay quienes de una ojeada se han posesionado con entusiasmo de algún segmento o fracción del Logos, hay quienes así rozados pero no penetrados ni radioactivados por el Dynamis andan de acá para allá aseverando que poseen y están poseídos por el Logos y el Metaphysicos pero esta palabra os traigo, este concepto os amplío: que los que no lo son totalmente no son siquiera incipientes y que la santidad en su esencia definitiva es siempre totalidad y...

Aquello demostraba que la esencia del espíritu solar era la verdad, pero su aura y su emanación eran la alegría:

—Mirad siempre el día con la risa auroral con el entusiasmo del iniciado que percibe las revoluciones de la rueda como resultado de un esfuerzo común y que responde a los escrúpulos de las almas amargadas de los destruccionistas con una alegre afirmación...

Siguió así durante una hora y siete minutos.

Al final, la señora Mudge habló con más vigor y más puntuación:

—Dejadme ahora todos que os sugiera las ventajas del Círculo Oriental Panteísta y Teosófico que represento. Nuestro propósito es unir las diversas manifestaciones de la Nueva Era en un todo cohesivo: el Nuevo Pensamiento, la Ciencia Cristiana, la Teosofía, el Vedanta, el Bahaísmo y las otras chispas de la nueva luz, que es una sola. La suscripción no es más que diez dólares al año, y, por esta módica suma, los socios reciben no solo la revista mensual, *Perlas de curación*, sino también el privilegio de dirigir directamente a nuestra presidenta, la reverenda madre Dobbs, cualquier pregunta referente al desarrollo espiritual, a problemas matrimoniales, a cuestiones de salud y de bienestar, a dificultades económicas y...

Todos la escuchaban con singular atención. Parecían reducidos a papilla. Tosían cortésmente, cruzaban las piernas sin hacer ruido, y en caros pañuelos de lino se sonaban las narices con una delicadeza optimista a la vez que refinada.

Babbitt sufría y callaba.

Cuando salieron de nuevo al aire libre y volvieron a casa en automóvil, cortando el aire que olía a nieve y a sol, Babbitt no se atrevía a hablar. Los últimos días habían estado varias veces a punto de enfadarse. La señora Babbitt forzó la conversación:

—¿Te ha gustado la conferencia de la señora Mudge?

—Pues yo... ¿Qué has sacado tú en limpio?

—Oh, la hace a una pensar. La saca a una de la rutina de las ideas corrientes.

—Sí, reconozco que la tal Opal no es corriente, pero... De verdad, ¿tú has entendido algo?

—Naturalmente, yo no estoy familiarizada con la metafísica, y muchas cosas no las puedo captar, pero creo que la conferencia ha sido muy sugestiva. Y habla con tanta facilidad la señora Mudge... Creo que tú has debido de sacar algo también.

—¡Pues no! Te juro que estaba asombrado de ver cómo esas señoras se lo tragaban todo. Para qué demonios perderán el tiempo escuchando toda esa palabrería, cuando...

—Mejor es que no se dediquen a bailar, a fumar y a beber.

—¡No sé si es mejor o no! Yo, por mi parte, no veo mucha diferencia. En ambos casos lo hacen por huir de sí mismas..., como todo el mundo hoy día. Y yo, sin duda, saco mucho más de un baile animado, y hasta de un tugurio cualquiera, que de oír a Opal masticando palabras, sin atreverme a escupir y tieso como si me apretara el cuello.

—¡Ya lo creo! Te gustan mucho esos lugares de perdición. ¡No dudo que habrás visto muchos mientras yo estaba fuera!

—¡Bueno, mira: tú has estado últimamente lanzándome indirectas y pullas, como si yo llevara una vida doble o algo así, y me he hartado ya y no quiero oír hablar más del asunto, para que lo sepas!

—¡Dios mío, George! ¿Te das cuenta de lo que dices? ¡En todos los años que llevamos juntos nunca me has hablado de este modo!

—¡Ya es hora entonces!

—En estos últimos tiempos te has portado cada vez peor, y ahora, para arreglarlo, juras, maldices y me gritas con una voz tan desagradable... ¡Me estremeces!

—¡Vamos, no exageres! Yo no gritaba... ni he soltado ningún taco tampoco.

—¡Ojalá oyeras tu propia voz! Quizá no te des cuenta de cómo suena. Pero aun así... Tú no me has hablado nunca de ese modo. No «podrías» hablarme de ese modo si algo horrible no te hubiera ocurrido.

Babbitt tenía el cerebro embotado. Descubrió con sorpresa que no lamentaba mucho lo que estaba pasando. Tuvo que hacer un esfuerzo para ponerse agradable.

—Bueno, me he enfadado sin querer.

—George, ¿no comprendes que no podemos seguir así, distanciándonos cada vez más y tú cada día más grosero conmigo? No sé lo que va a pasar, no sé.

Babbitt se apiadó un instante del aturdimiento de su mujer, pensó en cuántas cosas se destruirían si realmente «no pudieran seguir así». Pero su compasión era impersonal, y al mismo tiempo pensaba: «¿No sería acaso bueno... no un divorcio, eso, no, pero un poco más de independencia?».

Mientras ella lo miraba suplicante, él seguía conduciendo en un silencio aterrador.

XXXI

1

Una vez a solas, mientras se movía por el garaje limpiando la nieve del estribo del coche y examinando una boca de riego estropeada, sintió remordimientos de conciencia, se asombró de haber podido levantarle la voz a su mujer de aquel modo, y pensó tiernamente en cuánto más constante era ella que la voluble Pandilla. Entró en la casa y murmuró «que sentía mucho haberse puesto tan cargante» y le preguntó si quería ir al cine. Pero en la oscuridad del cinematógrafo se dio cuenta de que «había vuelto a atarse a Myra otra vez». Experimentó cierta satisfacción al echarle la culpa a Tanis Judique. «¡Que se vayan a la porra! ¿Por qué le había metido a él en estos berenjenales poniéndolo nervioso y todo excitado? ¡Demasiadas complicaciones! ¡Hay que acabar con ella!».

Quería paz. Durante diez días no vio a Tanis ni la telefoneó, pero pronto sintió el odioso apremio de estar a su lado. Llevaba ya cinco días sin verla, enorgulleciéndose a cada hora de su resolución y figurándose a cada hora cuánto lo echaría de menos Tanis, cuando la señorita McGoun le anunció que la señora Judique lo llamaba por teléfono.

—Quiere decirle no sé qué de unas reparaciones.

Tanis habló rápida y tranquilamente:

—¿Señor Babbitt? ¡Oh, George, soy Tanis! Hace semanas que no te veo..., por lo menos días. No estás enfermo, ¿verdad?

—No, pero estoy muy atareado. Creo..., ¡mmm...!, creo que este año se activará extraordinariamente la construcción de casas. Tengo que trabajar duro.

—¡Naturalmente que sí! Yo quiero que trabajes. Tienes que triunfar. No tengo más ambición que tu éxito. Pero no te olvides de la pobre Tanis. ¿Me telefonearás pronto?

—¡Sí, claro! ¡No faltaba más!

—Por favor. Mira que yo no volveré a llamarte.

«¡Pobrecilla! —meditó Babbitt—. Pero, caramba, no debería haberme telefoneado a la oficina... Es un encanto...; no tengo más ambición que tu éxito... Pero no, por mucho que insista, no la llamaré hasta que me dé la gana. ¡Malditas mujeres, qué manera de imponerse! ¡Ya pasará tiempo antes de que la vea, ya...! Pero quisiera ir esta noche...; qué dulzura que es... ¡Vuelta a las andadas! ¡Cuidadito, George!».

Tanis no telefoneó más, ni Babbitt tampoco, pero cinco días después recibió una carta de ella:

¿Te he ofendido? Habrá sido sin intención, querido mío. Estoy muy sola y necesito que alguien me dé ánimos. ¿Por qué no viniste a la fiesta que Carrie dio anoche? Recuerdo que te invitó. ¿No puedes venir aquí mañana jueves después de cenar? Estaré sola. Espero verte.

Babbitt hizo numerosas reflexiones:

«¡Maldita sea! ¿Por qué no me dejará en paz? ¿No comprenderán nunca las mujeres que con un hombre no valen amenazas? Y tratan de enternecerlo a uno diciendo que están muy solitas... Bueno, no hay que ser injusto; Tanis es una buena mujer, fina, simpática, y realmente está muy sola. Tiene una letra preciosa. Papel bonito. Sencillo. Refinado. Tendré que ir a verla. Bueno, de todos modos, hasta mañana por la noche estoy libre de ella, gracias a Dios... Es simpática, sí, pero... ¡Nada de imposiciones! No estoy casado con ella. ¡No, ni voy a estarlo nunca...! Bueno, qué diablos, mejor será que vaya a verla».

2

El jueves, el día siguiente a la carta de Tanis, fue un día de crisis sentimentales. En la mesa de los Camorristas, en el club, Verg Gunch habló de la Asociación de Buenos Ciudadanos y, deliberadamente (en opinión de Babbitt) no le invitó a formar parte. Pero el viejo Mat Penniman, el conserje de la oficina de Babbitt, tenía problemas y entró lamentándose: su hijo mayor «estaba descarriado», su mujer estaba enferma y él se había enfadado con su cuñado. Conrad Lyte también tenía problemas, y, como Lyte era uno de sus mejores clientes, Babbitt se vio forzado a escucharlo. El señor Lyte, al parecer, sufría una neuralgia peculiarmente interesante y, además, en el taller le habían cobrado demasiado. Cuando Babbitt volvió a casa, todo el mundo tenía problemas: su mujer, al mismo tiempo que pensaba en despedir a la nueva sirvienta, que era una descarada, temía que la sirvienta se marchase; y Tinka quería quejarse de su profesora.

—¡Oh, callaos ya! —gritó Babbitt—. Nunca me oiréis a mí lamentarme de nada, pero si tuvierais que dirigir un negocio como el mío... Hoy he descubierto que la señorita Banningan lleva las cuentas con dos días de retraso, y yo me he pillado el dedo con el cajón del escritorio, y Lyte ha venido a verme y estuvo tan absurdo como siempre.

Se enfadó tanto que, después de cenar, en vez de intentar una discreta escapada, le dijo bruscamente a su mujer:

—Tengo que salir. Volveré a eso de las once, creo.

—¡Ah! ¿Vas a salir otra vez?

—¡Otra vez! ¿Qué quieres decir con «otra vez»? ¡Apenas he salido de casa en una semana!

—¿Vas..., vas a los Alces?

—No. Tengo que ver a unos amigos.

Aunque esta vez oyó su propia voz y comprendió que era brusca. Aunque su mujer lo miraba con reproche, Babbitt se dirigió al recibidor rengueando, se puso su abrigo impermeable y sus guantes de piel y salió a arrancar el coche.

Se tranquilizó cuando Tanis, vestida con un vestido de malla gris sobre un forro de tisú dorado, lo recibió sin hacerle reproches.

—¡Pobrecito, tener que venir en una noche así! ¡Con el frío que hace! ¿Te apetece un combinado?

—¡Pardiez, he aquí una mujer que entiende! Sí, creo que podremos resistir uno sin dificultad..., ¡con tal de que el vaso no tenga más de un palmo!

Babbitt la besó con efusión, se olvidó de sus exigencias, se estiró en un diván y se sintió más a gusto que en su propia casa. Luego se puso muy locuaz. Le dijo qué hombre tan noble, tan incomprendido era él, qué superior era a Pete, a Fulton Bemis y a todos los demás que conocían, y ella, inclinada hacia delante, con la barbilla apoyada en la mano, asentía vivamente. Pero cuando Babbitt, haciendo un esfuerzo, le preguntó: «Y ¿qué hay de nuevo, preciosa?», Tanis se lo tomó en serio, y Babbitt descubrió que ella también tenía problemas:

—¡Oh, muy bien! Pero... me he enfadado mucho con Carrie. Le dijo a Minnie que yo le había dicho a ella que Minnie era una tacaña, y Minnie me dijo que se lo había dicho, y, naturalmente, yo le dije que no había dicho semejante cosa, y luego Carrie se enteró de que Minnie me lo había dicho, y a mí, claro, me estaba hirviendo la sangre porque Carrie le había dicho que yo se lo había dicho, y después nos reunimos todos en casa de Fulton... su mujer está fuera... ¡gracias a Dios...! ¡Oh, el suelo de su casa es magnífico para bailar...! Y nos peleamos todos unos con otros y... ¡Oh, detesto estas broncas!, porque... vamos, que carecen de distinción, pero... Y mamá quiere venir a pasar conmigo un mes entero... Yo la quiero, supongo que la quiero, pero, la verdad, me agobia horriblemente...; no puede estar sin hacer comentarios, y siempre quiere saber adónde voy, si salgo por las noches, y si miento, me espía y va por ahí huroneando hasta que se entera de dónde he estado, y entonces adopta el aspecto de un Monumento a la Paciencia y me dan ganas de ponerme a gritar... Y ¡ah, tengo que decirte una cosa! Ya sabes que nunca hablo de mí misma; detesto a las personas que lo hacen. ¿Tú no? Pero... Me siento tan estúpida esta noche, y sé que te estaré aburriendo con todo esto, pero... ¿Qué le contestarías tú a mi madre?

Babbitt le dio consejos de varón experimentado. Debía evadir la visita de su madre. Y a Carrie le diría que se fuese al demonio. Tanis le dio las gracias por estas valiosas revelaciones, y luego se pusieron ambos a contar chismes de la Pandilla. Carrie era una tonta sentimental. Pete, un niño gandul. Fulton Bemis era encantador cuando quería... «Claro, muchas personas lo toman por cascarrabias porque no resulta simpático al principio, pero cuando se le conoce mejor es un tipo encantador».

Cuando terminaron de hacer estos análisis, la conversación languideció. Babbitt quiso dárselas de intelectual hablando de tópicos generales. Dijo algunas cosas completamente sensatas acerca del desarme, de la tolerancia y del liberalismo, pero notó que los tópicos generales le interesaban a Tanis solo cuando podía aplicarlos a Pete, a Carrie o a ellos mismos. Con desesperación, se daba cuenta de su silencio. Trató de hacerla hablar de nuevo, pero el silencio se alzaba entre ellos como un fantasma gris.

—Me... eh... —dijo con esfuerzo—, me parece que... que el desempleo está bajando.

—Entonces tal vez Pete podrá encontrar un empleo decente.

Silencio.

Babbitt, desesperadamente, cambió de táctica.

—¿Qué te ocurre, cariño? Parece que estás un tanto callada esta noche.

—¿Yo? No. Pero... ¿te importa de verdad que lo esté o no lo esté?

—¿Que si me importa? ¡Naturalmente! ¡Pues claro que me importa!

—¿De verdad?

Tanis vino a sentarse en el brazo de su sillón. Él odiaba el esfuerzo emocional de parecer afectuoso con ella. Le acarició la mano, cumplió con el deber de sonreírle y volvió a recostarse.

—George, me pregunto si de verdad te gusto aunque sea un poco.

—Por supuesto que sí, tonta.

—¿De verdad, cariño? ¿Te importo un poco?

—¡Pues claro!, si no, no estaría aquí.

—Mira, chico, yo no voy a aguantar que me hables en ese tono de mal humor.

—No estoy de mal humor. Es que... —Con voz de niño ofendido—: ¡Caramba, ya me va hartando a mí que todo el mundo diga que estoy de mal humor cuando hablo con mi voz natural! ¿Qué esperáis de mí? ¿Que cante?

—¿A quién te refieres con ese «todo el mundo»? ¿A cuántas mujeres has tenido tú que consolar?

—¡Mira, a mí no me vengas con indirectas!

Humildemente:

—No, cariño. Lo decía en broma. Ya sé que no querías hablar con voz de mal humor... sé que estás cansado nada más. Perdona a la malvada Tanis. Pero dime que me quieres. ¡Dímelo!

—Te quiero... ¡Claro que te quiero!

—¡Sí, mucho me quieres! —exclamó con cinismo—. Oh, cariño, no quiero ser desagradable, pero... Me siento tan sola, tan inútil. Nadie me necesita, no puedo hacer nada por nadie. Y tú sabes, cariño, lo activa que soy... lo activa que sería si pudiera hacer algo. Y soy joven aún, ¿verdad? ¡No soy un trasto viejo! No soy vieja y estúpida, ¿verdad?

Babbitt tuvo que infundirle confianza. Ella le acarició el cabello, y él se vio forzado a poner cara de satisfacción, tanto más cuanto mayor era su seductora dulzura. Se sentía impaciente. Quería huir a su mundo masculino, fuerte, duro, sin emociones. Quizá a través de sus delicados dedos sintió ella, mientras lo acariciaba, algo de su aburrimiento. Se separó de él (¡qué alivió para Babbitt!) y se sentó a sus pies en un escabel, mirándolo suplicante. Pero, así como a muchos hombres la adulación de un perro o la timidez de un niño no les despierta compasión sino una crueldad espasmódica, la humildad de Tanis molestó a Babbitt. Y ahora veía en ella a la mujer de mediana edad que empezaba a ser vieja. Sus pensamientos, hasta cuando los detestaba, lo dominaban. Era vieja, pensó con asco. ¡Vieja! Notó en su carne fofa pliegues y arrugas bajo la barbilla, bajo los ojos, en las muñecas. Descubrió en su cuello una aspereza, una manchita como las migajas de una goma de borrar. ¡Vieja! Tenía menos años que él y, sin embargo, le daba náuseas verla allí a sus pies, suspirando, poniendo en blanco los ojos. Era como si su propia tía, pensó, estremeciéndose, lo hubiera seducido.

«No hago más el memo —decía para sus adentros—. Tengo que acabar con ella. Es una mujer decente, simpática, y no quisiera herirla, pero sería mejor terminar de una vez, extirpármela como quien se hace una operación quirúrgica».

Se había levantado. Hablaba atropelladamente. Su amor propio le exigía demostrarle a ella y a sí mismo que la culpa era de ella.

—Sí, estaré hoy de mal humor, no digo que no, pero la verdad, querida, si he pasado algún tiempo sin venir, ha sido para poner mi trabajo al día, que no sabía ya por dónde me andaba, y tú deberías haberlo comprendido y haber esperado hasta que volviera. ¿No ves, querida, que, haciéndome venir, yo..., que soy tan testarudo como cualquiera..., mi tendencia era resistir? Escucha, me voy a ir...

—¡Espera un rato, cielo! ¡No!

—Sí. Ahora mismo. Ahora mismo. Y un día de estos hablaremos del futuro.

—¿Qué quieres decir, amor mío? ¿He hecho algo que no debiera hacer? ¡Lo siento muchísimo!

Babbitt cruzó las manos a la espalda resueltamente.

—Nada, por Dios, nada. Eres más buena que hecha de encargo. Pero es que... Dios, ¿no te das cuenta de que tengo cosas que hacer? Tengo un negocio que atender y, aunque no lo creas, mujer e hijos a quienes quiero muchísimo.

Luego, durante el crimen que estaba cometiendo, se sintió noble y virtuoso:

—Quiero que seamos amigos, pero, pardiez, no puedo seguir así, sintiendo la obligación de venir aquí con tanta frecuencia.

—¡Vida mía, y yo que he tenido tanto cuidado de decirte siempre que eras absolutamente libre! No quería que vinieses más que cuando estuvieses cansado y quisieras hablar conmigo, o cuando pudieras divertirte en nuestras reuniones...

¡Era tan sensata, tenía tanta razón! Le costó una hora escapar, sin haber decidido nada y, con todo, horriblemente decidido.

Ya en la calle, sintiéndose libre, suspiró:

—¡Gracias a Dios, todo ha terminado! ¡Pobre Tanis, tan simpática, tan decente! Pero todo ha terminado. ¡Absolutamente! ¡Soy libre!

XXXII

1

Su mujer no se había acostado aún cuando él llegó.

—¿Te has divertido? —rezongó.

—No, señora. ¡He pasado un rato apestoso! ¿Tengo que explicar algo más?

—George, cómo puedes hablar de... ¡Ay, no sé lo que te pasa!

—¡No me pasa nada! Y tú siempre tratando de buscar problemas.

Mientras tanto se advertía a sí mismo: «Cuidado, no te pongas desagradable. Es normal que esté resentida de que la hayas dejado aquí sola toda la noche».

Pero olvidó sus preocupaciones cuando ella contestó:

—No sé cómo te gusta salir con esas personas tan raras. Supongo que dirás que has tenido otra reunión del comité esta noche.

—No. He ido a visitar a una mujer. Estuvimos bromeando, sentados junto al fuego, y nos divertimos un montón, para que lo sepas.

—Bueno... Por la manera de decirlo supongo que tendré la culpa de que hayas ido allá. ¡Probablemente te mandé yo!

—Sí, señora.

—Pues palabra de honor...

—Detestas a las «personas raras», como dices. Si tú mandaras aquí, yo sería a estas horas un pelagatos como Howard Littlefield. Nunca quieres invitar a casa a nadie que tenga ni esto de animación; no te gustan más que esos majaderos que no saben hablar más que del tiempo. Te empeñas en hacerme viejo. Pues permíteme que te diga que yo no voy a...

Anonadada por esta tirada sin precedentes, la señora Babbitt se lamentó:

—Querido, no creo que eso sea verdad. No pretendo hacerte viejo, no. Quizá tengas razón en parte. Quizá no intimo fácilmente con gente que no conozco. Pero con tantos buenos ratos como pasamos cuando tenemos invitados, cuando vamos al cine...

Con astucia verdaderamente masculina, no solo se convenció de que ella lo había ofendido, sino que, con la sonoridad de su voz y la brutalidad de su ataque, convenció también a su mujer, y poco después era ella quien trataba de excusar a Babbitt por haber pasado la velada con Tanis. Subió a acostarse muy satisfecho, sintiéndose no solo el amo, sino también el mártir de la familia. Por un desagradable momento se le ocurrió, ya en la cama, si no habría sido completamente injusto.

«Debería avergonzarme de manejarla. Quizá tenga ella un poco de razón. Quizá ella también está pasándolo mal. ¡Pero no me importa! No le vendrá mal despabilarse un poco. Y voy a seguir siendo libre. De ella, de Tanis, de los amigos del club, de todo el mundo. ¡Voy a dirigir mi propia vida!».

2

En tal disposición de ánimo, Babbitt fue bastante desagradable en el almuerzo del Boosters' Club al día siguiente. Les dirigió la palabra un diputado que acababa de regresar de Alemania, Francia, Gran Bretaña, Italia, Austria, Checoslovaquia,

Yugoslavia y Bulgaria, después de hacer un completo estudio de las finanzas, la etnología, los sistemas políticos, las divisiones lingüísticas, las riquezas minerales y la agricultura de esos países. Les habló de todos estos asuntos y les contó tres historias divertidas sobre el concepto erróneo que se tenía en Europa de Estados Unidos, y añadió algunas animadas palabras sobre la necesidad de prohibir la entrada en Estados Unidos a los ignorantes extranjeros.

—Vaya, ha sido una charla muy interesante. Eso es hablar —dijo Sidney Finkelstein.

Pero el desafecto Babbitt refunfuñó:

—¡Basura! ¡Absurdeces! Y ¿qué tienen los emigrantes? ¡Qué caramba!, no todos son ignorantes, y, además, sospecho que de emigrantes descendemos todos.

—¡Ay, me cansas! —dijo Finkelstein.

Babbitt se dio cuenta de que el doctor A. I. Dilling los escuchaba severamente desde el lado opuesto de la mesa. El doctor Dilling era uno de los hombres más importantes del Boosters' Club. No era médico, sino cirujano, profesión más romántica y más resonante. Era un hombre grande e intenso, con un revoltijo de pelo negro y un espeso bigote negro. Los periódicos comentaban frecuentemente sus operaciones: era profesor de cirugía en la Universidad del Estado; las mejores familias de Royal Ridge lo invitaban a cenar; y se murmuraba que tenía varios cientos de miles de dólares. A Babbitt lo acongojaba que una persona como él lo mirase de aquel modo. Inmediatamente se puso a encomiar la gracia del diputado, dirigiéndose a Sidney, pero en beneficio del doctor Dilling.

3

Aquella tarde, tres individuos irrumpieron en la oficina de Babbitt como una patrulla de Vigilantes de los tiempos de la colonización. Eran tres hombres corpulentos, decididos y de duras mandíbulas, y eran grandes señores de la tierra de Zenith: el doctor Dilling, el contratista McKelvey y el más temible de todos, el coronel Rutherford Snow, con su barba blanca, propietario del *Advocate Times*. Babbitt se sintió pequeño e insignificante en su presencia.

—Vaya, vaya, un placer; tomen asiento; ustedes dirán —farfulló.

Ni se sentaron ni hicieron ninguna observación sobre el tiempo.

—Babbitt —dijo el coronel Snow—, venimos de la Asociación de Buenos Ciudadanos. Hemos decidido meterle a usted. Vergil Gunch dice que usted no tiene interés, pero yo creo que podemos convencerlo. La asociación va a unirse con la Cámara de Comercio en la campaña en pro de la libertad de trabajo. Conque ha llegado la hora de que usted se inscriba.

En su turbación, Babbitt no podía recordar sus motivos para no querer ingresar en la asociación, si es que alguna vez los había sabido claramente, pero estaba segurísimo de que no quería ingresar, y, ante la idea de que pretendían forzarlo, sintió un arranque de rebeldía hasta contra aquellos príncipes del comercio.

—Lo siento, coronel, tengo que pensarlo un poco —murmuró.

—¿Eso quiere decir que rehúsas? —rugió McKelvey.

Algo negro, desconocido y feroz habló por Babbitt:

—Mira, Charley, a mí no me obliga nadie a ingresar donde no quiero, ni siquiera unos plutócratas como vosotros.

—Nosotros no forzamos a nadie... —empezó el doctor Dilling, pero el coronel Snow lo atajó diciendo:

—¡Sí, señor, forzamos si es necesario! Babbitt, en la A. B. C. se ha hablado mucho de usted. Tiene usted fama de ser hombre sensato, limpio, responsable; siempre lo ha sido, pero últimamente, Dios sabrá por qué razón, ha llegado a mis oídos por varios conductos que anda usted con cierta gentuza, y, lo que es muchísimo peor, que ha estado usted defendiendo y apoyando a algunos de los más peligrosos elementos de la ciudad, como a ese Doane.

—Coronel, eso es cuestión personal mía.

—Puede ser, pero queremos llegar a un acuerdo. Usted y su suegro han estado siempre de parte de los intereses más sólidos y más progresistas de la ciudad, como mis amigos de la Compañía de Tracción, y mis periódicos le han dado a usted mucha publicidad. Pues bien: no puede usted esperar que los ciudadanos decentes sigan ayudándolo si usted se propone unirse precisamente a los individuos que tratan de hundirnos.

Babbitt estaba asustado, pero por instinto comprendía que si cedía en aquello cedería en todo.

—Exagera usted, coronel —protestó—. Yo creo que hay que ser tolerante y liberal, pero, naturalmente, estoy tan en contra de los canallas y de los fanfarrones y de las uniones de trabajadores y demás como ustedes. Pero el hecho es que pertenezco a tantas organizaciones ya que no puedo hacerles justicia, y quiero pensarlo antes de decidirme a entrar en la A. B. C.

El coronel Snow condescendió:

—¡Oh, no, no exagero! ¡Aquí el doctor le ha oído a usted esta misma tarde maldecir y difamar a una de las más ilustres figuras del partido republicano! Y está usted completamente equivocado en lo de «pensarlo antes». No es que le pidamos a usted ingresar en la A. B. C.; es que se lo permitimos. No sé, muchacho, quizá si lo deja para más adelante sea tarde. No estoy muy seguro de que entonces lo queramos a usted. ¡Será mejor que lo piense deprisa!

Los tres vigilantes, formidables en su rectitud, lo miraron fijamente en tenso silencio. Babbitt esperó. No pensó nada, no hizo más que esperar, mientras en su cabeza resonaban como un eco estas palabras: «No quiero ingresar..., no quiero ingresar... no quiero ingresar...».

—Muy bien. ¡Lo siento por usted! —dijo el coronel Snow, y los tres hombres le volvieron abruptamente sus espaldas de toro.

<h2 style="text-align:center">4</h2>

Aquella noche, Babbitt, cuando iba a subir a su automóvil, vio a Vergil Gunch que venía calle abajo. Lo saludó con la mano, pero Gunch se hizo el distraído y cruzó a la otra acera. Babbitt estaba seguro de que Gunch lo había visto y se fue a casa sintiendo un agudo malestar.

Su mujer atacó inmediatamente:

—George, esta tarde ha estado aquí Muriel Frink, y dice que Chum dice que el Comité de esa Asociación de Buenos Ciudadanos te ha pedido con especial interés que ingreses, y tú no has querido. ¿No crees que sería mejor? Ya sabes que las personas más distinguidas forman parte, y la Asociación defiende...

—¡Ya sé lo que la Asociación defiende! ¡Defiende la supresión de la libertad de palabra y de pensamiento y de todo lo demás! Pero a mí no me obligan a entrar en ninguna parte, y no se trata de si es una buena asociación o una mala asociación, o qué especie de asociación es; se trata simplemente de que yo me resisto a que me digan lo que tengo que...

—Pero, querido, si no entras, la gente puede criticarte.

—¡Que me critiquen!

—¡Pero me refiero a la buena gente!

—Demonios, yo... En realidad, la tal Asociación es una moda pasajera. Como todas esas organizaciones que salen con tanto empuje, dando a entender que van a cambiarlo todo, y luego desaparecen y nadie vuelve a acordarse de ellas.

—Pero, si ahora es la moda, ¿no crees tú...?

—¡No, señora, no creo! Y haz el favor de no fastidiarme más con esto. Estoy harto de oír hablar de la maldita A. B. C.

Si hubiera entrado la primera vez que Verg vino a hablarme del asunto, no tendría ahora estas latas. Y quizá me habría inscrito hoy si el comité no hubiera tratado de obligarme, pero, caramba, mientras sea yo ciudadano americano independiente...

—Pero, George, estás hablando como el conserje alemán.

—Ah, sí, ¿eh? ¿Conque sí? ¡Pues entonces no hablaré!

Aquella noche suspiró por ver a Tanis Judique y ser reconfortado por su compasión. Cuando toda la familia estuvo en el piso de arriba, Babbitt telefoneó a su edificio, pero se hallaba tan agitado que, cuando el portero le contestó, no hizo sino murmurar: «Perdón, llamaré más tarde», y colgó el receptor.

5

Si Babbitt no estaba muy seguro de que Vergil Gunch le había evitado, no tenía la menor duda de que William Washington Eathorne se hizo el distraído a la mañana siguiente. Cuando Babbitt se dirigía a su oficina alcanzó el automóvil del gran banquero, que iba sentado con anémica solemnidad detrás de su chófer. Babbitt, saludándolo con la mano, gritó: «¡Buenos días!». Eathorne lo miró deliberadamente, vaciló y le hizo una inclinación de cabeza más ofensiva que un desaire directo.

El socio y suegro de Babbitt se presentó a las diez.

—George, ¿qué son esos rumores que he oído de ti sobre que le dijiste al coronel Snow que no quieres entrar en la A. B. C.? ¿Qué diablos estás tratando de hacer? ¿Echar a pique el negocio? ¿Te figuras que esos peces gordos te van a aguantar esa música de liberalismo que has estado propalando últimamente?

—¡Pamplinas! Henry T., has estado leyendo novelas de folletín. Aquí no hay conspiraciones ni nada semejante contra la gente que quiere ser liberal. Este es un país libre. Un hombre puede hacer lo que le dé la gana.

—Naturalmente que no hay conspiraciones. ¿Quién dice que las haya? Solo que, si a la gente le da por pensar que has perdido el seso, no creas que van a hacer negocios contigo. El más pequeño rumor de que eres un chiflado haría más daño a este negocio que todas las conspiraciones que esos memos de novelistas pueden inventar en un mes hecho de domingos.

Aquella tarde, cuando apareció el feliz avaro Conrad Lyte y Babbitt le sugirió la compra de una parcela en la nueva sección residencial de Rochester, Lyte dijo apresuradamente, demasiado apresuradamente: «No, no, no quiero meterme en nada ahora».

Una semana después, Babbitt supo por Henry Thompson que los funcionarios de la Compañía de Tracción planeaban una nueva estratagema, y que Sanders, Torrey y Wing, no la Compañía Babbitt-Thompson, se encargaría de llevarla a cabo.

—Me figuro que Jake Offutt anda escamado por lo que la gente dice de ti. Jake es un tipo duro chapado a la antigua y probablemente habrá aconsejado a los fulanos de la Compañía de Tracción que buscasen otro intermediario. ¡George, tienes que hacer algo! —dijo Thompson temblando.

Babbitt asintió precipitadamente. Era absurdo que la gente lo juzgase de aquella manera, pero no obstante... Se determinó a ingresar en la Asociación de Buenos Ciudadanos la próxima vez que se lo pidiesen, y en furiosa resignación esperó. No volvieron a pedírselo. Se olvidaron de él. Babbitt no tenía valor para ir a la Asociación y solicitar que lo admitiesen, y se refugió en una vacilante jactancia por haberse salido con la suya en contra de la ciudad entera. Nadie podía dictarle a él lo que tenía que pensar y hacer.

Nada lo sacudió tanto como la súbita renuncia de la señorita McGoun, dechado de mecanógrafas, aunque dio excelentes razones: necesitaba un descanso, su hermana estaba enferma, quizá dejara de trabajar durante seis meses. Babbitt no se sentía a gusto con su sucesora, la señorita Havstad. Ninguno de los empleados supo nunca cuál era el nombre de pila de la señorita Havstad. Parecía improbable que pudiera tener nombre de pila, novio, polvera o estómago. Era una máquina perfectamente aceitada y esmaltada; cada tarde tenía que ser desempolvada y encerrada en su pupitre junto a sus lápices demasiados afilados. Tomaba el dictado velozmente y su dactilografía era perfecta, pero Babbitt se ponía nervioso cuando trataba de trabajar con ella. Lo hacía sentirse pesado, y sus chistes preferidos no le valían más que una mirada interrogante. Suspiraba por que volviera la señorita McGoun, y pensó en escribirle.

Luego oyó que la señorita McGoun, una semana después de dejarlo, había sido contratada por sus peligrosos competidores, Sanders, Torrey y Wing.

Esto no solo le molestó, sino que le produjo terror. «¿Por qué se ha marchado, entonces? —se preguntaba—. ¿Se habrá olido que mi negocio se hunde? Y fue Sanders quien se llevó el asunto de la Compañía. Demonios... ¡barco a pique!».

El miedo lo acechaba ahora por todas partes. Vigilaba a Fritz Weilinger, el joven empleado, temiendo que también él se marchase de la empresa. Cada día imaginaba desaires. Notó que no lo habían invitado a hablar en el banquete anual de la Cámara de Comercio. Cuando Orville Jones dio en su casa una gran partida de póquer y no le invitó, Babbitt tuvo la certeza de que lo despreciaban. Tenía miedo de ir a almorzar al Athletic Club y miedo de no ir. Creía que lo espiaban, que murmuraban sobre él cuando se levantaba de la mesa. En todas partes oía un susurrante chismorreo, en los despachos de sus clientes, en el banco cuando hacía un depósito, en su propia oficina, en su propia casa. Sin cesar se preguntaba lo que estarían diciendo de él. Durante todo el día, en imaginarias conversaciones, los sorprendía diciendo con asombro: «¿Babbitt? ¡Está hecho un perfecto anarquista! Pero es digno de admiración, volverse liberal y vivir como le place; aunque, bueno, eso sí, el tío es peligroso, y hay que darle una lección».

Estaba tan nervioso que cuando, al volver una esquina, vio a dos conocidos hablando —susurrando—, el corazón le dio un vuelco y se escabulló como un escolar avergonzado. Al encontrar a sus vecinos Howard Littlefield y Orville Jones juntos, los miró de reojo y se metió en su casa para evitar que los espiaran y estaba miserablemente seguro de que habían estado murmurando, conspirando.

Su miedo luchaba con su testarudez. A veces pensaba que era un verdadero diablo, tan osado como Seneca Doane; a veces proyectaba ir a casa de Doane para confesarse revolucionario, pero nunca pasó de proyectarlo. También, a menudo, al verse envuelto en murmuraciones, gemía: «Dios mío, ¿qué he hecho yo? Nada más que pasar el rato con la Pandilla y pararle los pies a ese matón de Clarence Drum. ¡Nunca me han cogido criticando a nadie ni tratando de imponer mis ideas!».

Incapaz de resistir la tensión, no tardó en confesarse que le gustaría volver al seguro terreno del conformismo con tal de tener un medio decente y digno de retroceder. Pero a la fuerza jamás; no, no mordería el polvo.

Solo en las viriles broncas con su mujer subían a la superficie aquellos turbulentos terrores. Ella se quejaba de que su marido estaba nervioso, y no comprendía por qué se negaba a pasar un rato con los Littlefield por la noche. Babbitt intentó explicarle los nebulosos hechos de su rebelión y su castigo, pero no fue capaz. Y, perdidos Paul y Tanis, no le quedaba nadie con quien hablar. «Dios mío, Tinka es la única amiga de verdad que me queda», suspiraba, y se dedicaba a jugar en el suelo con su hija toda la noche.

Pensó en ir a ver a Paul, pero, aunque todas las semanas recibía una nota seca y concisa de la cárcel, para él su amigo estaba muerto. Era Tanis por quien suspiraba. «Yo me creía tan listo y tan independiente al romper con Tanis, y la necesito, ¡Dios mío si la necesito! —se decía rabiando—. Myra no comprende. No ve más allá de ir viviendo como viven los demás... Pero Tanis... Tanis me daría la razón».

Por fin cedió y, una noche ya tarde, fue a verla. Ni se había atrevido a esperar que estuviese en casa, pero allí estaba, y sola. Pero no era Tanis. Era una mujer cortés, fría, escéptica, que se parecía a Tanis. «Hola, George, ¿qué ocurre?», dijo con voz monótona, sin interés, y Babbitt se escabulló, humillado.

El primer consuelo procedió de Ted y de Eunice Littlefield. Entraron los dos baileoteando una noche que Ted había venido de la universidad, y Ted dijo:

—¿Qué es lo que cuenta Euny, papá? Dice que su padre dice que tú has armado la de Dios es Cristo jaleando a Seneca Doane. ¡La bomba! ¡Duro con ellos! ¡Sacúdelos bien! ¡Este poblacho está dormido!

Eunice se dejó caer en el regazo de Babbitt, le dio un beso, le acarició la barbilla con su corta melena y le dijo alegremente:

—Para mí usted es mucho más simpático que Howard. —Y después añadió con tono confidencial—: ¿Por qué será Howard tan cascarrabias? El hombre tiene buen corazón, y es muy inteligente, eso sí, pero nunca aprenderá a poner el pie en el acelerador, a pesar de mis esfuerzos por enseñarle. ¿No cree usted que podríamos hacer algo por él, querido?

—¡Vamos, Eunice, esa no es manera de hablar de tu padre! —observó Babbitt con toda la finura de Floral Heights.

Pero se sentía feliz por primera vez en muchas semanas. Se creía el veterano liberal fortalecido por la lealtad de la generación joven. Fueron a saquear la nevera.

—¡Si tu madre nos coge, nos la ganamos! —exclamó Babbitt, regocijado.

Eunice, poniéndose maternal, les hizo un revuelto con innumerables huevos, besó a Babbitt en la oreja, y con voz de abadesa pensativa exclamó como asombrada:

—¡Que feministas como yo sigan cuidando a los hombres, ni el diablo lo entiende!

Estimulado de aquel modo, Babbitt se sentía temerario al encontrarse con Sheldon Smeeth, director de la Asociación de Jóvenes Cristianos y del coro de la Iglesia de Chatham Road. Mientras con una de sus manos sudorosas Smeeth aprisionaba la fuerte garra de Babbitt, canturreó:

—Amigo Babbitt, no le hemos visto a usted por la iglesia últimamente. Ya sé que está usted ocupadísimo con multitud de detalles, pero no debe olvidar a sus queridos amigos.

Babbitt se desasió —a Sheldy le gustaba estrechar la mano un largo rato— y gruñó:

—Bueno, creo que pueden arreglárselas sin mí. Lo siento, Smeeth; tengo que irme. Con Dios.

Pero luego pensó: «Si ese gusano ha tenido valor para lanzarme la indirecta de que vuelva a la iglesia, es que el santo concilio ha debido de estar hablando de mí también».

Los oía murmurar, murmurar... Al reverendo John Jennison Drew, a Cholmondeley Frink, incluso a William Washington Eathorne. La independencia se había evaporado y Babbitt marchaba por la calle solo, perseguido por miradas cínicas, por el incesante susurro de la murmuración.

XXXIII

1

Trató de explicarle a su mujer, mientras se desnudaban para acostarse, lo sospechoso que era Sheldon Smeeth, pero ella no respondió más que esto:

—Tiene una voz tan bonita..., tan espiritual. No creo que debas hablar de él así solo porque no puedas apreciar la música.

Babbitt la vio de pronto como a una extraña; se quedó mirando a aquella mujer gorda y cargante de brazos fornidos, y se preguntó cómo se habría metido allí.

Revolviéndose incómodo en su catre, pensaba en Tanis. Había sido un tonto en perderla. Necesitaba tener a alguien con quien poder realmente hablar. Sintió que iba a reventar si continuaba cavilando de ese modo. Y Myra, era inútil esperar que comprendiera. Bueno, era inútil evadir el problema. Lástima que después de tantos años de casados tuvieran que andar cada uno por su lado; sí, una verdadera lástima, pero nada podía aproximarlos ya mientras se negase a permitir que Zenith le impusiera órdenes a capricho... Y él no iba a dejar que nadie lo manejase o lo coaccionase.

Lo despertó a las tres el ruido de un automóvil, y se levantó a beber agua. Al pasar por el dormitorio oyó gruñir a su mujer. Desvanecido su resentimiento, inquirió solícitamente:

—¿Qué te ocurre, querida?

—Tengo un dolor tan fuerte aquí en el lado... ¡ay...!; me desgarra las entrañas.

—¿Mala digestión? ¿Te traigo un poco de bicarbonato?

—No creo que... me sirva para nada. Me sentía anoche no sé cómo, y luego..., ¡ay...! se me pasó y me dormí, y... me despertó ese automóvil.

Su voz luchaba como un barco en una tormenta. Él se alarmó.

—Mejor será que llame al doctor.

—¡No, no! Ya se me pasará. Pero quizá no estaría mal que me trajeras una bolsa de hielo.

Fue al cuarto de baño a por la bolsa y a la cocina a por hielo. Se sintió dramático en aquella expedición nocturna, pero al partir el hielo con el pincho estaba sereno, firme, juicioso, y su voz recobró la antigua cordialidad cuando al colocar la bolsa de hielo en el vientre de su mujer le dijo:

—Así, muy bien, ahora te sentirás mejor.

Se fue a la cama, pero no se durmió. Volvió a oír los gruñidos. Se levantó inmediatamente.

—¿Te duele mucho todavía, mi vida? —le preguntó cariñosamente.

La voz de ella era débil. Babbitt sabía el miedo que su mujer tenía a los veredictos de los médicos y no le dijo nada, pero bajó a telefonear al doctor Earl Patten, y esperó, tiritando, tratando de leer una revista con los ojos soñolientos, hasta que oyó el coche del médico.

Este era joven, animado y profesional. Entró como si fuera mediodía y luciera el sol.

—Qué, George, problemillas, ¿eh? ¿Cómo está ahora? —dijo solícitamente mientras, con una tremenda jovialidad un poco irritante, tiró el gabán en una silla y se calentó las manos en el radiador.

Tomó posesión de la casa. Babbitt se sentía desposeído e insignificante al subir tras él a la alcoba, y, cuando Verona asomó la cabeza por la puerta de la habitación para preguntar: «¿Qué pasa, papá? ¿Qué pasa?», fue el médico el que dijo amistosamente: «¡Ah!, un dolorcillo de estómago, nada más».

A la señora Babbitt el médico le dijo con amable beligerancia, después de reconocerla:

—Duele, ¿eh? Le daré a usted algo para que duerma y por la mañana se sentirá mejor. Volveré después del desayuno.

Pero a Babbitt, que esperaba en el salón de abajo, el médico le confesó al oído:

—No me gusta el tacto de su vientre. Noto rigidez e inflamación. No le han quitado el apéndice, ¿verdad? Hum... Bueno, no sirve de nada preocuparse. Volveré a primera hora de la mañana, y mientras descansará un rato. Le he puesto una inyección. Buenas noches.

Entonces Babbitt se encontró atrapado en medio de una negra tempestad.

Instantáneamente, todas las indignaciones que lo habían dominado y los dramas espirituales con los que había luchado se volvieron pálidos y absurdos ante las antiguas y abrumadoras realidades, las realidades tradicionales, de la enfermedad y la muerte, de la larga noche y de las mil constantes implicaciones de la vida conyugal. Volvió al lado de su mujer. Mientras la enferma dormitaba en la tropical languidez de la morfina, Babbitt, sentado en el borde de la cama, le acariciaba la mano, que ella le confiaba por vez primera después de muchas semanas.

En bata de baño, y grotescamente envuelto con la cubierta blanca y rosa de un diván, se dejó caer pesadamente en un sillón. La alcoba tenía un aspecto misterioso. A media luz, las cortinas se convertían en ladrones emboscados; el tocador, en un castillo almenado. Olía a cosméticos, a ropas, a sueño. Babbitt durmió y se despertó, se durmió y se despertó, cien veces. La oía moverse y gemir en sueños. Se preguntaba si podría hacer algo por ella, y, antes de que lograra formar del todo su pensamiento, se quedaba dormido como en un potro de tormento. La noche era infinita. Al despuntar el alba, cuando la vela parecía llegar a su fin, se quedó dormido y le molestó que lo cogieran desprevenido, que lo despertara Verona preguntando: «Pero ¿qué pasa, papá?».

Su mujer estaba despierta, con la cara amarillenta y sin vida a la luz matinal, pero ahora no la comparaba con Tanis; no era simplemente una mujer para compararla con otras mujeres, sino su propia mujer, y, aunque la criticaba y la fastidiaba, era como criticarse y fastidiarse a sí mismo, de forma desinteresada, sin condescendencia, sin esperanza de cambiar la eterna esencia y sin verdadero deseo de cambiarla.

Con Verona se mostró de nuevo paternal y firme. Consoló a Tinka, que destacó satisfactoriamente la excitación del momento echándose a llorar. Pidió el desayuno temprano y quiso leer el periódico, pero sintió algo heroico y útil en no leerlo. Pero aún hubo de pasar largas y nada heroicas horas de espera antes de que el doctor Patten volviera.

—No veo un gran cambio —dijo Patten—. Volveré a las once, y, con su permiso, creo que traeré conmigo a otro matasanos de fama mundial, para consultar; más vale estar seguros. Ahora, George, usted no tiene nada que hacer aquí. Yo me encargaré de que Verona tenga la bolsa llena de hielo (más vale que se la dejemos puesta, creo), y usted, usted se larga a la oficina en vez de andar dando vueltas por aquí con esa cara que parece usted el enfermo. ¡Qué maridos estos! ¡Más neuróticos que las mujeres! Siempre tienen que inventar algo para que se les compadezca cuando sus mujeres están enfermas. ¡Nada, tómese otra tacita de café y a la calle!

Con estas bromas, Babbitt bajó de la luna. Se marchó a su oficina, intentó dictar cartas, intentó telefonear y, antes de que le respondieran, no podía recordar a quién había llamado. A las diez y cuarto volvió a casa. Cuando salió del tráfico del centro y pudo al fin acelerar, su rostro estaba surcado de pliegues como la máscara de la tragedia.

Su mujer lo saludó, sorprendida:

—¡Cómo! ¿Has vuelto ya, querido? Creo que me siento mejor. He mandado a Verona a su oficina. ¡Qué ocurrencia la mía ponerme ahora mala!

Babbitt comprendió que quería mimos, y se los dio con alegría. Se sentían extrañamente felices cuando el automóvil del doctor Patten se detuvo ante la puerta. Babbitt se asomó a la ventana. Se asustó. Con Patten venía un hombre impaciente, de pelo negro revuelto y bigotes a lo húsar: el doctor A. J. Dilling, el cirujano. Babbitt tartamudeó, trató de disimular su ansiedad y bajó a toda prisa las escaleras.

—No quiero asustarlo, mi querido amigo —dijo el doctor Patten amistosamente—, pero he creído que sería una gran cosa que el doctor Dilling la reconociese.

Hizo un ademán señalando a Dilling como quien señala a un maestro. Dilling inclinó la cabeza bruscamente y subió a zancadas las escaleras. Babbitt se paseó por el gabinete, muy angustiado. Excepción hecha de los partos de su mujer, nunca había habido una operación seria en la familia, y para él la cirugía era a la vez un milagro y una abominación. Pero, cuando Dilling y Patten bajaron, supo que todo marchaba bien, y tuvo ganas de reír porque los dos médicos, frotándose las manos y ambos con aspecto de gran sagacidad, parecían exactamente dos médicos de opereta.

—Lo siento, amigo —dijo el doctor Dilling—, pero es una apendicitis aguda. Hay que operar. Naturalmente, usted decide, pero no hay duda sobre lo que debe hacerse.

Babbitt no se dio cuenta de la gravedad de lo que decían.

—Bueno —murmuró—, supongo que en un par de días la tendremos dispuesta. Probablemente Ted tendrá que venir de la universidad, por si ocurriera algo.

El doctor Dilling rezongó:

—No. Si no quiere usted una peritonitis, tenemos que operar inmediatamente. Debo aconsejárselo a usted firmemente. Si a usted le parece, telefonearé a la ambulancia de Saint Mary ahora mismo y dentro de tres cuartos de hora la tenemos en la mesa de operaciones.

—Yo... yo... Naturalmente, supongo que ustedes saben... ¡Pero, hombre, por Dios, no puedo preparar la ropa y todo lo demás en dos segundos! Y en su estado, tan excitada y tan débil...

—Con que meta usted el peine y el cepillo de dientes en una bolsa, basta; no necesitará más durante dos o tres días —dijo el doctor Dilling dirigiéndose al teléfono.

Babbitt, desesperado, subió las escaleras al galope. Mandó salir del cuarto a la asustada Tinka y le dijo alegremente a su mujer:

—Bueno, vidita, pues dice el doctor que más vale hacer una pequeña operación y acabar de una vez. Cuestión de unos minutos... un parto es dos veces más peligroso... Y antes de que te des cuenta estarás bien.

Ella le estrujó la mano hasta hacerle daño, y dijo pacientemente, como un niño acobardado:

—Tengo miedo..., miedo de morirme sola. —El terror se reflejaba en sus ojos suplicantes—. ¿Te quedarás conmigo? No tienes que marcharte a la oficina ahora, ¿verdad, querido? ¿Podrías ir a verme esta noche..., si todo sale bien? No tienes que salir esta noche, ¿verdad?

Babbitt estaba de rodillas junto a la cama. Mientras su mujer le acariciaba el pelo, él sollozaba, besaba el borde de su manga y decía:

—¡Vida mía, te quiero más que nada! Los negocios me han traído un tanto preocupado, pero ya pasó todo, y aquí me tienes de nuevo.

—¿De verdad? George, yo estaba pensando, aquí en la cama, si no sería mejor, quizá, que me fuera para siempre. Me he preguntado varias veces si realmente me necesitaba alguien, si valía la pena que viviera. Me he puesto en estos últimos tiempos tan estúpida y tan fea...

—¡Ay, bicho malo! ¡Buscando que te haga cumplidos ahora que debía estar haciendo tu maleta! Yo, claro, soy joven y guapo, el dandi de la ciudad, y...

No pudo seguir. Volvió a sollozar. Y diciendo incoherencias se encontraron el uno al otro.

Mientras hacía la maleta, el cerebro de Babbitt recobró toda su viveza y toda su claridad. No más juergas, estaba decidido. Reconoció que después sentía remordimientos. De forma un tanto lúgubre, comprendió que aquellos últimos tiempos habían sido su última cana al aire antes de la paralizada satisfacción de la mediana edad. Y, al recordar sus travesuras, sonrió: «¡Bueno, mientras duró la cosa, bien que me divertí! Y... ¿cuánto me va a costar la operación? Debería haber regateado con Dilling... ¡Pero no, no me importa lo que cueste!».

La ambulancia estaba ante la puerta. Hasta en su dolor, el Babbitt que admiraba las excelencias técnicas observó con interés la amable destreza con que los enfermeros colocaron a su señora en una camilla y la bajaron hasta la calle. La ambulancia era enorme, suave, barnizada, toda blanca.

—Tengo miedo —gimió la enferma—. Es como si me metieran en un coche fúnebre. Quiero que te quedes conmigo.

—Iré en el asiento de delante, con el conductor —prometió Babbitt.

—No, quiero que vengas dentro conmigo. ¿Puede venir dentro? —preguntó a los enfermeros.

—No faltaría más, señora. Llevamos aquí una sillita plegable —dijo el de mayor edad con orgullo profesional.

Babbitt se sentó a su lado en aquella cabaña ambulante que tenía su catre, su silla, su radiador eléctrico y su inexplicable calendario, en el que aparecía una chica comiendo cerezas, con el nombre de un emprendedor tendero. Pero, al gesticular mientras hablaba con forzada jovialidad, tocó el radiador con la mano y lanzó un grito:

—¡Ah! ¡Cristo!

—George Babbitt, no te permito que jures y blasfemes.

—Tienes razón, lo siento, pero... ¡pardiez, fíjate cómo me he quemado la mano! Duele como un demonio... Ese condenado radiador está más caliente que la... más caliente que..., más caliente que las bisagras del Hades. ¡Mira! ¡Se me ve la marca!

De modo que cuando llegaron al hospital de Saint Mary, donde las enfermeras estaban preparando ya los instrumentos para la operación que había de salvarle la vida, fue ella quien lo consoló, quien le besó la quemadura, pues, aunque Babbitt pretendía dárselas de hombre áspero, le gustaba que lo tratasen como a un niño.

La ambulancia entró por la puerta cochera del hospital y Babbitt quedó instantáneamente reducido a cero al ver como en una pesadilla los corredores con piso de corcho, las innumerables puertas abiertas, ancianas sentadas en la cama, un ascensor, la sala de anestesia, un joven interno desdeñoso con los maridos. Se le permitió besar a su mujer; vio cómo una enfermera flaca le ponía el cono sobre la boca y la nariz; un olor dulce y traicionero le hizo contraer los músculos; luego lo echaron de allí, y, sentado en un taburete en un laboratorio, suspiraba por verla otra vez, convenciéndose de que siempre la había querido, de que nunca jamás había querido ni mirado a otra mujer. Del laboratorio no vio más que un objeto descompuesto conservado en un frasco de formol amarillento. Aquello le produjo náuseas, pero no podía apartar los ojos. Casi se olvidó de que estaba esperando. Su mente inactiva volvía siempre a aquel horrible frasco. Para huir de él, abrió la puerta de la derecha, esperando hallar una oficina como la suya. Se dio cuenta de que se había asomado a la sala de operaciones. De un vistazo, divisó al doctor Dilling, con bata blanca, inclinado sobre una mesa de acero con ruedas y tornillos; luego, enfermeras que sostenían palanganas y algodones, y un bulto de vendajes, una barbilla inerte, un cuadrado de carne lívida con una incisión sanguinolenta, y en la incisión un grupo de pinzas que se adherían como parásitos.

Cerró la puerta inmediatamente. Quizá el arrepentimiento asustado de la noche anterior y de aquella mañana aún no había calado en él, pero aquel inhumano sepelio de aquella que había sido tan patéticamente humana lo sacudió de arriba abajo, y, mientras se acurrucaba de nuevo en el taburete del laboratorio, juró fidelidad a su mujer... A Zenith... A la eficiencia de los negocios... al Boosters' Club... A cada una de las fes del Clan de los Hombres de Bien.

Luego entró una enfermera.

—¡Ya está! —dijo consoladoramente—. ¡Éxito completo! ¡Quedará muy bien! Pronto se le pasará el efecto de la anestesia y podrá usted verla.

Babbitt la encontró en una cama curiosamente inclinada. Tenía la cara amarillenta, cadavérica, pero sus labios amoratados se movían ligeramente. Solo entonces comprendió que estaba viva. Estaba tratando de hablar. Él se inclinó y le oyó suspirar:

—No hay manera de encontrar verdadero sirope de arce para las tortitas.

Babbitt se echó a reír, y, dirigiéndose a la enfermera, dijo en tono confidencial:

—¡Mire usted con lo que sale! ¡Hablar de siropes a estas horas! ¡Pardiez, voy a encargar cien galones de sirope de arce, del mismo Vermont!

2

Al cabo de diecisiete días salió del hospital. Babbitt había ido a verla todas las tardes, y en sus largas conversaciones volvieron a la intimidad de antes. Una vez insinuó algo de sus relaciones con Tanis y la Pandilla, y ella se sintió indignada de que una mala mujer hubiera cautivado a su pobre George.

Aunque había dudado de sus vecinos y del supremo encanto de los Hombres de Bien, ahora esas dudas desaparecieron por completo. «Desde luego», se dijo, «Seneca Doane no ha mandado flores ni se ha molestado en venir a charlar un rato con mi mujer». En cambio, la señora Littlefield trajo al hospital su inapreciable jalea de vino (hecha con vino de verdad); Orville Jones pasó horas y horas escogiendo novelas de las que a la señora Babbitt le gustaban: historias amorosas de millonarios neoyorquinos y vaqueros de Wyoming; Louetta Swanson le hizo un cubrecama rosa; y Sidney Finkelstein y su alegre mujercita de ojos grises seleccionaron el camisón más bonito que tenían en Parcher & Stain.

Todos sus amigos dejaron de murmurar, de sospechar de él. En el Athletic Club le preguntaban por la enferma todos los días. Socios cuyos nombres no conocía lo detenían para decirle: «¿Qué tal va su mujer?». Para Babbitt, aquello era como descender de una alta meseta fría y desolada al aire templado de un apacible valle.

Una mañana Vergil Gunch le dijo:

—¿Estarás en el hospital a las seis? Mi mujer y yo pensamos ir.

Fueron. Gunch estuvo tan gracioso que la señora Babbitt le pidió que «no siguiera haciéndola reír porque, de verdad, le dolía la incisión». Al salir, en el corredor, Gunch dijo amablemente:

—Querido George, tú llevas algún tiempo resentido por algún motivo. No sé por qué será, ni me importa. Pero parece que ahora vuelves a ser el que eras, y... ¿por qué no te haces de la Asociación de Buenos Ciudadanos? Nos divertimos un montón, y nos vendrían bien tus consejos.

Entonces Babbitt, casi llorando de alegría por que le rogaran en vez de intentar obligarlo, por que le permitieran poner fin a la lucha, por poder desertar sin menoscabar la opinión que tenía de sí mismo, cesó totalmente de ser un revolucionario doméstico. Le dio a Gunch unas palmaditas en el hombro, y al día siguiente ingresó en la Asociación de Buenos Ciudadanos.

A las dos semanas ningún socio era tan violento respecto a la maldad de Seneca Doane, a los crímenes de las uniones de trabajadores, a los peligros de la inmigración y a las delicias del golf, de la moralidad y de las cuentas corrientes como George F. Babbitt.

XXXIV

1

La Asociación de Buenos Ciudadanos se había extendido por todo el país, pero en ninguna parte era tan eficaz y tan estimada como en ciudades del mismo tipo de Zenith, la mayoría de las cuales —aunque no todas— estaban situadas en el interior, contra un fondo de maizales, minas y ciudades pequeñas que dependían de ellos en lo relativo a préstamos sobre hipotecas, reglas de cortesía, arte, filosofía social y sombreros de señora.

A la A. B. C. pertenecía la mayor parte de los ciudadanos prósperos de Zenith. No todos eran «Tipos Normales», como ellos mismos se llamaban. Además de estos cordiales sujetos, de estos vendedores de prosperidad, había aristócratas, es decir, individuos que eran más ricos o que habían sido ricos durante varias generaciones: los presidentes de los bancos y de las fábricas, los terratenientes, los abogados de las corporaciones, los médicos de moda, y unos cuantos viejos jóvenes que no trabajaban, sino que se quedaban de mala gana en Zenith y coleccionaban objetos de cristal y primeras ediciones como si estuvieran de nuevo en París. Todos ellos estaban de acuerdo en que las clases trabajadoras debían permanecer en su sitio; y todos ellos percibían que la Democracia Americana no implicaba igualdad de riqueza, pero sí exigía una saludable exactitud de pensamiento, vestido, pintura, moral y vocabulario.

En esto eran como la clase dirigente de cualquier otro país, especialmente de Gran Bretaña, pero se diferenciaban en que eran más enérgicos y en que realmente intentaban producir el tipo de vida que todas las clases, en todas partes, desean, pero que normalmente no esperan lograr.

La A. B. C. sostuvo una larga lucha en pro de la Libertad de Trabajo, que en secreto era una lucha contra las uniones de trabajadores. Al mismo tiempo, hubo un Movimiento Americanista, con clases nocturnas de inglés, historia y economía política, y artículos diarios en los periódicos, para que los extranjeros recién llegados aprendiesen que el método leal y totalmente americano de solucionar los conflictos obreros era que los obreros confiasen en sus patronos y los amasen.

La asociación fue más que generosa dando su aprobación a otras organizaciones que tenían fines semejantes. Ayudó a la Asociación de Jóvenes Cristianos a conseguir un fondo de doscientos mil dólares para un nuevo edificio. Babbitt, Vergil Gunch, Sidney Finkelstein y hasta Charles McKelvey se dirigían a los espectadores de los cinematógrafos durante los entreactos y les hablaban de la gran influencia que había tenido la Asociación de Jóvenes Cristianos en sus cristianas vidas; y el cano y vigoroso coronel Rutherford Snow, propietario del *Advocate Times*, salió fotografiado estrechando la mano de Sheldon Smeeth, de la Asociación de Jóvenes Cristianos. Es verdad que después, cuando Smeeth ceceó: «Tiene usted que venir a una de nuestras oraciones», el feroz coronel mugió: «¿Para qué diablos he de ir? Tengo bar en mi propia casa», pero esto no apareció en los periódicos.

La Asociación fue de gran utilidad para la Legión Americana en cierta ocasión en que algunos de los periódicos menores y peores criticaron a esta organización de veteranos de la Guerra Mundial. Varios jóvenes asaltaron una noche el Centro Socialista de Zenith, quemaron los documentos, apalearon a los empleados y tiraron alegremente los pupitres por la ventana. Todos los periódicos, salvo el *Advocate Times* y el *Evening Advocate*, atribuyeron esta valiosa, aunque quizá precipitada, intervención directa a la Legión Americana. Luego, un escuadrón volante de la A. B. C. se presentó en las redacciones de los injustos diarios y explicó que ningún exsoldado podía hacer semejante cosa, y los redactores vieron la luz y echaron tierra al asunto. Cuando el único pacifista consciente de Zenith salió de la cárcel, donde había estado desde la guerra, y fue justicieramente echado a patadas de la ciudad, los periódicos culparon de la violencia a una «chusma anónima».

2

En todas las actividades y triunfos de la Asociación de Buenos Ciudadanos, Babbitt tomó parte activa, y recobró completamente su propia estima, su placidez y el afecto de sus amigos. Pero empezó a protestar: «Pardiez, ya he hecho por la ciudad lo que me corresponde. Tengo que atender a mi negocio. Creo que me estoy descuidando un poco con este demonio de la A. B. C.».

Había vuelto a la iglesia como había vuelto al Boosters' Club. Había incluso soportado el meloso recibimiento que Sheldon Smeeth le hizo en la iglesia. Temía que durante su última rebelión hubiera puesto en peligro la salvación de su alma. No estaba muy seguro de que hubiera un Cielo al que podía ir su alma, pero el reverendo John Jennison Drew decía que sí, y Babbitt no quería correr el riesgo.

Una tarde, al anochecer, pasó por la rectoría del reverendo Drew y entró impulsivamente. El pastor estaba en su despacho.

—Un momento... Estoy hablando por teléfono —dijo el reverendo Drew en tono de negocios, y luego agresivamente al aparato—: ¡Oiga, oiga! ¿Con quién hablo? ¿Berkis y Hannis? Yo soy el reverendo Drew. ¿Dónde diablos están las pruebas del horario para el domingo próximo? ¿Eh? Debía tenerlas aquí ya. ¡Bueno, por mí pueden estar todos enfermos! Necesito las pruebas esta noche. Busquen un mensajero y mándemelas más que deprisa. A sus órdenes, amigo Babbitt —añadió con la misma vivacidad.

—Quería preguntarle... Verá usted: yo, en estos últimos tiempos, me he descuidado un tanto. Me dio por beber, etcétera. Mi pregunta es: ¿qué ocurre cuando un hombre acaba con todo eso y sienta la cabeza? A largo plazo, ¿se le toma en cuenta lo que ha hecho o no?

El reverendo Drew se interesó súbitamente.

—Y, eh, hermano..., ¿también lo otro? ¿Mujeres?

—No, en realidad, por decirlo así, en realidad, no; nunca.

—¡No vacile usted en decírmelo! Para eso estoy yo aquí. ¿Se ha ido usted de juerga? ¿Ha metido mano a las chicas?

Los ojos del reverendo brillaban.

—No..., no...

—Bueno, mire usted: dentro de quince minutos vendrá a verme una comisión de la Sociedad No Tome a Broma la Prohibición, y a las diez menos cuarto otra de la Unión Antimaltusiana... —dijo consultando el reloj con aires de persona muy ocupada—: Pero puedo rezar cinco minutos con usted. Arrodíllese junto a la silla, hermano. No se avergüence de pedir a Dios que lo guíe.

A Babbitt le picaba la cabeza y sentía un gran deseo de huir, pero el reverendo Drew estaba ya de rodillas al lado de su sillón, y en el tono de su voz, antes áspera, mostraba ahora una untuosa familiaridad con el pecado y con el Altísimo. Babbitt se arrodilló también, mientras Drew canturreaba:

—¡Oh, Señor! Aquí vuelve tu hijo, descarriado por múltiples tentaciones. ¡Oh, Padre Celestial! Haz puro su corazón, puro como el de un niño. Permite que vuelva a conocer la alegría de abstenerse valerosamente del mal...

Sheldon Smeeth entró dando brincos en el despacho. Al ver la escena sonrió estúpidamente, le dio a Babbitt unas palmaditas de perdón en el hombro y se arrodilló junto a él, autorizando las imprecaciones del reverendo Drew con tono gimiente:

—¡Eso es, Señor! ¡Socorre a nuestro hermano, Señor!

Aunque trataba de no abrir los ojos, Babbitt miró por entre sus dedos y sorprendió al pastor consultando su reloj mientras terminaba triunfalmente:

—Y no le permitas, Señor, que tema venir a Nos para pedirnos consejo y protección, y hazle saber que la Iglesia puede guiarlo como a un corderillo.

El reverendo Drew se puso en pie de un salto, alzó los ojos en la dirección general del cielo, se metió el reloj en el bolsillo y preguntó:

—¿Ha llegado la comisión, Sheldy?

—Sí, ya está aquí —contestó Sheldy con igual viveza, y luego dirigiéndose a Babbitt—: Hermano, si de algo sirve, tendré sumo gusto en rezar con usted un rato, en el cuarto contiguo, mientras el reverendo Drew recibe a los hermanos de la Asociación No Tome a Broma la Prohibición.

—¡No..., no, gracias...; no tengo tiempo! —gritó Babbitt, lanzándose hacia la puerta.

Después de esto se le vio con frecuencia en la iglesia presbiteriana de Chatham Road, pero evitaba estrechar la mano del pastor a la puerta.

3

Si bien su fibra moral había quedado tan debilitada por la rebelión que no se podía confiar en él para las más rigurosas campañas de la A. B. C., y tampoco apreciaba mucho la iglesia, en cambio no cabía duda de la alegría con que Babbitt volvió a los placeres de su hogar y del Athletic Club, de los *boosters* y de los alces.

Verona y Kenneth Escott se casaron por fin después de muchas vacilaciones. Embutido en el traje que se ponía tres veces al año para ir a los tés, Babbitt asistió a la boda tan impecablemente vestido como Verona. Cuando los novios partieron en una limusina, volvió a casa, se cambió de traje, se sentó con los pies doloridos en el diván y pensó que ahora su mujer y él volvían a ser los dueños del gabinete y ya no tendrían que oír a Verona y a Kenneth preocuparse, en culto lenguaje universitario, de los salarios mínimos o de la Liga Dramática.

Pero aun esta reconquista de la paz fue menos consoladora que su retorno al Boosters' Club, donde volvió a ser uno de los más amados socios.

4

El presidente, Willis Ijams, empezó aquel almuerzo del Boosters' Club levantándose en silencio y mirándolos tan tristemente que todos temieron el anuncio de la muerte de algún querido socio. Después de un rato habló lenta, gravemente:

—Señores, tengo que revelarles algo espantoso, algo terrible acerca de uno de nuestros colegas.

Varios *boosters*, incluso Babbitt, escuchaban desconcertados.

—Uno de los amigos en quien yo más confío, viajante de comercio, ha ido recientemente al norte del estado, y en cierto pueblo, donde cierto *booster* pasó su infancia, ha descubierto algo que no puede seguir oculto. Ha descubierto la naturaleza íntima de un hombre que hemos aceptado como uno de los nuestros. Señores, no puedo fiarme de mi voz para decirlo, por eso lo he escrito.

El presidente Ijams descubrió un gran encerado, donde con enormes mayúsculas se leía:

GEORGE FOLLANSBEE BABBITT—¡AY, FARSANTE!

Los *boosters* aplaudieron, rieron, lloraron, le tiraron panecillos a Babbitt, y gritaron: «¡Que hable, que hable el Farsante!».

Ijams continuó:

—Eso, señores, es lo que Georgie Babbitt nos ha estado ocultando años y años, mientras todos creíamos que era George F. a secas. Ahora, señores, quiero que ustedes me digan, uno por uno, qué palabra suponían antes que ocultaba esa F.

«¡Fantoche!», gritaron, «¡Fiambre!», «¡Filoxera!», «¡Farináceo!», «¡Fanfarrias!», «¡Fariseo!», «¡Fanegas!». Por la jovialidad de sus insultos, Babbitt comprendió que había reconquistado sus corazones y se levantó radiante de felicidad.

—Amigos, preciso es confesarlo. Nunca he usado reloj de pulsera, ni he escrito mi apellido con guion, pero me llamo Follansbee. Mi única justificación es que mi padre (hombre por lo demás perfectamente cuerdo, que jugando a las damas derrotaba al más pintado) me puso el nombre del médico de casa, el doctor Ambrose Follansbee. Mil perdones, señores. En mi próxima..., como se llame..., haré que me pongan un nombre realmente práctico..., algo que suene bien y que al mismo tiempo resulte viril..., algo, en fin, como ese gran nombre tan familiar en todos los hogares..., ese abrumador y despampanante nombre, ¡Willis Jimjams Ijams!

Comprendió por los aplausos que estaba otra vez en seguro, que era popular, y supo que no arriesgaría más su seguridad y su popularidad apartándose del clan de los Hombres de Bien.

5

Henry Thompson entró como una tromba en la oficina gritando:

—¡George! ¡Gran noticia! ¡Jake Offutt dice que los tipos de la Tracción están descontentos de cómo Sanders, Torrey y

Wing manejaron su último negocio, y parecen dispuestos a tratar con nosotros!

Babbitt comprendió que la última cicatriz de su rebelión se había cerrado, y se esponjó de satisfacción, pero al volver a casa se sintió mortificado por oscuros pensamientos que nunca le habían hecho flaquear en sus días de beligerancia. Descubrió que realmente no consideraba a los funcionarios de la Compañía de Tracción personas honradas a carta cabal. «Bueno, haré un negocio más con ellos, pero en cuanto sea posible, quizá cuando muera Henry Thompson, romperé toda relación con esa gente. Tengo cuarenta y ocho años; dentro de doce seré un sesentón; quiero dejar un negocio limpio a mis nietos. Claro que se puede ganar mucho dinero haciendo tratos para la Compañía de Tracción, y hay que mirar las cosas desde un punto de vista práctico, pero...». Babbitt rebullía inquieto. De buena gana les diría a los de la Compañía de Tracción lo que pensaba de ellos. «Oh, no puedo hacerlo, ahora no». Si los ofendía por segunda vez, lo aplastarían. Pero...

Se daba cuenta de que el futuro de su carrera era confuso. No sabía qué haría en adelante. Aún era joven. ¿Habrían acabado las aventuras? Comprendió que estaba atrapado en la misma red de que con tanta furia había tratado de escapar y, para mayor mofa, se veía obligado a alegrarse de su captura.

—¡Me han derrotado, me han hecho morder el polvo! —dijo entre dientes, lamentándose.

La casa estaba tranquila aquella noche, y Babbitt se entretuvo jugando a las cartas con su mujer. Con indignación le dijo al Tentador que estaba satisfecho de volver a vivir como había vivido siempre. Al día siguiente se entrevistó con el agente de compras de la Compañía de Tracción, y entre los dos planearon la adquisición en secreto de ciertos solares situados en Evaston Road. Pero al regresar a su oficina se decía, luchando consigo mismo: «Voy a vivir y a arreglar las cosas a mi manera cuando me retire».

6

Ted había venido de la universidad para pasar el fin de semana. Aunque no hablaba ya de ingeniería mecánica y aunque se callaba su opinión sobre los profesores, no parecía haberse reconciliado con la universidad, y su principal interés era su aparato de telefonía sin hilos.

El sábado por la noche llevó a Eunice Littlefield a bailar a Devon Woods. Babbitt la divisó, brincando en el asiento del coche. Estaba guapísima con su abrigo escarlata sobre su vestido de la más fina seda negra. Ninguno de los dos había vuelto cuando los Babbitt subieron a acostarse a las once y media. A no sabía qué hora de la noche, Babbitt fue despertado por el repiqueteo del teléfono, y bajó malhumorado las escaleras. Era Howard Littlefield quien lo llamaba.

—George, ¿no ha vuelto Euny todavía? ¿Y Ted?

—No... al menos la puerta de su cuarto está abierta...

—Deberían estar ya en casa. Eunice dijo que el baile terminaría a medianoche. ¿Cómo se llaman esos señores a cuya casa han ido?

—Hombre, yo, la verdad, pues no sé, Howard. Es un compañero de clase de Ted que vive en Devon Woods. No veo qué podemos hacer. Espere, subiré a preguntarle a Myra si sabe el nombre.

Babbitt encendió la luz del cuarto de Ted. Era un cuarto de estudiante: una cómoda en desorden, libros estropeados, una banderola del instituto, fotografías de equipos de baloncesto y de béisbol. Decididamente, Ted no estaba allí.

Cuando la despertó, la señora Babbitt dijo con irritación que ella no sabía el nombre de los amigos de Ted, que era muy tarde, que Howard Littlefield era poco menos que tonto de nacimiento, y que ella tenía mucho sueño. Pero se quedó despierta y muy preocupada mientras Babbitt, en su galería, luchaba por coger de nuevo el sueño bajo la incesante lluvia de sus observaciones. Ya había despuntado el alba cuando su mujer lo sacudió gritando horrorizada:

—¡George! ¡George!

—¿Qué... qué... pasa?

Lo llevó por el pasillo hasta la puerta del cuarto de Ted y la abrió sin hacer ruido. Sobre la raída alfombra, Babbitt vio una espuma de ropa interior de gasa rosa; sobre el burgués sillón de cuero, un zapato de mujer, y, sobre la almohada, dos caras dormidas: la de Ted y la de Eunice.

Ted se despertó para murmurar con un descaro nada convincente:

—¡Buenos días! Tengo el gusto de presentarles a mi mujer..., la señora Eunice Littlefield de Roosevelt Babbitt.

—¡Santo Dios! —exclamó Babbitt.

—Con que habéis ido y... —empezó a lamentarse a gritos la señora Babbitt.

—Nos casamos anoche. ¡Euny! Siéntate y dale los buenos días a tu suegra.

Pero Eunice escondió los hombros y el pelo revuelto bajo la almohada.

A eso de las nueve, la asamblea, reunida en la sala en torno a Ted y Eunice, se componía del señor y la señora Babbitt, del señor y la señora Littlefield, del señor y la señora Escott, del señor y la señora Thompson y de Tinka Babbitt, que era el único miembro de la inquisición que se divertía.

Un chaparrón de frases detonantes resonaba en el cuarto:

—A su edad...

—Debería ser anulado...

—En mi vida he visto cosa igual...

—Tienen los dos la culpa y...

—¡Que no salga en los periódicos!

—Habría que mandarlos a la escuela.

—Hay que hacer algo inmediatamente, y lo que yo digo...

—Maldita sea, se merecen unos azotes...

La peor de todas era Verona:

—¡Ted! ¡Hay que buscar una manera de hacerte entender lo serio que es esto, en lugar de estar ahí plantado con esa estúpida sonrisa en la cara!

Ted empezó a rebelarse.

—Por Dios, déjame en paz, Rona; ¿no te has casado tú también?

—Eso es diferente.

—¡Ya lo creo! ¡No han tenido que tirar de nosotros a la fuerza para que nos cogiéramos de la mano!

—Bueno, jovencito, menos petulancia —ordenó Henry Thompson—. ¡Y escúchame!

—¡Escucha a tu abuelo! —dijo Verona.

—¡Ted, escucha a tu abuelo! —dijo la señora Babbitt.

—Ted, escucha al señor Thompson! —dijo Howard Littlefield.

—¡Oh, por los clavos de Cristo, ya estoy escuchando! —gritó Ted—. ¡Y que sepáis todos que estoy ya harto de hacer el cadáver en este *post mortem*! ¡Si queréis matar a alguien, matad al pastor que nos casó! Me birló cinco dólares, y todo el dinero que tenía yo en este mundo eran seis dólares veinticinco. ¡Ya estoy hasta el gorro de que me griten!

Una nueva voz, tronante, autoritaria, dominó el griterío. Era la de Babbitt.

—¡Sí, aquí todo el mundo tiene algo que decir! Rona, tú cierra el pico. Howard y yo estamos aún fuertes para gritar lo que creamos conveniente. Ted, ven al comedor y vamos a discutir el asunto.

En el comedor, después de cerrar bien la puerta, Babbitt se acercó a su hijo y le puso ambas manos en los hombros.

—En el fondo tienes razón. Hablan todos demasiado. Y ahora ¿qué piensas hacer?

—Caramba, papá, ¿de verdad vas a ser humano?

—Mira, yo... ¿Recuerdas un día que nos llamaste «los hombres de la familia» y dijiste que debíamos ayudarnos mutuamente? Pues quiero que nos ayudemos. Debo suponer que esto es serio. Con lo mal que se dan las cartas hoy día, no puedo decir que apruebo los matrimonios precoces. Pero no hubieras podido casarte con mejor muchacha que Eunice; y, en mi opinión, no es poca la suerte de Littlefield llevándose de yerno nada menos que a un Babbitt. Pero ¿qué te propones hacer? Naturalmente, puedes seguir en la universidad, y cuando acabes...

—Papá, no puedo soportarlo más. Quizá esté bien para otros. Quizá yo mismo vuelva algún día. Pero ahora quiero meterme en la mecánica. Creo que llegaré a ser un buen inventor. Hay un fulano que me da veinte dólares a la semana en una fábrica desde mañana mismo.

—En fin, yo... —Babbitt cruzó el piso del comedor lentamente, pesadamente, sintiéndose acaso un poco viejo—. Yo siempre he soñado con que tuvieras un título universitario —Volvió a cruzar al otro lado meditativamente—. Pero nunca... Bueno, por amor de Dios, no repitas esto que te voy a decir a tu madre, porque me arranca el poco pelo que me queda, pero, en realidad, yo nunca he hecho nada de lo que he querido hacer. He ido viviendo como he podido. Me he quedado a medio camino, si no más atrás. Quizá tú lleves las cosas más lejos. No sé. Pero siento una especie de satisfacción oculta al ver que tú sabías lo que querías y lo has hecho. Esa gente tratará de domarte y de dominarte. ¡Diles que se vayan al demonio! Yo te apoyaré. Acepta la colocación en la fábrica si quieres. No tengas miedo a la familia. No, ni a todo Zenith. Ni a ti mismo, como yo lo he tenido. ¡Adelante, hijo mío! ¡El mundo es tuyo!

Los dos Babbitt, padre e hijo, entraron abrazados en la sala con los brazos sobre los hombros del otro e hicieron frente a la amenazadora familia.

Prólogo inédito de *Babbitt*

Esta es la historia del soberano de Estados Unidos.

La historia del Hombre de Negocios Cansado, el hombre con el bigote de cepillo y la voz áspera que habla sobre motores y sobre la Prohibición en el compartimento para fumadores de un coche cama; del hombre que juega fatal al golf y genial al póquer en un club que ni fu ni fa, cerca de una enérgica ciudad estadounidense.

Es nuestro conquistador, el que dicta cómo son nuestro comercio, nuestra educación, nuestro trabajo, nuestro arte, nuestra política, nuestra moral y nuestra falta de conversación.

Hay treinta millones de personas como él, hombres y mujeres, y su autocracia no tiene parangón. Ningún zar ha controlado los cuellos de camisa y los juegos de dados de sus siervos; ningún general, en la más peligrosa culminación de una guerra, ha codificado el humor de sus soldados y les ha exigido que, mientras se enzarzaban con el enemigo, admirasen narraciones sobre vaqueros y sobre jovencitas optimistas. Sin embargo, nuestro soberano ha alcanzado esa plenitud.

Aunque la Sólida Clase Media ha determinado la moral de Inglaterra, la política de Francia y la industria de Alemania, la

Burguesía —la Pumphreysía—* nunca se ha atrevido a establecer también normas en materia de escultura y de modales en la mesa, pues en esas tierras existen parias y aristócratas que se ríen de la impertinencia de los faltos de imaginación. Pero en Estados Unidos hemos creado al superhombre completo, y el melifluo nombre de ese monstruo arcangélico es Pumphrey, el bueno de G. T. Pumphrey, el sencillo ciudadano y poder omnipotente.

Nota: Arriba demasiadas insinuaciones para una nueva Calle Mayor.** *La mayor parte de esto y toda la «pos. parte de Intro.» podría usarse, por ejemplo, como capítulo [palabra ilegible] en la Parte III o IV.*

Aunque esta es la novela individual de un tal G. T. Pumphrey y no el breviario de su comunidad, esa comunidad está presente en cada uno de sus momentos, pues esa comunidad es él mismo y ha sido creada según su barnizada imagen. Monarch City*** es toda ciudad «progresista, avanzada, enfocada al futuro, actual, al día», de más de ochenta mil habitantes y situada en Estados Unidos o en el oeste de Canadá, con ocho o diez venerables excepciones.

Pumphrey visita esas ciudades excepcionales con frecuencia, y allí estimula sus teatros, hoteles, libros y a sus comerciantes para que emulen la perfección de Monarch City y, de esa forma, incluso los más endebles de nosotros puedan obtener por fin el triunfo de la pureza, la eficiencia y del agua helada.

---

   * Palabra acuñada por Sinclair Lewis a partir de «Pumphrey», nombre original del protagonista de *Babbitt*. *(N. del E.)*

   ** *Calle Mayor* (1920) es el título de la novela que Sinclair Lewis publicó justo antes que *Babbitt*.

   *** Monarch City es la ciudad ficticia donde, originalmente, se desarrollaba la mayor parte de la novela.

Está claro, no obstante, que Pumphrey no es una figura satírica ni un prototipo.

Es un tirano demasiado trágico para ser representado con las puerilidades de la sátira deliberada. Y además es un individuo ávido y bienintencionado, devoto de los mitos de los pioneros americanos, inseguro en sus horas secretas, afectuoso con su hija rebelde y con los compañeros de almuerzo que pasan por ser sus amigos; es un dios que se inmola en el altar de la superación moderna —la más penosa víctima de su propio aburrimiento militante—, mientras clama en sueños intranquilos por los brazos de Friné, por la camisa del simple granjero y por el océano crepuscular que no conoce ni pureza ni eficacia ni marcos de 85 x 10.

Como PARTE DE LA INTRODUCCIÓN, o en la historia, o de forma implícita en la historia, o en un apéndice sobre Main Street vs. la Quinta Avenida.

Son un fenómeno complejo estas ciudades norteamericanas de entre ochenta mil y un millón de habitantes. Son industrialmente magníficas. Suministran a medio mundo automóviles, máquinas-herramienta, harina, locomotoras, raíles, equipo eléctrico: milagrosas y admirables necesidades. Disponen de casas más elaboradas que cualquier palacio, de hoteles y edificios de oficinas más vastos y útiles que cualquier catedral. Sus ciudadanos están familiarizados con la Quinta Avenida, Piccadilly Circus, los Campos Elíseos. Hasta ellas llegan Galsworthy a dar conferencias, Caruso a cantar, Kreisler a tocar el violín (aunque siempre le piden que toque el «Humoresque»), y allí, en un pequeño teatro, una obra de Schnitzler puede estrenarse al mismo tiempo que en Viena y mucho antes que en Londres. Y, sin embargo, esas titánicas aglomeraciones no son más que pueblos. Importan a Kreisler de la misma manera que importan seda: no porque se desvivan por la música o por la seda, sino porque ambas son obvios signos de prosperidad que conceden prestigio social. Asistir a un concierto es un certificado de riqueza casi tan valioso como ser visto en el asiento de un coche Pierce-Arrow. Escuchar de forma elegante y decorosa a un gran violinista no es prueba de entendimiento musical, sino una apasionada interpretación de la propia música... aunque la interpretación pueda ser muy mala, aunque pueda no ser más que el nervioso rascar de cuatro viejos celistas en un sótano con olor a cerveza. Como no existe —todavía— un instrumento capaz de medir ergios de energía espiritual, este asunto no puede demostrarse de forma clara y estadística, pero uno sospecha que ni una sola de estas ciudades de un millón o medio millón de habitantes posee una décima parte de la gozosa actividad mental de la pequeña Weimar, de treinta y cinco mil habitantes, entre los cuales tal vez no hubiese ningún Vendedor Crac, pero sí Goethe y Schiller.

Y esos gloriosos pequeños teatros, esos radiantes y ávidos pequeños teatros, realmente disfrutan de Glaspell, de Eugene O'Neill y de Ervine, al menos durante una temporada o dos, porque después los actores que han entrado en este nuevo deporte por el prestigio social que aporta empiezan a aburrirse, y el productor profesional se aburre aún más de suplicar fondos y de ver periódicos que dedican una columna a la comedia musical de una compañía itinerante y dos columnas a un matrimonio entre medicamentos sin receta y acero, y que despachan una brillante representación de Shaw con dos párrafos llenos de solecismos. Así que el productor se marcha, y el pequeño teatro se queda.

Pueblos, aldeas hipertróficas, con setecientas cincuenta mil personas que aún se visten, comen, construyen casas y acuden a la iglesia solo para impresionar a los vecinos, como lo hacían en la calle Mayor en pueblos de dos mil habitantes. Y sin embargo no son pueblos, según percibe nerviosamente el observador al divisar fábricas con diez mil trabajadores, con máquinas más milagrosas que los panes y los peces, con el doble de poder y diez veces la capacidad de un romántico gran ducado. Son metrópolis en transición, aunque esa transición durará varios cientos de años si persiste la costumbre de hacer que se castigue con la horca o con el ostracismo la herejía de decir que Cleveland o Minneapolis o Baltimore o Buffalo no son la ciudad más sabia, alegre, amable y útil de todo el planeta. En tanto cada profesor y periodista y obrero deba admitir que John J. Jones, el tramposo director de ventas de la fábrica de pepinillos en vinagre, es un parangón de belleza, cortesía y justicia, serán castigados con una plaga de infinitos J. J. Jones.

No es nuevo pensar que, aunque, desde luego, el señor Jones carece en cierta medida de lujos como la sensibilidad artística y los buenos modales, es un trabajador tan asiduo, un amigo tan sincero y un hombre con un talento tan cercano a la genialidad para el desarrollo de su asombroso, audaz y novedoso sistema industrial que es más honorable, realmente más bello que cualquier Anatole France o [palabra omitida]. ¿Acaso no son sus máquinas para hacer pepinillos en vinagre, con su potencia e ingenio, un nuevo arte comparable al verso libre? ¿Y acaso no hay en sus más ruidosos anuncios, en las vallas publicitarias que ensucian los tranquilos campos, una pasión por los logros que es, para un discernimiento sin prejuicios, fervor religioso, pasión estética, genialidad como aquellas que inspiraron al cruzado, al explorador y al poeta? ¿Acaso no son sus atacantes unos individuos ciegos y reaccionarios que exigen de este rudo y glorioso pionero criterios gastados y bellezas muertas y secas?

Lo que ocurre es que los generosos investigadores que buscan la comodidad mediante la justificación del señor Jones, su inescapable vecino, conceden a este demasiado mérito. El señor Jones, director de ventas; el señor Brown, director general; el señor Robinson, presidente de la compañía (todas las personas de la jerarquía de los pepinillos en vinagre que se atribuyen la pasión y la audacia de las nuevas bellezas), no son más que vendedores, demagogos comerciales, charlatanes industriales, creadores de una demanda que ellos mismos anhelan satisfacer. Esas máquinas milagrosas, indudablemente nobles, las inventan, las construyen, las mejoran y las manejan trabajadores comunes que no obtienen ningún crédito por ser pioneros en nada. Las asombrosas fórmulas de los pepinillos fueron desarrolladas por químicos desconocidos y nunca glorificados. Incluso las omnipresentes vallas publicitarias, esos estandartes de la galante cruzada de Jones, son obra de redactores mal pagados, que escribieron el texto, y de pacientes pintores de tres al cuarto, que crearon las ilustraciones (las terribles ilustraciones), y ni siquiera la idea básica de la existencia de las vallas publicitarias se originó en el cerebro del señor Jones, sino que fue cautamente desarrollada, de forma rutinaria y poco romántica, por personas dubitativas en una agencia de publicidad.

Y son estos trabajadores, los químicos y los redactores, quienes son susceptibles de mostrarse ávidos de belleza, valientes en política; verdaderos tarados, hijos del nuevo mundo. El propio señor Jones —oh, ese exquisito, audaz y flamante creador de poesía industrial— vota siempre al candidato del Partido Republicano, odia todo sindicalismo obrero, pertenece a la masonería y a la Iglesia presbiteriana, su escritor favorito es Zane Grey y, a juzgar por otros detalles apuntados en esta historia, su vida privada no parece adecuada para calificarlo como el innovador rudo, alerta, idealista, iconoclasta, creativo e intrépido que sus admiradores ven en él. Es un viajante de comercio. Es un buhonero. Es un tendero. Es un parásito. Es un impetuoso charlatán.

Estados Unidos se ha arrogado el mérito de ser la única nación innovadora del mundo; de ese modo (en los últimos trescientos años), ha disculpado toda debilidad en materia de su cultura, los malos modales y la frenética opresión de los críticos. Y, curiosamente, Europa ha dado su beneplácito. Nunca desembarca un escritor inglés en estas palpitantes y agradecidas orillas sin dejar de explicarnos que de nuestra literatura se espera que posea la fuerza bruta y la falta de tacto de los cavadores de zanjas. Nosotros lo escuchamos y nos enorgullecemos de nuestra falta de tacto y de nuestra brutalidad (aunque no llegamos a añadir también la fuerza).

Es un mito nacional.

Inglaterra ha tenido en la India, en África, en Canadá, en Australia tantas fronteras, ha explorado tanto (y de forma tan valiente, cruel y sin escrúpulos) como nosotros al hacer avanzar nuestras fronteras del oeste desde los montes de Allegheny hasta Honolulu. Y lo mismo Francia en África, Holanda en las Indias Occidentales y Alemania por todo el mundo. E Inglaterra tiene casi tantos Tipos Duros como Estados Unidos. Cuando lord Fisher critica la armada británica con el tono de un trampero mascador de tabaco, ¿acaso es menos Tipo Duro y Pionero e Innovador que el profesor de Harvard que lee a Austin Dobson a la luz de una vela? El vendedor de seda que cruza el desierto de Arizona en un coche cama ¿acaso es un cavador de zanjas mucho más audaz que Old Bill, el soldado raso inglés?*

¡Un mito! Los estadounidenses ya no son una raza aislada de caballerosos exterminadores de indios. Forman parte del mundo. Y su nación, como cualquier otra, está compuesta tanto de audaces innovadores como de cangrejos de duro caparazón. Su literatura y sus J. J. Jones están sujetos a las mismas reglas que la literatura y los ajetreados e innumerables J. J. Jones de Inglaterra, España o Noruega. Henry van Dyke no es más novedoso o innovador que H. G. Wells, y no está sujeto a más reglas indulgentes y juicios provincianos.

* Old Bill es el personaje de una tira cómica muy popular durante la Primera Guerra Mundial.

Los mejores ejemplos de esta contradicción entre mito de pioneros e ineptitud real son esas Monarch Cities, esas ciudades de en torno a los trescientos mil habitantes. Por desgracia, la literatura estadounidense ha distinguido únicamente las ciudades más grandes o antiguas —como Nueva York, San Francisco o Richmond— y los pueblos, como si no existiese nada entre medias. Y, sin embargo, existe un tipo de comunidad entre medias, una clase enormemente importante: la ciudad de unos pocos cientos de miles de habitantes, la metrópolis que sigue siendo una aldea, la capital mundial que sigue estando gobernada por desconfiados aldeanos. Solo Booth Tarkington, en sus novelas con sabor a Indianápolis, y unas pocas celebridades locales ansiosas de presentar la opulencia de su respectiva Monarch City han hablado de estas ciudades, que, más que cualquier Nueva York, producen nuestras mercancías, eligen a nuestros presidentes... Y compran nuestros libros. No obstante, son lo bastante importantes como para discutir sobre ellas, son lo bastante imponentes como para merecer el cumplido de oír la verdadera opinión que tenemos sobre ellas.

Usa tan solo «hombre de ciudad & chica del campo». Lo diferentes que son de N. Y.

Afirmar que están sujetas a las mismas normas que Múnich o Florencia no quiere decir que sean como Múnich o Florencia. Han crecido tan rápidamente, han sido tan inocentes y tan republicanas y tan presbiterianas y tan estimulantes e inocentes que han producido un tipo de existencia un poco diferente del resto del mundo. Puede que no sigan siendo tan diferentes, puede que en algún momento queden también sujetas a las buenas tradiciones y al trabajo honesto en lugar de a la venta ruidosa de cosas inútiles, pero no alcanzarán ese refinamiento sin antes estudiarse a sí mismas y sin admitir que los edificios de veinte pisos no son necesariamente más nobles que Notre

Dame, y que la producción de diecinueve mil automóviles al día no significa que esos automóviles estén mejor construidos que los automóviles que se producen uno al día.

Augurar la adopción futura de tradiciones más ricas no implica, por supuesto, que estas Monarchs vayan a ser espiritual o físicamente como Múnich o Florencia. Según una paradoja de la psicología, las filosofías más ricas, las que tienen el más vasto fondo común de sabiduría de todas las épocas, son precisamente las que producen los productos más diversos y maravillosos, mientras que las filosofías apresuradas y tenues producen productos uniformes y aburridos.

Múnich, en Alemania, y Florencia, en Italia, difieren muchísimo y de manera interesante en todos los aspectos claves —en cuanto a pasiones, vinos, aspiraciones y mobiliario— por la razón de que ambas han digerido, sostenido y alterado de forma brillante la sabiduría común de Platón, Shakespeare y Karl Marx. Pero la alemana Milwaukee y la italiana Hartford son desagradablemente parecidas, porque han descartado todas las arduas aspiraciones de la humanidad en favor de la aspiración compartidas de ser ricas, famosas y cien por cien americanas.

Esta es la segunda característica importante de las ciudades estadounidenses de trescientos mil habitantes (tan importante como la primera característica, su inasequible aldeanismo). Esta característica es la que hace que una novela que sea local, concreta y auténtica en relación con Omaha pueda resultar igual de local, concreta y auténtica en relación con otras veinte ciudades. Por supuesto, no todas ellas son exactamente iguales. Hay una diferencia que surge de la localización, del trasfondo de colinas o llanuras, de ríos o de costas; hay diferencias en los productos de la tierra: hierro, trigo o algodón; y hay una peculiar diferencia en las distintas edades de las ciudades: la diferencia entre Seattle y Charleston.

Peros estas diferencias llevan mucho tiempo tendiendo a decrecer, tan fuerte es nuestra fe en la estandarización. Cuando en la gris Charleston, en la extensa Nueva Orleans o en el San Francisco de los buscadores de oro de 1849 se erige un hotel, una fábrica, una casa, un taller mecánico, un cine, una hilera de tiendas, una iglesia o una sinagoga, esta nueva estructura es, hasta la última columna de hormigón armado y hasta el último azulejo decorativo, exactamente igual a una estructura paralela de las nuevas ciudades de Portland o Kansas City. Y el alma de esas estructuras —la hospitalidad de los hoteles, los métodos mecánicos de los talleres, cada palabra de los sermones pronunciados en las iglesias— está cada vez tan estandarizada como su carcasa.

No podría escribirse una novela que fuera en cada línea igualmente verdadera respecto de Múnich y de Florencia. A pesar de las ansias fundamentales que son igualmente ciertas en todos los seres humanos, a pesar de la similitud de las costumbres y de las conversaciones que se observa en la capa social que viaja a sus anchas por todo el mundo, a pesar del parecido interés en besar que existe en Fiesole y en Gansedorf, son tan vastas y sutiles las diferencias en cada aspecto externo, en cada detalle de inspiración artística y de orgullo y esperanza nacional que las dos ciudades podrían pertenecer a dos planetas diferentes.

Pero en Harford y Milwaukee, los habitantes de estas dos distantes ciudades van a las mismas oficinas, hablan la misma jerga a través de los mismos teléfonos, van a los mismos restaurantes y a los mismos clubes atléticos, etc., etc., etc.

Novela diferente a Calle Mayor *cf* Carol *[Kennicott]* sobre la vida estandarizada en EE. UU.*

La prueba de la estandarización está en la gente. Si por arte de magia nos transportaran en un instante a cualquier ciudad estadounidense de más de ochenta mil habitantes y nos deposi-

---

* Carol Kennicott es el personaje principal de *Calle Mayor*.

taran en el centro financiero, por ejemplo, en una manzana con un hotel nuevo, un cine y una fila de tiendas más o menos nuevas, ni siquiera tres horas de atento estudio de los transeúntes —hombres en recados de negocios, mensajeros, mujeres de compras, vagos de sala de billar— podrían indicarnos en qué ciudad nos encontramos, ni siquiera en qué parte del país. Solo yendo a las afueras, al descubrir el océano o los campos de trigo, y quizá unas barriadas de negros, casas mexicanas de adobe o cervecerías alemanas, podría uno tener una pista... Y esas pistas son más escasas cada año. No lo saben, pero todas esas mujeres arregladas y esos hombres pomposos llevan uniforme y se encuentran bajo la disciplina de un cuerpo beligerante, tan condicionados como cualquier soldado vestido de caqui. A quienes les gusta eso... eso es lo que les gusta; pero algunos de nosotros hemos vacilado cuando nos llamaba a filas el ejército de la complacencia.

Índice de contenidos